JN172449

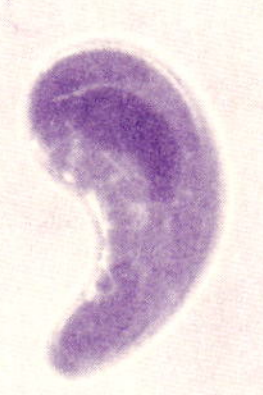

数霊（かずたま）

諏訪古事記

——すわこじき——

深田剛史
Fukada Takeshi

今日の話題社

数霊　諏訪古事記　目次

カバーイラスト　中野岳人

数霊　諏訪古事記

第1章　授かりものに非ず

諏訪大社式年造営御柱大祭　上社「抽せん式」

２０１６年2月15日

午前8時。諏訪大社本宮の北門参道にある食堂入り口にたたずむ健太は、店内の熱気に圧倒されて中へ入ることさえできずにいた。

6年ごとにおこなわれる御柱祭り。今日はその祭りで、どこの地区がどの御柱を担当するかをクジ引きで決める抽せん式が本宮の幣拝殿で開催される。

なので境内は各地区の氏子で埋めつくされているし、この食堂も地元中洲・湖南地区の氏子でほぼ貸し切り状態なのだ。ここからでも抽せん式の様子が見られるよう、店内にはモニターが設置されている。

上社の氏子にとって運命の抽せん式。今回はどの地区が「ホンイチ」を引き当てるのだろうか。

御柱祭り。通称は〝オンバシラ〟祭りだが、正式には式年造営〝ミハシラ〟大祭という。

どちらも「御柱」と書くが、状況によって読み方（呼び方）が変わるため、原則としては諏訪大社および各神社における正式な名称の〝ミハシラ〟と読む（呼ぶ）場合は漢字で、一般的な通称の〝オンバシラ〟はカタカナで表記することにする。

ただし、各地に神社が成立する以前から信仰形態として柱は建てられており、それを〝ミハシラ〟とは呼んだかは疑わしく、呼称としては〝オンバシラ〟の方が古いとも聞く。

諏訪大社とは諏訪湖の周囲に鎮座する４つの神社の総称である。

諏訪湖の南側には前宮と本宮が、北側には春宮と秋宮があり、ぜんぶひっくるめて諏訪大社だ。

4社のうち、南側の前宮と本宮を上社と呼ぶ。

そして北側の春宮と秋宮は下社（しもしゃ）と呼んでいる。

本文でこれから何度も出てくるが、上社と呼んだ場合は前宮と本宮両社のことで、下社は春宮と秋宮両社のことだ。このことについては、慣れるまで実にややこしい。

上社（前宮・本宮）と下社（春宮・秋宮）はオンバシラ祭りも別々におこなわれ、本宮の幣拝殿でまもなく始まる抽せん式は上社の行事だ。したがって下社の氏子は参加してない。上社の氏子だけだ。ややこしいでしょう。

オンバシラは4社にそれぞれ4本ずつ建てるので、上社は前宮と本宮で計8本、下社も春宮と秋宮で計8本が用意される。

抽せん式で各オンバシラの担当地区を決めるのは上社だけだ。下社もかつては抽せん式がおこなわれていたようだが、現在は地区ごとに担当するオンバシラが決められていて、毎回それは変わりない。

しかし開催は別々でもオンバシラの長さは4社とも共通で、一番長い一之御柱は5丈5尺に決められている。5丈5尺とは約16・5メートルだ。

あとはそこから5尺（約1・5メートル）ずつ短くなって、二之御柱は5丈、三之柱は4丈5尺、そして一番短い四之御柱は4丈の長さになるが、それでも12メートルある。

長さが短くなれば柱が細くなるため軽くて曳きやすいが、大木であることに変わりはない。

しかもその長さは建てた際の寸法であって、神社の境内に曳き入れるまでの「山出し（やまだし）」や「里曳き（さとひき）」ではそれぞれ5尺ほど長いため、4社ともに一之御柱は18メートルにもなる。普通乗用車4台分だ。

さて、抽せん式がおこなわれている上社のエリアは諏訪市の一部と茅野（ちの）市全域、それに富士見町と原村が含まれる。

そのエリアは18の地区に分けられているが、オンバシラは8本しかない。

それで18の地区の近隣同士を2地区あるいは3地区で組み合わせ、全体を8ブロックに区分けすることで、8本を分担できるようになっている。

いくつかを紹介すると、「中洲・湖南」地区とか「四賀・豊田」地区とか。これはどちらも諏訪市内の地区だ。他には「玉川・豊平（とよひら）」地区や「富士見・金沢」地区、あるいは「米沢（よねざわ）・湖東（こひがし）・北山」地区といったように。

8ブロックの地区に8本のオンバシラを振り分けるのが抽せん式で、多くの地区は8本中でもっとも華がある本宮一之御柱を狙っている。上社の氏子にとっては憧れの的だ。したがって彼らは敬愛の念を込めて本宮一之御柱を「ホンイチ（本一）」と呼ぶ。

上社の氏子は抽せん式で「ホンイチ」を引き当てるため、オンバシラ祭りの年になると年明け早々から本宮に集結し、地区ごとに分かれて早朝願掛け参拝を始める。そしてそれは抽せん式の朝まで毎日続けられるのだ。

参拝は祭りの安全を願ってでもあるし、氏子の人数が少ない地区は必ずしも「ホンイチ」を望んでいるわけではないが、このときから氏子の心はひとつになる。

健太は1月下旬のある日、早朝願掛け参拝を見に来たことがあった。

夜が明けきらぬうちから各地区各町内の法被を羽織った氏子たちが本宮境内に続々と集結し、それぞれ割り当てられた時間に数百人単位で参拝する姿から氏子の本気度が伝わってきた。

日によって正式参拝も決められているようだ。

健太が境内の片隅からその様子を伺っていると、この日の2番目に正式参拝する地区の氏子が健太に向かって手招きをして、

「ここ、入っていいよ」

と列に並ばせようとする。

「ありがとうございます。けどボク、氏子じゃないんです。見学してただけで」

そう伝えたが、ゆるーい感じのその氏子は
「もうねぇ、こんなこと（願掛け参拝）したところでさ、当らねえもんは当たらねえんだよ。あんたも一緒にお願いしてくんない」

つまり、なかなか「ホンイチ」は当たらないということなのだが、健太を正式参拝に参加させてくれたのは豊田・四賀地区の氏子だった。

調べてみると、豊田・四賀地区が最後に「ホンイチ」を曳（ひ）いたのは、なんと１９２０年（大正９年）のことだった。

それって満州事変（１９３１年）や世界金融恐慌（１９２９年）よりも前のことだし、西アジアにはオスマントルコが君臨し（１９２２年に滅亡）、エジプトではまだツタンカーメンの墓は発見されていなかった（１９２２年に発見）。

うーん。「ホンイチ」は遠い。


「あんた、来とったのか。入れ入れ」

店の大将が入り口にたたずむ健太を見つけ、店内に招き入れた。

通い慣れた参道の食堂だが、この日は店内のテーブルや椅子はすべて取り払われて床には御座が敷かれている。揃いの法被に身をつつみ、期待に胸おどらせた氏子たちは肩を寄せ合い店内のモニターを見入っているが、すでに幾人かは酔っ払っているのか上機嫌だ。

「おい、兄ちゃん。お前も一杯飲めや」

長老らしき氏子に酒をすすめられたが、健太は抽せん式が終わったらすぐに犬山へ帰らなければならないので、せっかくの誘いだが丁寧に断った。

「おい、始まるみたいだぞ」

店内がざわめき立った。いや、店内だけでなく境内からも大歓声とそれに混じった雄叫（おたけ）びが響いてきた。いよいよ抽せん式が始まる。

抽せん式は8地区から選ばれたそれぞれの抽せん総代が3回ずつクジを引き、各地区が担当するオンバシラが決まる。抽せん総代はこの日、早朝に冷水を浴び、心身を清めてからここに来ている。それほど責任は重いのだ。

クジ引きで担当するオンバシラを決めるようになったのは、明治以降のことらしい。江戸時代には高島藩がオンバシラ奉行を割り当てており、曳き子には日当金が支払われたそうだ。

さて抽せん式だが、まず最初のクジは1~8の番号が書いてあり、出た番号順に幣拝殿へ上がる。そのためのクジなので、オンバシラは関係ない。

2回目のクジは幣拝殿に上がった順に引き、やはり1~8の番号が書いてあり、その番号順で次はいよいよ本クジを引く。

3回もクジを引くのは各地区を公平にするためであって、かつては「ホンイチ」を担当したいがために不正があったようだが、今はもうできない。テレビ中継が入っているためにやりようがないのだ。

最初のクジで1番を引いたのは原・泉野地区だった。この地区は前回のオンバシラ祭りでは「前二」(前宮二之御柱)を曳き建てている。

さてここからは緊迫感が会場全体を包み、ざわついていた氏子も息をひそめて成り行きを見守る。

2回目のクジで1番を引いたのは玉川・豊平地区だった。したがってオンバシラを決める本クジは、まず玉川・豊平の抽せん総代が引くことになった。

玉川・豊平地区は前々回(2004年)には見事に「ホンイチ」を引き当てているので、氏子の期待も高まるに違いない。確率は8分の1、12・5%だ。

クジはあとに引くほうが残りクジが少なくなるため「ホンイチ」が当たる確率は高くなるが、あとになればなるほど「ホンイチ」が残っている可能性は低くなる。そこが難しいところだ。

前回（2010年）の抽せん式では6人が本クジを引いた段階で「ホンイチ」と「前四（前宮四之御柱）」が残った。一番人気と一番不人気の2本だ。

結果としては7番目に本クジを引いた中洲・湖南地区が「ホンイチ」に決まったが、2分の1、50％の確率でも抽せん総代の緊張感たるや、並大抵ではなかったはずだ。恐ろしい役目である。

これはもうずっと過去の話だが、人気のない「前三」や「前四」を引いた抽せん総代が石を投げられたり嫌がらせを受けたりしている。

絶対に誰かがそれを引くんだから仕方ないと思うのだが有名な話として、「前四」を引いた抽せん総代の玄関前に墓石が置かれており、すぐにお墓へ戻したが翌朝になるとまた置いてあったそうだ。他にも諏訪に居られなくなって引っ越した総代もいるとかで、命懸けのクジ引きだ。

もちろん今はそんなことはない。だがクジを引く恐ろしさはそれほど変わりないであろうし、もしも「ホンイチ」を引き当てようものなら、その栄光は末代まで語り継がれるであろう。

ウォ――――ッ。境内から地鳴りのような大歓声が健太のいる食堂にも伝わってきた。

「えっ、ホンイチ？」

「マジか」

「どこだ？」

店内のモニターにも「ホンイチ」と書かれたクジが映し出された。

なんと今回も残り2本に「ホンイチ」が含まれており、7番目に引いた豊田・四賀地区が96年ぶりに「ホンイチ」を引き当てた。

豊田・四賀といえば、早朝願掛け参拝に健太を参加させてくれたゆるーい氏子のいる地区だ。

（豊田・四賀地区の氏子の皆様、このたびは本当に本当におめでとうございます）

健太は心の中でそうつぶやいた。

これはオンバシラ祭りが始まってからの話だが、「ホンイチ」を曳行する豊田・四賀地区の氏子の中に、100歳を迎えたご老人の姿があった。

そのご老人は諏訪に生まれ、初めてのオンバシラ祭りが4歳で、大人たちと一緒に「ホンイチ」を曳いたそうだ。

しかしその後はなかなかクジ運に恵まれず、その後15回のオンバシラ祭りでもついには「ホンイチ」に当たることはなく、そのご老人はもう二度と自分の人生で「ホンイチ」を曳くことはないであろうと諦めていたそうだ。

ところが今回、96年ぶりに豊田・四賀地区が引き当てたため、100歳にして人生2度目の「ホンイチ」が曳けたと喜んでおられた。それほどに上社の氏子にとって「ホンイチ」は特別な存在なのだ。

それにしても96年ぶりに念願が叶うというのは、なんともスケールが大きな話だ。

前回のオンバシラ祭りで「ホンイチ」を曳き建てた中洲・湖南地区に至っては、記録が残る明治11年以降で初めてのことだった。仮にその前の明治5年に「ホンイチ」を曳いていたとしても140年ぶりのことになる。中洲・湖南地区といえば、ここ諏訪大社本宮が鎮座するお膝もとだ。氏子がどれほど喜んだことか、容易に想像できるというものだ。

この中洲・湖南地区は今回も「本二」を引き当てており、2番人気のオンバシラだ。しかし健太にしてみれば「前四」だろうが「本四」だろうが、曳くことができる氏子が羨ましい限りだ。健太にはそれができないのだから。

抽せん式は終わった。今夜、豊田・四賀地区内の居酒屋は、どの店も遅くまで盛り上がるであろう。

健太はどこかの店を覗いてみたいと思っていたが、そんなことをしている場合ではない。言納が待っているので、すぐに犬山に帰らなきゃ。

健太は食堂の大将に挨拶を済ますと、急ぎ足で駐車場へ向かった。すると若い2人組の氏子に声を掛けられ、思わぬ感動に遭遇した。
「その法被（はっぴ）、カッコいいですねぇ。どこの地区の法被ですか。初めて見ました」
　このとき健太はオンバシラ祭り用に作ったオリジナルの法被を羽織っていた。
　一般的な法被は背中にその町内を表す文字がデザインされているが、健太の法被には
「光の御柱（ミハシラ）
　ここに建つ」
の文字があり、その横には長くて太いオンバシラが描かれている。一番左端には
「祝　式年造営御柱大祭」
と入っていて、どうしたって目立つであろう。
　背中だけでなく前側にもエリに沿って左は
「御柱大祭　真澄の魂」
　右には
「信濃開闢　光の遷都」
と書かれている。なのでこのときだけでなく、その後も何十回と声を掛けられることになる。
　真澄の魂というのは、諏訪大社の御神宝のひとつである「真澄の鏡（瑞花麟鳳八稜鏡（ずいかりんぽうはちりょうきょう））」からいただいたものだが、法被を目にしたほとんどすべての人から諏訪の酒「真澄」を製造する宮坂醸造の関係者に思われた。

　健太は自分が氏子でないことを打ち明けたあと、逆にいろいろ質問した。すると予想外の答えが返って来たので、健太は心底嬉しくなった。

　というのも、抽せん式後に年配の氏子同士の会話で、「前三」や「前四」の担当になった地区に対し、

「お前んとこ、ハズレだったな」とか
「あいつんところはスカを引いたな」

といった声が聞こえてきたからだ。

　気持ちは判らないわけではない。しかし「前三」や「前四」も立派なオンバシラなので、健太は悲し

い気持ちになっていたのだ。

ところがこの若い2人組の氏子は
「うちの柱ですか。今回は前三でした。ホンイチが取れなかったのは残念ですけど、もう気持ちを切り替えてます。山の神さんがオレたちに一番ふさわしい柱として前三を与えてくれたんで、今までの前三で最高の曳行をしてやろうと思ってます」と。

そして別れ際、2人は健太に
「今日はわざわざ名古屋から来ていただき、ありがとうございました」

と頭をさげて去って行った。

何という気持ちのいい若者たちなんだろう。担当が「前三」と言っていたので玉川・豊平地区の氏子であろう。

彼らと出会ったことで、健太の中に引っ掛っていたモヤモヤはきれいに吹き飛んだ。これで気分よく言納が待つ犬山へ帰れる。


この日、健太は抽せん式で本宮へ行く前に、ある場所に寄っていた。

その場所とは本宮と前宮のほぼ中間にある神長官守矢史料館から下馬沢川沿いを1㎞ほど遡り、そこからは徒走で雪の積った草むらをかき分けつつ5分ほど山を登ったところにある巨大な小袋石だ。雪が少なくてよかった。でなきゃ、たどり着けない。

小袋石は「諏訪の七石」のひとつに数えられ、かつては祭祀の場として崇められていたようだ。

小袋石へ向かう山道途中に磯並社、瀬社、穂俣社、玉尾社が点在しており、どれも小さな石の祠だが諏訪信仰の原点に通ずる古き神々の社だ。小袋石の底からしみ出る湧水もまた、かつては信仰の対象だったであろう。今となっては訪れる人も少なくなってしまったが、古き諏訪の神々に想いを馳せる人々からは途中の石祠とともに大切にされているようで、ときどき御神酒が供えてある。

なぜ健太は雪の小袋石を訪れたのか。

ただただ磐座を信仰しているわけではなく、実は明日か明後日にも言納が出産予定なので、その報告と無事の出産を祈りに来たのだ。

　というのも、健太と言納はこの小袋石の前で結婚式を挙げた。というと大袈裟になるが、ここで２人は〝結びの誓い〟を立てた。

〝結び〟とは〝産霊（むすび）〟であり、天地万物を生み出す霊妙な神霊こそが〝産霊〟と表現されるため、湧水がしみ出る大自然の大きな磐座は、２人の玉し霊を結ぶ場として最上級のロケーションだった。

　玉し霊（魂）を結ぶ儀式なので結魂式と呼ぶべきであるのだが、鬼無里（きなさ）（長野市北西部の奥深い山の中にあり、戸隠（とがくし）のとなり村）の一竹庵に暮らす生田が立会人となり、２０１４年11月６日にそれをおこなった。

　なぜここで？

　経緯はこうだ。以前に健太は東谷山の尾張戸（おわりべ）神社で仙人のような爺さんから、これを受けていた。

『おい、亀仙人
胆力（たんりき）そだてよ　イヨヤヤ
ここぞというとき胆力が
ものいうことになるのぞよ
………（途中略）………

イヨムスビ
マコトニコトノトタマムスビ
目出たきかな　芽出たきかな』

（『遷都高天原』４０９ページ）

亀仙人とは健太のことだ。爺さんはそう呼んだ。爺さんのメッセージで前半は〝結びの儀〟とは関係なく、ここで取り上げるのは最後の3行だ。『イヨムスビ』のイヨはそのまま数字に置き換えることができるので「１４（イヨ）」。

　ムスビは〝結び〟や〝産霊〟のことで、言霊数に

変換すると

ム＝33　ス＝13　ビ＝70　合計で１１６になる。

なので『イヨムスビ』の言霊に秘められた日付けは「14」と「１１６」つまり（20）14年の11月６日がそのひとつだ。

意味としては、イヨイヨ結び（産霊）の日と解釈すればよい。

次に『マコトニコトノトタマムスビ』だが、これも解釈が複数あり、もっともストレートに

〝誠に言納と魂結び〟

〝真事に言納と玉産霊〟

のように受け取ればよいのではないか。これは健太が言納と結ばれることを神々が承認しているということになる。

最後の『目出たきかな』は２人に対して祝いの言葉であり、『芽出たきかな』はさらなる成長や挑戦を期待してのものであろう。

それで〝結びの誓い〟にはその日が選ばれた。

しかしまだ疑問は残る。日付けの理由付けはそれだとしても、なぜその場なんだということ。

２０１４年秋分（９月23日）

健太や言納たちがトルコのタガーマ・ハラン（高天原）で古き女神たちに向けた神事をおこなってからちょうど丸２年のこの日、言納は自宅でこれを受け取った。

『幾星霜
めぐりめぐりて豊穣の
女神立ちたる諏訪の地に
黄金の稲穂　両の手に
抱えし姿　見えたるか

幾星霜
豊穣の　女神なりしと称えられ
数多（あまた）の像は造られし

幾多の畏怖と崇拝に
真なる姿は隠されし

知りたる者よ　今ここに
真澄の心　差し出して
深き謝罪と感謝をもとに
時空を超えてその心
光となりて地をめぐり
風に乗りては空を舞う

まことに佳き日　めでたき日
結びの誓いは母なる磐座
稲穂を持ちて立つ姿
二本の御柱（みはしら）　一本に
聖なる紐で産霊（むすび）たれ

アナトリアより　感謝をこめて』

アナトリアといえばトルコだ。トルコの女神が諏訪に来ているようなのだ。

ちょうど2年前、内戦がぼっ発したシリアとの国境まであと10数㎞のタガーマ・ハラン（高天原）やイランとの国境がすぐ近くに迫るトルコ西部アララト山の麓、そしてアルメニアとの国境沿いにある古代都市アニで、健太と言納たちは手の込んだ神事や小さな祭りをおこなった。

詳しくは『遷都高天原』に書いたためここでは省くが、そのときの縁の女神だという。そういえばトルコの女神たちは大勢で日本へ行くと言っていたし実際すでに来ていて、そのことも『遷都高天原』に詳しい。このアナトリアの女神は後発組なのかもしれない。

言納が受け取ったメッセージの中に『諏訪』の名前と『母なる磐座』が出てきたので、そのキーワードが当てはまるところを探したらピタリとヒットしたのが小袋石（おふくろいし）だったのだ。

これで〝結びの誓い（結魂の儀）〟をいつするのかは、『イヨムスビ』で2014年11月6日に決まり、どこでについては『諏訪』と『母なる磐座』から小袋石に定まり、鬼無里の生田に立会人を依頼して〝結びの誓い〟を立てた。

なので11月6日の「116」＝〝結び〟〝産霊〟の日は健太と言納の結魂記念日になった。

〝結びの誓い〟を立てた当日、現地へ持っていったものは稲穂の束、麻の茎を2本と麻ひも、それに御神酒だ。御神酒は今回も真澄にした。女神からのメッセージの中にも『真澄の心』が含まれていたし。

『二本の御柱　一本に』の柱は、なにもオンバシラのような巨木を建てろというのではなく、御柱としての象徴なので1メートルほどの麻の茎2本を用意した。せっかくなので長野県産を。

長野県内では唯一であろう大麻の栽培許可を持った麻畑が諏訪地方の山の中にあり、諏訪大神の神事に用いられる麻は、その麻畑で育ったものだ。

近年は大麻について、素材の重要性よりも吸引の問題ばかりがクローズアップされ、産業用大麻でさえ栽培農家が激減したため、国産の麻が手に入りくくなってしまった。

参考までに。健太たちが〝結びの誓い〟を立てた2014年において、日本全国で大麻栽培の許可が出たのは33件のみ。ところがその60年前の1954年には3万7千件の許可が出ているのだ。

1954年といえばすでにGHQは廃止されているので、誰がこんな規制を強化したのだろう。

さて、〝結びの誓い〟は生田による神々へ向けた感謝の祝詞奏上から始まった。生田や健太は神事をおこなう際、必ずそのときの内容に合わせた祝詞を用意する。諏訪の場合は縄文時代から続く信仰が現代にまで生き長らえているので、そのことにも触れられていた。

『遥かなる
縄文からの時を超え
歩みし歳月　悠久なるも
陽は昇り　陽は沈み
幾百万度とくり返す中
変わらぬ神の御心に
触れる諏訪の地　今日の佳き日
神とのめぐりの喜びを
平伏(ひれふ)し感謝いたします

晴れの日も
雨風(あめかぜ)激しい嵐の日
雪に埋もれる冬の日も
神々が
人を想う御心は
わずかに陰ることもなく
ましてや途切れたことはなし

本日〝結びの誓い〟の前に
深き感謝の意とともに
真澄の心を神々へ
お届け…………』

生田の祝詞は続いていたが、言納に語りかける者がいた。どこの誰かは不明のままだったが。

『〝ア〟から巡りて〝ン〟で閉じる
〝スワ〟は中綴(なかと)じ
吸気・呼気（呼気・吸気）

胎内一宇宙　宇宙一胎内
龍体は　メビウスの輪なり
〝ス〟と〝ワ〟で反転
わかりたか？』

わからん。どこのどなたか存じませんが、いったい何の話をされているのでしょうか。

何年か前のこと、

『始まりの〝ア〟

終わりの〝ン〟

開くことにて何が出る
開くことにて〝スワ〟が出る
いよよ開くぞ　スワ開門』

（『弥栄三次元』２０５ページ）

というのを、エジプトのアスワンで神事をして、帰国後に受け取っていたが、それによく似ている。

健太たちはそれまで砂漠の国のエジプトと、山に囲まれた緑多き諏訪が結びつくなどと考えたこともなかった。その後の展開は『弥栄三次元』にて。

『吸気・呼気（呼気・吸気）』について、吸気は〝スー〟と吸って、呼気は〝ハー〟と吐くので、生きている限りは〝スハ〟である。

〝スハ〟は「須波」あるいは「洲波」とも書き、それは「諏訪」の古き名である。諏訪は呼吸すること、生きていることを表してもいるわけだが、ここではそれを伝えたかっただけではあるまい。

少し発展させて考えると、呼吸というのは呼が先で吸があとだ。まずは〝ハー〟と吐いて、その後に〝スー〟と吸うため〝ハス〟になる。

〝ス〟と〝ワ〟で反転するらしいので〝ハス〟になることと考えてもよさそうだが、〝ハス〟って何のことだろう。ナナメのことか。思いを馳すのハスだろうか。それとも蓮の花のハスか。

まずは〝ハー〟と吐いてから〝スー〟と吸う呼吸を続けるとやがて意識が反転して、蓮の花に立つ観音さんのような心境になれるのだろうか。たしかに〝ハー〟と吐くことを意識した呼吸は大切だ。

と、なかなか美しい解釈をしてみたが、そんなこととは違うと思う。今はさっぱりわからない。

『胎内一宇宙　宇宙一胎内』については般若心経の色即是空　空即是色と似ているようでもあるが、これは健太に対しての大きな課題になる教えであった。タケミナカタの謎を解くためのもの。

〝結びの誓い〟に戻るが、小袋石の前に2本の麻茎きを立てて御柱とし、それを2人は麻ひもで8の字に何度も巻きつけて1本にした。

もしこれが一般的な結婚披露宴だと、ここで司会者が「ご参列の皆様、新郎新婦お2人にとりまして初めての共働作業でございます。カメラをお持ちになってどうぞお近くまで………」と、恥ずかしいケーキカットをおこなう場面であろうが、何であれを共働作業と呼ぶのかがよく判らん。

とにかく健太と言納は2本の麻茎を1本にして、それに手を添えて小袋石を依り代とするアナトリアの女神に〝結びの誓い〟を立てた。地味だが意義深い結魂式であった。

実はこの日、上空には星太郎やメラクにミルク、豆彦や桜子たちが2人のお祝に駆け付けていた。それは以前から約束していたことだ。

（『遷都高天原』４１０ページ）

しかし北極星のシャルマからお達しがあり、彼らは2人に接することを禁じられていた。これも健太のさらなる成長のためであった。

と、そんな訳で健太は抽せん式の早朝に小袋石を訪れ、間もなく自分たちに子供が誕生することを報告したのだ。それは言納が強く望んだことだった。そして急いで雪道を下り、抽せん式がおこなわれる本宮へ向かったのだが実は小袋石を去り際、健太の脳裏にナゼかサイコロの目の「⁙」が浮かんだ。

（んっ、何だ。5？……）

そのときは気に留めたが、抽せん式の熱気に圧倒され、すっかり忘れてしまった。

＊

2016年2月16日。

抽せん日の翌日、正午をわずかに過ぎた12時18分に言納は男の子を出産した。体重3158グラム。母子ともに良好である。

名前は武瑠（タケル）。

健太はその名前がヤマトタケルを連想させるので他の案をいくつか出していた。しかし言納によるとその名前は本人が希望していると言い張るので仕方がない。本人が望むのであれば。

実はタケルが生まれた2016年の2月16日は、健太や言納にとって以前から意識させられた日付だった。それは2014年の4月、言納の祖母が他界した数日後のこと、言納が受け取ったメッセージにその日付けは隠されていた。とは言っても子供の誕生を暗示するものではない。

『ミロクひそむ洋の日は
6つの6のカクレミノ
コトノスムマデ666
イヨヨ　マコトノ　コトハジメ
………（以下略）………』

（『遷都高天原』293ページ）

この解釈も『遷都高天原』で述べたが、ここでも必要なので要点だけを掻(か)い摘(つま)んで説明しておく。

まず『ミロクひそむ洋の日は』だが、洋の日とは西洋の日、つまり西暦のことで、ミロクがひそんでいるのが2016年2月16日だ。

この日付けは「0」を抜くと「216・216」と考えることができる。お判りだろうか。

それで、この「216」だが、

216＝6×6×6

なので、「216」には**3つ**の6がひそんでいる。

だから「216」はミロクなのだ。
となると2（0）16年2月16日の「216・216」はダブルで3つの6がひそんでいるわけなので、「6×6×6・6×6×6」になる。この日付けはまさに『6つの6のカクレミノ』だ。
ただし『カクレミノ』については〝隠れ蓑〟だとか〝隠れ身の〟、あるいは〝隠れ美濃〟などいくつもの解釈があり、今になって思うとタケルとも結び付くのが怖い。タケルにとって
『6つの6のカクレミノ』
は、『6つの6』＝216・216＝2016年の2月16日までは言納が隠れ蓑（または隠れ身の）だったのかもしれない。
『コトノスムマデ666』は
ひとつが〝言納（が）澄むまで〟であり、
もうひとつは〝事の済むまで〟である。
これは祖母の死によって精神的に濁ってしまった言納が以前のように心が澄むまで、といった意味でもあり、与えられた課題をこなす＝事の済むまで、でもあるのだが、課題が与えられたのが2014年4月21日で、その666日後が2016年2月16日だったのだ。つまりその日は言納が課題を終える期限として、以前から知らされていた。
しかし言納は期限よりずっと早く課題を終えていたのでその日付けを忘れていたのだが、タケルがその日に生まれた。
最後は『イヨヨ　マコトノ　コトハジメ』
前半部分の『イヨヨ　マコトノ』は
〝いよいよ誠の〟
〝いよいよ真・言納（真なる言納）〟
であり、『コトハジメ』は
〝事始め〟
〝言葉締め〟
などと解釈できる。
組み合わせ方によって意味が異ってくるが、母となった今は〝いよいよ誠の、あるいは真なる言納の

人生が始まるぞよ〟といった解釈でいいと思う。
言納の門出を祝った意味合いが最初から含まれていたとしたら、かなり神ってる。

タケルが誕生したその日、夕方になるとかなり冷え込んできたが、健太は言納に頼まれもう一箇所お礼参りをしに向かった。東谷山山頂の尾張戸神社だ。
健太も亀仙人として世話になっているが、言納もここで身ごもったことを知らされた。それまでは気付いてなかったのだ。

『御言納よ
汝が道は
佳き道　まことの（真・言納の）道ならん
信じて歩むその道は
共に歩むる神の道
風はそよ吹き　花咲き満ちて
光り輝く事の道（言納道）

夢山河
越えつ歩みし汝が道を
祝福せんとや　今さらに

幾山河
越えつ歩みしその魂は
歩みし幾多の道程に
何を刻みてきたるかは
魂こそ知るや　生き通し
こころ震えん　今まさに
振り返るれば刻印は
きらりきらりと輝いて
今ここぞ
御宝お腹に抱きつつ
手に手を取りて歩まれよ
伴侶と共にどの道も
佳き道なりと………』

（えっ、御宝お腹に抱きつつって……まさか）

そのまさかで、言納は自分の妊娠を知り、それ以降の言葉はすべて忘れてしまった。

言納はこのことを健太に話そうか迷った。以前のことがあるからだ。

何しろ言納はトルコへ行く前に自分の母親を産んでいる。いや、今生（こんじょう）での母親ではない。当り前だ。どうして今生の母親を娘が産めようぞ。産んだのは大昔にトルコで生きたときの母親であって、しかもそれは霊体をだ。肉体を持ってのことではない。

がしかし言納はそのとき流産と同じ状態になり、近所の神社で参拝中に倒れた。それについても『遷都高天原』に詳しいためその後については省くが、とにかくはっきりしてから話そうかと迷っていた。

ところがその日、妊娠を知らされた言納の隣りで健太はこっそり、そろそろ子供を授かりたいと懇願（こんがん）していたのだ。できれば男の子が欲しいと。

なので報告と礼をすべきは健太も同じだった。

あたりはすでに真っ暗だ。こんなときは他の参拝者がいると安心するが、冬の暗闇の中で山に登って神社へ参拝する者などそうそういるもんじゃない。

静まった境内を冷たい風が吹き抜けてゆく。

健太は心おちつかせ、いつもよりも深々と頭を下げて無事の出産を報告した。

（望み通り、男の子を授かりました）

すると言い終わらぬうちに返答があった。間髪を容（い）れずとはまさにこのことだ。

『授けたのではない
預けたのじゃ』

それがすべてだった。

そして健太も大きな衝撃を受けた。

子供は我が子であって我が子ではないということ。神から、あるいは大自然から預かったのだから。

したがってタケルは健太と言納の子であって、しかし2人の子ではない。預かって育てさせてもらうのである。間違っても親の所有物などと考えてはいけない。いけないのだ。

ただし、人に子供の話をするときなどについては便宜上〝我が子〟とか〝うちの子〟と言うのはかまわない。心の中で神の子、大自然の子を預っているということを忘れなければ。

というのも、世間の人にいちいち
「うちの5年生になった神の子がね………」とか
「我が家で預かってる大自然の子はね………」

なんてやると、近所や学校で何かと面倒なことになるので、それは止めたほうがいい。

また、親は子に食事を与えて肉体を育てつつ社会のルールを教えるが、子供は親の精神を育てつつ親の知らない生きざまを教えてくれる。育て合いだ。


東谷山から犬山への帰り道、健太は運転しながら笑ってしまうことを発見した。不思議なことに慣れている健太もこれにはおっ魂消（たまげ）た。タケルが意図したのか言納が超人なのか。

タケルが生まれた2016年2月16日は、0を抜いて考えると
「216・216」で、それは
「6×6×6・6×6×6」
だったが、生まれた時間が12時18分なので
「12・18」になり、これは
「6＋6・6＋6＋6」
である。掛け算と足し算の違いはあるが、
2016年2月16日12時18分は
「6×6×6・6×6×6・6＋6・6＋6＋6」
になり、タケルの生まれた時間は11コもの6が並んでお見事。満開の桜並木のように続いている。

11コも6が並んだ。
健太と言納の結魂記念日は11月6日だ。すごい。
11コの6をすべて足すと「66」になる。11×6でも同じで「66」であり、「66」は〝子宮〟だ。
シ＝15　キ＝10　ユ＝38　ウ＝3　合計66

タケルは言納の「子供の宮」＝子宮で育ったが、
玉し霊は諏訪湖からやって来てたりして。
ス＝13　ワ＝46　コ＝7　合計66
諏訪湖も「66」になる。

２０１６年2月16日の「２１６・２１６」
12時18分の「12・18」
これらをすべて足すと
２１６＋２１６＋12＋18＝４６２
「４６２」になった。
４６２＝６×77だ。
「６」は頭を下にした胎児を表す形霊（かただま）だ。

そして「77」は〝産道〟だ。
サ＝11　ン＝1　ド＝62　ウ＝3　合計77
諏訪湖（66）からやって来た玉し霊が言納の子宮（66）に宿り、胎児（６）は産道（77）を抜けてこの世に誕生した。

誕生したタケルは３１５８グラムだった。
一般的な産婦人科で使用する体重計は2グラム単位でしか計れない。奇数が出ないのだ。なので実際は３１５７グラムだったとしよう。
３１５７＝77×41になる。「77」は〝産道〟だ。
「41」は〝ヘソ〟であり〝神〟だ。
ヘ＝29　ソ＝12　合計41
カ＝6　ミ＝35　合計41
諏訪湖は日本の〝ヘソ〟であり、そのヘソに棲む〝神〟から預った「６」＝胎児が言納の〝産道〟を通って誕生した……のかもしれない。

第2章　縄文の風、かほる日

諏訪大社式年造営御柱大祭　上社「山出し（やまだし）」
２０１６年４月２〜４日

ヤァ――――
山のォ――――神様ァ――――
お願ァ――――いだァ――――

八ヶ岳の麓に甲高い声の木遣り唄が響く。待ち遠しかったオンバシラ祭りの「山出し」が幕を開けた。揃いの衣装を身に纏った子ども木遣り隊も元気よく木遣りを鳴き、それに続くラッパ隊が氏子を奮い立たせている。

オンバシラに取り付けられたメドテコはまるで龍の角のようだ。オンバシラ先端の巨大メドテコを〝前メド〟と呼び、長いものだと5メートルほどにもなる。最後尾にも〝うらメド〟があり、長さは3メートルほどだろうか。

前メドには左右それぞれ10人ずつが並んで乗り、大きくオンベを振っている。オンベとは、神社でお祓いなどで使う御幣のミニチュア盤だ。各地区によって色が異なる。

揃いの波被・腹掛けに地下足袋姿でメドテコに乗ることは若い氏子の憧れであり誇りでもあり、まさに晴れ舞台だ。どの顔もイキイキしている。背後にそびえる残雪の八ヶ岳も、6年間この日を待ちわびていたであろうほどの熱気に包まれた綱置場（つなおきば）から、上社山出しは始まった。

上社の山出しは八ヶ岳山麓の綱置場を出発し、遥か12㎞先にある茅野市宮川安国寺のオンバシラ屋敷を目ざす。その途中、5㎞先には難所〝穴山の大曲り〟と呼ばれる狭い路地のカーブがあり、10㎞先には約40メートルの坂を滑らせる〝木落し〟が待っている。

木落しが終わるといったんメドテコを外し、JRの細いガード下をくぐり抜ける。現在はガード下を通るようにしているが、かつては線路を乗り越えていたそうだ。

ガードを抜けたら再びメドテコをオンバシラに取り付け、次は国道20号を横断し、最後は川に飛び込む〝川越し〟である。

真っすぐ進めば立派な橋があるのに、わざわざ高速道路下を直角に曲がって堤防へと向かうのだ。そしてメドテコに氏子を乗せたまま勢いよく宮川へ突っ込む。4月初旬の諏訪はまだ寒く、雪が降りしきる中で川を越えることもあるし、晴れていても水は冷たい。しかし、南アルプス北端から流れ来る雪どけ水で氏子もオンバシラも禊(みそぎ)をする。それが古くからの習(なら)わしなのだ。ときどき死者も出る。しかし諏訪の氏子は、先人たちから受け継いだ伝統を命がけで継承し、後世に伝えようとしているのである。


外部からはその危険さを非難する声もあるが、まったくもって的ハズレであり、何も判っちゃいないということだ。諏訪の氏子ほど山の神々から愛されている人たちは他にいない。その理由は追い追い述べることにしよう。


「ヨイテーコショ」「ヨイテーコショ」

「ヨイテーコショ」「ヨイテーコショ」

曳行長(えいこうちょう)の掛け声に氏子が返す。

「ヨイテーコショ」「ヨイテーコショ」

若い氏子がズラリと並ぶメドテコが大きく左右に振られたまま、ついにオンバシラが動き出した。曳行開始だ。

先頭を行くのは「ホンイチ」だ。96年ぶりに豊田四賀地区の氏子が曳く。この地区は曳き子3千人を集めるため、氏子には親類縁者すべてを集めろと指令が出ていたそうだ。でないと動かないのだ、柱がデカすぎて。

「ホンイチ」や「前一（まえいち）」の重量は10トンに迫る。そのオンバシラに左右の前メド・うらメドを刺し、前メドには計20人。短いうらメドにも10人が乗り、さらにオンバシラの上には先頭に御幣持（ごへいも）ちが立ち、他にも大総代や役員、それに威勢のいい氏子らが30〜40人乗る。総勢60〜70人だ。人の重量だけで4〜5トンになる。

それに加えて綱がこれまた重く、オンバシラに直接結びつける元綱は男綱と女綱の2本あり、元綱の先に伸ばす2番綱・3番綱まで含めると、オンバシラの総重量は15トン前後といったところか。3番綱の先端は200メートル先にあり、オンバシラからだと遙か先で見えない。

そんなわけで曳き子が大量に必要なのだが、それでも息を合わせないとオンバシラは動かない。ビクともしないのだ。だから木遣り唄が必要で、木遣りが終わると同時に「ヨイサ、ヨイサ、ヨイサ」で曳く。全員が息を合わせて、「ヨイサ、サイサ、ヨイサ」と。するとオンバシラが大地を滑り出すのだ。

木遣り衆は厳しい特訓を受けており、滝のすぐ脇に立ちゴウゴウと流れ落ちる滝の音にも掻き消されない声を身につける。ときにはノドから血が出ることもあるという。

そしてオンバシラ祭りでは神職に代わって山の神を呼び出すつもりで木遣りを鳴くのだ。

木遣り唄とそれに続くラッパ隊のリズムに曳き子が綱を曳き、重戦車のような「ホンイチ」が健太の目の前を通り過ぎて行った。すごい迫力だ。かすかにだが、大地が揺れたようにも感じた。

次に曳行を開始するのは「前一」だ。上社山出しは本宮と前宮のオンバシラが一之御柱から交互にスタートするので、「前一」の次は「本二」、次は「前二」と続き、「前四」が最後になる。「前四」が待機するのは「ホンイチ」よりも2㎞後方で、動き出すまでにはまだずいぶんとかかりそうだ。

健太は氏子でなければ氏子の親類縁者でもない。なので大学で同期だった向日葵に連絡をとり、知人の氏子を紹介してもらっていた。

現在は松本に住む向日葵だが、高校を卒業するまでは諏訪で育ったため、同級生から近所のおじさんおばさんまで氏子はいくらでも知っている。

向日葵は、2008年8月26日に健太が諏訪大社の前宮で『和睦の祭典』をおこなった際に、松本の須々岐水神社からススキをもらってきてくれている。

（『弥栄三次元』307ページ）

向日葵が紹介してくれたのは中洲・湖南地区の氏子だった。ということは「本二」を曳く。

健太は自分もオンバシラを曳くことができる嬉しさに心おどらせ「本二」が待機している場所へ向かったが、まるで休日の竹下通りのような人だらけの中で、顔を知らない相手を探し出すことは不可能に思えた。いや、たとえ顔を知っていたとしても、役持ち氏子は全身揃いの衣装を身に纏っているため、見つけ出すのは至難の業であろう。

「すみません。藤森さんはどこにいらっしゃるかご存じないでしょうか」

とにかく近くにいた氏子に問い掛けてみた。

「藤森はたくさんいるよ」

「藤本修平さんです」

「どこの区の人、その人は」

「中洲・湖南の氏子さんだって聞いてます」

「おいおい。あのさぁ、中洲・湖南の中にもたくさんの町内があって、それを全部ひっくるめての中洲・湖南だからさぁ、オレたちも他の町内の人は名前まで知らないんだよねぇ」

うかつだった。中洲・湖南地区の藤森さんって聞けば、すぐに判ると思っていた。だが、氏子の衣裳をよーく見てみると、すべてがお揃いではなく、法被の背中や腹掛けに入った町内を表す文字やしるしはそれぞれ違っていた。

どうしたものかと健太が思いあぐねていると、あれれ、「本二」も動き出してしまった。こうなるとオンバシラまわりや元綱周辺は危険だし邪魔になる。それで仕方なしに急いで前方へ向かったところ、綱の先頭付近は一般氏子の数が少なくスカスカだった。

（ここなら入れてもらえるかもしれない）

そう思っていたところへ、子綱をたくさん抱えた年配の氏子が健太を見つけ、

「おい、若いの。しっかり曳いてくれよ」

そう言って子綱を手渡してくれた。

元綱から先へと伸びる2番綱・3番綱は元綱ほどの太さはない。しかしそれでも直径が8～10センチほどあるのでそれを直接待つのではなく、子綱と呼ばれる細いビニールひも、あるいは縄を結んでその子綱を曳くのだ。

健太の位置からだと200メートル後方にあるオンバシラの姿はほとんど見えない。わずかにメドテコの高い位置に乗る氏子が確認できる程度だが、それでも不満はなかった。とうとうオンバシラにたどり着くことができたのだから。

なぜ諏訪ではオンバシラを建てるのか。多くの文献を調べてみたが納得できるものはひとつもなく、それで健太が導き出した答えは、

〝オンバシラを知るのであればオンバシラを曳けオンバシラを曳かずしてオンバシラは知れぬ〟

であった。いくら文献を調べてみたところで、実際にオンバシラを曳いてみないことには何も判らない。曳かずしてオンバシラを語るのは、判ったつもりになっているだけで、実はオンバシラを語る資格がない。そう思ったのだ。いや、正確に言えば健太がそう思う前に、言納が語った。タケルを抱っこしながら、こんなことを。

「実際にオンバシラを曳いたことがない人の見解なんて価値がないわよ」

なかなかするどいことを言う。母になって強くなったようだ。それに言納の後押しがあるからこそ、健太は堂々と諏訪へ来ることができる。結局は女房

次第で男の出来が左右されるということか。

とにかく、オンバシラを知るための第一歩を踏み出すことができた。ここからが始まりだ。


「ヨイサッ」「ヨイサッ」

「ヨイサッ」「ヨイサッ」

すべての氏子が息を合わせることでオンバシラは大地を這うようにして進んで行く。そしてみんなの息が乱れた瞬間にオンバシラは止まる。瞬間にだ。それはまるで山の神が、老若男女の氏子たち全員がひとつになっているかを確認しているようだ。

「お前たちが互いを尊重し、〝ス〟と〝ハ〟で呼呼をピタリと合わせればワシは動く。お前たちが自分勝手にバラバラならばワシは動かん」と。

健太もまわりと息を合わせることだけを考えた。そこには理屈や奇を衒った思わくは必要ない。むしろ邪魔になる。ただただ全体の一部として、まわりとひとつになること。それだけだった。


何度もくり返し観たオンバシラ祭りのDVDだが、観てるだけでは判らなかった大切なことが、曳き始めて10分で体感できた。

と同時に、諏訪の氏子の仲間入りができた喜びが玉し霊のバルブを開き、健太の奥深くに秘められていた何かが動き出した。そして子綱を曳きつつ妙な感覚に陥った。

(あれっ、何?………ちょっとヤバい)

心臓が高鳴り、目まいのようにフワフワして足元がおぼつかない。

(えっ、倒れたらマズいよなぁ………)

もし曳行中に倒れでもしたらとんでもなく迷惑な話だ。それで健太は本気で綱から離れようとしていたのだが、スーッと視界が鮮明になると同時にフワフワ感も消えた。

(よかったぁ、倒れずに済んで。びっくりしたなぁ、もう。何だったんだろ………んっ、あれっ、えっ、これ何。何なの?………)

症状が治まって安堵したのだが、変なのだ。視界の中にふたつの景色がある。

ふたつの景色といってもまったく異なる風景が2種類あるのではない。例えば東京と諏訪の風景が重なって見えるといったような。そうではなく、それらはほとんど同じ景色で、なのでどちらも八ヶ岳を背景にしたオンバシラ街道であることに違いはないのだが、ただ少しだけ、ほんの少しだけ微妙に何かが違っている。

健太は当初、めまいのせいで目がかすんでいるのかと思い、何度か目をこすったり強くまばたきをくり返してみた。しかし変わらない。

ひとつの景色は通常の視界と同じくハッキリしているが、もうひとつは色が薄くてボンヤリしている。それは、色が褪せてセピア色に変色した古い写真のようであった。

健太は何が起こっているのか確めたいのだが、まわりは知らない人ばかりなのであまりキョロキョロできない。それで子綱をうしろ手に持って前かがみになりつつ曳いてみたり、あるいは進行方向に背を向けて運動会の綱引きのように曳いてみたりしながらあちこちの景色を見ているうちに、気が付いたことがあった。

それは遠く霧ヶ峰方面であっても振り返って八ヶ岳を見てもふたつの景色はほとんど重なるのだが、視線を近くにもってくると、ハッキリとした景色にはアスファルトの道路があり大勢の氏子が子綱を曳いて里に向かっている。まわりには家も建っている。

しかしもう一方のボンヤリセピア景色にはそれがないのだ。道路も何もない。

(うわっ、何だあれっ)

新たな発見があった。

ボンヤリセピア景色の中に見えていたいくつかの三角屋根のような………それは強いて言えばネイティブ・アメリカンのティピだとか、モンゴルのパオのようでもあるが、色が薄くてボンヤリしているのでこの位置からでは確認できない。しかし気になる。というのも、ボンヤリセピア景色にはその三角屋根以外に人工建造物らしきものが何もないのだ。それで再び健太がそれを注視すると、驚いたことにその部分だけがズームアップされたのだ。

（マジかよー、おいっ）

ティピかパオのように見えていた三角屋根は実際に人の住まいで、それは古代の竪穴住居だった。

つまり健太が見ているふたつの景色は、ひとつが現代であり、もうひとつは同じ場所の過去だったのだ。だから遠くの霧ヶ峰や八ヶ岳などはほぼ重なっていたのだ。ただし、過去の景色についてはいつの時代かが特定できない。

（うっわー、どうしよう）

どうしようったって、どうしようもない。

「おい、兄ちゃん。もうバテたか」

健太はまわりの景色に夢中で、子綱がたるんでしまっていた。これではサボッていると思われても仕方ない。自分だけ乱れてしまっていた。

「ヨイサッ」「ヨイサッ」

「ヨイサッ」「ヨイサッ」

健太はまわりの氏子よりも大きな声を張り上げ、力いっぱいに子綱を曳いた。

そして子綱を曳きつつ先ほどの竪穴住居に意識を合わせると、やはりその部分がズームアップされ、人の姿や地面に立てられた土器までも見ることができた。土器には複雑な装飾が施されている。ということは…………。

（縄文中期ってことか）

そうだ。縄文中期だ。それは土器で判断できる。1万2千年以上続いた縄文時代の中で、土器のカタチがもっとも複雑で激しいのが縄文中期である。

とはいってもその時期に作られた土器のすべてが複雑な姿をしているわけではなく、祭祀に用いるためのものや、何か見えない力が得られることを期待して使用する土器が複雑で激しいのだ。

有名なものとしては火焔型土器（かえんがたどき）が代表格だが、あれは新潟県十日町で出土しており、諏訪地方の感性とはやや異なる。

縄文中期。それは今から5千500～4千500年ほど前のことで、その時期の諏訪地方は日本でもっとも人口の多く、諏訪湖周辺から八ヶ岳山麓にかけては当時の首都ともいえる。だがそれは、これまでに発見された遺跡の数から判断されているため、今後は東北地方の開発が進み、その過程で縄文時代の遺跡が大量に発見されれば、当時の人口分布も変わってくるであろう。宮内庁としては都合が悪いだろうけど。

それでも縄文時代に諏訪地方が栄えてたことには変わりなく、なので長野・山梨・新潟以外の博物館や歴史資料館へ行くと、数少ない縄文土器を立派なケースに入れ、いかにも貴重品ですよと言わぬばかりに展示してある。

ところが長野県下では畑を掘れば縄文土器なんぞはいくらでも出てくるため、どこの博物館や歴史資料館でも超激しい縄文中期の土器が、所せましと無造作に並べてある。無造作などと言うと関係者は反論するであろうが、だったら関西や東北地方の博物館に勤める学芸員に見てもらえばいい。必ず笑う。

松本市が考古博物館を新設することになった。博物館側としては内容を充実させたいので、近隣住民にこう呼び掛けた。

「皆さんのお宅に、畑や田んぼから出てきた土器があれば、博物館に寄贈していただけませんでしょうか。よろしくお願いします」と。

そしたらもう次から次へと来るのなんのって、もういらんというぐらい集まったそうだ。諏訪だけじゃなく、松本や塩尻も畑を掘れば縄文土器はどれだけでも出てくる。

諏訪地方のある博物館で若い学芸員に
「この土器さぁ、地震で全部壊れちゃってもあなたたちは困らないでしょう。だってまた掘ればいいんだから。でしょ」
と言うと、その学芸員氏は困った顔をして
「そりゃそうですけども………」
と言葉を濁した。ほらね。掘れば出るんだってば。

　縄文時代に信仰の対象となったものは「月」であり「ヘビ」であり「カエル」であり「女性のお腹（子宮）」だ。これらはすべて〝再生〟を意味しているため、縄文中期の激しい土器にもモチーフとして多く用いられている。そしてそれらがモチーフになった土器は激しさが和らぎ、優美へと変わる。しかしそれは、縄文人の感性をどれだけか理解すればの話なのだが。

　例えば、土器の一部分に女性のお腹が表現してあるが手足はカエルだったり、女性がお腹だけで首がなかったりとか。現代人の感覚だと首がない女性像なんて恐しいし縁起が悪いことこの上ない。

　しかし縄文人が大切にしたのは再生する力なので、それには女性のお腹が必要だが、手足は要らない。美脚スタイルなんてどうでもいいのだ。お目々パッチリ小顔の色白美人も関係ない。

　月は満ち欠けをくり返し、下弦を過ぎれば細くなってやがては消えるが、必ず復活を遂げる。つまり再生だ。

　ヘビも脱皮して生まれ変わり、カエルは冬眠から黄泉返る。そしてヘビやカエルは水中と陸上のどちらにも現れる。湖を中心にして生活圏が広がる諏訪地方において、それだけでも信仰の対象になり得る。

　諏訪大社の本宮では元日の朝、蛙狩神事がおこなわれる。宮山から流れ出る御手洗川の凍てつく川底でカエルを2匹捕え、矢で射抜いたものを神前にお供えするのだ。神事の起こりとしては諸説あるが、長い歴史を持つことは間違いない。

　神事の内容はともあれ、カエルを神に供えるのは、縄文時代からの意識がカタチを変えて残っているのだろうか。

女性のお腹（子宮）については少し疑問があり、テーマが〝誕生〟ではなく〝再生〟なので少し考えを変えなければいけない。それを健太はボンヤリセピアの景色の中で、縄文人から教わった。とは言うものの縄文人という人種はいない。縄文時代に生きた人のことだ。

しばらくオンバシラの曳行に集中していた健太だが、何気なく竪穴住居に目をやると人が歩いている。

（えっ、ひょっとして縄文人？）

ズームアップするとそれは女性で、背をかがめて住居の中へ入って行った。入るとすぐのところに甕が埋めてあり、その中には幼児の遺体が入っていた。といっても見えたわけではないし、埋っているので見えない。ではなぜ？

女性が甕をまたぐ瞬間に、幼児……それはその女性の子供で、甕に入ったその子を意識したのが健太に伝わったのだ。

（ってことは、家の中にお墓があるってこと？）

ふとそんな考えが頭をよぎったが、女性の感情がすぐにそれを打ち消した。住居の中にいるので姿は見えないが、その女性はこんな想いでいた。

幼くして死んでしまった愛しい我が子の遺体を甕に入れて住居入口に埋めたのは、住居へ出入りするたびに甕をまたぐことになり、そうすればいつしかその子がまた自分のお腹に宿ってくれると願ってのことだった。だから頻繁に通る住居入口に埋めたのだ。竪穴住居では入口に埋められた甕がよく見つかるが、やはり同じ想いでそうしたのだろうか。

だとすると女性のお腹も〝再生〟だ。なるほど。〝誕生〟だとか〝産む〟だけではなく、ちゃんと〝再生〟のハタラキをしていた。これが縄文人の感性ということか。

健太は感動した。そして、現代人の考えで古代人を理解しようとしたところで、ちっとも判らないということ。当時の人々の感性、それが必要なのだ。

「ピ―――――ッ」

大きくホイッスルが鳴り、旗持ちが掲げる旗が白から赤へと変わった。曳行停止だ。

「氏子の皆様、ご苦労様でした。お蔭様で順調に進んでおりますので、ここでお昼休みにしたいと思います。お弁当はそれぞれの町内で………」

マイクを通して大総代の挨拶があり、氏子は各町内で用意した休けい処へと散っていった。そしてオンバシラが止まったと同時に健太の視界も現在の景色だけに戻っていた。

（何もないじゃんか。まいったな）

お昼はテキ屋の屋台で買うつもりでいたのだが、そのテキ屋がどこにもいない。屋台が並んでいるのは、もっと街に近付いてからだった。

仕方がないので、というよりも今こそチャンスなのでオンバシラに近寄ってみる。触ることができるかもしれない。

はやる心を抑えつつ近付いた。間近で見るとやはり巨大だ。樹齢は150年程度か。だとすると植えられたのは明治維新以前の可能性もあり、健太の4代前、それは曾々爺さんが生まれる以前のことになる。そんなころから今日まで厳しい日照りや風雪に耐え忍び、明治・大正・昭和の時代を生き抜いてきたのだ。日清戦争も日露戦争も太平洋戦争も知っていることになる。

そう考えると自然に手を合わせたくなってしまったが、まわりに大勢の人がいるため、健太は心の中でオンバシラに合掌した。

子供たちがメドテコに乗ってはしゃいでいる。母親たちもその様子を撮影するのに夢中だ。

健太もケータイを取り出し、楽しそうにしている氏子やオンバシラを何枚か撮った。残雪の八ヶ岳を背景にした、とびっきり贅沢で平和な風景だ。

「その法被、カッコいいですね」

背後から声が掛かった。今日だけですでに6人だ。振り向くと50代半ばの男性で、大きなカメラを首から提げ、「報道」の腕章をしていた。

「どこの町内ですか?」

ほら来た。それで健太が事情を説明すると、

「そうでしたか。素晴らしい。ところで、もう食事は済ませたんですか?」

「いえ、実は……」

それもついでに訳を話すと、その男は健太を手招きしつつ、ある町内の炊き出しへ連れて行った。

「やぁ、おばさん、ご無沙汰してます。県民日報の篠崎です」

「あーれ、あんたかね。ご苦労さんです」

「実は彼がね、お昼ごはん何も食べてないっていうんですよ」

健太はその女性に軽く会釈をした。

「あんた、どっから来ただえ」

「名古屋からです」

「はぁ、名古屋かね」

するとその女性は紙皿に巻き寿司といなり寿司を山盛りにして渡してくれた。

健太はそのとき、自分が氏子の親族でも何でもないことを言おうとしたが止めた。おそらくこの女性にとってはどうでもいいことだ。綱置場から他の氏子たちと一緒にオンバシラを曳いてきたんだから、たくさん食べてくださいよ。きっとそう思っていることだろう。なので遠慮なくそれを受け取った。

このあたりは街まではまだ遠く、田園風景が広がっている。健太が田んぼの畦に腰をおろして山盛りの寿司を食べていると、篠崎が名刺を差し出した。そこには「長野県民日報　諏訪支局長」の肩書きがあった。

篠崎は若かりしころ、誰もが知る全国紙の記者をしていたそうだ。しかし国民にとって本当に必要な

情報になると上層部から規制がかかり、当り障りのない内容へと強制的に書き替えさせられることに嫌気がさして辞めてしまったのだと。それで地方紙に再就職したそうだ。

「社会にとって重要度も注目度も低いですよ、地方紙は。けどね、実際の現場で見て聞いて感じたことを隠さなければいけないなんて、ジャーナリズムの世界にいる意味がないでしょ。だから地元へ帰って地方紙の記者をやってるわけですよ、アハハッ」

「篠崎さん、地元なんですか？」

「自宅はここからだと、そうだなぁ……5㎞ってとこかな。中ッ原(なかっぱら)遺跡ってご存じですか。〝仮面の女神〟が出土したところなんですけどね。あそこから歩いて5分ぐらいだね」

知ってるもなにも〝仮面の女神〟は、国宝に指定されている5体の縄文土偶のうちのひとつだ。他にもここ茅野市からは土偶〝縄文のヴィーナス〟が棚畑遺跡から出土しており、国宝5体のうちの2体が茅野市産出なのだ。国宝に指定されている他の3体は函館の〝中空土偶〟、青森県八戸の〝合掌土偶〟、それに山形県舟形町の〝縄文の女神〟で、どれも東日本から出土したものばかりだ。

現在までに見つかっている縄文時代の遺跡は85％が東日本にあり、そのことからも土偶が東日本で盛んに作られていただろうことが判る。

残念ながらスピリチュアル系の人たちが宇宙人（宇宙服）だと信じている青森の遮光器土偶は、国宝でもないし宇宙人でもない。あれは縄文晩期のものなので重要文化財だ。

遮光器土偶しか知らないと、たしかに宇宙人（宇宙服）にも見えるが、〝縄文のヴィーナス（縄文中期）〟や〝仮面の女神（縄文後期）〟からの進化系と考えれば、それほど驚くべき姿でもない。むしろ群馬の〝ハート型土偶（縄文後期）〟や埼玉の〝みみずく土偶（縄文後期）〟のほうがユニークな姿をしているのではなかろうか。

縄文時代の土偶はほとんどが女性である。

　これまで発掘された土偶は全国で約1万5千体ほどにおよぶが、男性であることがはっきり確認できるのは国宝にも指定されている青森の〝中空土偶〟がわずか一体のみで、他はすべて女性または性別不明だ。性別が不明なのは、それが男女を超越した妖精のような存在でもあると考えられる。

　基本的に土偶は破壊されてから土に埋められる。なので壊されてない状態の土偶はあまり見つかることがない。見つかってもごく稀だ。

　2000年8月23日に中ッ原遺跡で発見され、のちに国宝指定を受けた〝仮面の女神〟は、めずらしく全身をほぼそのままの姿でとどめたまま発見された。しかも土偶としてはかなり大きい。

　この土偶を土の中から最初に発見したのは、遺跡の発掘を手伝う女性だった。実はこの女性、土偶を発見する前夜に不思議なユメを観ており、そのユメの中で宝箱を開けたそうだ。〝仮面の女神〟が導いたのかもしれない。

　寿司を食べつつ話を聞いているうちに、篠崎が地元では有名な縄文時代の研究家であることが判った。それで健太は〝再生〟についてを尋ねてみた。

「〝再生〟はもっとも重要なテーマですね、縄文時代の文化を理解するためには。おっしゃるように月は〝再生〟の象徴のひとつですが、太陽もそうなんですよ」

「太陽……ですか。けど、太陽は月のように満ち欠けしませんよねぇ、日蝕以外では。どうして太陽も〝再生〟なんですか?」

「〝再生〟の前に、まず〝死〟があります」

「えっ、〝死〟?」

「縄文人はおそらく、太陽が西の地平線や水平線に沈むことを太陽の〝死〟と考えたのでしょう。そして朝になればまた東の方角から生まれる。つまりそれも〝再生〟です」

「なるほど」

「縄文人はね、太陽の〝死〟と〝再生〟を自分自身にも当てはめてたんだと思いますよ」

「といいますと？」

「太陽が沈んで夜になれば、今日の自分も死ぬ。そして翌朝になり〝再生〟した太陽が姿を現せば、自分も新しく生まれ変わったんだと。そうすれば昨日の失敗を今日もくよくよする必要はないわけですよ。昨日の自分はもう死んでいるんだから。まぁ、そういった意味では昨日の栄光も、今日になればすでに過去のことってことですけどね」

「それ、素晴しいですね」

「最近は何かと縄文時代が注目されてますけどね、土器や土偶の型式を調べるなんてことは専門家に任せておけばいいことでさ、僕たちは彼らの優れた意識に目を向けないとね」

たしかに昨今は海外からも日本の縄文時代が注目を集めている。というのも、旧石器時代以降で1万年以上続いた文明は、世界中で唯一縄文文明だけだからである。なので海外の学者も縄文人の社会性について強く関心を抱いているのだ。

今日が終われば今日の自分は死ぬ。明日になれば新しい明日の自分が生まれる。昨日の悲しみはすでに死んでしまった自分の悲しみであり、新しく生まれた今日の自分はそんなことを持ち越さない。これぞ世界に誇れる縄文時代の精神文明ではなかろうか。

「縄文時代の意識について学びたければ、富士見町の井戸尻(いどじり)考古館へ行くといいですよ。館長を紹介しますから」

後日、健太は井戸尻考古館を訪れたときのこと、驚いたのは縄文時代の農耕についてだった。

縄文時代の生活といえば、一般的には狩猟採集と考えられている。しかし富士見町の井戸尻遺跡では農耕の形跡が認められるという。農耕といっても現代の農業とは明らかに異なるが、出土する石器などから判断しても半数以上が狩猟のための道具ではなく、農耕に使用したものと考えられるそうだ。

諏訪市出身の考古学者藤森栄一（1911~73年）の調査により、中部地方高知の縄文中期土器群を時期順に位置づけた「井戸尻編年」が組み立てられ、縄文時代もすでに農耕がおこなわれていたと考える「縄文農耕論」は、ここ井戸尻遺跡が発祥だ。ただし青森県の三内丸山遺跡などでは「縄文農耕論」を否定しているようなので、今後の研究成果が楽しみだ。

井戸尻考古館には土偶に関しての興味深い見解があった。それは、ナゼ土偶は破壊してから埋めるのかという疑問に対し、これまで触れたことのない捉え方だ。考古学としてはとても豊かな解釈だったので、健太はそのままを書き写してきた。ただし、アカデミズムではその解釈に対して否定的な意見も少なくないようではあるが。

「土偶」

粘土をこねて作った女神。ふつう五体満足で出土することはない。首や手足をもがれるべき運命を負い、体の各部は遠く散らされたのである。女性としての最大の特徴点は豊満な腰の表現におかれる一方、その顔は稚児の表情をみせるものが少くない。

土偶のこうした在り方は、古事記や日本書紀に記された次の神々を彷彿とさせる。

大宜都比売または保食神。殺害された屍体の各所から穀物ほかが化成した。

伊耶那美命。黄泉の国に隠れたその体の各所には雷が化生していた。

月の死と再生を凝視すると、死は忌み恐れるべきものでなく、むしろ新たな生命の前提となるものである。女神像が殺められたのは、そうした宗教観念の表明であった。

真意はともかく、なるほどと思う。

考古館内にはこの文章の横に、バラバラで出土した女神像の写真が展示してあったが、女神像のカケラの隙き間から植物が新芽を出していて、女性の身体が生命を生む様子が見て取れた。

アカデミズムとしてはこのような解釈について、創作された神話の世界と歴史的な史実を追い求める考古学がごちゃ混ぜになっていることを嫌うのだろうが、学術的な見解よりも精神性を求める人にとっては歓迎すべき解釈ではなかろうか。

ついでなのでもうひとつ。これも井戸尻考古館で書き写してきたものだ。

現代人にとっては首のない人体はただただ恐しいものであり、できれば触れることを避けたい。絵画であってもそうであろう。

しかし縄文人にとっては死生観さえも大自然の成り立ちが元になっていることがよく判る。


「人面または人首の神」

本来は深鉢の口縁に載(いただ)かれていたもの。その深鉢は秋の収穫を終えたのち、新嘗(にいなめ)の祭りに新(しん)穀(こく)を炊く礼器(れいき)であったと考えられる。

ところがこの種の土器は最後に人面が欠き取られ、本体は壊されてしまう。

首を欠き取るという行為は、収穫にあたって穂首を刈る作業に擬(ぎ)せられていたに違いない。

いっぽう、人面の表現は母胎より生まれ出ずる稚児の顔となっている。

すると土器の口縁より欠き取られる稚児の首とは、穀物の穂に宿る神霊、すなわち穀霊の姿であろう。

芽生えの力をもつ種子の神霊は、日本書紀で稚(わく)産霊(むすび)と呼ばれる神である。

生命力あふれる人面の稚児は、まさに稚(わか)い産霊(むすび)という神の名にふさわしい。

そろそろ午後からの曳行が開始される。健太は最後にもっとも素朴な疑問を聞いてみた。

「オンバシラは神聖な境内に建てるのに、どうして諏訪では地面を引きずったり土足でそのまま乗っちゃうんですか？」

たしかにそれは万人が共通して思うことだ。

20年に一度おこなわれる伊勢神宮の式年遷宮では長野県の木曽などから御用材を切り出すが、決して地面に降ろすことなく伊勢まで運ばれる。御用材を引きずるなんてことはとんでもないし、ましてや土足で乗ったりしようもんならそのスジの人に射殺されるか、少なくとも刺される。間違いない。

ところが諏訪では船に乗るようにして誰しもがオンバシラに乗る。

「それはいろんな考え方があるね。けど、決してガサツに扱ってるわけじゃないんだよね。そう見えても仕方ないけど。むしろ大地に接したまま通り抜けて行くことに意味があるんだよね。水平の動きって言うかハタラキというのか……」

「水平の動き？」

「そうだ、今夜もし時間があれば食事に行きませんか。おいしいお酒がある店へ」

「行きます」

というわけで、茅野駅前で7時に待ち合わせることにした。さて、曳行再開だ。

ヤァ――――

氏子のォ――――――皆さまァ――――――

お願ァ――――――いだァ――――――

曳行開始前は木遣り唄とラッパ隊の演奏が何度もくり返され、氏子の士気を高める。

諏訪の木遣りはとても甲高い声で鳴くし伝統の節まわしがむつかしいのだが、古い文献によれば昔は木遣りが下手くそだと氏子はそれを無視して綱を引かなかったらしい。

また、ラッパ隊についても慣れるまでは違和感があるかもしれない。なんで法螺貝じゃないんだろうかって。いや、実は法螺貝も吹いてはいる。ただ、ラッパの音に掻き消されて聞こえないだけだ。

どうやらこのラッパ隊は戦時中に始まったらしい。若い男が出兵したため曳き子の数が足らず、進軍ラッパで氏子を鼓舞してオンバシラを曳いたそうだ。それが今では祭りを盛り上げるため、ラッパ隊には若い女性の姿が目立つ。

ただしラッパ隊が盛んなのは上社エリアでのことで、下社ではラッパ隊の数が少なく、地区によってはラッパをいっさい用いず、木遣りだけで昔ながらの曳行を継承している。健太はのちにその地区の氏子らとも親しくなる。


「おい、梃子衆、もっと回せ回せ」

「追い掛け綱っ、右だ右、右へ曳け」

「メドを倒せっ。屋根に当たるぞ、早く倒せ」

オンバシラが難所〝穴山の大曲り〞にさしかかると、あちこちから怒号が飛び交った。ここは道幅が狭く、郵便局を過ぎると左へほぼ直角に曲がる。したがって、ただ曳いているだけではどこかの屏を倒すか民家に突っ込むのだ。

そこで梃子衆と追い掛け綱衆にとっては腕の見せどころなのだが、10数トンの重いオンバシラはおいそれと向きを変えてはくれない。

梃子衆は2メートルほどの細長い梃子棒を各自が持ち、人数は大きな柱の場合は70〜80人にもなる。もっとも重要な仕事がオンバシラの向きをスムーズに変えることで、〝穴山の大曲り〞のような急カーブでは前方の梃子衆がカーブの外側から、後方の者はカーブの内側から梃子棒をオンバシラの下に射し込み、持ち上げるようにして巨大なオンバシラを操る。それは見事だ。

また、カーブでは追い掛け綱衆も大切な役割を果たす。追い掛け綱とはオンバシラの最後尾に取り付けられた2本または4本の綱で、左へのカーブでは右側へとグイグイ引っ張り、オンバシラの向きを調整する。特に狭い路地を曲がる際になくてはならないのが追い掛け綱だ。あと綱とも呼ばれる。

さらにこの難所では他にも問題があり、角のように生えた長いメドテコが電線に触れそうになったり、民家の軒先にぶつかりそうになるのだが、左右に10人ずつ乗るメドテコをどちらかにそのつど倒してすり抜けてしまう。一番先端の氏子なんて、メドテコの下にもぐり込むようにして電線をくぐっている。

何もそんな危険を冒さなくてもメドテコを少し短くすりゃ済むことなのに、わざわざ苦労して見せ場をつくる。ホント、諏訪の氏子はどうかしちゃってるのだ。だから面白いんだけど。

そしてこれがもっとも素晴らしいことなのだが、誰も「危ないからそんなことは止めなさい」と言わないことだ。諏訪人、恐るべし。

*

オンバシラ祭りだというのに茅野駅前は閑散としていた。健太は少し早めに来ていたが篠崎から連絡があり、20分ほど遅れるという。明日の朝刊に追加の原稿が必要になったらしい。なので言納にメールをしつつ行き交う人を眺めていたが、通勤・通学客以外は誰も駅を利用していなかった。

オンバシラ祭りは諏訪大社でおこなわれているのでその舞台も諏訪市だと思われがちだが、上社の場合はほとんどが茅野市だ。山出しでは曳行を開始する綱置場から数百メートルは原村内を曳くが、あとはすべてが茅野市内である。

里曳きにしても茅野市内から始まり、前宮の4本は茅野市内で終わる。前宮の所在地が茅野市だからだ。本宮の4本だけが最後の800メートルだけ諏訪市内を曳行するのだが、山出しも含めて全15km弱の行程を考えれば、上社のオンバシラ祭りは行政区だとほとんど茅野市になる。なので茅野駅前の閑散さは何だか寂しかった。


篠崎に連れて行かれた店は、目立たないビルの2階のバーカウンターがある居酒屋だった。

「篠崎さん、仕事は大丈夫なんですか。オンバシラ祭りですよ、今日から」

「大丈夫大丈夫。本社からたくさん応援が来てるし、取材しながら頭の中で原稿書いてたから」

まぁプロなんだからそうだろう。

「お飲み物はお決まりですか?」

店のマスターは髭面で、一見するとアラブの戦士に見えたが、細くやさしい目がそんな想いをすぐに打ち消した。

「冷酒。お任せ」

篠崎がそう答えると、健太も諏訪の酒を注文した。諏訪には酒蔵が9社あるため、銘柄はいつも迷う。

「あれからずっと気になってたんですけど、昼間におっしゃってたオンバシラの水平の動き。詳しく教えてください」

「あぁ、そうでしたね。縄文時代の意識について考えていると、垂直のハタラキと水平のハタラキをセットにしているようなんですよ。例えば男と女にしても男性は石棒で女性は大地。石棒が垂直で大地は水平みたいな」

「火と水のように、ですか」

「そうだね。けど、火と水は基本中の基本だから、旧石器時代からあったと思うよ、その信仰は。直接の火と水だけじゃなく、夏と冬とか、暖たかさと寒さとかね」

「あぁ、そうですねぇ」

「縄文の中期にもなると、それがもう少し進化して、空間的に垂直と水平を感じてたはずなんだ。オンバシラは建てたらずっと垂直でしょ。もし垂直に建つオンバシラと何か水平のものを組み合わせるなら、オンバシラは垂直のハタラキだけで問題ないけど、単独の存在だからね、オンバシラは。だから水平にして運び、水平のハタラキを体験させて水平のハタラキを染み込ませる。それから垂直に建てれば完成、ってところかな」

「よーく判ったような気もしますが、あんまり判ってないかもです」

「ミシャグジとソソウ神って知ってる?」

「名前は知ってます。けど理解してません」

「うん、いろんな解釈があるからね。じゃあさ、ひとつの例として聞いてほしいんだけど、ミシャグジは垂直のハタラキだと思う。天から降りてくる精霊とか山の神と考えてもいいかな。するとソソウ神は水平のハタラキになる。この世にあるものがそう。諏訪湖から水平に上陸して前宮へ向かい、垂直に降りて来たミシャグジと交わるんだね」

ミシャクジとソソウ神については解釈がむつかしいが、諏訪信仰の基礎ともなるべきものなので、詳しくは後から述べる。

「じゃあ、御神渡(おみわた)りは水平のハタラキになるんでしょうか」

「そうなるね。オンバシラの曳行も」

「そうか。単独の存在だからオンバシラに水平のハタラキを体験させ、それから垂直する。ちょっと判ってきました」


「はい、お待たせ」

バカでかい野菜のカキ揚げが出てきた。

「これ美味いよ。熱いうちに食べよう」

「はい、いただきます。ところで、もっと基本的な質問ですけども、どうして4本のオンバシラを建てるんでしょう」

「それ来ましたか」

「いろんな説があることは知ってますが、四方を守護する四天王説みたいなものは仏教が入って来てからですよね。そんなんじゃなく、もっと古くからの風習っていいますか、縄文や弥生のころと結び付くようなものはありませんか?」

「縄文でも弥生でも柱は建ててるね。古墳にも建ててるし。四隅突出型ね」

「西日本の日本海側で広まった古墳ですね」

「そうそう。正確には古墳じゃなくて墳丘墓って呼ばなきゃいけないらしいけどね。面倒くさい話だよなぁ、まったく」

篠崎は少し酔ってきたようだ。

古墳と墳丘墓の違いについて説明すると、それが造られた時代の違いだけのことだ。

古墳とは、古墳時代と呼ばれてる期間に造られた盛り土のお墓のことで、四隅突出型のそれは古墳時代以前の弥生時代に造られているため古墳ではない。墳丘墓なのだ。

しかし墳丘墓というのもよく考えるとおかしな話である。というのは〝墳〟も〝墓〟もお墓のことなので意味が重なっている。〝白い白線〟とか〝頭が頭痛〟と同じだ。〝左へ左折〟とか〝冷たい冷麺〟とか。なので墳丘か、あるいは丘墓でいいと思うのだが、それはともかく、島根・鳥取あたりから北陸の福井・石川・富山まで、ほぼ日本海沿いだけに造られた四隅突出型古墳、じゃない、墳丘墓はその名の通り方墳(四角い古墳のこと)の四隅がカモノハシのくちばしのように伸びたカタチをしている。なので健太はカモノハシ古墳と呼んでいる。古墳じゃないけど。出雲市大津町の西谷墳墓群では美しく復元されたものを見ることができる。

それでカモノハシ墳丘墓だが、中央に4本の柱が建てられていた。

だがカモノハシ墳丘墓は富山で止まっており、長野や新潟までは伝わってない。したがって、カモノハシ墳丘墓に建てられた4本の柱と諏訪のオンバシラをそのまま結びつけるわけにはいかない。かといって絶対に関係ないとも言えないけど。

「問題は四隅突出型に建てられた4本の柱に屋根があったかどうかなんだよなぁ。どう思う?」

「ボクもそれは疑問でした。屋根を付けてその下で祭祀をしたのか、それとも柱を建てること自体に意味があったのか」

「建てるだけで意味があれば、別に1本だけでもよさそうだし。青森の三内丸山遺跡は太い柱が6本建ってるけどね」

「そうですね。けどあれは途中に床を造って三階建てみたいにしちゃってますよね。屋根はありませんけど」

「そうなんだよ。結局さぁ、柱の跡が見つかっても地上がどうなってたのかは想像でしかないからね。僕の仲間は怒ってるよ。床を造るなって」

　カウンターの向こうで洗ったグラスを拭いていたマスターが笑った。ウケたようだ。

「中ッ原遺跡には8本の柱が建ててありますよね、篠崎さん家から歩いて5分の」

「うん、走れば2分のね。中ッ原の8本も、柱の跡が確認できたけど柱の長さや屋根の有無も判らないから、柱を建てただけにしてある」

「やはり神の依(よ)り代(しろ)なんでしょうか」

「それだと4本とか8本ある説明にはならないじゃないかなぁ」

「そうですね。イスタンブールではイスラム教の大きなモスクの四隅に立派な柱……っていうか、塔が建ってました。たしかブルーモスク（スルタンアフメッド・ジャーミィ）には6本ありましたよ、オンバシラみたいな塔が。けど同じ6本でも、それと三内丸山の6本は別に関係ないと思ってますけどね、ボクは」

　またマスターが笑った。

「僕の仲間が面白いことを言ってたよ。何で柱をたくさん建てて床や屋根を付けなかったかって」

「えっ、何でですか」

「縄文人たちは、空が落ちてこないように、たくさんの柱で支えてたからだって」

今度は3人が声をあげて笑った。

しかし、柱で空を支えるという感性は意外と核心を衝いているかもしれない。たとえそうでなくともロマンがあっていい。


翌朝、健太は茅野駅近くのホテルから徒歩で曳行開始場所へ向かった。今日も「本二」を曳く。

山出し2日目からは〝木落し〟や〝川越し〟も始まる。すでに「ホンイチ」は木落し坂の上に陣取り、その時に向けての入念な準備が始まっていた。「ホンイチ」の木落しは9時だ。

木落し坂のすぐうしろには早くも「前一」が控えていた。そこから数百メートル後方に中洲・湖南の「本二」が鎮まる。中洲・湖南の衣裳は鮮かな山吹色なので遠くからでもよく目立つ。

揃い衣裳の役持ち氏子らが綱の準備をしていたので、邪魔にならぬように見学していると、

「ひょっとして名古屋の人？　向日葵の友達の」

一人の若い氏子が声を掛けてきた。

「そうですが……あれっ、藤森さんですか？」

「そうそう。オレ、藤森修平。昨日も来てくれたんだってな。ゴメンゴメン。今回はオレが梃子長でさぁ、昨日は持ち場を離れられなかったんだ」

「梃子長さんですか。すごいですねぇ」

「いや、別にすごくねぇよ。それより、ゆうべ電話で向日葵に叱られちゃったよ。どうして健太君を探さなかったのよぉ、って。あの女、怒ると恐ろしいな、マジで。もし今日も探さなかったら殺すわよって言われちゃったよ。だからさ、来てからずーっと探してたんだ、〝光の御柱ナントカ〟の法被を着た人をさ」

藤森は少々ぶっきらぼうだったが屈託のない性格のようだし、これぐらいじゃないと役が務まらない。オンバシラの曳行に上品さや物静さは必要ないのだ。

それにこの日、藤森の粋な計らいで健太は元綱の

すぐ近くで子綱を曳かせてもらえることになった。「本二」の木落しは11時。早く着いても前を行く「前一」の木落しが終わるまでは坂に近付けない。したがって今日は何事ものんびりだ。

曳行が始まると、篠崎の言う水平の動き、水平のハタラキへの理解が深まった。それはオンバシラの曳行が、やがて神として君臨することになる大木のお披露目行列ではなかろうかと感じたからだ。

御小屋(おこや)の山のモミの木は
　里へ下りて神となる（上社の木遣り唄）
奥山(おくやま)の大木(たいぼく)
　里に下りて神となる（下社の木遣り唄）

上社・下社共通して、オンバシラは里へ下って神になると木遣りは鳴く。里へ下ってというのは、垂直に建ってということだ。ということは、里に下って建てオンバシラが済むまでは神じゃないわけで、これから神になる大木の姿を氏子にお披露目するのがこの曳行なのだ。それは花嫁行列に似ている。

地面を引きずって直曳き(じかび)するのは、通過した土地の土地神との接触も目的のひとつであろう。決して地面から離さず、土地神から許可をもらうのだ。里に下って神になることの。健太はそんなことを感じ取っていた。そしてオンバシラの曳行をお披露目行列と呼ぶことがとても気に入った。

木落しの準備が整った。あとは合図を待つだけだ。危険が伴うため、木落しは揃い衣裳の役持ち氏子だけでおこなう。それでも300人近くはいるであろう。一般氏子は坂の下に陣取り、彼らの勇敢な姿を見守るのだ。

坂の上から先を見渡したら、すぐ脇を流れる上川に沿って設けられた桟敷席は観光客で埋まっていた。

さらに桟敷席のうしろには、そこへ入ることができなかった人たちが群がり、カメラを構えている。間もなくだ。健太は急いで坂を降りた。

「サーッ」「サーッ」「サーッ」「サーッ」

メドテコに乗った若い氏子が掛け声に合わせて山吹色のオンべを大きく振ると、気持ちの高ぶりが伝わってくる。

オンバシラはすでに半分ほどが坂からせり出て浮いた状態だが、それ以上落ちないのは最後尾に結ばれた切断用の追い掛け綱をうしろで引っ張っているからだ。これがないと、前半分が浮いたオンバシラの体勢が保てない。

「ウォ――――――ッ」

旗持ちの旗が赤から白になった。いよいよ落とす。氏子たちの雄叫びが響き渡り、ついに切断用の追い掛綱に斧(よき)が振りおろされた。

オンバシラの傾きが増すと、坂の途中でこの瞬間を待っていた元綱衆たちが綱を引きつつ走り出した。桟敷席からも大きな歓声が届き、盛り上がりは最高潮に達する……はずだった。しかし。

オンバシラが傾いた。危ない。坂の途中で右側へ倒れ、右側のメドテコが坂にぶつかりそうだ。大丈夫だろうか。先頭に乗る御幣持ちがオンバシラから落ちないように、まわりの氏子が必死に支えている。止まってしまうのか。

そのとき左側のメドテコから垂れる4本の綱に大勢が走り寄り、即座に引いた。全体重をかけ、ぶらさがるようにして力の限り引いた。何人かは地面から浮いてしまっている。それでも引いた。

すると倒れていた右メドが浮き上がり、再びオンバシラが坂を滑り出すではないか。見事としか表現のしようがない。これぞ木落とし。諏訪の氏子の心意気をまざまざと見せつけられた。

ド――ン。ドド――ン。

オンバシラが坂を下ったことを知らせる花火だ。

上社ではすべてのオンバシラでこれをやる。なので遠くにいても花火の回数を数えていれば、今はどの柱が木落しをしたのかが判る。川を越しても打ち上げる。事あるごとに花火が上がる。なので諏訪湖の花火大会以外でも、諏訪ではしょっちゅう花火が上がっている。

「本二」の木落しが終わると、すぐに「前二」が坂の上に姿を見せた。この日は「本三」までの5本が木落しをする予定だ。

ＪＲのガード下をくぐり抜けるとオンバシラ街道は市街地に入り、狭い路地は観光客や地元の人々で埋まっていた。通りに面した家々では庭先が急ごしらえの居酒屋になっていたりして、祭りらしい雰囲気が漂う。

（そうか。オンバシラはお祭りだったんだ）

ここまでが厳しい道のりだったので、健太はそんなことさえ忘れていた。

「おい、お前んところの柱、通ったけえ」

「通っつら（通ったよ）」

「ほうずら（そうか）」

地元の爺さん同士の会話が聞こえた。諏訪地方には語尾に〝ずら〟を付ける方言がある。それと同じ方言が静岡県の浜松あたりの残り、他には見られないらしい。ということは語尾の〝ずら〟は諏訪と遠江（静岡県西部）だけの方言なのか。

（あっ、葛井池）

〝ずら〟に健太の脳が反応して、葛井神社の葛井池が脳裏に浮かんだ。葛井神社は健太が今、オンバシラを曳行しているあたりからだと、１・５㎞ほど北に位置している。そして葛井池と浜松は地中深くでつながっているかもしれない。いや、葛井池だけでなく、諏訪湖もだ。

葛井神社では大晦日の夜におこなわれる神事で、本殿裏にある葛井池へ幣帛を投げ入れると、翌朝には遠州さなぎ池に浮かび上がるとの伝承がある。遠州とは遠江国のことだ。

実際に地下水脈がつながっているのかは判断できないが、毎年大晦日になると夜11時30分から本殿で除夜式が始まり、正装した氏子総代らが玉串を奉てんする。

そのころになると茅野市上原地区の氏子が続々と集まり、11時55分ごろ本殿の裏側にある葛井池へと全員が移動する。

11時59分になると池のまわりはにわかに緊迫感が増し、やがてカウンドダウンが始まる。

して、年が明けると同時に幣帛を包んだ白布をまるごと投げ入れるのだ。そして何発もの美しい花火が打ち上げられる。年がら年中花火が上がる。

投げ入れられた幣帛の束は、その年に諏訪大社の上社で神事に用いられたものであり、一年を通して最後の年中行事だ。最初ではなく最後だ。この神事を正式には「葛井の御手倉送り神事」という。

幣帛が投げ入れられるとまた本殿に戻り、1時ごろまで歳旦祭が続く。それにしても不思議な神事が諏訪には多い。

幣帛が浮かび上がるという遠州さなぎ池がどこかは未だに特定されてはおらず、いくつかの候補はあるが決め手に欠ける。浜松市の佐鳴池や同市天滝区の新宮池も候補に挙がっているため、葛井神社の氏子らが現地まで調べに行っているが、これといった手掛りは見つからなかったそうだ。

諏訪湖に溜った水は大昔、現在の山梨を通り関東方面へと流れ出ていたらしい。

しかし約40万年ほど前、八ヶ岳の噴火によって川が埋まり地形も変化した。それで出口を失った諏訪湖の水は現在の岡谷市方面から溢れ出し、それが天竜川となって遠州へ至るようになった。今現在、諏訪湖へ流入するのは31河川あるが、流れ出ているのは天竜川だけだ。

そんな天竜川だが、浜松市の資料館によれば、江戸時代までと明治以降では流れが違うという。というのも、明治維新のころに川の流れを浜松市の手前で大きく東へと迂回させ、浜松に大きく平坦な農地を確保した。

したがってかつてのさなぎ池はその姿を残しているのかさえ今となっては判らないが、流れを変えられるまではおそらく天竜川沿いに建っていただろう浜北区の岩水寺。ある文献によれば岩水寺の裏手にある洞窟も、諏訪へ通じていることになっている。

岩水寺の地蔵尊は坂上田村麻呂の奥方とされていて、同時に天竜川に棲む龍の化身と考えられている。田村麻呂といえば東北へ向かう前に諏訪の神の加護を受けており、諏訪との関係性も深い。これは何を意味しているのか。

天竜川が太平洋へと流れ出る浜松市界隈では、浜北人と呼ばれる古い人骨が発見された。炭素年代測定によると1万8千年前と1万4千年前のものらしく、本州では唯一浜北人だけが旧石器時代の人骨だと確認されている。今のところは。

また、浜北人と一緒にトラの頭骨も出土しており、朝鮮半島から渡って来たサーベルタイガーらしい。シベリア方面から来た可能性について学芸員氏に尋ねると、すでにそのころ津軽海峡は海だったようで、朝鮮半島のように陸続きではなかったそうだ。

もしそのサーベルタイガーが生き延びていたら、日本の山にも熊や鹿と一緒にトラも棲んでいたであろうから、そう考えるとちょっと惜しい。

かつて歴史の教科書には静岡県西部や隣接する愛知県三河地方には三ヶ日原人や牛川原人がいたと出ていたが、今となっては浜北人のほうが古い。

なお牛川原人と呼ばれる骨はナウマン象のものかもしれず、しかも10万年ほど前の骨らしいので、もし人骨だとすればネアンデルタール人ということになり、したがって専門家の多くは否定的だ。

さて、1万8千年前には天竜川の河口付近で旧石器人が住らしていた。おそらくそれ以前からいたであろうが。

そんな彼らが信仰の対象にするものといえば、水であろう。篠崎もそんなことを言っていた。火と水は信仰の対象としては基本中の基本だと。

諏訪湖から流れ出た天竜川には、途中で南アルプスや中央アルプスから下ってきた支流が合流し、河口近くではかなりの水量を誇る。旧石器時代もそうだったのではなかろうか。

するとそこに暮らす人々は思ったはずだ。この水はいったいどこから流れ来るのか、と。

それで旧石器人の彼らはその出所を探るため、上流をめざして山の奥へ奥へと分け入ったことだろう。その道のりは遠く険しかった。なので彼らは途中で引き返すことが幾度もあったが、何年か、あるいは何十年かのちにとうとう源流へとたどり着いたのだ。するとそこは陽の光が何ともまぶしい桃源郷だった。

それが諏訪湖だ。

やがて彼らは天竜川の河口と源流を往き来するようになり、一部は湖の周辺に住みついた。

湖の北側の山からは日本で有数の黒耀石を産出する和田峠がある。彼らはそれも手に入れた。旧石器人や縄文人にとって黒耀石ナイフほど便利なものは他にないであろう。実際に浜松界隈の遺跡から、和田峠で産出した黒輝石が見つかっている。和田峠では黒耀石の流通が2万数千年前から始まっていたので、それも不思議な話ではない。

そのようにして古くから諏訪と遠江は結ばれていた。それが弥生時代・古墳時代になると天竜川ルートで新たな文明が諏訪にもたらされ、両地域を結ぶ伝承が語られるようになったのであろう。その中には血縁関係が元になった物語もあれば、蛇や龍の信仰がベースになったものもあるはずだ。それらは現代においても忘れられることなく残っている。

葛井神社から東に約6㎞。八ヶ岳から流れ来る柳川のほとりに多留姫（たるひめ）神社は鎮座する。そこは茅野市玉川中沢地区の産土神（うぶすなしん）だ。御祭神の多留姫はタケミナカタの御子の一柱に数えられている。

柳川は多留姫神社のすぐ脇あたりで5段の滝になっていて、その滝壺に糠（ぬか）を投げ入れると葛井池に浮かび上がると伝えられている。ここにまた葛井池が出てきた。いったい葛井池で何があったというのだ。

葛井池はその名を〝清池〟あるいは〝おくずい様の池〟とも呼ばれ、武田信玄は諏訪を支配した際に葛井池の神事を絶えさせぬよう命令書を出している。ますます謎だ、葛井池。

葛井池に棲む魚のヌシは片目で、決して捕ってはならないことになっている。好奇心旺盛な氏子の話によれば、子供のころ葛井池の魚を捕まえたら本当に片目だったそうだ。

それはまぁいいとして、片目というのは製鉄に関係することが多い。他地域の伝承でも片目は製鉄を現す。葛井神社の地域が製鉄をおこなっていたのか、それとも渡来系の製鉄技術を持った集団が、そこに製鉄の神を祀ったのが葛井神社の始まりか。

そういえば諏訪の古き信仰を司る守矢家の史料館にはサナギ鈴（佐奈伎鈴）と呼ばれる鉄鐸が残されている。銅鐸ではなく鉄鐸で、同じものが塩尻市にある信濃国二之宮の小野神社にも伝わる。鉄なのであまり清々しい音ではないが、このサナギ鈴と遠州さなぎ池の名前の一致は偶然だろうか。

しかも、かつては大晦日の神事を守矢氏が執りおこなっており、詳しい資料が守矢史料館に残されている。それによると葛井の名は〝九頭井〟だ。九頭龍が棲むと考えられていたのか。

あるいは九頭（井）以前は国栖（くず）（井）だったとすれば、手長・足長と同じく土着民ということになる。ヤマト王朝が入って来るずっと以前から、その地に暮らした人々だ。

製鉄なのか龍信仰か、はたまた土着の人々か。葛井神社の起こりは不明だが、不思議な伝承は他にもたくさんある。

　葛井神社の所在地は茅野市上原だ。そこから真南に向かうと静岡県御前崎市佐倉（さくら）の池宮神社に至る。池宮神社は桜ヶ池のほとりにあり、秋分に桜ヶ池でおこなう特殊神事には大勢の見物客が集まる。その桜ヶ池が諏訪湖へ通じているのだ。

　伝承は具体的だが長すぎるので、要点だけをかいつまむとこのようになる。

　平安時代末期の嘉応元年（１１６９年）。比叡山の皇円阿闍梨（こうえんあじゃり）が、末法の世界で苦しむ人々を救済するためには56億7千万年後に現れる弥勒菩薩の教えを請う以外にはないと悟り、自らが龍蛇の姿になって桜ヶ池へ沈んでいった。

　数年後のこと、皇円の弟子である法然が師を訪ねるため桜ヶ池へ行き、ヒノキのお櫃（ひつ）に赤飯を詰めて池の中心に沈めた。その後も親鸞上人がそれを継承して、以来８４０年余り続いているという。

　この伝承をそのまま史実と考える必要はないが、その背景には蛇神または龍神への信仰があると考えられる。そして現在も「納櫃祭」あるいは「お櫃納め」として、毎年秋分におこなわれている。

　神事ではかなりの数のお櫃が奉納されるため、地元の若者が15人ほどで池の中心まで泳いで行って沈めている。

　沈めたお櫃は数日後になるとすべてが空になって浮かび上がるのだが、不思議なことにそのお櫃が諏訪湖に上がったことがあると伝えられている。ここでまた諏訪が出てきた。葛井池や諏訪湖がある諏訪とさなぎ池や桜ヶ池のある遠州は、中央構造線の一部の端と端だ。昔の人たちは地質的に何かを感じていたのだろうか。

　これも気になる。葛井神社は東経１３８度08分24秒あたり。桜ヶ池のほとりの池宮神社は東経１３８度08分42秒あたりだ。その差に14秒ほどの開きがあるが、地表における１秒の距離は約31メートルなので、14秒だと４３０メートルほどになる。しかし南北に１５０km以上も離れてこの差なんだから、葛井池と桜ヶ池は真南・真北といってもよいのではなかろうか。

池宮神社の主祭神は水の神、瀬織津比咩（セオリツヒメ）。相殿にはタケミナカタ命と事代主命（コトシロヌシノミコト）が祀られている。事代主命は商売繁昌の神とされているが、タケミナカタ命との組み合わせからして古事記の国譲り伝承によるものだと思う。

　後に詳しく述べるが、元々はタケミナカタ命と事代主命はどちらも出雲とは関係ないし、互いに兄弟でもない。国譲り神話が古事記に加えられたのは、７１２年に成立した初代古事記よりずっと後のことであろうから、創祀以来の御祭神は水の神として祀られた瀬織津比咩であろう。

　だが桜ヶ池は約２万年前にできた砂丘堰止湖なので、旧石器時代からの歴史がある。もちろんその時代に池宮神社はないし瀬織津比咩の名前も生まれてない。しかし、諏訪市上諏訪町の手長神社奥では茶臼山遺跡が発見されて、２万年以上前のものと考えられている。もし桜ヶ池周辺にも旧石器時代から人が暮らしていれば、すでにそのころから諏訪と遠江の間には人の往来があったのかもしれない。だとすると、伝承は後世の創作であっても、その根元にあるものは相当古いのではなかろうか。

　桜ヶ池に棲む龍神が諏訪湖へ向かう伝承もある。龍神は途中で浜松市天竜区の「池の平」に立ち寄るそうで、亀の甲山の中腹にある窪地がそれだ。

　普段はまったく水がない池の平だが、７年に一度だけこつ然とその窪地に水が湧き出して、それが見る見るうちに周囲２００メートル、水深は３メートルの池になるというのだ。

　この池が出現すると大勢の近隣住民が水を汲みに

集まるが、出現する際には〝ドーン〟と大きな音があたりに響くという。そして池は1週間ほどで姿を消してしまう。まったくの跡形もなく。

出現記録を調べたところ、7年周期はときどき乱れてはいるが全体としてはわりと保たれていて、前回の出現は2010年10月だったので、次は2017年がその周期に当たる。

最後にもうひとつ、諏訪湖と遠州さなぎ池を結ぶ伝承で、御神渡りに関するものを。

延久年間（1069～1073年）のこと。一人の僧が諏訪湖の御神渡りを見ようと、凍った湖上に伏して数日間それを待った。

凍った氷が音をたてて盛り上がる御神渡りは縄文時代、あるいはそれ以前の旧石器時代からすでに起きていたとも考えられている。

出現する条件としては、まず湖が全面凍結しなければならず、さらに気温が目安として氷点下13度を下まわる日が続けば理想的だ。伝承の僧はそんな条件下で本当に数日も伏せて待ったのだろうか。

ある夜明けのことだった。突如として幾千の軍兵が行進するような大音響が鳴りひびき、空からはこんな声が聞こえてきた。

『手長ありや
め汚きものを取り捨てよ』

しかし僧はその後、気を失ってしまった。

手長とは先ほどの手長神社のことで、タケミナカタの名前が考えられる以前から諏訪に暮らす土着民である。

健太は以前から手長神社・足長神社の〝チ助〟や〝ミ吉〟にいろいろと世話になっているため、なじみ深い神社だ。

さて、天の声を聞いて意識がなくなってしまった僧だが、気がつくと見知らぬ場所にいた。それで近くを通りかかった人に聞いてみると、そこは遠州のさなぎ神社だった。諏訪からだといくつも山を越えて7日もかかる距離だ。

幾千の軍兵が行進するような大音響とは、おそらく氷が盛り上がる際に発する音であろう。ウトウトしていたのでそのように聞こえたのではなかろうか。御神渡りが発する音は、諏訪大社の本宮参道へ入る向かい側の諏訪市博物館で聞くことができる。階段で2階へ上がり、左手奥すぐのところ。

天の声『手長ありや………』は何を意味しているのか。『め汚きものを取り捨てよ』が、好奇心で神の姿を見ようとするな、なのかそれとも肉体を捨ててしまえと解釈すればいいのか。

当時は天竜川そのものを大きな龍体と考えていたとすれば、源流にいようが河口であろうがお釈迦様の手のひらの上。仏教的な教えが込められているのであろう。だから主人公が僧なのか。そうなのか。

そのあたりは謎も多いが、遠州さなぎ池とは桜ヶ池かもしれない。葛井池から真南に150㎞以上。2万年の歴史を持つその池が。


宮川の堤防は、オンバシラの川越しを待ちわびる見物客で身動きが取れない状況だった。遙か先まで人で埋め尽くされており、ところどころで酔っ払った観光客が土手から滑って川に落ちている。次は健太も参加する「本二」が川を越す。

中洲・湖南地区の大総代4人が乗る御輿(みこし)を、ふんどし姿の若い氏子たちが担いで宮川を渡った。この地区はふんどしまで山吹色だ。

大総代が向こう岸に降ろされると綱も川を渡り、待ち受ける一般氏子が先へと伸ばした。

オンバシラの先端には御幣持ちが立つ。彼が川へ落ちないよう、まわりに屈強な男たちが数名配置され、前メドにもズラリと若い氏子が並んでオンベを振っている。川越しではうらメドに人は乗せない。オンバシラが川へ突っ込む衝撃で、どこかへスッ飛んでしまって危険だからだ。

元綱に結ばれた2番綱・3番綱は向こう岸の堤防

よりも先にあるため、子綱を曳く健太の位置からだとオンバシラの姿は見えない。なので見物客の盛り上がり方で準備状況を判断する。

かすかに木遣りが聞こえた。ラッパ隊が士気を高める。白旗が出されたのであろう。見物客から大きな歓声があがった。

「ヨイサッ」「ヨイサッ」「ヨイサッ」

健太も子綱を力いっぱいに曳き、まわりの氏子とともにオンバシラ屋敷方向へ進む。山出し終点のオンバシラ屋敷はすぐ目の前だ。

元綱がピンと張った。

すでに半分は土手からせり出て宙に浮いたオンバシラがグググッと動いた。さらにせり出る。2メートルほど曳き出されただろうか。その瞬間

「ズッド――――ン」

オンバシラが宮川へ突入した。オンバシラを護る氏子たちもそれに合わせて次々と川へ飛び込む。御幣持ちは大切な御幣を濡らさぬよう必死だ。

オンバシラが川へ突っ込んだ瞬間は健太にも伝わった。綱が止まったのだ。ここからが頑張り処。堤防向こうの一般氏子が息を合わせないことには巨大なオンバシラが川を越せない。

「ヨイサッ」「ヨイサッ」「ヨイサッ」

子どもも嫁も養子も爺さん婆さんも、みんなで声を掛け合って曳く。先人たちが残した伝統を、諏訪では老若男女がひとつになって継承していた。

祭りでは大きな危険が伴う場面が何度もある。ときとして人が死ぬ。しかし諏訪の氏子は先人たちと同じように坂を滑り落ち、先人たちと同じように宮川へ飛び込んで禊をする。前々回は激しく雪が降る中での禊だった。それでも氏子たちは全身全霊でオンバシラに対峙することが、山の神に認めてもらえる唯一の方法であることを知っているため、決して躊躇しない。そして先人たちと同じように人力だけでモミの大木を里に曳きつける。

今となってはもう、オンバシラを建てる本当の理由を知る者は誰もいない、おそらくは。

しかし氏子はそれよりも大切で尊いものを受け継ぎ、現在でも先人たちに負けず劣らず山の神を敬っている。事あるごとに山の神へ挨拶をし、必して感謝を忘れることはない。だから氏子たちは山の神から愛され続けるのだ。

ということは、受け継ぐことこそがオンバシラ祭りで最大の意義かもしれない。たとえオンバシラを建てる理由が忘れられようとも。健太は実際にオンバシラを曳くことで、そんなことを感じた。

確かにそうかもしれない。しかし、まだ曳き始めたばかりだ。これからもっと深まっていくであろう。

宮川を渡りきったオンバシラは、安国寺の交差点手前のオンバシラ屋敷に曳きつけられて山出しは終了した。オンバシラ屋敷といっても何か建造物があるわけではなく、ただの広場をそう呼んでいるだけなのだが、オンバシラはここで5月の里曳(さとひ)きまで休む。すでに「ホンイチ」と「前一」は到着しているので、その横に並べられた。

肌寒い山出しだったが、里曳きのころには暖かくなっているだろう。そしてオンバシラも皮が剥(は)がされ、美しく化粧直しが施される。里曳きと建てオンバシラに向けたおめかしだ。

上社山出しは明日まで続くが、健太はこれで帰ることにした。言納やタケルに会いたくなったことと、来週は下社の山出しで、また諏訪へ戻ってくるのだから。

第3章　魅惑の黒い輝き

諏訪大社式年造営御柱大祭　下社「山出し」
２０１６年４月８～10日

　下社「山出し」初日の朝、健太は不安な気持ちをぬぐいきれぬまま木落し坂へと続くゆるやかな坂道を登っていた。というのも、下社の山出しは混雑を避けるために規制が恐しく厳しいのだ。そのためオンバシラが通過して行く街道は、氏子以外に近付くことができない。唯一、木落し坂の真下を流れる砥川の対岸に設けられた有料観覧席のチケットを持っている観光客のみその場までは行けるが、それでも坂の上の街道へは進入できそうにない。坂の上までが楽しいのに。

　下社の山出しは棚木場と呼ばれるオンバシラ置き場を出発し、清流東俣川に沿った一本道を３・５㎞曳行すると木落し坂に至る。

　木落しは上社でもおこなうが、下社の木落しは超迫力がある。最大斜度が35度もあるのだ。一般の観光客はそれを見るためだけに、観覧席で何時間も待つのだ。

　木落しが済めばあとは国道１４２号を１㎞ほど下って、曳行終了地点の主縄掛けへと曳き着けられる。つまり下社の山出しは木落しに至るまでが見どころなので、どうしても棚木場か、せめて途中までは行っておきたいのだ。

　昨年の秋と初冬、健太は棚木場を訪れている。そこにはすでに「春一（春宮一之御柱）」から「秋四（秋宮四之御柱）」まで8本のモミの大木が並んでおり、初冬にはオンバシラにうっすらと雪が積っていた。これから厳しい冬が訪れる。そして雪が融け、春になればこれらモミの大木は神になるため里へと下って行く。

健太はそんなオンバシラの姿を見て、手帳にこんなことを書き留めていた。

雪のちらつく諏訪の奥山
切り倒されたるモミの大木
いよよ来たりし厳しき冬も
春を想いて耐えしのぶ

雪どけ新緑めぶくころ
御柱(みはしら)山出し難所越え
諏訪の氏子の血が騒ぎ
いよよ祭りの幕が開く

皐月(さつき)の空に木遣りが響き
モミの大木　社へ曳かれ
そろそろここらでお別れだ
いよよ御柱　神となる

まぁそれだけオンバシラへの想いが強く、しかも健太は法被の下は腹掛けに地下足袋姿をしている。どこから見ても氏子だ。揃い衣裳を纏(まと)った役持ちの氏子はともかくとして、一般氏子は普段着に町内の法被を羽織っているだけで、足元はほとんどがスニーカーである。したがって警察官も警備員も健太を観光客だとは思わない、絶対に。

（まぁいっか。規制線なんて氏子のふりして突破しちゃえば、何てことはないいや、そんなこと）

たとえ自分にはその場にいる権利が与えられてなくても、決してオロオロしてはいけない。まわりの人の気を引いてしまい、かえって目立つ。

必要なことは、自分は今ここにいることが当然の立場にあると思い込むこと。ここにいなければいけない義務があることにするのもありだ。誰も怪しまないからやってみるといい。

「ご苦労様でーす」

健太は警察官に挨拶しつつ規制線を突破した。

「おい、若い人。あんた、どこの人や」

小柄な年配の氏子が声を掛けてきた。

「その法被、なかなかええなぁ」

ほら来た。本日は初だ。

「ありがとうございます。名古屋から来ました」

いや、そうじゃなくて、どこの町内の法被かを聞かれたのだ、本当は。しかしそれがかえって功を奏することになった。曳行に誘われたのだ。

「一人で来たのか」

「はい」

「だったらうちの柱を曳いてみるか」

「えっ、いいんですか?」

「いいよ。オレが許可を出したんだから誰もモンクは言わんよ。うちは山出しで今から春三を曳くけど、里曳きは秋一と秋二を曳くから、あんた里曳きもおいでよ。オレねぇ、曳行長だから」

「曳行長ですって!」

笠原治郎右衛門、71歳。岡谷市川岸地区の氏子大総代である。川岸地区は治郎右衛門以外にも2人の大総代がおり、その下には685人の役員と係、それに9千人の氏子がいる。治郎右衛門はなかなか偉い立場なのだ。

棚木場に着くとまさに今、「春四」がスタートするところだった。

上社は本宮・前宮それぞれ一之御柱から順に出て行くが、下社はバラバラだ。初日の今日は「春四」「春三」「秋二」が曳行され、木落しを終えて夕方までには3本とも注連掛けに曳き着けられる。残りの5本は明日にならないと動かない。

「春四」が出たので30分後には「春三」がスタートする。健太は治郎右衛門から子綱をもらうと、空いたスペースを探してそれを元綱に結んだ。下社の氏子は上社に比べると人なつっこい感じなので、誰も知らなくても入りやすい。

ヤァ――――レェ――
奥山のォ――大木ゥ――
里にィ――下りてェ――
神となるゥ――ヨイサ
ヤレヨーイサッ
エーヨイテーコショ
エーヨイテーコショ

木遣りが山にこだまする。するとその声にウグイスが返事をよこした。準備であわただしい氏子たちも手を休めて山を見上げてた。オンバシラ祭りは氏子たちだけでなく、山の神も山の生き物もこぞって参加しているということか。せっかくなので熊や鹿や猪も一緒に子綱を曳いてくれないだろうか。

下社は祭りの3年前からオンバシラにする木の仮見立てを始め、その翌年には本見立てをおこないオンバシラが決定する。

切り出すのは棚木場からさらに霧ヶ峰方面へと分け入った、下諏訪町の東俣国有林からだ。まさに奥山の大木だ。

上社にも上社の御用材（オンバシラのこと）を調達する森がある。八ヶ岳山麓、茅野市の御小屋山だ。しかし御小屋山は1959年の伊勢湾台風で大きな被害を受けてしまったため、樹齢150年程度のモミが不足している。

そのため3回前の御柱大祭（1998年）では下社が管理する下諏訪町の東俣国有林から分けてもらっている。

しかし下社も6年ごとに8本のモミが必要なのでそうそう毎回頼むわけにもいかない。何しろ明治以前は上社の前宮・本宮と下社の春宮・秋宮は別々の神社だったのだから。それを明治政府が勝手にくっつけて諏訪大社の名にしてしまった。

それで前々回（2004年）と前回（2010年）は北佐久郡の立科町から調達している。上社はそういった意味でご苦労されている。

そして今回は諏訪の西隣り、上伊那郡辰野町の国有林から切り出され、上社山出しの出発点である綱置場へと大型トレーラーで運ばれた。

辰野町といえば2年前の5月、太平洋と日本海からもっとも離れた内陸部にある「日本中心の標」で、健太は麻の大幣を用いて四方八方十六方を祓った。

（『遷都高天原』３０２ページ）

ヤァ―――――
氏子のォ―――皆様ァ―――
お願ァ―――いだァ―――

「これは山王へ、ヨイサッ」「ヨイサッ」「ヨイサッ」「ヨイサッ」

ほぼ予定通りの時間に「春三」が動き出した。

下社もオンバシラの先頭に御幣持ちが乗るが、上社と比べて御幣がデカい。柴犬と秋田犬ぐらい違う。いや、もっとか。トイプードルとセントバーナードぐらいの差だ
御幣持ちというのは大役で、誰もができることではない。先ほどから田舎の道の駅で焼きたてを売ってる五平もちみたいな言い方をしているが、正式には「大御幣奉持者」と呼ぶ。彼が御幣を持ってオンバシラに乗っているので、山の神はオンバシラに宿って里へ下ることができるのだ。

役持ち氏子たちは役によって着ているハイネックシャツの色が分けられていた。元綱衆は黄、梃子衆は赤、追い掛け綱衆は白といった具合に。ひと目で役が判るのは指示を出すのに便利だ。


子綱を曳く健太の横にラッパ隊が並んだ。気持ちがますます高ぶる。下社の山出しは、木落しの前に〝萩倉の大曲り〟と呼ばれる難所のS字カーブが待っている。

上社にも難所〝穴山の大曲り〟があり、注意すべ

きは、長いメドテコを民家の軒先や電線に触れることなくオンバシラをコントロールすることだった。

しかし下社のオンバシラにはメドテコがない。東俣川に沿った一本道は幅が狭いため、メドテコが付いていると通れないのだ。

それで下社の場合、S字カーブになっている〝萩倉の大曲り〟を、いかに速度を落さずに通り抜けるかが腕の見せどころになってくる。報道陣も多くはそこで待ちかまえているし、篠崎だってているかもしれない。なので健太はそれを楽しみにしていた。

が、しかし………。

(あれっ、ヤバいって。またか)

鼓動が激しくなり、目の前がフワフワする。足元もふらついて危い。

「あっ、ごめんなさい。大丈夫でしたか」

健太がよろめいたので、すぐうしろで子綱を曳いていた氏子が健太にぶつかった。いえいえ、悪いのは健太なので、謝まろうと振り返ったらアララ、また始まった。景色の二重映りが。今回もほとんど同じ景色だが、微妙に何かが違っている。

健太はこの現象を〝ダブル・ヴィジョン〟と名付けた。略すと〝DV〟だ。しかしそれだと誤解されるであろうから略さない。ダブル・ヴィジョンのままでいい。

今回もハッキリ景色は現在のもので、オンバシラ祭り真っ最中だ。問題はもう一方のボンヤリセピア景色なのだが………、

(あれ、同じ道を人が歩いているぞ)

健太が歩いているこの道を、確かに誰かが歩いている。道幅はさらに狭く、東俣川へ落ち込んだ箇所もある。足元はゴツゴツと歩きにくそうで、雰囲気からすると大昔だ。しかし時代は判らない。

男が何かを担いでいるように見えた。2人いる。

健太がその2人を注視した。ズームアップ成功。

2人は木の棒を担いでいた。2メートルほどの長

さで、それぞれが棒の端を肩で担ぎ何かを運んでいるようだ。棒の真ん中に吊り提げられた入れ物は、運動会の玉入れで使うカゴのような形をしているが、編み目は細かい。木の枝か藤のツルで編んだのであろう。

（何を運んでいるんだろう。けっこう重たそう。木の実とか鹿の肉とか………あれっ）

ちょうどそのとき、カゴの隙間（すきま）から小さな黒いものがいくつかポロポロとこぼれた。ここから30メートルほど先だ。

その場に来ると、健太は子綱を曳きつつ黒い何かを捨おうとしたが、見えてはいてもつかめなかった。そりゃそうだ。映像なんだから、物質として落ちてるわけではない。

しかし健太にはそれがはっきりと見えた。黒くて光沢があり、ガラス質のそれが。

（黒耀石だ。間違いない。彼らは採掘した黒耀石を運んでいるんだ）

ということは、ダブル・ヴィジョンで見えているのは旧石器時代か縄文時代の可能性が高い。青銅器や鉄器が使われるようになった弥生時代でも、山の民はしばらく黒耀石が必要だったのであろうから、その時代であることも否定はできない。

（そうか、ここから2㎞ぐらい山道を登れば星ヶ塔があるんだっけ。最高級のブランド品だもんなぁ、星ヶ塔の黒耀石は）

そう、ブランド品だったのである。

黒耀石が産出する場所は日本全国で70ヶ所以上も見つかっているが、ナイフや矢じりとして加工できる良質のものになると産地は限られる。

おもに北海道の白滝村、静岡県伊豆天城や熱海市上多賀、神奈川県箱根、伊豆諸島の神津島、大分県姫島、そして長野県の霧ヶ峰周辺および和田峠がそれである。

諏訪地方では霧ヶ峰や和田峠だけでなく、他にも八ヶ岳の冷山（つめたやま）（地元では〝つべたやま〟）や麦草峠でも採れるが、質としてはあまり良くない。というのも、霧ヶ峰や和田峠の黒耀石は今から約110万～70万年前の火山活動によってできたものだが、八ヶ岳の冷山や麦草峠のものは10数万年前の噴出によるもので、形成過程の違いが質の大きな差になっている。

また、霧ヶ峰周辺や和田峠であっても細かく分けると30ヶ所におよぶ産出エリアが確認されている。それぞれに特徴があるが、中でも特に美しいのが下諏訪町の星ヶ塔と呼ばれるエリアで産出される黒耀石である。下社山出しのスタート地点から2㎞ほど坂を登ったあたりだ。

黒耀石の産出量としては北海道の白滝村が全国でもっとも多いが、漆黒で不透明なためあまり人気がなかった。なので流通範囲も狭い。

一方で諏訪地方の黒耀石は流通範囲が広く、中でも星ヶ塔で採れたものは透明度が高くて縞模様が入っているため全国的に人気が高く、600㎞以上離れた青森県や北海道の遺跡からも発見されている。

つまり諏訪産の黒耀石は日本初のブランド品であり、一番の売れすじが星ヶ塔で産出されたものだったのだ。

黒耀石は蛍光X（エックス）線を用いた分析をおこなえば産地が特定できるため、旧石器時代から縄文時代にかけて、諏訪産の黒耀石が全国へと運ばれていったのは間違いないことだ。

健太がダブル・ヴィジョンで見ている2人も、そのために運んでいるのだろうか。

諏訪湖博物館の館長によれば、すでに縄文時代から役割分担があったらしく、黒耀石を掘り出すグループ、それをナイフや矢じりなどの製品に加工するグループ、製品を持って遠くまで行商に行くグループが存在していたのだと。

行商に行ってたってことは、縄文時代にも寅さんがいたということか。青森の三内丸山遺跡へも寅さんは旅して、

「四谷赤坂麹町、チャラチャラ流れるお茶の水
　粋(いき)な姉ちゃん立ちションベン
　白く咲いたはユリの花　四角四面は豆腐屋の娘
　色は白いが水くさい」

みたいな口上で青森の客と物々交換したのだろうか。

それはまぁともかくとして、興味が沸くのは当時の人々の感性だ。

　というのは、旧石器時代や縄文時代に打製石器や磨製石器を用いて生活していた人々が、どこかで黒耀石のナイフを見たり手に入れたりしたら、それはそれはもう画期的な文明の利器であったことは容易に想像がつく。

　なにしろ魚でも肉でも毛皮でもスパッと切れてしまう。魔法だ。矢や銛(もり)の先にくくり付ければ獣にグッサリ突き刺さるし。欲しいに決まってる。

　現代でも刃物がないと不便で仕方がない。包丁、ハサミ、カッターナイフ、ヒゲ剃り、ノコギリやチェーンソー等々。絶対に必要だ。

　だったらなおの事、旧石器時代や縄文時代の人々にとっては何よりも便利な道具のはずで、真っ黒な北海道白滝産であろうが黒耀石であれば問題ないのではないかと思う。いや、最初はそれで満足していたのかもしれない。しかし彼らは知ってしまったのだ。美しく透き通った縞模様入りの黒耀石が存在していることを。

　なので縄文寅さんが諏訪から各地へ行商に出掛けていただけでなく、あちこちから特産品を持った人たちが諏訪にやって来た。美しい黒耀石と交換するために。

　諏訪の遺跡で福井産の土器が発見されたので福井の遺跡も調べてみたところ、諏訪産の黒耀石が見つかった。

　福井に限らず他の地域でも同じで、何らかの特産

品と諏訪の黒耀石が交換された痕跡がある。

唯一群馬だけは謎らしく、群馬へは諏訪の黒耀石が行っているけど、群馬からは何が来たのか判らないそうだ。動物の骨や植物の種などからもそれらしきものが見つからない。そうなると、痕跡が残らない何かか？

諏訪湖博物館の館長に、その何かってひょっとしたらお嫁さんではないのかと問うと、実はその可能性も否定できないとの答えだった。

縄文中期以前でも諏訪は当時の人々にとって憧れの都会だったので、群馬から嫁いだ娘がたくさんいたのかもしれない。

行政区としては諏訪から外れるが、お隣り長和町の星糞(ほしくそ)峠からも良質の黒耀石が採れる。和田峠から連続した地形なので諏訪産と考えて問題ない。

星糞峠には縄文時代に黒耀石を採掘したであろうクレーター状の窪みが約２００基も発見されている。相当な人が集まったのであろう。

ただ、〝星糞(ほしくそ)〟の名前ってどうなのかと思う。せめて〝星屑(ほしくず)〟にしてみてはいかがか。

さて、健太の視界に黒耀石を運ぶ太古の男たちが映ったのには訳があり、それは現代人が彼らから学ぶべきことがあるからだ。

それは、全国的に人気があった諏訪産の黒耀石ではあるが、だからといって産地周辺の人々が裕福だったわけではないということ。

つまり産地周辺の人々は、人気があることを理由に黒耀石の価値を吊り上げ、交換品を過剰に要求するようなことはしなかったのだ。相手の状況に応じて黒耀石を与え、自分たちだけで富を独占することなく人々と分け合った。大自然からの恵みは、誰にも平等に与えられていると考えたのだろう。

まったく当り前の話だが、そんなことさえ現代人は忘れてしまった。これは退化だ。

もしこれが現代だとしたらどうだろう。産油国を見れば一目瞭然だ。持たぬ者たちにできる限り高い価格で売り、自分たちは苦労せずして富を得る。挙句の果ては贅沢三昧だ。やれやれ。

サウジアラビアが脱石油依存を目指しているそうだが、だったらまず贅沢を止めることだ。電動タラップも500台のハイヤーも1000人のお供も要らない。けどまぁサウジアラビアという国名からして〝サウド家のアラビア〟なんだから、ちょっと無理かもしれない。

話を戻し、大昔に原始的な生活をしていた先人たちから、今こそ現代人は多くを学ぶものがあるということだ。それで健太は黒耀石を運ぶ男たちの姿を見せられた。

オンバシラが止まり、お昼休みになった。氏子たちは各町内が用意した休憩所へ散っていき、健太も治郎右衛門のお蔭で豚汁とおにぎりにありつけた。ありがたい。

親しくなった氏子と一緒に食事をしていると、県民日報の篠崎が健太を見つけた。

「ここで曳いていたんですか。川岸かな、ここの人たちは」

「そうです。大総代とご縁になりまして」

「それはよかった。さぁて、僕も休みにします。今朝は6時前から取材してましたからね」

そう言って篠崎は笑った。

健太はさっそく黒耀石について尋ねてみると、篠崎が鞄の奥から小さな巾着袋を取り出して無言で健太に手渡した。

「何ですか、これ」

「黒耀石」

なんと巾着袋の中から出てきたのは美しい黒耀石の矢じりだった。正しくは石鏃（せきぞく）という。

「すごい。これって本物ですよね」

「もちろん。欲しかったらどうぞ。差し上げます」

「あげますって……こんな貴重なもの、いただくわけにはいかないですよ」

「ちっとも貴重じゃないです」

「えっ？」

「うちの畑からいっぱい出ますよ。あっちこっちから出ますから」

篠崎によれば畑で農作業をしていると黒耀石の欠片や矢じりがいくらでも出てくるという。

するとすると健太の隣りにいた氏子も同じことを言った。

「そんなもんが欲しけりゃ、うちの畑へ来ればいっくらでもあるぞ。捨てても捨てても出てくるから危なくってしょうがねぇ」

そうか。黒耀石は知らずに触ると怪我をするのか。それにしても、縄文人が数千年前に使っていたかもしれない矢じりが、ここでは〝そんなもん〟扱いされていた。その後、諏訪だけでなく塩尻市や辰野町でも同じ話を聞いた。笑える。

篠崎はこんな話もした。

諏訪湖の湖底には、今から1万3000年ほど前の曽根遺跡が眠っている。日本で初めて発見された水中遺跡で、縄文草創期に人が暮らしていた跡だ。当時の諏訪湖は現在と姿が異っていたため、曽根遺跡の位置は陸地だったことになる。当り前だけど。

上諏訪方面から湖に出ると300メートルほどで遺跡の上に着く。今でも湖底のドロを網ですくえば石鏃や土器片が出るそうだ。

「ためしに潜ってみたらどう」

「いやいや、無理ですよ」

「それは冗談だけど、棚木場から道沿いに登って行けば、黒耀石なんてたくさん落ちてるよ。小っちゃいのが多いけどね」

要するに諏訪では縄文土器も土偶も黒耀石の製品も、そこら中にころがっているということだ。そしてかつては意識の高い人たちが大勢暮らしていた地であるということ。

オンバシラが〝萩倉の大曲り〟にさしかかると激しく指示が飛んだ。

「おい、綱を外側へ引っぱれ」

「女綱もだ。もっと外。もっともっと」

ここはS字カーブだ。オンバシラがカーブを曲がる際、綱はどうしてもカーブの内側へ寄ってしまう。すると曳き子が綱とガードレールに挟まれたり、綱に押されて側溝や田んぼに落ちてしまう。なのでカーブや曲がり角では綱を外側へ外側へと引っぱりつつ曳くのだ。これがうまくできればオンバシラはスムーズにカーブや曲がり角を通過することができる。

ここでも黄色いシャツの元綱衆は、ほとんど倒れんばかりに身体を傾むけて太く重たい綱を外側へ引っぱり、「春三」は見事に〝萩倉の大曲り〟を駆け抜けて行った。速度もほとんど落とすことなく。

次は木落しだ。木落し坂まであと600メートル。


下社の木落しは上社のそれと比べ、すさまじい。坂は最大斜度が35度で全長が100メートルある。35度の斜度は、スキー場なら上級者コースだ。いや、上級者でも斜面の下を見おろすと足がすくむ。そこを巨大なオンバシラに人が乗り、一気に滑り落ちるんだから狂気の沙汰だ。

オンバシラが坂の上に到着すると、まずは一般氏子が綱を持ってゾロゾロと坂を下りる。男綱も女綱もびっしり氏子が詰まっていた。

掛け声に合わせて慎重に少しずつ綱を曳くと、オンバシラが坂の上から半身を乗り出した。あとは真っ直ぐスムーズに落とすための微調整だけだ。綱を持つ氏子たちはそれぞれ坂の両端へと寄り、中央をオンバシラのために空けた。

坂の下を流れる砥川の向こう岸も、観光客で埋まっていた。最初に木落しをした「春四」から待つこと1時間30分。しびれを切らした大観衆からも大きな拍手と歓声が響いた。

坂の上に浮いたオンバシラの先頭に〝華乗り〟が立った。木落しで先頭に乗る氏子を華乗りと呼ぶ。以前は端乗りだった。オンバシラの端に乗るのでそう呼ばれたのだが、4回前の祭りぐらいからか、色気を出して華乗りにしたそうだ。諏訪に生まれ育った男なら誰もが一度は憧れたのではなかろうか。

しかし華乗りは勇気や度胸があるだけでは選んでもらえない。人格的にも優れ、まわりから信頼される男。オンバシラ祭りに向けて日々のお世話事を怠ることなく努力した男。そんな男が選ばれる。

そして華乗りは、オンバシラの先端に立つと、まずは深々と頭を下げて氏子に挨拶する。

「氏子の皆様、どうぞよろしくお願いします」

「あと1メーター前。アラヨイテーコショ」

「ヨイサ」

「はい、あと50セン（チ）。アラヨイテーコショ」

「ヨイサ」

木落し前の最終調整が始まった。諏訪の氏子はセンチの〝チ〟を略す。

「もうあと20セン。アラヨイテーコショ」

「ヨイサ」

「はい、オッケー」

先端がさらに沈み、逆にうしろは大きく浮いた。切断用追い掛け綱がピーンと張る。準備完了だ。

木遣りが鳴かれると、氏子たちは緊迫した空気に包まれた。観覧席からもそれが感じられるのか、大観衆も静まった。一瞬だが時間が止まったようだ。

「よし、いいぞ」

曳行長が発すると白旗が上がった。

斧が振り上げられた。

ズバッ。切断用追い掛け綱に斧が振り降ろされ、オンバシラの先端が地に付き、そのまま急斜面を滑り出した。

元綱衆も綱を持って走り出す。中には転がり落ちる者もいる。

大歓声の中、オンバシラがグングン加速した。上に乗る10余人の男たちはオンバシラを抱きかかえるようにして必死でしがみついているが、勢いを増したオンバシラが右回転をした瞬間に全員が揃ってふっ飛んだ。華乗りも飛んでしまった。

岡本太郎氏はこの木落しを見て自分も乗ろうとしたらしいが、まわりに止められた。そしてこう言い残したらしい。

「諏訪にはキチガイがたくさんおる」

坂がゆるやかになると、先端が土にめり込むようにしてオンバシラは止まった。飛ばされた氏子たちも全員無事だ。そして坂を駆け下りてきた大勢の氏子たちがオンバシラに群がり、拳（こぶし）を突き上げて木落しの成功を祝う。歓喜の瞬間だ。

先端には華乗りが戻り、そこを取り囲む氏子がラッパに合わせ、指を広げた両の手で天を突く。

「サーッ」「サーッ」「サーッ」「サーッ」

掛け声とともに何度も何度も天を突く。諏訪のオンバシラ祭りを象徴するシーンだ。

木落し坂から曳き出されたオンバシラは、国道とその脇道を曳行すること1㎞少々で主縄掛け（しめかけ）へ到着し、「春三」の山出しは終わった。

最後に神返しの木遣りを鳴く。曳行を開始した棚木場からオンバシラと共に里へ下りて来た神を山へ返すのだ。

恋にこがれし
花の都へ曳きつけ
山の神これまで　ご苦労だ
元の社へ返社なせ　ヨーイサ

これで山の神は里から山へと帰る。地区によってはこんな神返しの木遣りを鳴く。

　氏子の皆様
　長の道中　ご苦労だ
　無事に曳きつけ万々歳　ヨーイサ

神を山へ返すと大総代の音頭で万歳三唱があり、御幣持ちもオンバシラから降りた。

健太は下社の山出しに参加したことで、またまた理解が深まった。

諏訪の氏子たちは心底オンバシラに惚(ほ)れ込み、同時に責任を持ってオンバシラを育てていたのだ。

山から切り出されるまでのオンバシラは、森の中で他の木々と共に静かな環境で生きてきた。しかしオンバシラに選ばれれば森から外の環境へ出され、里では独立した神として君臨することになる。親元を離れて独り立ちする子供と同じだ。

それで諏訪の氏子たちは険しい山道を引きずったり崖のような坂を落とすことで、強くたくましいオンバシラへと育てているのだ。ときには自ら危険を冒し、ときには命を落としてまでも。

モミの大木を立派な一人前のオンバシラに育てる。それが山の神と氏子が交した約束だ。だから氏子はその約束を守るため、6年ごとに命懸けで責任を果たしていた。

山の神も我が子の成長を見守るために、里まで氏子と一緒に下りてくる。そして氏子たちに育てられた姿を見て奥山へと帰って行く。

諏訪の氏子はどこまでもオンバシラを愛し、そしてどこまでも山の神から愛されている。そう感じた瞬間、健太は目頭が熱くなった。

なぜオンバシラを曳くのかという答えは、上社の山出しで第1段階が見えた。それは、まもなく神として君臨するモミの大木のお披露目だということ。そして下社山出しではその奥が見えた。氏子はオンバシラを育てていたということが。

*

夜8時、健太は笠原治郎右衛門と岡谷市川岸地区の熊野神社で待ち合わせていた。この地域はどこも十五社神社が鎮守の森だが、ここだけが寛永年中（1624〜）に熊野神社を勧請した。勧請年代には諸説あるが誰かがスサノヲ尊を求めたのであろう。

ちなみに十五社神社の十五は、タケミナカタとヤサカトメ、それに御子13柱が御祭神なので十五社神社だ。御子13柱は実際の子供ではなく、タケミナカタに従った土着の村の数と考えればいいのだが、それについては後で述べる。

諏訪大社の氏子エリアは現在3市2町1村に及び、諏訪市・茅野市・岡谷市・下諏訪町・富士見町・原村がそれだ。その中で諏訪市の名前は全国に知られているが、他はそうでもない。

だが、茅野市は縄文時代の土偶や遺跡の里として、その世界の中では名が通っている。下諏訪町は諏訪大社の春宮と秋宮の所在地でもあり、旧中山道や甲州街道の温泉宿場町として多くの観光客が訪れる。

富士見町はスキー場やマウンテンバイクの本格的なコースがあるためアウトドアファンには有名だし、原村は八ヶ岳山麓のペンション村として人気がある。ところが、岡谷市の場合は高速道路の岡谷ジャンクションと岡谷インター以外、ほとんど何も知られてないのが現状だ。

だが諏訪湖から流れ出る唯一の川である天竜川は岡谷市から始まるし、平安時代の岡屋牧（おかのやのまき）（岡谷ではなく岡屋）は国営の牧として良馬を献上している。当時の信濃は国内でもっとも良質の馬の産地だった。

明治になり製糸業が急速に発展すると岡谷は全国で一番の製糸産地へと成長し、大正時代には「シルクの岡谷」の名が世界中に知れ渡るようになった。

最盛期には町に立つ煙突の数が千本を超えたとも伝わっているが、その数にもちろんオンバシラは含まれない。

シルク製造における代表のひとつが片倉組であり、片倉組の発祥の地が笠原の川岸地区である。大正時代には18ヶ所の工場で1万2千の釜を持ち、岡谷の発展に大きく貢献した。

２０１４年6月、群馬県の「富岡製糸場と絹産業遺跡群」が世界文化遺産に登録されることが決定した。昭和末期に製糸業が中止されたにも拘(かかわ)らず建物群がそのまま残されたのは、片倉工業が毎年毎年欠かさずに1億円ずつを建物の維持費として捻出し続けてきた結果なのだ。

映画「あゝ野麦峠」の舞台が岡谷市だ。映画の中では若い工女さんを騙して家畜のように働かせる悪どい経営者が描かれている。そのため、映画を観た人は岡谷の製糸工業を悪く思っているが、実は岡谷の人たちこそあの映画にかなりご立腹である。今でも相当にだ。

というのも、当時の工女さんたちは家畜でもなければ奴隷でもなく、優秀な工女さんは明治42年あるいは43年に、年間で１００円嫁いでいた。

飛騨の山奥から出て来た娘が1年働いて１００円持って故郷へ帰る。その時代、１００円あれば立派な家が建ったそうである。娘を送り出す両親にしてみれば口減らしになるし稼いでくるしで、願ったり叶ったりだったのであろう。娘は娘で朝昼晩と温かい食事が支給され、貧しい田舎より楽しい日々だったかもしれない。

大きな工場では４００人ほどの工女さんが働いていたため、人数分の食料を確保するのに食事係はひと苦労だったそうだ。

それで各工場は独自で味噌やしょう油に漬け物の工場まで持つようになり、信州味噌が有名になるきっかけになったのだとか。

8時きっかりに、少々酔い気味の治郎右衛門はやって来た。頼んだ資料も持っている。

「待たせたなぁ。はい、これ」

渡されたのは川岸地区の歴史を編集した豪華で分厚い地区誌と治郎右衛門が独自でまとめた資料のコピー、それと焼き鳥を5本。

熱いうちに食べろと言うので、資料を見る前にまず食べることにした。

「ここから天竜川へ下りて行くと川の手前に藤島神社があってねぇ、昭和の初めごろまでは古墳の上に建っとったのが、道路を拡張する工事で壊されちゃったんだよなぁ」

「荒神塚古墳ですね。馬具とか剣なんかもたくさん出土してるし」

焼き鳥を食べつつ答えた健太を、治郎右衛門はまざまざと見た。

「あんた、よーく知っとるなぁ」

「いえいえ。けど、あれだけの副葬品があったということは、この地域を支配してた豪族の親分だったと思います。今の川岸は治郎右衛門さんが親分ですけどね。大総代さんですから」

治郎右衛門はまんざらでもなさそうだ。健太はこのあたりがうまい。しかし治郎右衛門は健太が知らない話をしたいようだった。

「藤島社はタケミナカタさんが諏訪へ入って来たときに洩矢（モレヤ）神と戦った場所だよ。知っとる？」

「そうですね。だから対岸には洩矢神社がありますもんね。立派な神社ですよねぇ、向こうは」

2本目の焼き鳥を食べ終えた健太が返した。

「洩矢神は悪賊（あくぞく）って書いてあるよ。悪賊だからタケミナカタさんが成敗したんだなぁ」

「いえ、それは勝者側の都合で洩矢神が悪賊にされてしまってますが、諏訪の地に古くから祀られていたのは洩矢ですから、洩矢側にしてみればタケミナカタこそが悪賊かもしれないですよ」

治郎右衛門は少しムっとした。

なので、今の話の中で諏訪にやって来たのはタケミナカタではなく諏訪明神だということを、健太は何も言わなかった。

いつの時代からか諏訪明神とタケミナカタが混同してしまい、今や諏訪明神＝タケミナカタになってしまったのだ。

張り合っても仕方ないのだが、健太がやや優勢になってきた。諏訪明神と洩矢神の戦いについても後ほど詳しく取り上げる。


「なーんでも知っとるなぁ、あんた。地元の人よりよっぽど詳しいなぁ」

「いえいえ、そんなことないです」

「ほれじゃあ、ここの熊野神社がアイヌ人の遺跡だったことも知っとるんだよな」

「ゲホッ、ゲホゲホッ」

健太は焼き鳥をノドに詰まらせてむせた。あいにく飲み物は何もない。

「アイヌ人のゲホッ……遺跡ですって?」

たったひと言で形勢が逆転した。治郎右衛門の勝ちだ。さすが親分。


「ここにちゃんと書いてあるぞ」

治郎右衛門は持ってきた資料のコピーを、得意気な顔で健太に見せた。してやったりである。それにはこう書かれていた。

『熊野社の所在地はアイヌ人の遺跡である。……（途中略）………この遺跡は太古、天竜川岸の時代にアイヌ人の漁場であった事が出土品から証明されている』

のだと。ただしこの資料は、その出土品が何であったかが示されておらず、さらには『天竜川岸の時代』というのがよく判らない。川を流通の拠点としていた時代のことであろうが、それだけでは時代を絞ることは難しい。

アイヌと聞き、健太は思い当ることがいくつかあり、それでむせてしまったのだ。

というのは、オンバシラ祭りの前の年に長野県北安曇郡の小谷村で薙鎌神事なるものがおこなわれ、諏訪から毎回わざわざ宮司が赴く。

小谷村は新潟県との県境にあり、諏訪からだと直線で100㎞以上も離れているのだが、オンバシラ祭りの前年におこなわれるこの神事も長い歴史を持つ特殊な神事で、鳥のようなカタチをした薙鎌を御神木に打ちつける。

詳しくは後ほど取り上げることにして、この薙鎌神事がおこなわれる際に、諏訪大社の宮司や関係者が神事前日に泊まる宿が小谷村にある。小谷温泉の山田旅館だ。

健太は以前、言納と2人で山田旅館に宿泊したことがあった。もちろん薙鎌神事についてを調べるためにだ。

夕食後、無理をお願いして大女将から話を伺っているときのこと。健太は何気なく、

「小谷村の〝オタリ〟って、アイヌ語みたいな響きですね」

そんなことを言うと、大女将は、

「先々代のお爺ちゃんは、〝オタリ〟はアイヌ語だと言っとりました」

と。ただし、その理由については聞いてみたが判らなかった。

アイヌ語でウタリは「仲間」「親類」「同族」の意味を持つ。オタリはウタリの転訛（てんか）かもしれない。小谷村はウタリ村だとすれば、仲間かあるいは親類の暮らす村だったのだろうか。それでわざわざ諏訪から小谷村まで出掛けて行ったのかと、健太はあれこれ考えていた。

タケミナカタ伝説が残る上田市の生島足島（いくしまたるしま）神社に残る古い資料にも、アイヌ人についての記述が出てくる。神社の概要によれば、タケミナカタ神や安曇（あづみ）族が信濃国へ入って来た頃には、あちこちにアイヌやその他の民族が住みついていたとある。

他にも、『信濃史源考』では、信濃国の太古は疑いもなくアイヌ人の住地たり。ということで、古代の信濃はアイヌ人だらけだったことになってしまう。

また、諏訪のことではないが、健太は以前から奈良県の宇陀についても歴史を糺すように指示されており、歴史を調べると神武東遷において宇陀の兄ウカシと弟ウカシ兄弟が登場する。

神武東遷ということはおそらく第10代崇神大王時代の話であろうし、兄ウカシ弟ウカシ兄弟は、兄ウカシが元々宇陀に住む民族で、弟ウカシは侵略者を表わしているのだと思うが、気になるのはウカシの名だ。アイヌ語で「祖父」のことをエカシという。エカシとウカシの違いはあるが、ウカシはアイヌ語とまったく無関係なのか、健太はこのときまだ判断がつかずにいた。

俳優の宇梶剛士さんはご自身がアイヌ人ということで、アイヌ文化の普及に尽力されている。剛士さんの母である宇梶静江さんはアイヌの詩人だ。また、民族運動家としてもその名は知られており、東京アイヌ・ウタリ協会が創立されると会長を務められた。ウカジとウカシ。何ら関係がないのか、同じ語源なのか。ともかく健太はアイヌの名が出たことで、そのようなことを思い出していたわけだ。

治郎右衛門の自宅はすぐ近くらしく、お酒に誘われたが健太はホテルに戻った。そしてすぐ篠崎に電話を入れた。アイヌについてを聞くために。

「あぁ、そのことですか。僕も何年か前、信濃のアイヌ問題に直面したのでいろいろと調べてみたんですよ。何しろうちは新聞社なので、資料はたんまりと揃ってるんでね」

「そりゃそうですよね。それで、どうだったんですか、アイヌと信濃の関係は」

「それがね………」

篠崎によるとこうだ。

古代の信濃について書かれた資料の中には、確かにアイヌ人が信濃に住んでいたとされるものがたくさんある。しかし、よくよく調べてみると、どうやら昭和50年ごろのまでの資料に限られるという。

ではその後の資料はどうかということだが、〝アイヌ人〟の文字が消え、出てくるのが〝縄文人〟に変わったのだと。つまり我が国では昭和50年ごろまではアイヌ人と縄文人の明確な区別がなされてなかったのではなかろうかというのだ。

おそらくその原因のひとつが、海外の学者が縄文人をアイヌ人として考えたからのようである。ドイツの地質学者エドムンド・ナウマン（１８５４〜１９２７年）らが。このナウマンはフォッサ・マグナの名付け親である。

そしてもっとも大きな原因は、どうやら政府としては日本が弥生時代から始まったことにしたかった時代があったようなのだ。つまり縄文以前はなかったのだと。

今でこそ弥生時代以前には縄文時代が1万年以上も続いたことを疑う者はいない。最近の研究では弥生時代が始まったことで縄文時代が終わったのではなく、かなりの長期間にわたり縄文と弥生が同時に存在していたことが判明した。が、それでも日本では約1万5千年ほど前から縄文時代が始まり、それ以前は旧石器時代があったことは間違いない。

しかし戦後もしばらくの間、明治政府に押し付けられた皇国史観により、縄文時代以前の存在はまともに取り上げられなかったという。そんな古くから日本に人が住んでいては、天皇家の万世一系に問題が生じてしまう。

日本皇紀は紀元前６６０年に神武が即位したことになっているが、その創作を史実と考えるのはそろそろ終わりにしたらどうだろう。過去を糺さなければこの国に美しい未来はない。

もし神武のモデルになっている人物がいたのだとすれば、それは西暦２４１年ごろのことであろうから、十干十二支の組み合わせ60年をぴったり15周期も遡らせている。1周60年が15周なので９００年だ。

西暦２４１年と同じ干支で15周期前は９００＋１なので紀元前６６０年になる。

第10代崇神大王が初代と考えるのが一般的なので、初代神武は第10代崇神であり、その間の8代は韓半島の歴史をアレンジしたものであろう。

しかもやっかいなのが、韓半島の高句麗（こうくり）・新羅（しるら）・百済（くだら）そして任那（みまな）（加耶）には当然ながらそれぞれの歴史があり、それらは並行して築かれてきたものを縦にくっつけ長ぁーくして日本の歴史にしてしまった。それだけ当時の日本には高句麗人も新羅人も百済人も渡来していたということだ。そして彼らが実権を握っていたということでもある。

だが創作がすんなりいかないこともあり、初代神武から第9代開化までで900年も補わなければならないため、古代大王の年齢が実に不可解なことになっている。

初代神武の享年は古事記が137歳で日本書紀は127歳だ。間違いなくギネスに認定される。

第6代考安は古事記123歳、日本書紀137歳。

第7代考霊は106歳とし128歳。

どうやら900年のごまかしは第9代開化までに終わらせることができなかったようで、その後もしばらく続く。

第10代崇神は古事記168歳で日本書紀120歳。

はい、出ました。ギネス新記録です。

第11代垂仁は153歳と140歳。

ヤマトタケルの父ということにされている第12代の景行は137歳と106歳。

なぜこれほどまでに古事記と日本書紀はバラバラなのか。しかも、ありもしない年齢で。古事記を編さんした親新羅組と、日本書紀を編さんした親百済組が相当に反目し合っていたのであろう。

※古代の大王（天皇の称号はまだない）の年齢については反論もあるだろうから解説しておく。

初代神武から第16代仁徳までは年齢の数え方が、

田植え→稲刈りで1年

稲刈り→田植えで1年

と数えるため、１年で２つ歳を取る説がある。

そう考えるとすれば、初代の神武は１３７歳と１２７歳が68歳と63歳になり、もっともらしい年齢にはなる。（半分にする場合、少数点以下は誕生日前を意味しているため切り捨て）第10代崇神は、それでも84歳と60歳だ。

しかし、初代神武から第16代仁徳までの年齢をすべて半分にするならば当然ながら在位年数も半分にしなければならない。

そうすると、初代神武が即位したことになっている紀元前６６０年までの年数がまったく足りなくなってしまい、結局は半分にしてもっともらしい年齢にしたところで矛盾はなくならない。

それに、第３代安寧（あんねい）は古事記49歳、日本書紀57歳で在位が38年なので、すべてを半分にすると24歳と28歳と19年。古事記を基準に考えれば、５歳で即位したことになる。

第８代考元なんて57歳と１１６歳と57年なんだから、半分にしてみても28歳と58歳と28年なので、どう説明するのだ。生まれたての赤ん坊が即位したことになる。

第16代仁徳は83歳と１１０歳で在位が87年なので、古事記だと生まれる前から即位しちゃう。

また第16代仁徳以降であっても、古事記では第21代雄略（ゆうりゃく）が１２４歳まで生きており、実年齢と考えるには無理がある。

というわけで、どのように解釈してみたところで、矛盾を消し去ることはできない。

閑話休題。

日本列島では少なくとも３万５千年前から人が暮らしているし、土器を用いるようになった縄文時代も１万５千年ほど前から始まっている。それを無理やりなかったことにしようとするもんだから、愚かしいことに、わずか40年前までは縄文人とアイヌ人の区別さえつかなかった。今でもアイヌ文化についてては未解明なことが多いが、それは6世紀とか7世紀のことであり、少なくとも4千年5千年前の縄文人をアイヌ人とは呼ばない。

したがって、岡谷の熊野神社に残るアイヌ人の遺跡や、上田の生島足島神社に残るアイヌ人についての記述も、実は縄文人と考えたほうがよさそうだ。

「なるほど。よく判りました。あまり極端な捉え方にならないようにします」

「そうだね、それがいい。明日、どこかで会えたらまた話そうか」

「はい。ボクは明日、岡谷市上浜地区の人たちと〝春一〟を曳く予定です」

「おー、〝春一〟ですか。了解。探します」

篠崎とのやり取りで、健太のアイヌ問題はどれだけか解決できた。


下社山出しの2日目は、残り5本のオンバシラが「秋四」「春二」「春二」「秋三」「秋一」の順で棚木場を出発し、「秋四」と「春一」が木落しをおこなう。

「春一」はデカかった。昨日曳いた「春三」よりもひと回り太くて3メートル長い。そして氏子も多かった。それなので健太は綱から離れ、〝萩倉の大曲り〟で「春一」を待つことにした。子綱を曳いているると、オンバシラがどのようにしてS字カーブを曲がっていくのかが見られない。

カーブを正面に見ることができる土手にはカメラを構えた報道陣が大勢いたが、観光客はほとんどいない。混乱を避けるための規則は必要だろうが、マスコミと氏子しかいないのもどうかと思う。健太はちょっと寂しい土手に腰をおろした。

「兄ちゃんも飲むか」

背後から声が掛かったので振り返ると、前歯の抜けた老齢の氏子が健太に酒をすすめた。誰かに飲ませるつもりで用意したのか、重ねた紙コップが筒のまま草の上にころがっていた。健太は夜まで諏訪にいるので、少しだけ貰うことにした。

老人の羽織る法被はずいぶん色褪せていた。最近は新調してないのであろう。健太の紙コップに酒を注ぐと、若かりしころの話を始めた。オンバシラ祭りの武勇伝だ。なんと、木落しで華乗り（当時は端乗り）を務めたこともあったそうだ。

「大昔のことじゃ。まだサムライがおった」

それは嘘だ。けど面白い、この老人。昔のオンバシラは今ほど太くなく、曳き子も少なかったらしい。

「兄ちゃん、供養塔は行ってきたか」

「供養塔？」

「向こうにあるじゃろ」

老人はそう言いつつアゴで道の先を指した。健太は昨日、曳行中にその前を通っている。

老人によれば昭和19年（１９４４年）の山出しで「秋一」の曳行中に事故があり、曳行を指揮していた下諏訪町の町長がオンバシラの下敷きになって亡くなったのだと。供養塔は町長の慰霊碑だ。老人は事故当時、その「秋一」を曳いていたという。

その後も祭りには積極的に参加したが、二十数年前に交通事故で足を負傷してからはそれができなくなり、毎回ここに来て氏子を見守りながら曳行の無事を祈っているそうだ。酒を飲みながら。

人それぞれにいろんなオンバシラ祭りがあるものだと、健太は話を聞いていた。

そして最後に老人はこう言った。

「ワシはこれが最後のオンバシラじゃ。もう次までは生きとらん」と。

このセリフ、健太はこの後も諏訪のあちこちで飽きるほど聞かされた。6年に一度の祭りなので、70歳を超している氏子の多くがそれを言う。

なので健太はそのつど

「いえいえ、あと5回はいけますよ」

と言わねばならない。

先頭を歩く旗持ち集団が近づいて来た。各町内の旗が風になびき、それに続くのは2千を超すであろう曳き子たちだ。

「春一」のS字カーブは元綱衆が凄技(すごわざ)を披露してくれた。綱を地面に這わせたまま、元綱衆は身体をほとんど地面と水平に保ち、カーブの内側から綱を外へ外へと押し出しながら抜けて行った。

そして木落しだが、「春一」を担当する岡谷市内の7つの地区は腕がいいのかオンバシラバカが揃っているのか、とにかく魅せた。

10人ほどの氏子を乗せたオンバシラが木落し坂に姿を見せたので一旦は止まるかと思いきや、元綱衆は曳くことを止めない。

「ヨイテーコショ」

「ヨイテーコショ」

勢いよくオンバシラが坂の上にせり出た。

通常は坂の上に到着すると、あとはほんの数十センチずつを曳き、オンバシラが落ちるギリギリで止める。しかし「春一」の元綱衆は一気に1メートル以上曳くことをくり返して、アッという間に全体の半分を浮かせてしまうもんだから、その思い切りのよさに氏子たちからも大歓声が沸き起こった。

そして白旗が揚がり切断用の追い掛け綱が切られるとオンバシラはグングン加速した。加速してもひたすら回転せずに坂を滑っているため、上に乗る氏子たちも落とされない。

このまま乗り切るかと思っていると、最後はオンバシラが土に突き刺さったため、華乗りらが前方へ飛ばされたが、迫力ある木落しだった。

日没後、「春一」がやっと主連掛けへ到着した。

4月とはいえ、諏訪の山合いはまだまだ冷え込む。

(そろそろ帰ろうかな)

この日は治郎右衛門とも篠崎とも会えなかったが、健太は犬山へ帰ることにした。

下社山出しは明日も続く。

駐車場まで戻った健太だが、どうしても気になることがある。それで帰り際に岡谷市の川岸へ寄った。昨夜の熊野神社がある地区だ。

諏訪湖へ流れ入る河川は31を数え、うち一番の清流は下社の木落し坂の真下を流れる砥川（とがわ）だ。

一方、諏訪湖から流れ出る河川は唯一天竜川のみで、岡谷市湊（みなと）の釜口水門から始まり、２１３㎞先の太平洋遠州灘まで続く。

釜口水門から２㎞ほど下ると川下（かわしも）に向かって右岸、川岸上（かわぎしかみ）の県道沿いには藤島神社が、左岸川岸東の山の中腹には洩矢（もれや）神社が鎮座している。

この川岸地区は昔、諏訪入りしたタケミナカタが洩矢神と戦ったことになっているが、諏訪入りしたのは諏訪明神であってタケミナカタではないはずだ。いつしかどこかで同一神になってしまったが、おそらくは諏訪明神の方が古く、タケミナカタの名は新しいと思う。戦いのあらすじはこうだ。

昔むかし、諏訪の地は古くからの地主神である洩矢（モレヤ・モリヤ）という悪賊が支配をしていた。

そこへ諏訪明神が降臨してきたので、悪賊の洩矢神は明神の諏訪入りを妨げるために天竜川を挟んで戦った。

そのとき洩矢神は鉄の輪を持って戦い、明神は藤の枝を持って戦った。そしてとうとう明神が悪賊洩矢神を打ち負かした。

明神は戦いに勝ったことを喜び、藤の枝を地面に挿した。するとそこから枝葉が次々と生じて藤が繁殖した。

その諏訪明神を祀るのが藤島神社だ。どうして諏訪へ入る以前から諏訪明神なのかが疑問だし、いつの時代からか諏訪明神がタケミナカタと同一視されるようになったので建御名方大明神（タケミナカタダイミョウジン）なる神なのか仏なのかよく判らん名前が生まれた。

今となっては諏訪明神＝タケミナカタで広く認識されているが、いったい誰だ、それは。諏訪の歴史を解明するには絶対に明かさねばならない。


この伝承を世に広めたのは「諏訪大明神画詞」である。1356年、鎌倉時代に諏訪円忠が編さんしたものだ。諏訪円忠は小坂円忠ともいう。諏訪湖岸の岡谷市湊に小坂の地名があり、そこの出身だ。

円忠は鎌倉幕府の法曹役人として信頼を得ていたようだが、鎌倉幕府が倒れたのちは室町幕府に仕えている。それで足利尊氏らの協力を得て『諏方大明神縁起』を完成させた。

現在『諏方大明神縁起』の原本は所在が不明だが、その一部分「諏訪大明神画詞」だけでも大変に貴重な資料である。画詞を判りやすく言えば絵本だ。

「諏訪大明神画詞」は、1249年の「大祝信重解状」が元になっていて、明神が諏訪へ入って来る神話の記録としては、その解状がもっとも古い。

さて、この明神の諏訪入り神話だが、最初から最後まで仏教のニオイがするので、少なくとも仏教伝来以前の話ではない。

特に諏訪は仏教を拒否した代表格なので、仏教の持ち込みに成功した者たちが創作した話であろう。第45代聖武天皇のころか、それとも平安時代になった第50代桓武天皇以降か。

それはともかく、この話は何を訴えたいのだろう。そのひとつとしては、仏教を信仰する者＝文明人が、仏教を拒否する者＝野蛮人＝まつろわぬ者どもの支配を正当化するためのものであろう。もちろんそれは洩矢神とそれを信仰するエミシだ。なので洩矢神なんて悪賊扱いされている。

しかしここまであからさまだと、明神を持ち込んだ側の侵略であることがすぐバレる。

そもそも諏訪明神が降臨した云々は、降臨したのが明神であること自体が仏教の持ち込みだ。

「明神」や「権現」の名は仏教界で神を表現した呼称であり、本地垂迹（ほんじすいじゃく）の思想から発している。

本地垂迹とは、神の本当の姿は仏であるとするものだ。もう少し具体的にだと、神も世間の衆生と同じで迷いがあるため仏に救済を求め、やがて神は仏に帰衣する、といったものや、神は仏法を守護する存在に位置づけられたものがある。

これ、神道界からすれば無礼極りない話だ。海外だったら戦争になる。ユダヤ教VSイスラム教とか、ヒンズー教VSイスラム教のように。しかし日本では修験道が神と仏をうまく融合させた。なので神は仏の名を持ち、仏もまた神の名を持ち今日に至る。

上社の御射山祭（みしゃやまさい）ではクニトコタチ尊が神輿に乗せられ、諏訪大社の本宮から富士見町の御射山社へと移る。

一般的にクニトコタチ尊の本地仏は薬師如来だが、諏訪ではめずらしいことに虚空蔵菩薩（こくぞうぼさつ）が本地仏になっている。戦時中の記録でも、御射山祭で神輿に乗せられて御射山社へと向かったのは虚空蔵菩薩になっていた。

川岸の戦いでは明神が藤の枝を持ち、洩矢神は鉄の輪を持っていた……ことになっている。

植物を持つ者と戦うのに金属を用いるとは何と卑怯な。やっぱり洩矢神は悪賊だ。悪は必ず滅びるものよ。と解釈した人は思うツボ。そう思わせるのが目的なのだ。明神の名を借りた侵略者の。

では藤の枝と鉄の輪は何を意味しているのか。

まずは鉄の輪だが、それは馬具である。馬具といってもいろいろあるが、クツワ（轡）やアブミ（鐙）がそれだ。どちらも鉄の輪である。

信濃は古くから馬の産地として秀でており、5世紀代から馬具も信濃に持ち込まれていた。おそらくは高句麗か百済から海を渡って来た馬飼集団が信濃には大勢暮らしていたのだろう。

672年、壬申（じんしん）の乱においても信濃から馬に乗った兵が大海人皇子（のちの天武天皇）を助太刀に参上したとも考えられている。ただし、実際に信濃の名前が出ているわけではないので、そのあたりのことはよく判っていないのが実状だ。

８３２年（弘仁14年）に編さんされた「延喜式」によれば、当時は国営の牧（馬の牧場）が全国で32箇所にあり、その半数16箇所が信濃国内だ。よほど馬の育成に適した土地だったのであろう。

馬は1日に30～50グラムの塩を必要とする。当時の馬は今の西洋系大型馬ほど大きくないので、18～36グラム程度で済んだようだが、それにしても信濃には海がない。それで太平洋側からも日本海側からも塩の道で塩が運ばれたであろうが、信濃には塩分濃度が高い源泉や湧水が８５０箇所以上も見つかっている。海水に比べ、３分の１ほどの塩分濃度があるところもある。なのでそれを馬に飲ませることで、塩分を補給していたらしい。

延喜式の国営牧で残りの16箇所は武蔵に4、甲斐に3、上野に9で、上野は群馬なので本当に昔から馬が群れていたのだろう。

牧は諏訪地方にもたくさんあり、国営以外も含めるとその数は把握できないが、茅野市の「大塩牧」や「塩原牧」。塩分濃度が高い湧水がありそうな名だ。原村の「山鹿牧」、下諏訪町の「萩倉牧」。難所〝萩倉の大曲り〟があるあたりだ。

そして岡谷にも治郎右衛門宅より少し標高が高いところに「岡屋牧」があった。岡屋牧も7世紀には形成されていたので、壬申の乱では、ここで育った馬が大海人皇子を助けたのかもしれない。

かつて藤島神社は荒神塚古墳の上に建っていた。道路の拡張工事で古墳が邪魔になったため撤去する前に発掘調査をしてみたところ、馬具として用いられたクツワが大量に出土した。諏訪明神を祀る藤森神社の下から鉄の輪が大量に出るとは面白い。

朝廷にとって東国は〝まつろわぬ者ども〟の荒々しい地だったようだが、中には津軽エミシや秋田エミシのように親朝廷側に立つエミシもいた。どうやら彼らも馬の育成には長けていたようだ。

東北大学の高橋富雄教授によると、718年（養老2年）に出羽国と渡嶋（わたりじま）（北海道）から87人のエミシが朝廷に、千頭の馬を献上して位を授けられた記録があるという。718年といえば藤原不比等が権力を欲しいままにしていた時代だ。720年5月に日本書紀が完成し、同年8月に不比等は死んでいる。千頭が正しい数かどうかは疑問だが、8世紀初頭には東北や北海道のエミシも、大量の馬を育てていたということになる。

また、同教授の著書には787年（延暦6年）に朝廷が出した命令としてこんな話が出ている。要約すると、政府側の役人や貴族が奥州や東北まで使節を派遣して奴隷や馬を買い取っているので、経済上の混乱を引き起こしている。

また、兜（かぶと）や鎧（よろい）のような鉄製武具を農器具に作り直してエミシに売り、その金で馬を買い集めているが、それは利敵行為だから禁止する、と。

（『アイヌと古代日本』小学館）参照

面白い話だ。

787年なので坂上田村麻呂がアテルイやモレと戦うよりも前のことだ。桓武天皇が田村麻呂に東北征伐を命じたのは、東北の膨大な財産と馬を奪うことが目的だったのであろう。

同書には9世紀の政府命令も紹介されている。815年（弘仁6年）と861年（貞観3年）に2回発令されているが、これも笑える。

中央の貴族たちが法令を破って勝手に良馬を買いあさっているので、辺境を守る軍馬が足りなくなってしまった。これでは辺境を守ることができないので勝手なことをするな、と。

それに、東北エミシとの戦いで使用した軍馬はエミシから買い上げたり略奪して集めたようで、すべて現地で調達していたそうだ。

ということは東日本の馬はどれも優秀なので、朝廷は東国を配下に置くため、エミシの支配域の最西端である諏訪を何としても手に入れたかった。

諏訪が手に入れば、そこを拠点に東国支配に乗り出せる。財と馬も手に入る。してやったりだ。

というわけで明神と洩矢神の戦いだが、鉄の輪を持った洩矢神が敗れたということは、侵略者に馬や牧を奪われた、または支配されたことを意味しているのだ。それで信濃に国営の牧が増えた。


ならば明神が手にしていた藤の枝は何を意味しているのだろうか。

まず、仏教の布教的な意味合いを含ませてあるとするなら、藤の枝は阿弥陀如来を表している。

衆生を苦しみから救うため、阿弥陀如来は西方浄土から紫雲に乗って現れる。その紫雲は藤の花に例えられているのだ。

明神が持っていたのは藤の枝だが、洩矢神に勝ったので枝を地面に挿すと枝葉が次々と生じたことになっているので、当然花も咲く。藤の花が咲いたことで阿弥陀如来の出現を含めているのだ。阿弥陀如来は極楽浄土にもっとも近い仏として、平安時代から急速に広まった。

なのでこの伝承も平安以降に創られたものであろうが、藤の枝を阿弥陀如来に結び付けるのは表向きの体裁であり、実は他にもうひとつの意味が込められている。

それは明神の名を利用して諏訪の支配を試みたのは藤（原不比等）の枝（分かれした子孫たち）で、明神に藤の枝を持たせた訳はそこにある。

藤原不比等にとって、もっとも敵対していた一人が天智大王の子の高市（たけち）である。高市は天武天皇の子とされているが、実は天智大王の子の可能性がある。

高市の子（天智の孫）の長屋王は、720年の8月に藤原不比等が死ぬと元正天皇の元で政治的実権を握り、翌年721年1月に信濃から諏訪を独立させた。諏訪国誕生である。

しかし729年に不比等の子らの謀略によって長屋王とその家族は殺された。歴史上は自害に追い込まれたことになっているが、そうではないだろう。

長屋王が死ぬと諏訪国は廃止され、諏訪とその周辺地域は再び信濃国に編入された。それをしたのが藤原氏であろう。つまり不比等の血を継ぐ藤の枝だ。

ただし、737年には不比等の4人息子は天然痘で全員死んでいるので、諏訪支配を試みたのが誰であるかの特定はむつかしい。それにしても政局の中心にいる大人の男が4人もいっぺんに死んでしまうものだろうか。もしそれほどの大流行ならば、天皇やその一族もたくさん死ぬだろうに。やはり殺されたのか。諏訪国独立については天武天皇の信濃陪都（ばいと）計画と共に別の章で取り上げる。

『諏訪市史』には藤の枝と鉄の輪の戦いが、明神と洩矢神の「呪術くらべ」ではなかろうかと述べられているが、違うでしょ。安倍晴明じゃあるまいし。

また、NHKの諏訪特集でも出演していた学者が縄文対弥生の戦いだと解説していた。たしかにその要素は含まれているだろうから完全否定はできないけども、そんな単純なことでもない。

むしろアイヌ人が首に掛ける数珠状のタマサイに金属製の輪が吊るされているので、そのあたりと結び付けてくれた方がよっぽど説得力があるし面白い。


藤島神社は県道沿いにある小さな祠なので、気をつけていないと通り過ぎてしまう。健太が気になっていたのは藤の枝についてのさらなる究明だが、まずはオンバシラ祭りの報告とお礼を伝えた。すると、

『吹き抜ける
科野（しなの）の風に　我が決意
乗せてや届けん
社（やしろ）に伏して』

いきなり重い。藤の枝とも関係ないし。それに、どんな決意が求められているのか。科野（信濃）の風に乗せるというのはちょっと詩的でいいけど。

関係あるかは判らないが、タケミナカタの名前が創作される以前から、諏訪の神は風封じの神としての性質を持っていた。

日本書紀によれば691年（持統5年）に須波神が初登場するが、風封じとして持統により祀られたとの解釈が多い。

藤島神社ではまだ続きがあった。

『諏訪なるは
この龍体のヘソなるを
知りておるかや和睦の王よ
メビウスの
輪の交点に位置するは
〝ス〟と〝ワ〟なりしを知りおろう
〝ス〟から巡りて〝ワ〟で閉じる
御柱を
交点に建て　そを巡る人々よ
8の字巡りをされしとき
真なる世界　巡り来る』

まただ。抽せん式の日の朝も小袋石の前で同じようなものを受け取っている。

途中に出てきた〝和睦の王〟とは健太のことだ。2008年8月26日に諏訪大社の前宮で『和睦の祭典』（『弥栄三次元』308ページ〜）を開催してからは、諏訪の神からそう呼ばれることがある。

それと、鉄の輪の代わりにメビウスの輪が出てきたが、小袋石でも同じだった。何を意味するのか。

ただひとつ、『8の字巡りをされしとき』については、疲れた健太の頭がこう解釈した。

上社（前宮・本宮）でオンバシラが8本。下社（春宮・秋宮）も8本。なので上社と下社の双方をオンバシラ祭りで巡っていることを言っているのだと。なのでやがては『真なる世界　巡り来る』ことになるのだとも。まぁ疲れているので仕方がないが、少々満足気に対岸の洩矢神社へ向かった。

こちらは境内も広くて立派なオンバシラが建っている。諏訪地方ではほとんどすべての神社にオンバシラを建てる。ほんの小さな祠にもだ。先ほどの藤島神社にも建てられていた。

鳥居をくぐり社へ向かう階段を登っていると、空気がピーンと張りつめていて肌が痛い。今までの経験からして、こんな夜はたいてい良からぬことが起こるもんだ。

社の前に立った。まだ礼もしてないし柏手も打ってない。ただそこに立っただけだ。

『よもや宇陀（うだ）を忘れたわけではあるまいな』

健太は腰が抜けそうになり、後方へよろめいた。今世紀最大級の驚きた。

なにも健太は宇陀を忘れているのではない。頭の片隅にはいつも宇陀があった。けど宇陀の封じられた歴史も重いので、忘れたフリをしていただけだ。

それがここで出た。疲れているのであまり驚かさないでほしい。せめて『よもや宇陀の歴史を忘れたわけではアルマジロ』とか『アルマーニ』って言ってくれれば、心臓にも負担は少ないというものだ。

たしかあれは2009年～2010年ごろのことだった。健太と言納がエルサレムへ行く前後に、宇陀についてのものを受け取ることが多くなった。

『宇陀でお待ち申す』

『宇陀の歴史は逆さ吊り
神軍同士で争いて
血で血を洗う戦いぞ

正義のもとに軍神は
互いの刃（やいば）　交差して
長き歴史は綴られし

正義とはいかに？
正義のもとに争いて
押し合い　圧（へ）し合い　押え込み
長き歴史は綴られし

押さえ込まれた者どもの
怨念深く刻まれて
いつの世も
怨念積もりゆく歴史
和合・和睦はいつの世も
束の間の夢　浅き夢
醒めればまたぞろ争いて
長き歴史は綴られし
地球（ちだま）の上で綴られし

神の名の
もとに正義の軍神は
神の数だけつくられし』

こういったものをだ。

考えてみれば軍神なる存在は、それ自体に矛盾がある。戦いに勝つため神が力を貸すのなら、相手も同じことをするので、どちらかの神が敗れてしまう。

それに、元々は神が争うのではなく、正義を理由に神の名を掲げた人間が戦うわけだから、軍神にされた神は迷惑千万である。諏訪の神も8世紀に入るあたりから軍神にされてしまった。

古事記で負け犬に描かれてる諏訪の神が、なぜ日本一の軍神になってしまったのか。それはヤマト王朝に屈しなかったからであろう。王朝はそれが悔しくて古事記にデタラメな話を挿入した。

さて宇陀だが、健太はそのころ奈良県の宇陀とその周辺に何度も通った。逆さ吊りの歴史を明かそうと、多くの場所と人を訪ねた。しかし納得できる答えは見つからなかったので、ここしばらくは諏訪に集中していたのだ。

それがまさか諏訪で宇陀の名が出てくるとは思いもよらず、こうなったらもう逃げられない。今までもそうだった。神は人を追いつめる。求める者に対しては、だが。そしてその追いつめる神はどこに存在しているかといえば……。やがて判る。

健太は覚悟を決め洩矢の社に対峙した。

『宇陀の歴史は逆さ吊り
その真たずねし耳あらば
語りて聞かせん　今ここで
長き時空の旅の果て
血塗られし
いくさ幾度も積まれ来し
昨日の覇者は今日の腐れ葉（くさは）
新たな覇者こそ君臨し
累々（るいるい）と
腐れ葉積まれしあの宇陀は
真の歴史はいずくにか

いかにても
累々つなぎて生き延びて
歴史の闇に横たわる
我らの呪詛（じゅそ）は深きもの
手長・足長・土蜘蛛（つちぐも）め
国栖（くず）めエブスめアラハバキ
荒ぶる神よと押し込めて
洩矢（もれや）・御左口（みさくじ）押し込めて
北の果てから南の果てまで
鎮めたつもりか　者どもよ
国体は
我らが身体と知りたるか』

怒ってらっしゃいます、神様が。恐しいことになってきた。もう日本国民は古事記・日本書紀を史実と考えることから卒業してほしい。少なくとも神話の部分は。封じられた先人たちが、いつまで経っても押し潰されたまま。それでは大災害をくい止めることもできないってことだ。昨日の覇者は今日の腐れ葉なんだから、それに気付かなければ、人は明日の覇者を求め続ける。

諏訪と宇陀がどうつながるのか、なぜつながるのかは今のところ不明だが、逆さ吊りの宇陀の歴史の話に手長や足長も出てきたし、洩矢や御左口まで登場して、古き諏訪のオールスターのようだ。

その神々や先人たちの時代にはまだ諏訪明神もタケミナカタも存在していない。そこで諏訪明神やタケミナカタの名が持ち込まれる以前の諏訪を、それ以後と区別するため「古諏訪（こすわ）」と呼ぶことにする。

数霊でも古諏訪だと

コ＝7　ス＝13　ワ＝46　合計66になり、第1章の終わりに何度も出てきた「66」に回帰する。

古諏訪における代表的な神といえばミシャグジ神だが、先ほど洩矢神社の神は〝ミサクジ〟と発音しているように聞こえた。古くはそう呼んでいたのか。しかしそう聞こえただけかもしれず断言できないので、はっきりするまでは一般的なミシャグジ神を使用する。

また、途中の『いずくにか』については「何処（いずこ）にか」と「出ず国（いずくに）か」の双方が含まれている。深い。

健太はしばらく社の前に座り込んでいたが、疲れた頭と身体からはロクな考えが浮かびそうにないので、そろそろ帰ることにした。

そう決めた途端、言納とタケルの顔が見たくて想いを抑えきれなくなってしまい、急いで車へ戻った。

第4章　古代イスラエルとアイヌ

諏訪大社上社　御頭祭（酉の祭り）
２０１６年４月15日

下社の山出しから帰っても健太は頭から宇陀のことが離れず、翌日の仕事を終えるとタケルをあやしつつその横で地図を広げた。そして何気なく諏訪の上社あたりと宇陀の中心を結ぶラインに定規を当ててみた。距離を測ろうとしたのだ。

広域の地図なので正確さには欠けるが、その界隈はどちらも封じられた神々がわんさかといる地域なので、神封じのメッカと呼ぶに相応しい。

諏訪側では諏訪大社の前宮や御左口社、手長神社に足長神社などを思い浮かべ、宇陀側は菟田野の宇太水分神社や惣社水分神社、それに血原橋やその隣りの宇賀神社などがそこにある。

もし『封印された神様辞典』とか『歴史から抹殺された先人たち百科』が編さんされれば、両地域とも巻頭カラーページで特集が組まれるに違いない。

諏訪の上社あたりと宇陀地域の距離はおおよそで33センチ。80万分の1の地図なので、計算すると約２６０㎞だった。直線だと思っていたよりも近い。

「あれっ………」

諏訪と宇陀を結ぶ直線のちょうど真ん中あたりが健太の実家がある地区を通過しており、ちゃんと測ってみたら、16・５センチ。

健太は現在、犬山の言納屋敷で暮らしているが、実家は名古屋市の最果てで東谷山の麓に近いところにある。そこが諏訪と宇陀のぴったり中心なのだ。

健太の心臓が高鳴った。

「げっ、何だこれ」

すると言納も地図を覗きこみ、健太が指差す中心がどこか確認した。

「うわっ、また何か始まる」

するどい。さすがだ。

しかしそれどころじゃない健太は、高速道路のサービスエリアでもらった中部地方と近畿地方の大きな地図2枚を床に広げた。そして中部地方の近畿側だけフチの余白を切り取って、2枚をピタリとつなぎ合わせた。地図は球面の地表を平面に印刷するため、フチの方はわずかにズレが出たが、誤差はせいぜい数百メートルなので無視した。

それで同じように諏訪と宇陀を結ぶのだが、先ほどの地図より細かく指定できるため諏訪は上諏訪町の手長神社を、宇陀は宇賀志（うがし）の血原橋を選んで直線で結んだ。するとやはり健太の自宅をきちんと通過するではないか。諏訪側は足長神社で、宇陀側は宇太水分神社でやっても同じだった。健太の実家をちゃんと通る。

「ヤバいって、これ。怖い怖い怖い」

地図上で諏訪の手長神社と宇陀の血原橋は約47センチ。見た目だと健太の実家はほぼ中心だ。しかし正確に測ると、中心は健太の実家からわずか4ミリだけ諏訪寄りにあった。

「あぁ良かった、オレん家じゃなくて」

健太は心底安堵した。

地図は55万分の1の縮図なので、地図上の4ミリは約2㎞だ。手長神社と血原橋を結んだ線上で健太の実家から4ミリ諏訪寄り、つまり正確な中心は東谷山（とうごくさん）だった。山頂には尾張戸（おわりべ）神社がある。何かニギハヤヒ尊が関係してくるのか。

安堵したところで健太は洩矢神社でのことを初めて言納に話した。8の字巡りについてもだ。すると言納は意外な反応を示した。特に驚きもせずこう言ったのだ。

「8の字巡りのこと、忘れてたわね」

「えっ、忘れてたって、何を?」

「八坂入彦（やさかいりひこ）さんのお墓へ行ったとき、8の字巡りのこと教えてもらってたじゃない。忘れた?」

以前2人が尾張氏の歴史についてを調べていたときのことだ。歴代天皇の系図では、それが史実でないとしても尾張氏の娘がずいぶんと天皇家（大王家）へと嫁いでいる。

主に第26代継体大王（まだ天皇の呼称はない）までだが、不思議なほど多い。

まずは第5代孝昭の后で第6代孝安の母が尾張氏の娘だ。しかしどちらも実在しない。なのにわざわざ尾張氏の娘を嫁がせてるのは系図に信憑性を持たせるためであろう。ではなぜ尾張氏が選ばれたのかは、実在したであろう第10代崇神大王の時代に、尾張氏は地方の豪族として栄えていたためだ。奈良県の葛城とも深い縁があり、当時から尾張と葛城の往き来は盛んだったと思われる。

次に第10代崇神の后の大海姫。この大海姫は尾張氏を知るうえでは重要だ。八坂入彦は崇神と大海媛の間にできた子なので、今でいう皇太子殿下である。

さらには第12代景行の后であり第13代成務の母も尾張氏の血を引く。景行大王はヤマトタケルの父ということになっているが、それはフィクションだ。また、景行・成務ともに実在していたのかは怪しく、専門家でも意見が分かれるところである。

第15代応神の后で、第16代仁徳の母も尾張氏の娘の仲姫だ。応神大王（誉田別尊）は今や八幡神として定着してしまっているが、初期の八幡神は応神と関係ない。

仁徳大王については日本一の大きさを誇る仁徳天皇陵でよく知られているが、今は仁徳天皇陵とは呼ばない。大仙（大山）古墳になった。理由は、あの古墳が仁徳大王のお墓じゃないからだ。

最後は第26代継体の后の目子姫。目子姫は第27代安閑と第28代宣化兄弟の母でもある。しかし安閑・宣化が実際に即位していたかは大いに疑問がある。2人合わせて在位期間は丸8年。即位したのがそれぞれ66歳と69歳なので在位が短くなるのはやむを得ないだろうが、本当にその歳で即位したのか。異母弟の第29代欽明が若き青年として次に控えているというのに。

だが史実か否かを問わなければ第28代宣化まで実に10人の大王の后か母が尾張氏から嫁いだ娘だ。ヤマトタケルもそのままの人物が実在したわけではないが、妻のミヤス姫も尾張氏の出身である。

ただし、ここに出てきた尾張氏というのは、すべてが血縁を持つ一族ではない。地縁によって交流があった人たちも尾張氏を名乗っているため、社会的につながりがある人を含めての尾張氏である。

そんな尾張氏だが、第29代欽明大王以降は影をひそめてしまった。理由は後ほど述べる。

さて、第10代崇神大王と大海姫の子である八坂入彦のお墓が岐阜県可児市の久々利にある。

ちなみに八坂入彦の娘八坂入姫が第12代景行大王に嫁ぎ、第13代成務大王を生んだことになっている。

山の中のひっそりとした八坂入彦の墓は宮内庁が管理しているため立ち入り禁止になっていたが、健太と言納はそれに気付かなかったことにして中へと入って行った。このような行為の写真をネットに掲げたりすると、線路内でなくとも書類送検されるかもしれないので止めたほうがいい。

それで、そのとき言納はこれを受け取った。

『8にて知らす　8巡り
8の　理　弥栄に
尾張始まり（尾張は締まり）
たのみの地（頼みの地・たの美濃地）

謎解きは
くくりの宮（泳宮・八十一隣之宮）に
からころも（韓衣・唐衣）
ややもしたればとお（遠・唐）になり
………（以下略）………』

全体の内容としては、韓半島や唐からの渡来人が縄文人と交わり今の日本人が誕生したので、それを忘れるなということらしい。それとも八坂入彦はからころも（韓衣・唐衣）を着てたのか。だとすると、父の崇神がそれを着て大陸から渡って来たのだろう。

くくりの宮は可児市久々利にあるが、泳宮または隣之宮だが、これは後付けであろう。九×九＝八十一なので八十一隣之宮と書く。第12代景行大王およびヤマトタケルも泳宮とは縁が深い（ことになっている）。

このときすでに『8巡り』が出ていた。そして言納は、尾張・美濃の地と韓半島・中国大陸を巡業することが8巡りだと解釈した。しかしそんなことはできないので、これまで無視していた。

だが、健太が諏訪の藤島神社で受け取ったものと照らし合わせると、8巡りはどこかの土地を回ることだけではないことに気付いた。答えはメビウスの輪にあった。

翌日、健太は仕事で東谷山の近くを通ったので、山の麓にあるフルーツパークの駐車場へ入って車を停めた。カーナビを使って諏訪と宇陀までの距離を確認するために。

まずはナビを広域・広域・広域・広域にして諏訪地方に合わせ、次に詳細・詳細・詳細・詳細で地図を拡大して各神社を探す。最初に表示されるのはここからの直線距離だ。10kmを超すとkm単位でしか表示されないが、数百メートルの誤差は大した問題ではない。どちらも百数十km遠方の地なんだから。

ナビに上諏訪町が現れた。だったら最初は手長神社からにしよう。さらに詳細・詳細にして………

あった、手長神社。距離は１３０km。

画面を南へ南へと進め、少しだけ東へ行くと……

…あった、足長神社。はい、１３０kmね。

そのようにして次々と距離を測っては手帳に書き込んだ。諏訪大社の前宮と神長官守矢史料館の御左（ミシャ）

口（グジ）社はどちらも127㎞だった。言納と2人で結びの誓いを立てた小袋石も127㎞と出た。数百メートル近いはずだが、㎞単位表示なのでやむを得ない。

他にも遠州さなぎ池に通ずる葛井神社は129㎞、建てオンバシラではなく建て鳥居を6年に一度おこなう御座石神社は131㎞、田留姫神社133㎞、富士見町の乙事（おっこと）神社131㎞……。

下諏訪町・岡谷市方面に画面を移動させ、諏訪大社春宮130㎞、秋宮も130㎞、岡谷市長地（おさち）の出早（いずはや）神社129㎞、恐ろしい思いをした川岸の洩矢神社は125㎞……。

しかしあのとき、洩矢神社で宇陀のことを突かれたからこそ、ここが諏訪と宇陀の中間地点であることが判った。

次は宇陀だ。広域ボタンを連続で押して奈良方面を指してから詳細をくり返すと、ちょうど大宇陀が出てきた。

手長神社から東谷山の尾張戸神社を通過する直線上にあるのは、宇賀志の血原橋あるいはすぐ隣りの宇賀神社だった。なので画面を南東へ数㎞移動させてっと……血原橋、これだ。はい、130㎞。ぴったり同じだった。

足長神社（130㎞）からは尾張戸神社経由の直線は菟田野の宇太水分神社を通る。朱塗りの本殿は国宝に指定されており美しい。やはり130㎞だ。サービスエリアでもらった地図で、ほとんど狂いはなかったということだ。

諏訪大社前宮（127㎞）は尾張戸神社経由で伊那佐山の山頂を通る。128㎞だった。

他に榛原（はいばら）水分神社（下社）が126㎞、惣社水分神社（上社）は128㎞。水分神社の中社は菟田野の宇太水分神社がそれだ。八咫烏（やたがらす）神社129㎞、そして榛原の墨坂（すみさか）神社は126㎞。諏訪の主（おも）だった神社と似たり寄ったりだ。

墨坂神社の御祭神は墨坂大神。墨坂大神はそれが自然神の土地神（とちがみ）なのか、実在した人物をそう呼んでいるのかが判らないが、逆さ吊りにされた宇陀の歴史をひもとくにはこの墨坂大神が鍵になるかもしれない。いや、なる。

　調べてみると墨坂大神は記紀の神統譜に入っていないので、やはり消された神の一柱であろう。それで納得がいく。墨坂神社は出雲大社・大神神社・宇佐神宮と同じで、注連縄を通常とは逆向きに張る。出雲大社も大神神社も宇佐神宮も祟りを恐れてのことなので、ヤマト王朝は祟られるようなことをしたということだ。墨坂神社も同じ理由であろう。

　長野県須坂市には墨坂神社が2社ある。主祭神はどちらも墨坂大神で、６７３年（天武2年）に大和国宇陀より遷祀ということになっている。６７３年といえば天武天皇がクーデターを起こした壬申の乱の翌年だ。その後も天武天皇は信濃進出を試みているので、墨坂大神の正体がますます気になるところだが、話を宇陀に戻す。


　宇陀についてもうひとつ話しておかないといけないことがあり、健太はどうして宇陀で真っ先に血原橋を思い浮かべるのかということ。

　あれは4年前の初夏のことだった。言納が突然こんなことを言いだした。

「ねぇ、健太。宇陀の伊奈佐山って知ってる？」

「宇陀のイナサ山……あー、知ってるよ。行ったことはないけど、麓は何度も通ってるから」

「来い、って」

「はぁ？」

「山頂の神社へ来い、って」

伊奈佐山の山頂には都賀那岐神社が鎮座する。標高は６３７メートルなので、東京スカイツリーのてっぺんより少しだけ高い位置にある。

　しかし健太は脱神社宣言をして以来、必要でない限り神社仏閣に近寄らないようにしていた時期があり、気分的にも行きたくなかった。

　なので「伊奈佐山へ来い」との指示にも反発して

「お前が来い」と突っぱねた。

「でも来いって言ってるよ。誰か判らないけど」

「肉体がないんだから、そっちが来ればいいだろ。その方が早いし」

と、そんな押問答をくり返しているうちに言納が泣きだしてしまった。

「えっ、どうして泣いてるの？」

「判らないけど、すごく悲しくなってきたの」

それはまずい。というわけで、翌週の休みに2人揃って伊奈佐山に登った。

山頂の都賀奈岐神社は小さな祠だと思っていたが、なかなか立派な囲いが社を守っていた。

御酒神を供えて挨拶すると、まずは歓迎してもらえたので、健太は無礼を詫びた。

『はやさかる
宇陀の血原を訪（おとな）う人よ
足音響く　地の底深く』

このとき初めて血原の名を聞いた。言納がネットで調べると「血原橋」というのが2箇所見つかった。ひとつは室生寺の近くで、所在地はたしかに宇陀市室生村だが、2人はもうひとつの血原橋へ向かうことにした。所在地は菟田野宇賀志。

神武東遷で……ということは崇神大王の時代にここで大きな戦いがあり、この地は真っ赤な血に染まった。この戦いで前出の兄（エ）ウカシ・弟（オト）ウカシが登場する。逆さ吊りにされた宇陀の歴史の原点はここかもしれない。ただし、もう一方の血原橋も同じような戦いの伝承地になっているため、今は結論を出さないほうがいい。

血原橋のすぐ隣りに宇賀神社があった。尾張戸神社経由で諏訪の手長神社と対になっているのが、血原橋とこの宇賀神社である。

急拠だったので手ぶらで来てしまったが、挨拶するとすぐ言納に返答があった。厳しい声で。

『宇陀の国栖(くず)めと蔑(さげす)まれ
うるさき蠅(はえ)を追うごとく
田螺(たにし)踏まれてことごとく
潰され続けておりしこと
知りて訪ねて参られし

何の縁(えにし)か田螺の我れら
訪(おとな)い慰撫(いぶ)してくださりし
腐れ葉は
積まれ積まれて土となり
いつしかこの地の礎(いしずえ)と
なりたる我れらと知りてほし

血で血を洗ういくさの末に
かたや戦勝　勝鬨(かちどき)あげて
舞いて踊るは世の常か

永き時空が過ぎ去りて
よもや我れらを訪ね来て
懺悔に感謝　されしとは
美しき
光の波は地の底までも
輝き響き渡りたる

これよりは
我れら伊奈佐の山に乗り
光のはしごを登りゆく
有難きかな　この佳き日』

参拝した健太と言納こそ、感謝の気持ちでいっぱいになった。伊奈佐山へ登らされたこともよく理解できたし。「お前が来い」なんて反発してる場合ではなかった。

それにしても、かつて諏訪の手長神社・足長神社で受け取ったものと内容が同じだ。やはり潰された土着の民たちは、現代に至っても同じ想いを抱き続けているのであろう。
　これは7年前に手長神社で受けたものだ。

『土蜘蛛（つちぐも）どもめ
エブスめ国栖（くず）めと追い立てられて
虐（しいた）げられし人々の
いかに多くか知りたるか

手長・足長　最たるものよ
醜（みにく）き餓鬼（がき）めと埋められて
悪しき名にて蔑視（べっし）され
地中深くに葬り去られし

我れらこそ
永き永き歳月（としつき）を
地中の根となり這（は）いつくばりて
日之本（ひのもと）守りてきたものぞ
今こそ我れらの真なる力
見せねばならぬ　日之本の
輝く礎（いしずえ）なればこそ』

（『ヱビス開国』150ページ）

　健太にしてみれば、北東の諏訪と南西の宇陀があっての8巡りなのであろう。だが8巡りの真意はさらに深いところにある。

＊

　4月15日、朝6時に言納屋敷を出発。中央道を北上し、諏訪大社の前宮へ向かう。今日は前宮の十間（じっけん）廊（ろう）で特殊な祭りがおこなわれる。
　御頭祭（おんとうさい）は旧暦3月の酉（とり）の日におこなわれていたので〝酉の祭り〟とも呼ばれるが、「大御立座神事（おおみたてましんじ）」との名を持つ複雑怪奇な祭りである。

何が怪奇って、神前に鹿の生首を驚愕（きょうがく）の75頭も供える（た）のだ。現在は剥製3頭で代用している。聖域で血がしたたるような獣の生首を供えるのは狩猟民族ならではの、山の神に感謝する祭りなのだろうが、それにしても壮絶である。

御頭祭は単独でおこなわれる祭りではなく、前の年の12月22日に始まる「御室（みむろ）神事」から一連の流れの中にあるひとつだ。この御室神事は御頭祭よりもさらに怪奇で、百日間も竪穴に大祝（おおほうり）らがこもり、ソソウ神の小蛇3体が大蛇に成長したことを表現するのだが、詳しく説明すると長くなりすぎるのでここでは御頭祭だけを取り上げる。

しかしだ、御頭祭も昔ながらのものは明治以前に廃されていて、今では当時の様子が判らない。なので江戸時代の民俗学者菅江真澄（すがえますみ）が残した記録を引用することにする。神長官守矢史料館内に再現された御頭祭の供物なども、菅江が残したスケッチを参考にしてあるそうだ。貴重な資料である。

前宮へ続く坂の手前の十間廊には、なんと鹿の生首が75頭もまな板の上に並べられていた。その中に耳の裂けた鹿がある。その鹿は神が矛（ほこ）で獲ったものだとされ、毎年必ず耳の裂けた鹿が混じっているという。

鹿の他にも大きな魚や小さな魚、鳥の類（たぐい）などいろいろなものが供えてある。大勢の神官が敷皮の上に並び、供物を食べつつ銚子に御神酒を注いでいた。

やがて神長守矢氏が長さ5尺あまりの先が尖った柱を立てた。柱は御杖（おつえ）とも御贄柱（おにえばしら）ともいう。〝神使（おこう）〟と呼ばれる8歳ぐらいの子供が紅の着物を着せられ柱に手をそえると、人々が神使ごと柱をむしろの上に置いた。

神官が刀を柱のてっぺんに当てて刻みつけ、さわらの枝や柳の枝など縄で結い付け………。

まだまだ描写は続くが、さらに複雑になりつつあるためここで止めておく。結局、オコウと呼ばれる子供は御贄柱に縛られたまま生け贄になったのだろうか。オコウ役がその後は姿を見せなくなったとか、消えてしまったとの話も残る。

ある老人がこんなことを話してくれた。

諏訪では木遣り唄を〝鳴く〟という。〝歌う〟とは言わない。

ヤァ――――山のォ――――神様ァ――――

お願ァ――――いだァ――――

甲高い声で鳴く木遣りは、生け贄で我が子を奪われた母親が泣いている声だったのかもしれないと。

そして老人はその続きを小さな声で鳴いた。

ヤァ――――山のォ――――神様ァ――――

お願ァ――――いだァ――――

どうかァ――――愛しの我が子ォ――――

返しィ――――ておくれェ――――

なんだか胸にグッとなる。

「まぁ、ワシが勝手に考えたことじゃけどな」

老人はそう言って歯のない口を開けて笑った。

文献にこんなことも書かれていた。

この地域では親のない子を見つけると、喜んで引き取り育てた。それは、生け贄を出す順番が回ってきても、我が子の代わりにその子を差し出せばいいのだから、と。悲しい話だ。

現代の御頭祭にはこのような惨さ(むご)はない。

本宮を出発した一行は、薙鎌(なぎがま)やカラスの羽を先端に付けた竿を持って神職らが行列になり、そのうしろを御贄柱と神輿が続いて1・5㎞先の前宮へ向かう。もちろん御贄柱に子供を縛ったりはしない。

前宮では十軒廊に鹿の頭(剥製)や御神酒、野菜などの供物が並べてあり、行列が到着するとまずは神輿が中に入った。続いて御贄柱が祭壇前に据えられ、カタチだけは古き御頭祭を継承しているようだ。

あとは祝詞の奏上や玉串の奉てんなど一般的な神事の様相を呈していたが、健太の気を引いたのはイスラエルから査察団が来ていたことだ。政府から派遣されたのか独自の研究グループかは不明だったが、御頭祭の中に古代イスラエルの文化や風習が残されているのだろうか。

イスラエルから新しく赴任した駐日大使は、来日すると必ず訪れるところが2箇所あるという。

ひとつは岐阜県加茂（かも）郡の八百津（やおつ）にある杉原千畝（すぎはらちうね）記念館だ。言わずと知れた杉原千畝は第2次世界大戦中にリトアニアの領事館で、日本領事館領事代理としてユダヤ人に日本通過のヴィザを２１３９枚発給した。そのお蔭でユダヤ人はその家族を含めると、6千人の命が救われている。

まさに和製シンドラーであり、杉原に救われた人々の子孫は今や4万人に達しているという。ちょうど映画「杉原千畝」が２０１５年に全国で公開されている。

新任大使が訪れるもう一箇所が、諏訪大社および神長官守矢（じんちょうかんもりや）史料館である。おそらくは古代イスラエルと共通する信仰的な何かがあり、御頭祭の査察もそれが目的だと思われる。

しかしだ、諏訪の狩猟文化の祭りに、古代イスラエルをルーツとするようなものがあるのだろうか。

実はそれがあるにはある。

御頭祭の起こりについて、こんな記述が残されているが、これって聖書に出てくるあの話とそっくりではないか。

柱に縛りつけられた子供が生け贄として捧げられることになり、神官が子供に刃物を振りかざした。しかし別の神官がそれを制止して子供を解放し、身代わりに鹿の首75頭分を捧げた。

同じでしょう、まったくと言ってもいいほどに。

そう、アブラハムが我が子イサクを神に捧げようとした話に。むしろそっくりすぎて、聖書を元にした創作とさえ思えるし、その可能性は高い。

この話がいつの時代に創作されたかは特定できないが、旧約聖書が影響を及ぼすバックグラウンドが日本にも存在したことになる。ユダヤ教徒か原始キリスト教徒が古くに旧約聖書を持ち込んでいたのであろう。

「75」という数の出所は後にして、ユダヤ人はよく「13」をベースに事を進めるが、「75」は「13」の倍数ではないので、イスラエルと結び付けるには他の理由が必要だ。

一方で日本ではア・カ・サ・タ・ナ・ハ・マ・ヤ・ラ・ワの50音に、ガ・ザ・ダ・バ・パの濁音・半濁音を加えると「75」の言数になる。

ただし、現在の日常会話では
ヤ行――ya・yi・yu・ye・yo
ワ行――wa・wi・wu・we・wo
の一部分が失われてしまったため、言霊75声（音）が生かしきれてない。

かつての諏訪では年間の祭祀が75回おこなわれていた。現在は上社と下社で異なるが、上社の場合は100回を超えている。

鹿の首75頭が祭祀の回数と無関係だとは、今のところ言いきれない。

余談だが、古くは旧3月の酉の日におこなわれていた御頭祭だが、現在は毎年4月15日に決められている。4月15日を「415」で表すとしよう。

この「415」を裏から読むと「514」になる。5月14日はイスラエルの独立記念日だ。イスラエルは、第2次世界大戦終結後の1948年5月14日に独立した。まるで御頭祭の裏にはイスラエルあり、みたいな数の並びだ。

そして翌日5月15日、エジプト・サウジアラビア・シリア・イラク・レバノン・ヨルダンが一斉にイスラエルを攻撃し、第一次中東戦争が勃発した。

話を戻し、御頭祭がおこなわれる前宮の十間廊は、古代イスラエルの幕屋(まくや)と形や建てられている方向、そして使用方法も同じだという。入口が東になり、西に神輿とアーク(神櫃)が置かれたのだと。

ただし、世界中の祭祀や宗教施設を調べれば、同じようなものは他にいくらでもあるだろうから、これだけで十間廊が古代イスラエルの幕屋を模したとは考えないほうがいい。

アブラハムが我が子イサクを神に捧げるために向かったのは〝モリヤの丘〟だ。結果としては、神がアブラハムの覚悟を認めたため、イサクを殺めることなく身代わりに雄羊を神に捧げた。イスラエルに鹿はいない。諏訪に来て雄羊になった。

さて、ここに〝モリヤの丘〟が出てきた。

諏訪大社の上社では守屋山(1650メートル)が御神山となっており、前宮は守屋山を見上げるようにして建てられている。かつては本宮もそうだったのだが……訳は次章で述べる。

守屋山をモリヤの丘に結び付けたくなる気持ちはよく判る。しかしまず、守屋山はかつて「森山」と呼ばれていた。それが守屋山になったのは、神長守矢家に物部守屋の次男武麿が養子入りした後のことだ。守矢氏の系譜によれば、物部守屋の次男武麿の名が守矢家第27代に見られる。

ただし、物部守屋亡き後に次男の武麿が実際に守矢家へ養子入りしていたかは、系譜に政治的な背景が持ち込まれるため、そのままを史実と考えるわけにはいかない。

それと、モリヤの丘は山ではない。健太たちはエルサレムでその場へ行った。現在はイスラム教のモスクがそこに建てられているためユダヤ人は近づくことができない。したがってユダヤ人はトンネルを掘ってその近くまで行き、地下に礼拝所を設けた。

(『エビス開国』276ページ)

健太たちが訪れたときも、ローソクの灯が揺れる中で幾人かの少女が祈りを捧げていた。

もし失われた10部族なりが諏訪に来て、モリヤの丘に代わる神奈備を定めようとした場合、守屋山では標高がありすぎる。大和三山や三輪山、秋田の黒又山（クロマンタ）などは小さな山だからこそ古代山岳祭祀の場になりうる。標高が１６５０メートルだと信仰的な意味合いが異なり、どちらかというとチベットやネパールで信仰されるカイラスのように聖なる山に近くなってしまうのだ。

したがって、古代におけるモリヤの丘と守屋山との関係は明確なものがない。

しかし、健太たちにとってはイスラエルと諏訪を無関係にはできない理由がある。

あれはエルサレムを訪れる数ヶ月前のことなので２００９年だ。これを受け取った。

『諏訪のうみ
めぐりめぐりてなに思ふ
彼の地より
流浪の民は時を超え
今ここまさに　集いてし
各地各地に足跡残し
流浪の民は流れ入る

お日の国こそめざす国
永き年月流浪の民は
お日をめざして歩を進め
同胞ふやし　進み来ん

モリヤこそ
神との邂逅果たす地なりと
定めし〝光の都〞なり
スワの神こそモリヤ山
神体山なり　知りたもう』
（『弥栄三次元』３５７ページ）

そんな昔から人類は土地の奪い合いをしてきた。そして現代でもそれがくり返されているのは、過去に学んでないとしか言い様がない。

諏訪では建てたオンバシラを神としている。「奥山の大木　里に下りて神となる」だ。

古代イスラエルでも木に神が宿ると考えられていたようで、その神の名は「アシラ」。アシラは女神とのことだが「柱」の語源と考える向きもある。

このアシラ信仰はアッシリアからもたらされたものなのでユダヤ教が発祥ではないようだが、日本では神を数える単位が「柱」であることから、これは非常に興味がある話だ。

ただし、日本では縄文時代から柱を建てていたわけで、問題はそのころからそれを「ハシラ」と呼んでいたかどうかだ。というのも、縄文中期あたりだとユダヤ教の発生以前だろうし、アッシリアから人が渡って来て諏訪入りしたとも考えにくい。

それで健太たちは２００９年7月17日に守屋山の山頂で『光の遷都祭り』をおこなった。イスラエルの国旗を12本と日の丸１本を用意して。奇しくも7月17日はアララト山にノアの方舟が漂着した日だ。『彼の地より、流浪の民は………』というのは、紀元前７２２年に北王国イスラエルがアッシリアに滅ぼされ、世界各地に散った民のことであろう。それをディアスポラ（離散）といい、〝失われた10部族〟として語り継がれている。

離散した彼らの末裔はバングラディシュや、アフリカ大陸のウガンダ、ジンバブエでも確認されているため、その一部が日本に辿り着いていたとしても決して不思議なことではない。

南王国ユダがバビロニアに攻められ、捕虜として連れていかれたのはディアスポラから１３６年後の紀元前５８７年のことで、それを〝バビロンの捕囚〟と呼ぶ。

なので「柱」の語源は特定が難しい。それにしても現在は一神教のユダヤ教だが、大昔はエジプトみたいに多神教だったということだ。

イスラエルの12部族をまとめたのはダビデ王だが、その跡継ぎであるソロモン王は神殿を建てる際、レバノンの王から買った杉を筏（いかだ）で運び、ヤッファの港からエルサレムまでの50㎞は陸路を移動した。諏訪との違いは、柱に傷を付けぬよう丁寧に運んだそうで、神殿を建てるためならば伊勢の遷宮と同じだ。当然のことながら伊勢も柱を直曳きしない。

そういった意味ではネパールで今でもおこなわれているオンバシラ祭り「インドラ・ジャトラ」が諏訪とよく似ている。どうやらネパールと日本は、オンバシラを建てる文化で西と東の両端らしい。インドラ神とは日本の帝釈天だ。

ついつい笑ってしまったのが、ネパールでは木を伐るために、山羊を捧げるという。その山羊は黒い雄山羊に限るらしい。日本では鹿、イスラエルでは雄羊、ネパールでは雄山羊。こういった贄は万国共通のようだ。

「諏訪とネパールでは同じような長さの木を伐って曳き、神社の前に建てるというプロセスが全く同じ」

「（柱が）大きく曲がらなくてはいけない場所ではマンダルの出番で、鉄棒の梃子で柱を動かします。諏訪の御柱（おんばしら）の方向転換のやり方とまったく同じです」

（諏訪市博物館発行　寺田鎮子講演録「アジアの柱祭りと諏訪の御柱」より）

ただし諏訪と違うのは、毎年おこなわれるということと、建てる柱は1本だけ。そして8日間建てたら夜に倒してしまうということ。

柱の意味付けにおいてはネパールの人々も「あれは男根だ」とか「蛇だよ」と解釈しているようだ。まぁ、それも万国共通ってことか。

ということから、イスラエルよりもむしろネパールと共通するルーツを探すべきかもしれない。

イスラエルと諏訪、結び付きがありそうだが今ひとつ煮え切らない。なのでもう少し検証してみる。

イスラエルには、ヤコブが天使とスモウを取った話がある。天使とスモウ……? 恰幅(かっぷく)のいい天使がいたのだろうか。

諏訪大社でも相撲が盛んで、上社本宮では相撲踊りや対抗相撲が、下社でも毎年8月1日のお舟祭りには秋宮境内で相撲がおこなわれる。

蔵前国技館には諏訪明神が祀られているし、上社本宮の境内には究極の力士と仰がれる雷電像がどっしりと立っており、諏訪大社と相撲の結び付きを伺い知ることができる。これら相撲に関する神事や催しは、タケミナカタとタケミカヅチによる力比べが始まりと伝えられているが、相撲の古い歴史を調べてみると元々は天皇の前で披露する出し物だったようで、どちらか一方が死ぬまで戦ったのだという。勝てば天皇から褒美が与えられたのであろうが、今では考えられない。

相撲に関しては伊予国一之宮の大山祇(おおやまづみ)神社に伝わる「一人角力(相撲)」が無形文化財に指定されているし、全国津々浦々に相撲神事等が残っているだろうから、特にイスラエルと諏訪を結び付ける理由にはならない。

相撲よりも興味深いのが修験道だ。

修験者がおでこの上に付ける頭巾(ときん)だが、ほとんど同じものがイスラエルにもあった。健太たちがエルサレムを訪れた日はハヌカー祭りの真っ最中で、ユダヤ人が日本の修験者と同じ位置におなじような頭巾を付けていたので驚いた。これについてはルーツを同じに考えたくもなる。

ただし、諏訪地方では修験の匂いをまったくと言っていいほど感じない。山岳信仰の場で匂うあの修験道くささが諏訪にはないのだ。何しろ仏教の侵入に長く抵抗し続けた地域なのだから、諏訪は。

しかし気になることもあり、ハヌカー祭りでは普段は使用しない8枝の燭台に毎日1本ずつ火を灯し、8日目ですべてのローソクに火が点く。

ネパールのオンバシラ祭り「インドラ・ジャトラ」は8日間だけ柱を建てた。しかも柱のまわりに8本の女神柱が建っており、中心の柱を邪悪なモノから守っている。

諏訪大社の上社と下社、元はまったく別の神社であって、今の形態になったのは明治4年以降だ。それまでは別々に、それぞれ8本のオンバシラを建てていた。「8巡り」とはこれらのことも含まれているのだろうか。とすると、やはりイスラエルと諏訪の間には何かありそうだ。

先にも少し触れたが、ユダヤ人は「13」とその倍数をよく用いる。その一方で「13」を縁起が悪い数として世界中に流布し、その効力……数の持つ力を〝数霊力（すうれいりょく）〟と言うが、「13」の数霊力を独り占めしようとしている。なので古代イスラエルは12部族の他にもう1部族が存在していることを隠している。隠されたその部族を「コヘン族」という。

コヘン族とは12部族から優秀な者を選び出し、長い時間をかけてミックスミックスをくり返すことで、12部族すべての血を継ぐ者が誕生する。それがコヘン族であり、祭祀を司る本当の部族はラビ族ではなくコヘン族であることを、健太たちはエルサレムでコヘンの血を引く末裔に教わった。

ユダヤ人にとっての「13」は「12」を支配する中心点だ。時計をイメージすればすぐに判る。といってもデジタルじゃないから。

末裔の女性はこう語った。

「私の祖父の名はベンシャバット。〝ベン〟は息子を意味するの。〝シャバット〟は安息日のこと。コヘン族だけの名前よ」

黒髪で肌の色が黄色人種と同じその女性は、白人系ユダヤ人とはまったく別人種だった。

彼女はこう付け加えた。

「コヘン族は12部族の中に入らない。入らなくていいのよ。12部族を超えた存在であり、コヘンの一滴の血は12部族そのものなんだから」

（『ヱビス開国』280ページ）

諏訪には十五社神社がたくさんある。タケミナカタとヤサカトメ、それに13柱の御子が御祭神だが、どうして13柱の御子なのか。この「13」は、日本へ渡って来たユダヤ人の存在を肯定することになるのだろうか。

諏訪信仰では、ほんの小さな祠がとても大きな意味を持つ。それは諏訪大社においても同じで、特に重要視されているのが「十三所（じゅうさんしょ）」である。

かつて諏訪には大祝（おおほうり）という職位があった。大祝に就任することは諏訪の祭祀を司るばかりか、我が身に諏訪明神が宿る〝生き神様〟になることでもある。なので大祝は諏訪の地から外へ出ることを禁じられていたほどだ。この話は古事記において、タケミナカタが諏訪の地から外へ出ないことを約束したことと重なる。

大祝は就任すると十三所に参拝した。おそらくすべてが古き神々で、大祝職が制定される以前から諏訪に暮らした先人たち、あるいは土着の神であろう。

十三所には順番も決まっており、一番所政社（とこまつしゃ）、二番前宮、三番磯並社といったぐあいに。遠州さなぎ池へ通ずる葛井社（葛井神社）は9番だ。

以前はこの13社が十三所だったが、現在はこの13社を上十三所と呼ぶ。というのも中十三所と下十三社が付加されたのだ。本宮境内にはこの上・中・下十三所の神々を祀る社がズラリと並んでいる。

上も中も下もタケミナカタの御子13柱に合わせたものであろうが、どうして御子が13柱なのかは判らない。他にもタケミナカタの御子は19柱とする文献もあるが、「13」ばかりが前面に出ており、これこそがコヘン族を含めたユダヤ民族の数に合わせられているのだろうか。証拠は何もないが、他の理由も見つかってない。

もし他に理由を与えるとしたら、タケミナカタの名をたずさえ諏訪に侵入してきた支配者に、抵抗することなく従った地元の村の数であろう。

神々の系図は血縁関係を表す氏系図ではなく、利害関係や上下関係を示した組織図である。

したがって、新しい支配者に従えば、系図においては神（支配者）の子にしてもらえる。もちろん組織図系図が製作されたのはずっと後の時代になってからであろうし、支配者にタケミナカタの名前を冠せたのも平安時代に入ってからだろうが。

というわけで、諏訪に残る古代イスラエルの文化や風習らしきものを羅列してみたが、これがそうだと断言できるものはなかった。

しかし、だからといってこれらすべてが別々に起こった偶然として片付けるのもどうかと思う。

見えない世界では確実に深いつながりがあるので、三次元の物質世界でも今後何か大きな発見があるかもしれない。それに期待しよう。

ただし、ひとつだけ断っておきたいのが、諏訪地方の各博物館や資料館（史料館）の館長や学芸員は、諏訪の歴史のルーツを古代イスラエルやユダヤに求めることを好まない人が多い。

というのも、彼らは諏訪の歴史を長年に渡って研究し続けているため、諏訪に残る文化・風習を古代イスラエルやユダヤを持ち出さなくても理由付けできるからである。

したがって彼らには、そういった話に同意を求めないようにしたほうがいいあるね。

御頭祭話題に戻る。

伝承で、神官に助けられた子供の身代わりに鹿の首75頭分を神に捧げたことについてだが、新約聖書にヤコブの親族75人の話が出てくる。

また、キリスト教でも鹿を神の遣いとする地域がある。旧約ではなく新旧聖書だが、もし「75」の出所がここにあるとすれば、鹿の数がヤコブの親族を表しており、キリスト教徒的に考えれば子供を助けるためにヤコブの親族が犠牲になってくれた。だから御頭祭にはヤコブの親族の数が反映されている……のかもしれない。

鹿を山の神に供えるのは6〜7世紀の高句麗でも狩猟儀礼としておこなわれている。

しかし、神に生々しい鹿そのものを供えるのではなく、なぜ生首なのかという疑問は残る。イスラエルの雄羊にしろネパールの雄山羊にしろ、生首だけを神に捧げたとは書いてないいし、仮にヤコブの親族を持ち出したとしても、数についてはともかくとて何で生首なんだ、と。

すると思わぬところから答えが見つかった。アイヌに伝わるユーカラの中に。長い物語なので、鹿の首（頭）に関する部分のみを紹介する。

「コンクワ」（梟の神が自ら歌った謡）

「……（前半部略）……

……人間の世界に飢饉があり、人間たちは今にも餓死しようとしている。

どういう訳かと天国を見れば、鹿を司る神様と魚を司る神様が相談をして、鹿も魚も（山や川へ）出さぬことにしたのだった。

それから人間たちは山へ猟へ行っても鹿がいないし、川へ漁に行っても魚がいない。

それを見ていた私は腹が立ったので、鹿の神と魚の神に使者を立てた。

それから幾日も過ぎ、空から微かな音が聞こえてきて誰かが入って来た。見ると川ガラスの若者が以前よりも美しさを増し、勇ましい気品をそなえて返し談判を述べ始めた。

天国の鹿の神と魚の神が、今日まで鹿や魚を出さなかった理由は、人間が鹿を捕るときに木の棒で頭を叩き、皮を剥(は)ぐと鹿の頭をそのまま山の木原に捨てたままにする。魚を捕れば腐れ木で魚の頭を叩いて殺すので、鹿どもは裸で泣きながら鹿の神の許(もと)へ帰り、魚どもは腐れ木をくわえて魚の神の許へと帰る。

それで鹿の神と魚の神は相談して鹿や魚を（山や川へ）出さなかったのであった。

こののち、人間たちが鹿でも魚でもていねいに扱うということなら鹿も魚も（山や川へ）出すであろうと、鹿の神と魚の神が言ったことを詳しく申し立てた。

私はそれを聞いてから川ガラスの若者に讃辞を呈してから、人間たちを見ると本当に鹿や魚を粗末に扱っていた。

それで、今後は決してそんなことをしないようにと、人間たちが眠っているときユメの中で教えてやったら、人間たちも悪かったということに気付き、それからは魚を捕る道具は幣(ぬさ)のように美しく作り、それで魚を捕る。

鹿を捕ったときは鹿の頭もきれいに飾って祀る。なので魚たちは美しい御幣をくわえて喜んで魚の神の許へ行き、鹿たちも喜び新しく月代(さかやき)をして鹿の神の許へと立ち帰る。それで鹿の神や魚の神は、たくさんの鹿やたくさんの魚を（山や川に）出した。

人間たちは今、もう何も困ることもひもじい思いをすることもなく暮らしている。私はそれを見て安心した。………（以下略）………」

（『アイヌ神謡集』知里幸恵編訳　岩波書店）

※本文は文法的に理解しにくい部分があったため、内容が変わらぬよう文体を修正した。
本文中の（　）中も筆者によるもの。

※「月代(さかやき)」とは、男の額髪を頭の中央にかけて半月形に剃り落としたもの。

諏訪にアイヌの教えが東北のエミシ経由で届いていたのか、諏訪は諏訪で狩猟民族が山の神への感謝として捕った鹿の頭を飾ったのかは判断できないが、死んだ鹿には喜んで山の神の元へ帰ってもらうための御頭祭ならば、大自然から命をいただいて暮らす人間のあるべき姿なのであろう。

しかし現代社会はどうか。鹿の神や魚の神が嘆いたように、牛も豚も鶏も、鹿も猪も羊も馬も、そしてもちろん魚たちも、欲しい部分だけは奪って残りをゴミとして捨てる。個人も企業も政府もだ。これでは災害が起きてもモンクを言う資格も権利もないというものだ。

今はもう狩猟生活をしておらずとも山の神への感謝を怠らない諏訪人は、現代においては貴重な存在である。諏訪人がなぜ山の神から愛され続けるのかが、これでまたひとつ理解できた。

*

御頭祭が終わり、十軒廊の隣りに建つ内御玉殿（うちみたまでん）の由緒書きを読んでいる健太を篠崎が見つけた。

「おーい、また会えたね」

「あぁ、篠崎さん。先ほども十軒廊の下でお見かけしたんですけど、宮司さんにインタヴューされてたので、あとから声を掛けようと思って……」

「そうかそうか。あっ、ちょうどいい。紹介したい奴がいてね。ちょっと待ってよ。おーい、おーい、ケンタ。こっち来いよ」

健太はギクリとした。

「ごめんごめん。君も健太君だったね。同じ名前だってこと忘れてた。おー、来た来た。紹介するよ。彼はうちのスタッフで、隆波憲太（たかなみけんた）。といっても諏訪支局で現場へ行くのは僕と彼だけなんだけどね」

健太が隆波に挨拶すると、すぐに隆波も返した。

「初めまして。隆波と申します。新聞社で篠崎さんの家来をやらされてます」

篠崎は長野県民日報の諏訪支局長だが、近くに大きな松本支局があるため諏訪支局は超ミニサイズの支局で、篠崎以外は事務が1人、パートが1人、あとは隆波だけである。

「どこかで健太君に紹介したかったんだよ」

「そうなんですか」

「うん。彼の苗字の〝隆波〟って、どう思う?」

「えっ、どう思うって言われても……」

健太は隆波の顔を見たが、初対面なので何だか照れくさい。名前も同じケンタだし。すると篠崎が、

「〝隆波〟ってさ、波が隆起するっていう意味なんだよなぁ。判る?」

「……それって、ひょっとしたら御神渡り（おみわた）りのことだったりして」

「おー、さすが。正解」

本来は「御渡り（ミワタリ）」でいいのだが、より丁寧な「御神渡り（オミワタリ）」が定着しているため、オミワタリが一般的になってしまった。

ここで隆波が自身の苗字について説明した。

「お爺ちゃんから聞いたんですけど、ずっと昔は〝高波〟だったらしいです。けど〝高〟の字を使うのはおこがましいから、いつのまにか〝隆〟にしたんですって。〝隆〟もおこがましいですけど」

そう言いつつ健太を見て笑った。

隆波の話によれば、彼の先祖は冬になると諏訪湖に御神渡りが現れるのを見張る役を請け負っていたそうだ。現れるとすると、ほとんどが早朝の4時から午前9時までだ。凍てつく諏訪湖畔に早朝から通い、出現し始めるとすぐに報告したのだろう。

現在、御神渡りの判定は上諏訪町の八剣神社の宮坂宮司がその役を務めるが、冬場は早朝、身を清めてから諏訪湖へ確認に通う。最近は数年に一度しか御神渡りと認定される氷の隆起が出現しなくなっているのは残念だ。

隆波が健太にこんなことを話してくれた。

「タケミナカタさんの〝ミナカタ〟って、諏訪についての本には製鉄に係る名前だって書いてあるんですよ」

「そうですね。ボクも何冊か読みましたよ。南の方角は〝火〟を表しているんですよね」

「はい。陰陽五行思想の〝火気〟は〝南方位〟を意味します。だから〝南方＝ミナカタ〟で、諏訪の神は製鉄の神じゃないかって」

「美濃国の一之宮は南宮大社っていうんですけど、御祭神は金山彦命です。製鉄の神ですよね。実際あの近辺は古代から製鉄が盛んにおこなわれていたようです。伊吹山の麓あたりです。南宮の〝南〟って………」

健太が製鉄についての話をふくらませると、隆波の表情がわずかに曇った。

「どうかしましたか」

「いえ、実はですね………」

健太の問い掛けに隆波が静かに話し始めた。

「これもお爺ちゃんに何度か聞かされたんですが、タケミナカタさんは水の中にいる神様だぞ、って」

「そうなんですか？」

「タケミナカタさんの名前は〝火〟から生まれたんじゃなくて〝水〟だぞ〝水〟って。だからミナカタの意味は〝南方〟と違う。本当は〝水潟〟だって言うんですよ」

「〝水潟〟でミナカタですか。たしかにタケミナカタの名前が生まれたころは、湖もずっと広かったですしね」

「ええ。けど、お爺ちゃんはそう言った後に必ずこう付け加えてました。『ワシの勘は当たったためしがないけどな』って」

これには3人が大笑いした。

タケミナカタと製鉄を結び付けた研究結果は多い。

それに、諏訪湖の水は鉄分の含有率が日本の湖の中で一番高い。そのため諏訪湖に生える葦の根に付着した褐鉄鉱（かってっこう）が積り積って鉄製品の原料になったのではないかとの研究もある。

また、諏訪大社の本宮は毎年11月８日に幣拝殿で「鞴講神楽（ふいごこうかぐら）」をおこなう。なかなか厳かな舞いが奉納され、健太と言納も一度だけ参加したが、通称では「ふいご祭り」と呼ばれている。製鉄の祭りだ。

なので諏訪にも鉄の神がいたって不思議ではないが、隆波の祖父は何かを知っていてそれを孫に伝えたかったのか、それとも当たったためしがないという勘での話か。

これは葛井神社の総代らに聞いた話だが、今から約50年ほど昔のこと、現在の諏訪インターあたりはまだ湿地帯だったという。諏訪インターが開通したのは１９８１年３月30日。35年前のことだ。

湿地帯のため、田植えをするにも稲刈りさえも小さな船を浮かべ、それに乗って作業をしたそうだ。

１５００年前の諏訪湖は今の４倍ほどの面積があり、それが徐々に小さくなったが、室町時代から戦国時代でもまた今の２倍ほど大きかった。

４百数十年前に建てられた諏訪高島城はまわりを水に囲まれており、湖に浮かんでいるように見えたことから「諏訪の浮島」と呼ばれた。現在は湖岸から離れた陸地になっているが、ほんの40～50年前までは湿地帯や沼地が残っていたほどなので、隆波の祖父がミナカタを〝水潟〟としたことも、健太には決して間違ったことではないように思えた。

「他には何かおっしゃってませんでしたか。お爺ちゃんは。タケミナカタについてを」

「子供のころは興味なかったから。もって聞いておけばよかったですね。今さら遅いけど」

隆波の祖父は６年前に亡くなったそうだ。そのことについては篠崎も残念がっている。

「そうなんだよなぁ。戦前の諏訪を知ってる最後の世代だから。その世代は」

帰り道、中央道を走りながら、健太は久しぶりにシャルマのことを思い出していた。

（あーあ、こんなときにシャルマさんが来てくれれば、いろいろ教えてもらえるのに……知れば知るほどさっぱり判らなくなってきたぞ、諏訪っ。それに宇陀もだって。おい、宇陀っ）

健太が壊れた。だが判らないでもない。たしかに諏訪の歴史は複雑すぎるので、シャルマに助けを求めたくもなるものだ。

北極星で星間次元の時空間調整をしているシャルマが健太の前に現れたのは……といってもシャルマは意識体なので目には見えないが、岐阜県下呂市の金山町にある金山の巨石群でだった。

（『時空間日和』から登場）

その後も戸隠などで助けてもらっているが、ここのところ現れない。しかし、それには健太への深い想いがシャルマにあってのことだった。

健太は今でこそ神々――それは古き先人たちであるが、その先人たちから頼られ、健太もそれに応えるべく動いているが、以前は歪められた歴史を糺（ただ）すための追求を禁止されていた時期もあった。

10年ほど前のことだったか。岐阜県と滋賀県にまたがる伊吹山へ登った。目的はヤマトタケルとして神話に登場するのはいったい誰であり、なぜ騙し討ちをするような卑怯者として描かれているのか、その謎を解明するためにだ。

山頂にはちっともカッコよくないヤマトタケルの石像がある。健太が目的を告げると、

『そのような必要はない』

と。しかし、それでは納得できないのではという健太の想いに対しては
『気にしておらん』と。

また、法隆寺の夢殿で救世（ぐぜ）観音に向かい、隠蔽（いんぺい）された聖徳太子の謎を解きたいと伝えると
『あばかずともよい』

そう言われた。

（以上『臨界点』より）

なぜ健太は想いを拒まれたのか。それは健太の内面にまだまだ不安定な要素があったので、深入りさせないためだった。外側にばかり神を見出（みいだ）してそれを追いすぎると悪しき世界に引きずられ、惑わされ、ときには身に危険がおよぶ。それで止められたのだ。

本人は気付いてないが、止めたのは健太の玉し霊の奥底、一霊四魂（いちれいしこん）での直霊（なおひ）である。なので健太の告げた想いに答えを返したのはヤマトタケルでもなければ聖徳太子でもない。

社会に溶け込めず、それで外側の神に憧れを抱いて各地の神社を追い掛けまわしていると、精神に異状をきたすことが多々ある。本人は気付いてないが。神から好かれていると勘違いしているので。

健太の場合、人間性や社会性の向上や、宗教観が高まることでブレない哲学が身につくまで、外部の神を追いすぎないようにさせられた。いや、そうしたのは自身の直霊なので、させられた訳ではないが、追い求める神は我が内にあることの訓練だった。

だがエジプトから帰ってからだろうか、変化が見られるようになったのは。

兵庫県西宮市の廣田（ひろた）神社でのこと。

まずは本殿で、

『元を糺（ただ）せよ　お日の子よ』

これは自分の内面を糺せとの解釈もできるが、どうやらそうじゃないらしい。次に続いたからだ。

脇殿、諏訪建御名方富大神（スワタケミナカタトミオオカミ）の前では、

『建御名方の呪（じゅ）を解（ほど）け』と。

もう何年も前から諏訪へと向かわされていたのだ。健太にとっては鎮守の森も諏訪神社だ。実家から徒歩3分。子供のころはいつも境内で遊んでいた。

西宮の廣田神社から帰った夜に

『四本の柱に込められし
　封印解いてほしきもの』

すでに8年前からこんな課題が与えられていた。

これも8巡りのうちか。とにかく、諏訪からはもう逃げることは不可能のようだ。


そして極めつけが奈良の大神(おおみわ)神社。重要文化財に指定されている摂社の若宮社でのことだ。若宮社は正式に大直禰子(オオタタネコ)神社という。太田種子ではない。

『真なる歴史をひもといて
　真古事記を世に現せ』
（以上『弥栄三次元』より）

これには本当にまいった。何年もの間、健太は聞かなかったことにしていたほどだ。しかしあれから8年が巡り、とうとう諏訪に正面から対峙するときが来た。そして今、そうしている。

だが健太にとって乗り越えるべき壁は大きい。とてつもなく大きい。なのでシャルマに救いを求めてしまったのだが、もうシャルマが来ることはない。外側からは。


「ただいまぁ。ごめんね、遅くなっちゃった。あれっ、タケルは？……ゲッ、何してんの？」

「おかえり。もう寝たよ。逆立ち。ごはんは？」

「うん、車の中で少し食べた。なんで逆立ち？」

「スッキリするよ。じゃあ作らなくていいのね」

犬山の言納屋敷へ帰ると、言納は壁際で逆立ちしたまま会話を続けた。

健太はしばらくタケルの寝顔を見ると、コーヒー豆を挽きながら、隆波との出逢いや彼の祖父の話をし始めた。

すると今度は開脚でストレッチをしていた言納はぼんやりと天井を見つめたまま、独り言のようにつぶやいた。

「その隆波君って人……何か大きなものを受け継いでいるみたいだね」

「う、うん。そうかもしれない。けど、なんでそう思った？」

「だって、隆波君なんでしょ」

「……そうだけど」

「隆波。タ・カ・ナ・ミ。その名前の裏にちゃんと答えがあるわよ。逆さに読んでみて」

「えっ、逆さにって……タ・カ・ナ・ミだから逆さだと……ミ・ナ・カ・タって、ミナカタじゃんか。マジかよ」

さすが言納。言霊を納めるという名前だけあり、健太は感動していたが、まだ続きがあった。

「そっかぁ。名前は憲太ね。なるほど。ねぇ健太、面白いわよ。憲太の〝ン〟を抜いて隆波憲太を逆さに読めば完璧ね」

「憲太の〝ン〟を抜く?」

「そうそう」

「ケ・ン・タ。タ（ン）ケミナカ……うっわ、すっげー。タケミナカタそのままだ」

健太はこの夜、脳の興奮状態が収まらず、なかなか寝付けなかった。


タケミナカタの名の出所は製鉄に関するもの以外にも諸説あり、そのひとつが徳島県名西郡石井町に諏訪の地名があり、多祁御奈刀弥（たけみなとみ）神社でタケミナカタトミ神を祀っている。かつての地名が名方郡名方（なかた）郷なので、タケミナカタと結び付けられてるようで、この場合、タケ（建）は勇しい男を表し、ミ（御）は丁寧な言い回しで頭につけた尊称と考え、実質的な名前としてはナカタだけとした解釈のようだ。

しかし今の健太はタケミナカタの名の発生について製鉄関連や徳島元諏訪説よりも、隆波の祖父が言い残していった水の神であると感じ始めていた。

と同時に下社山出しの夜、岡谷市の洩矢神社で聞かされたことが頭から離れず、日に日に大きな疑問へと発展していった。

『………和合・和睦はいつの世も
束の間の夢　浅き夢………』

というあれだ。

というのも、健太は言納とともに見えない世界の神々に向けた神事や祭りを数多くおこなってきた。

国内では奈良や京都で、琵琶湖で、富士山麓で、遠くは長崎県の対馬や沖縄でも。

長野県においては2008年の『和睦の祭典』を諏訪大社の前宮で、2009年は『光の遷都』を守屋山山頂で。2010年の『古き神々への祝福』と2012年の『ハランより時空を超えて』を戸隠で開催し、大勢に参加してもらっている。

それればかりか、エジプトのアスワンにイスラエルのエルサレム、トルコのタガーマ、ハランやアララト山でも大真面目にそれをしてきた。

だが、神々に向けて神事や祭りをしても

『…………和合・和睦はいつの世も

束の間の夢　浅き夢…………』

でしかないのなら、今までやってきたことは無駄だったのか。あるいは不必要なことだったのか。もしそうだとしたら、今後は諏訪や宇陀に対して何をどうすればいいのか、いや、何もすべきでないのかさえ判断できなくなってしまう。

それで御頭祭の翌週、飛騨地方で仕事があったのでその帰りに、岐阜県下呂市金山町の金山巨石群に寄った。6年前の5月、シャルマから野外授業を受けたその場所だ。健太はどうしようもなく行き詰っていたため、その場所にシャルマの幻影を求めていたのだ。そこに行ったってシャルマはいないことを頭では判っていても。

この日は仕事が早く終わったため、金山巨石群に着いたのは午後3時前で、ポカポカ陽気が心地よい。ちょうど桜も満開なのでよけい気持ちを和ませてくれる。健太は巨石群の中で「線刻石のある巨石群」エリアに行き、そのうちのひとつに登ってそのまま寝ころんだ。

吹き抜けてゆく春の風と鳥のさえずりが疲れた身体に眠気を誘う。しかし健太はぼんやりしつつもシャルマに向けて無意識に語りかけていた。

もちろん返事があるはずもない。

すると健太の不安は次第に怒りへと発展したのか、神々へのグチが吹き出した。

（大昔に諏訪で何があったのか知らないけど、そっちから勝手に『タケミナカタの呪を解け』だとか『真なる歴史をひもといて　真古事記を世に現せ』なんて勝手なことばかり言ってきて、だったら何があったのか教えろっちゅうに………）

今まで抑え込んできたものが火山の噴火のように噴出し、もう手に負えない。

（いつも言われる通りにやってきたのに。始まりの〝ア〟と終わりの〝ン〟が開くことでスワが表に出るからって、わざわざアスワンまで行って金と銀の鈴を鳴らしたり、エルサレムだって逮捕されかけたんだからなぁ、ったく。時間もお金も労力も、いったいどれだけ使ったと思ってんだ。判ってるんですかねぇ、そのへんのことは）

もうグチじゃない。神にケンカを売り始めた。

（けどさぁ、どれだけ精一杯やったところで、それって神々に伝わってるんですかねぇ。えっ、どうなんですか？……たとえ伝わっていたとしても『和合・和睦はいつの世も　束の間の夢　浅き夢』だなんて言われちゃあ、立つ瀬がないってもんだぜ。だったらもう何もやらないからなぁ………………本当にどうしていいのか判らないよ………）

ひとしきりグチをぶちまいたらスッキリしたのか、最後はやや謙虚になってそのまま寝入ってしまった。

『手段はふたつあります』

（えっ、誰？）

健太はユメの中とも現実とも区別がつかないそのハザマにいた。

『手段はふたつあります。いえ、厳密にはもうひとつありますけども』

（その声、シャルマさんでしょ。来てくださったんですね。ありがとうございます。戸隠以来、全然お会いできないので、ずーっと気に掛けてました）

『…………………』

（あれっ、シャルマさん、聞こえてますか？　シャルマさん…………シャルマさん…………あれ、どうしたんですか？）

健太の呼びかけに、シャルマの返事はなかった。

そのとき健太の脳裏には、小袋石の前で言納と結びの誓いを立てたときに受け取ったものの一部が思い浮かんだ。

『胎内一宇宙　宇宙一胎内』

（えっ、それが何？　どういうこと？）

『〝ス〟と〝ワ〟で反転　わかりたか？』

（あっ、それって小袋石での…………）

それには気付いた。しかし、それ以上が判らない。それで健太はユメと現実のハザマの中で、半分は意識して、もう半分は無意識のままで大きく息を吸い込み、しばらく腹に溜めてからゆっくーり吐くことで自らを落ちつかせた。それを続けること数分。何度目かの呼吸で吐き切った瞬間、健太はあることに気付き、岩の上で眠ったまま叫んでしまった。

「そうか、判ったぞ」

本人は寝ているのでまったく無意識にだが。

健太が気付いたこととは、先ほどの声がシャルマであってシャルマではないということ。それこそが『胎内一宇宙　宇宙一胎内』であった。

健太は今までその意味を、タケルが誕生することに当てはめて考えていた。それはタケルにとって言納の胎内こそが宇宙であり、唯一の宇宙が言納の胎内なのだと。しかしそれでは健太の学びや気付きにならないではないか。

しかし『胎内一宇宙　宇宙一胎内』から汲み取る

べきことはそんなことでなく、人の身体は小宙宙と表現されるように、その小宇宙には大宇宙のすべてが詰まっているということ。外宇宙にあるすべての存在や現象が内宇宙（胎内宇宙）にはあるということなのだ。

そしてここからが大切なのだが、それを知識として備えることではなく、胎内宇宙からいかに外宇宙の存在を導き出すことができるかである。

つまり健太の内部＝胎内宇宙にもシャルマは存在しているので、外宇宙にシャルマを求めるのではなく、胎内シャルマを引き出せということ。それは健太が外宇宙のシャルマと同じ意識になることで、より深くまで引き出すことができる。

北極星のシャルマはそれに気付いて欲しかったので、この数年は健太に接触してこなかった。

『〝ス〟と〝ワ〟で反転……』については他の解釈もありそうなので後々それに気付くであろうが、そのひとつとしてス＝吸気（スーと吸う）とし、ワ（ハ）＝呼気（ハーと吐く）とすれば、外に神を求めているうちは神の功徳を取り込もう取り込もうとするため、ス＝吸気の状態である。

だが胎内宇宙に存在する神を表に出そうとすれば、ワ（呼気）状態だ。

なので〝ス〟と〝ワ〟で反転であり、外宇宙に存在する神から功徳を得ようとする〝ス〟状態の意識を〝ワ〟状態に反転せよとのことだ。それがメビウスの輪でもあった。

『龍体は　メビウスの輪なり』でメビウスの輪が出ていた。

メビウスの輪は外まわりで1周すると、次の1周は必ず内まわりになる。メビウスの輪を途中でグルリとねじって8の字にしても同じだ。外まわりで8の字を1周巡れば、次は内まわりで8巡りをすることになる。

この8巡りから考えるに、外宇宙と胎内宇宙は等しいことになる。また、どちらか一方だけを追ってもいけないのだろう。これまでは外宇宙ばかりに神の存在を探し求めていたため、胎内宇宙に目を向けろとのことだが、逆に胎内宇宙しか見つめてないとまわりが見えなくなることもあるからだ。

密教の教えのひとつに、外側の救済と内側の究明のバランスを説くものがあったが、まさにメビウスの輪的理論である。

健太はハザマ状態の中でワ（ハ）＝呼気状態を意識しつつ胎内シャルマを探した。が、つながらない。

当り前だ。探すということ自体、すでに分離している。胎内宇宙をそのまま外宇宙の縮小と考えるからそうなる。胎内宇宙は自分自身なのだ。自分の中にすべてが存在していて、それは分離したものではないのだ。

「あぁ、そうか。しまったことした」

だから、岩の上で寝たまましゃべるなって。

次に健太は自分がシャルマであることを強く意識してみたが、それもダメだ。強く意識しようと努力するのは、裏を返すと自分はシャルマじゃないことを肯定してるからこそのことだ。自分は癌じゃないんだと強く思い込もうと努力するのは、自分は癌であることを思いっきり認めているのと同じだ。

しかし健太はハザマ状態だからこそできる感覚におち入り始め、とうとう自分は健太であることを疑わないのと同じくらい、自身がシャルマになった。

この状態を起きているときも保つことができれば、どこにいようがシャルマはいつでもともにある。

いよいよ健太がシャルマになり、胎内シャルマの声が……それは健太の本質の一部分だが、自身に向けて語り出した。

『封じられた神々、隠された歴史の封印を封く手段はふたつあります。

ひとつは神事や祭り、祈りや苦行といったたぐいのもの。

しかしそれらはひとときしか神々や先人たちにやすらぎを与えません。束の間の夢、浅き夢です。

また、おこなった本人も自己満足に浸ったり不安に陥ったりするため、人それぞれの玉し霊の奥底はそれを知っています。

しかし心地好いのでしょうね、いつまでもそこに留まろうとするのは。

もうひとつですが、人の認識を変えることがそれです。

それは歴史を糺すことで過去を変えることになりますね。認識が変わるのですから。

歴史が糺されれば神々や先人たちにとって、その喜びは束の間の夢、浅き夢ではなくなり、長きに渡るものになるでしょう。

また、過去を糺した分だけ、今後歩むであろう未来もより良き向きへと糺されます』

（なるほど。さすがシャルマさん。いや、自分）

健太は自身の教えに感銘を受けていた。

胎内シャルマによれば、厳密にはもうひとつあるという手段だが、封じられた神々や先人たちの想いを汲み、同じ想い・同じ意識を持って世の中で行動することらしい。

それをするのは必ずしも血を受け継いだ子孫でなくてもかまわないし、かつての敵同士であるならば子孫同士が互いを尊び合って同じ目的に向かえばそれでいい。要は封じられた神々や先人たちの想いを判ってあげることだ。これは先祖供養とまったく同じことで、もっとも大切なことである。

健太はハザマで微妙な体験をしていた。胎内シャルマの教えを自分自身の能力のように感じてうぬぼれるとシャルマは消え、かといって胎内シャルマに気を遣ったり質問しても自分とシャルマが分離してしまうため、やはり消える。そのさじ加減が微妙だ。

そんなことをくり返すうち、健太は少しずつだがコツをつかんだ。表現に矛盾があるが、そのコツは〝気をしっかりと持ってリラックス〟をすること。〝肩の力を抜き、気負うことなく集中〟すること。

そしてこれは副産物というべきかもしれないが、このとき健太は仏の「半眼」とはどのような状態かを悟った。内は外なり、外は内なり。個即全即個。

半眼的ハザマを保つ健太に、胎内シャルマはもっとも知らせたい核心部に迫った。衝撃的な内容だ。それによるとこうだ。

真なる歴史をひもとくのなら、後世に人々が生んだ神を探っていては真実が見えてこないのだと。

伝承の中の神は人が創作したものが多い。民間に伝わるものの多くは鎌倉時代に創られている。

人の創作であっても神話や伝承に新たな神が登場すれば、そこに新しい神の種ができる。

そして、その神話や伝承を信じた人が登場した神を祀り、祈る。種の発芽だ。

多くの人がその神に祈ったり想念を送れば、やがてはそれが蓄積され、想念の密度が高く（濃く）なって臨界点を超えれば、その想念体は独立する。新たな神の誕生だ。

人の意識や想念の素粒子化や、場の密度と想念体の関係などは〝神と人の意識と素粒子と〟をテーマに前作『遷都高天原』で書いたため詳しくは省くが、人の想念の凝縮が神を生むのだ。

悪想念ばかりがひと所に凝縮され、密度が臨界点を超えれば誕生するのは世に言う悪魔だ。そう、人はその想いで神も悪魔も誕生させることができるのである。

それで、人の想念の凝縮によって誕生した神であっても、神としてちゃんと君臨するのでますます信仰の対象になりうるし、人に功徳も授けるであろう。

だが残念なことは、その神と歴史的史実は関係ないし、仮にその神が歴史認識を持っていたとしても、その認識は人が創作した神話や伝承を信じた人から発せられたものなので、正しい歴史認識ではないであろう。

古くから存在した神＝それは実在した大昔の先人であるならある程度は正しい歴史を知っているだろうが、そのとき置かれた立場によって解釈は変わるものだ。

また、もしあらゆる状況を客観的に把握している神が存在するとしたら、おそらくその神は歴史を語らない。語ればどちらかに片寄るからだ。

したがって、神から客観的で正しい歴史を聞き出そうとするのは不可能なのだ。可能ならば誰かがすでに聞き出しているが、考古学的に正しいと証明されるものはひとつとしてありゃしない。

健太たちは過去に数々の神と接してきた。ニギハヤヒ尊や菊理媛（ククリヒメ）は言うに及ばず、岐阜県石徹白（いとしろ）の白山中居（ちゅうきょ）神社では瀬織津姫（せおりつひめ）の残像を見たり、美保関で触れたコトシロヌシ命やタケミナカタ神。それらは人の想念によって生まれた神々だったのか。

諏訪では手長神社・足長神社のチ助やミ吉、それに豆彦とも強い絆で結ばれている。彼らも実在した古き先人ではないのだろうか。

いや、双方がごちゃ混ぜになっている。

では、人の想念から生まれた神はニセ者なのか。

いや、それも違う。人が生んだ神でも神としてのハタラキをするのだから。

それを区別するためには、これまでのような神社伝承から歴史を探るのではなく、考古学的な見解が絶対的に必要である。

考古学には考古学の利点や面白さがあるが、文字が使われる以前においては個人の様子を知る術（すべ）は少ない。しかし史実に忠実である。

神社伝承は学術的な証明がほとんど不可能だが、個人の在り方を推測する手がかりは見つけられる。

伝承の中に潜む真実を考古学で証明し、考古学からは見えない真実を伝承から推測することで、真なる歴史をひもとくことが可能になるかもしれない。

　健太は今、その双方からの見解を持つ必要性に迫られているのだ。胎内シャルマからの新たな課題だ。

　肌寒さで目が覚めた。山間部は夕方4時を過ぎると、この時期はまだまだ冷え込む。

　現実に戻った健太は早足で車へと向かった。


　そのころ言納も母親としての在り方を神々から受けていた。健太と違って言納の場合はその神が人の想念から生まれていようが、そんなことはまったく関係ない。大切なことは、その神が言納を成長させてくれる存在であるか否かだけである。

　これは言納の店「むすび家　もみじ」から徒歩で5分。犬山城入口にある針綱神社で受け取った。

　発信元が誰から特定できなかったが、母としての心得を温かく表現してある。ひょっとして胎内宇宙からのものかもしれない。

『御言納(みことの)よ
己れ居(お)る場が桃源郷
いつどこ居りても聖なる場
信じておるかや　御言納よ

御子をお胸に抱(いだ)く人
いつどこ居りても喜びと
幸に満たされ生くるのぞ
己れの意こそが場を創り
己れの意こそが世界を創る
すべては母の思うがままに
そを知りたければ〝発する意念〟
いかにも大事にせにゃならぬ

世界を清める息を吐き
世界清める言葉を発す
影響は

影なる響きと示すほど
己れの意こそが影なる響き
御子（みこ）に与える影響を
知りてお過ごしくだされよ

ありがたや
母に選ばれこの幸（さち）を
与えてくれし御子に感謝』

もうひとつ紹介しておく。これは先のものより少し厳しい口調だった。店からだと車で15分ほどの、尾張富士の麓、富士浅間（ふじせんげん）神社で受けたものだ。

『母よ聞け
お日が昇りて朝になり
お日は沈みて夜となる
夜に月出て闇照らし
朝にはお日と交替す

日々の巡りの恵み受け
お人は今日も生かされし

母よ知れ
日月の恵み　知りたなら
己れの住まうその場所で
己れを取りまくすべてのすべて
その関係性の循環に
母子はいつも生かされて
育（はぐく）まれし日々あることを
気付きてほしやと今ここに
切なる願う母の母

何ひとつ
無駄に置かれしものはなく
ただただ己れの鏡なり
母の立ち位置　立ち姿
真に知るため御子があり

善悪も
比較も批判もさらにては
価値判断も無用なり
母の立ち位置　立ち姿
知らしめるため御子があり

御(おん)母よ
循環の中に生かされし
清(すが)しく愛に輝きて
御子の鏡となるがよし
御母よ
大きな恵みのその中で
輝きあるを知るがよし
母と子の
互いに育み育まれ
この循環の輪（和）の中で
生かし生かされ合うことを
知るは愛しき御子のため』

途中に出てきた『母の母』とは、言納の母のことでもあるだろうが、母なる大地、母なる地球と理解したほうがいい。

それにしても言納が母としてどうあるべきか、愛と智恵の詰まった教えであり、健太と言納は親になったことで、大きな成長期にあるようだ。

第5章　前宮の幻影

諏訪大社式年造営御柱大祭　上社「里曳き（さとひき）」（1）
2016年5月3〜5日

里曳き初日の朝、オンバシラ屋敷は大勢の氏子とカメラを手にした観光客らで埋めつくされていた。美しく化粧直しが施された8本のオンバシラにはそれぞれ担当地区の元綱衆が群り、曳行開始の準備に余念がない。

あちこちで木遣りが鳴かれ、ラッパ隊が雰囲気を盛り上げている中で、広場中央に設けられた小さな壇上に諏訪市長が登場した。女性である。

上社8地区のうち、諏訪市内は豊田・四賀と中洲・湖南の2地区のみ。また諏訪大社4社のうちで諏訪市内に建つのは本宮だけ。

今回の祭りでは豊田・四賀と中洲・湖南がそれぞれ「ホンイチ」と「本二」を曳行するため、市長も嬉しい限りであろう。しかも里曳きではまず「ホンイチ」が先頭でスタートし、「本二」がそれに続く。

それでだろうか、市長の祝辞は盛り上がり、最後には市長も木遣りを鳴いた。さすが諏訪人。

「ホンイチ」のメドテコが左右に大きく揺れ、まるでシーソーのようなそれに乗る氏子がゆっくりとオンベを振る。正面から見て右側、四賀の氏子は赤いシャツに黄色のオンベ。左側の豊田は黄色いシャツでピンクのオンベ。メドテコには左右それぞれに10人ずつが乗るため、真近で見ると迫力がある。

オンバシラの先頭に大総代や役員らが乗り始めた。そろそろ動くか。白装束の御幣持ちも正面を見据えて大総代のうしろに立った。

「白を出せ」

旗持ちが挙げる手旗が赤から白になると、木遣りが鳴かれ、氏子が一斉に綱を曳いた。

「サーッ」「サーッ」「サーッ」「サーッ」

最初のひと曳きは数センチ、次のひと曳きで10センチ、次は10数センチとオンバシラは大地を滑り、少しずつだが確実に加速を始めた。

しかしここはオンバシラ屋敷。50メートル先には安国寺の交差点があり、すべてのオンバシラはそこを右折する。「ホンイチ」や「前一」は18メートルもあるのに曲がれるのか、見ている方が不安になる。

しかし、不安も心配もまったく不要だった。加速した「ホンイチ」は勢いを落とすことなく、すんなりと交差点を曲がってしまった。

健太はこの日、米沢・湖東(こひがし)・北山地区が担当する「前二」で子綱を曳くことになっていた。篠崎がこの地区の氏子なので親戚ということにしてもらい、大総代や曳行長にも挨拶は済ませてある。

この米沢・湖東・北山地区はちょっと特殊で、他の7地区は同じオンバシラを曳くにも各町内で法被の色や柄が違うし、法被の背中には各町内を表す文字が入っている。

しかし米沢・湖東・北山地区は全員が同じ衣裳で揃え、シャツもパンツもミントグリーン。羽織る法被は青地にピンクの桜吹雪が舞ってるもんだから目立つこと目立つこと。役によっては淡いピンク地の法被に濃いピンクの桜吹雪が舞い、1km先からでもこの地区の氏子だと識別できる。彼らは「三友会」のメンバーだ。

以前はバラバラだった米沢・湖東・北山の3区をひとつにまとめたのが三友会で、衣裳の派手さに劣ることなく各種パフォーマンスも完成度が高い。本番までに相当な練習を重ねてきたのだろう。

だが、他の地区には三友会の派手すぎる衣裳やいき過ぎたパフォーマンスを否定的に見ている人もいるようで、特に長老たちの中にはあからさまな批判の声もある。

その反面なのか、若い氏子や観光客には三友会のファンがたくさんいることも事実であり、下社エリアのある地区で梃子長を務める若い氏子が、三友会についてこんな発言をしたのが印象的だった。

「あぁ、上社の三友会ですか。こちら（下社）でも賛否両論ありますよ。けど、僕は個人的に三友会が羨ましいと思ってます。だって、地区全体がひとつにまとまってるのは、あそこが一番だろうなって思いますよ。結局、三友会の悪口を言う連中は妬（ねた）んでるんですよね。本当は自分たちもあんなふうにまとまりたいんだけど、それができないんですよ。あっ、うちの総代たちには黙っててくださいね。僕がこんなこと言ったってこと」

伝統を受け継いでいくことと、時代に見合った新しい風を吹き込むこと。どちらも必要である。

「前二」の曳行開始はまだまだ先だ。本宮の4本がすべて出てからやっと前宮のオンバシラが動くので、「前二」のスタートまで2時間もある。とそこへ、「本二」を曳く中洲・湖南の氏子から声が掛かった。山出しで親しくなったオバサン軍団が健太を見つけたのだ。

「本二」は間もなく出発するため、健太もまずは中洲・湖南の仲間に入れてもらうことにした。法被も同じ山吹色なのでちょうどいい。

というわけで、予定が変わり健太の里曳きは「本二」から始まった。

里曳きは山出しと打って変わり、氏子にとってもお祭り気分満載で、まずは何といっても御騎馬行列（おきばぎょうれつ）だ。諏訪市中洲神宮寺の御騎馬保存会が伝統を受け継いでおり、明治初期からは「出陣騎馬」の形態や所作の伝承に地区全体で取り組んでいる。

そして長持ちの行進。仮装した氏子が音楽に合わせ、手に持った木の棒を奇妙に操って踊る。肩に担いだ8メートルほどの細いヒノキ棹（さお）は、重たい嫁入り道具入れが揺れるに合わせて上下にしなり、そのつどギーコーギーコーギーコーと独特の音を発して進む。里曳きならではの光景で、御騎馬行列や長持ちの行進を「神賑わい」と呼ぶ。

他にも子どもたちの踊りや和太鼓チームによるパフォーマンスなどもあちこちで催され、オンバシラ街道にはテキ屋が並ぶ。

厳しさや危険さが先に立つ山出しとは違い、上社エリアはのんびりとした雰囲気が漂っていた。

このころ本宮からは「オンバシラ迎え」の行列がオンバシラ屋敷に向かって出発した。茅野市泉野の氏子がその役を請け負っている。

このオンバシラ迎えがまた面白く、鮮やかな黄色い衣裳を全身に纏った男たちが「お舟」を神輿のように担ぎ、途中で「ホンイチ」と出会ったら引き返す。神がオンバシラからお舟に移るからだ。

沿道の見物客はお舟の中にさい銭を投げ入れる。昔は舟がさい銭でいっぱいになったそうだ。500円玉が縦に当たれば、神様だって痛いかも。


信濃国には海がない。しかし諏訪以外でも松本市里山辺の須々岐水神社は春の例大祭に「お船祭り」をおこなうし、信濃国三之宮のひとつ安曇野市穂高神社は秋に「御船祭」を大々的に開催する。

須々岐水神社の「お船祭り」は大きく豪華なお船がギリギリ鳥居をくぐり抜ける。穂高神社の「お船祭り」も大きな船が用意されるが、最後はお船同士を激しくぶつけ合う。なんとこれは天智大王が百済を救うために大軍を送り込んで大敗した663年の「白村江の戦い」を表現しているらしい。すると安曇族は百済人であり親天智大王側の人々か？

穂高神社は奥宮が鎮座する上高地の明神池でも毎年10月8日に「御船神事」をおこなう。あの御船はどう見ても渡来人の文化そのもののデザインや色彩なので、大陸から持ち込まれたのであろう。やはりこれも百済からなのだろうか。諏訪の歴史とは関係なさそうなそれらの事が、実は大有りなのだ。

「本二」の氏子に礼を言うと、健太は急いでオンバシラ屋敷へ戻った。安国寺の交差点で「前一」と擦れ違ったので、「前二」もそろそろ曳行を開始するはずだ。

三友会のラッパ隊は他の地区よりも大規模で、とにかくスゴいのひと言に尽きる。大鼓も大小さまざまなものが加わり、弥（いや）が上にも気持ちは高ぶるというものだ。

だが残念なことに前宮のオンバシラは、出発してわずか１㎞で前宮入口の交差点に着いてしまう。山出しの曳行が12㎞なので、とても物足りない。

しかしである。そんな悠長なことを言っていられるのは交差点までだった。

交差点では左折してオンバシラは90度向きを変えるのだが、正面には前宮へと続く石段があり、その途中には大きな鳥居が立っている。よく見るとオンバシラから龍の角のように伸びたメドテコよりも鳥居の幅は狭い。狭いんだからメドテコをはずしてから通過するのであろう。

と思いきや、諏訪の氏子に不可能はないのか。鳥居よりも幅の広いメドテコに人を乗せたまま、見事に鳥居を通してしまったのだ。

まずはオンバシラを鳥居に対して少しだけ斜めにして右側へ寄せる。メドテコが鳥居に接触するわずか数センチ手前でオンバシラを停めると、次にメドテコを左側に大きく傾けた。傾むけたままで数十センチ曳く。

「ヨイテーコショ」

「ヨイサッ」

「ヨイテーコショ」

「ヨイサッ」

するとまぁ、驚いたことに左側のメドテコが鳥居を抜けてしまった。

次にオンバシラを鳥居の左側にズズズッと横滑りさせ、今度は右側にメドテコを傾す。そして傾むけたまま数十センチか1メートル曳き上げると、見事に石段を登りつつの鳥居くぐりが成功した。これには氏子も観客も拍手喝采である。中にはあまりの感激に目頭をハンカチで拭う女性もいた。ホント、諏訪の氏子は神ってる。

その先の第2鳥居と幅が2メートル程度の階段は10人乗りのメドテコを通すことは不可能だし、まわりを破壊するため、5人乗りに付け替えた。

だったら交差点で付け替えれば鳥居くぐりも楽なのにと思うのだが、そこは諏訪の氏子の心意気。自分たちの困難よりも見せ場を優先する。諏訪の氏子には〝合理的に〟とか〝効率よく〟といった考えは不必要なのだ。

メドテコを短くしても急で狭い階段はかなり危険を伴うため、賑やかな里曳きの中で緊張感が高まる。

何とか階段を登りながら第2鳥居も通過したが、数メートル先には十軒廊の屋根が飛び出ている。十軒廊は御頭祭がおこなわれる建物だ。

そのまま進むと左メドの先端が屋根を壊し、乗ってる氏子も落ちる。屋根にぶつかって落ちたら無傷では済まないであろう。なのでまたここでメドテコを左側に倒す。すると右側は垂直になるが仕方ない。左メドのトンボ乗り（メドテコの先端に乗る氏子）は身をかがめたまま軒下ギリギリで通過する。

「あと60セン（チ）。ヨイテーコショ」

「ヨイサッ」

「あと30セン。一気に曳け。ヨイテーコショ」

「ヨイサッ」

「はい、ＯＫ」

抜けた。十軒廊の屋根下も無事に通過できた。となれば、メドテコを戻し、あとは２００メートルの坂を登るだけだ。前宮の社も見えている。綱の先頭はすでに社を目の前にしているが、オンバシラを社の左脇に曳き着けるまでは、そのまま先へ突き進む。健太はその中間あたりにいた。

と、ここまで来て、またアレが……。

（あっ、来た。フラフラする。今日はもう大丈夫だと思っていたのに）

健太にダブル・ヴィジョンが始まった。しかしそれにもだいぶ慣れてきたのでフラフラ感はすぐに治まった。

（あれ、ない）

現在が見えるハッキリ景色には前宮の社がどっしりと建っているが、ボンヤリセピア景色にはそれがない。何もない。あるのは…………広場か？

いつの時代であろう。

（うわっ）

視界を少し右側へ移すと人が何人かいた。3、4、5……全部で10人ほどか。

健太は何事もなかったように澄ました顔付きで小綱を曳きつつ、一人の男に意識を合わせた。

すると男は、その先の守屋山方向を崇めているのが感じられた。男の向こう側にいる女も何かを祈っている。彼女の意識は山の神への感謝と、何かしら祝うような想いも感じられる。どうやらここは守屋山の山頂か、あるいはその手前の神奈備山に見立てた頂へ参拝する遥拝所のようだ。山頂へはむやみに近付いてはいけないため、麓に設けられた大霊場。現代風に表現すれば、山頂の奥宮に対し、山すその里宮といったところか。

だが、里宮といっても人々の前には社らしきものは何もないので、時代は6世紀以前か。神社に今のような社が建てられ始めたのは7世紀に入ってからと考えられている。

（うわっ、オンバシラだ…………）

祈る女の10メートルほど先には、たしかにオンバシラが建っていた。いま曳いているオンバシラのように表面が白く輝いていないので、すぐには気が付かなかった。

大霊場は森に囲まれているが、守屋山方向の尾根の谷間は人の手によって一部分が整地され、広場の奥まったところに1本の柱が建てられている。長さは5メートルか6メートル程度でそれほど太い柱ではない。

と、ここで健太に疑問が湧いた。もしこの大霊場でミシャグジを祭るのであれば、立ち木を依り代とするであろう。生きた木だからこそ精霊が宿る。

だがこの柱は倒された木の枝を払い、現在のオンバシラと同じように建てられているのだ。

(どうしてだろう………)

ミシャグジ、ミシャグチ、ミシャクチ、ミサクチ、ミサクジ、ミサグヂ………古諏訪の信仰を知るには原点ともいうべき御左口だが、その呼び名は統一されておらず、古くはミサクジだったとの文献もあるがそれも定かでない。

最近はミシャグジと発音されることが多くなってはいるが、当て字がこれまたバラバラで、御左口、御作神、御社宮司、御佐久神、御射軍神などなどで、その数は200を超えるというから始末が悪い。

どれもこれも安易な当て字で、御社宮司なんぞはいかにも現代風にまとめてあるため、自然神を表現するにはまったくもって相応しくない。

さて、このミシャグヂを祀る社や祠は全国に2千3百を超えるが、どこもが静かに祀っているため一般的にはあまりなじみがない。

諏訪大社においても下社の神事や祭りにはいっさい登場せず、上社だけの神である。だからこそ古諏訪信仰の原点なのだ。

ただし、上社の神であってもミシャグジ信仰の拠点は前宮から守矢史料館にかけてなので、本宮は含まれない。現在の行政区でいえば、茅野市の最西端部分だ。

上社であっても、元々は祀る神が累なるし、そもそもは創建された理由も違う。古諏訪信仰の始まりは前宮エリアである。なので前宮は「先宮」とも呼ばれている。

ミシャグジの正体を石棒そのものと考える傾向があるが、それは少し違う。石棒だけでなく石皿や白臼も含んでだが、それらがそのままミシャグジではないのだ。

石棒が男根を表すことに異論はないが、それを御神体として祀るのは、石棒にミシャグジを降ろす衣り代のひとつであり、基本的には古樹・老木とセットになっている。

古樹・老木の根元に祠が置かれ、その中に石棒を納めてミシャグジを祀るのが典型なのだ。

したがって、ミシャグジとは古樹・老木や石棒を衣り代に降りてくる、大自然に潜んだ精霊と考えたほうがいい。

なので健太がダブル・ヴィジョンで見たオンバシラはミシャグジを祀ったものとは様子が違っていた。

古諏訪では、その精霊たるミシャグジを降ろすのが守矢家だった。洩矢(モレヤ)神対諏訪明神の戦いで敗れた洩矢神とは、ミシャグジ信仰を続ける守矢家のことと考えていい。

戦いに勝った(ことになっている)諏訪明神は、というより諏訪明神を持ち込んだ侵入者側は、守矢家の上に「大祝(おおほうり)」という職位を設け、自らがそれに就いた。

その後は祭祀の中心が大祝に移り、大祝に神が宿ることになってしまった。しかし大祝に神を降ろすのは守矢家なので、守矢家には「神長官(じんちょうかん)」と呼ばれる神職の位が与えられている。

降ろす神はもちろんミシャグジだが、権力者たる大祝はその神を諏訪明神とでもタケミナカタとでも呼べる。彼らの自由だ。

やがてミシャグジは新たな支配者によって名も姿も変えられてしまったが、守矢史料館の敷地内に御左口神社が全国のミシャグジ総社として残っている。

これは、権力に屈することなく先人たちの信仰を守り続けてきた守矢家の努力と忍耐の賜であろう。

ピ――――ッ。

ホイッスルが吹かれ、同時に赤旗が上がった。曳行終了だ。健太が古きオンバシラに気を取られているうちに、「前二」は建てオンバシラをおこなう位置に到着していた。

元綱衆と梃子衆によってオンバシラの位置や角度の微調整があり、最後は大総代の音頭による万歳三唱で本日は解散。今日はここまで。

明日はいよいよ前宮で、氏子によって育てられたモミの大木4本が神になる。

一方で本宮のオンバシラは街道途中で本日の曳行を終え、明日は4本ともが境内に曳き入れられる。そして里曳き最終日が本宮の建てオンバシラだ。

坂の下から歓声が響いていた。「前三」の鳥居くぐりが始まったようだ。ということは、ここに居れば「前三」や「前四」の境内曳き入れが真近で見られるわけで、健太はしばらく前宮でウロウロすることにした。それに他にも考えたいことがあるので。まずは先ほどの古きオンバシラについてだ。

ダブル・ヴィジョン状態のときはオンバシラの曳行中のため立ち止まることができず、はっきりと確認することができなかったが、古きオンバシラに向けて祈りを捧げる女に意識を合わせたとき、彼女は古きオンバシラに巻きつく大きな白ヘビの姿を見ていた。その白ヘビは古きオンバシラと同じぐらいの太さで、グルグルと柱に巻きつきながら澄みきった青空へ登っているようだった。

その続きが曳行終了直前の混雑で見られなかったのは残念だ。あの巨大な白ヘビは、あのまま天に昇って行ったのだろうか。それが気になって仕方がないが、ダブル・ヴィジョンはオンバシラを曳いているときにしか現れない。それで健太は無理を承知で篠崎に電話した。すると、夜なら大丈夫とのことで8時に茅野駅近くの居酒屋バーで待ち合わせをした。

これで白ヘビについてはひとまずヨシとして、もうひとつの大問題、ヤサカトメについてだ。

前宮の御祭神は八坂刀売神(ヤサカトメノカミ)だ。

よく質問されるのは、名前に「刀」の文字が入っているので、ヤサカトメは刀や剣の神なのかということ。刀売の部分は音に漢字を当てただけの万葉仮名なので、漢字の意味は関係ない。念のため。

むしろ大問題は八坂にある。

ヤサカトメは安曇族の娘とする説がある。安曇族なら宗像につながり、ムナカタは（タケ）ミナカタと結びつく。なるほど。しかしこの説はヤサカトメの名前が創作された後に考えられたものだ。

他にもヤサカトメを玉依姫(タマヨリヒメ)に比定した説もあるが、実在しない者同士を結びつけた答えは、今の健太に必要なかった。

それで昨晩、諏訪行きの準備をしてから、改めてヤサカの名前を調べてみた。以前にも言納と一緒に調べたが、ややこしくて途中で止めてしまった。

だが翌日からの里曳きで前宮にも新しいオンバシラが建つし、そしたらヤサカトメにもお祝の想いを伝えたい。それで再び調べてみたわけだ。

ヤサカトメのヤサカは「八坂」で、その語源はおそらく「弥栄(いやさか)」だ。弥栄とはいよいよ栄えることとなので、スサノヲを祀る八坂神社のように、位が高い神や王に与えられる名前だと思っていた。

しかし健太は「八坂刀売神」の名前をぼんやり眺めていて、あることに気付いた。

八坂刀売神を本来の意味に漢字を変換してみると「弥栄姫神」になる。ということは、〝いよいよ栄えるお姫様〟であって、決して個人名ではない。

聖徳太子を実在と見るか否かは別にして、系図では母方のお婆ちゃんの名前が小姉君(おあねのきみ)になっている。

意味するところは〝お姉さん〟だ。素性を隠したかったからそうしたのか、聖徳太子が架空なのでテキトーに創作したのか。いずれにしても失礼な話だ。

八坂刀売（弥栄姫）は小姉君よりずっとマシであろうが、そこには個がない。漠然としすぎている。

それで健太は八坂姓を持つすべての神々を調べてみたところ、神系譜に出てくる神が6柱見つかった。

まず、第10代崇神大王の后で尾張氏の娘ということになっている大海媛の子「八坂入彦命」。以前、健太と言納が無断で侵入したのが、この八坂入彦命のお墓だ。

母の大海媛は別名で葛木高名姫ともいい、当時は尾張と葛城が同族と考えられていた可能性がある。何しろ神様系図は組織図なので。

八坂入彦命の御子に「八坂入媛」の名がある。

第12代景行大王の后であり、第13代成務大王の母ということになってはいるが、そもそも景行も成務も実在が疑われているので、どう捉えていいのか判断がつかない。ただし、モデルになった人物は韓半島にいたかもしれない。

崇神の時代に戻る。

紀伊国の荒川戸畔の娘で崇神に嫁いだ遠津年魚眼妙媛は、またの名を八坂フルアマノイロベという。

そして娘の豊鍬入姫は八坂フルアマノソノベの名を持つ。ただし、母に与えられたふたつの名は別々の人物との解釈もあり、それがあまりにもややこしいのでこれ以上は記さない。

ここに出てきた4人の八坂、

八坂入彦
八坂入姫
八坂フルアマノイロベ
八坂フルママノソノベ

はすべて崇神大王の后か娘か孫だ。

おそらく崇神王朝時代は尾張氏・葛城氏・紀伊氏はそれぞれの地の有力な豪族であり、侵入者崇神にとってはそれら豪族と姻戚関係を結ぶことで大王家としての力を拡大していったのであろう。

実際に幾人かは大王家に嫁いでいるのかもしれな

いが、嫁をもらうことで大王家の権力が高まるわけだから、大王家（天皇家）に〝嫁ぐ〟という意味合いが現代とは逆だ。

だが、崇神系王朝や応神系王朝よりも遅れて（おそらく百済から）渡来した継体系王朝が成立すると、第29代欽明大王の時代から尾張氏も葛城氏も紀伊氏も歴史の表舞台から消え始める。新勢力が、それまで力を持っていた豪族を用済みにして一掃を図ったのであろう。

それならば神系譜に尾張氏らの名前が消されずに残っているのはナゼか。

それは、系譜が制作されたのが後の時代になってのことで、もうそのころの支配者にとっての敵は他におり、古い時代の尾張氏たちなどはどうでもよかったのではなかろうか。

ともかく、崇神系大王の時代は大王家に従順な、あるいは大王家より力を持っている豪族の尾張氏らに、ご褒美として八坂の名が与えられている。

八坂の名を持つ神は他に伊勢の八坂彦がいる。八坂彦はニギハヤヒに随行してヤマト入りした32人の防衛（ふさぎもり）のひとりだ。

この八坂彦の娘が諏訪のヤサカトメとされているが、八坂彦は弥栄彦なので〝いよいよ栄えるお兄ちゃん〟になり、まともに考える気にならない。

いっそのこと、尾張氏らはある時代から急に虐げられ潰されたため、潰した側が祟りを恐れてオメデタイ名前を与えたことにした方がスッキリする。

そうなると、古事記では負け犬として描かれているタケミナカタへの罪滅ぼしとして、妻神にオメデタイ名が施されたことになり、なんでそれが必要かといえば、タケミナカタが諏訪へ逃げてきた話がデタラメだからに他ならない。タケミナカタという名の人物は存在せず、存在しないので出雲とは関係なく、諏訪に逃げてきてもいない。次章で述べる。

篠崎は約束の時間より20分ほど遅れて居酒屋バーに姿を見せた。長野県の新聞社の諏訪支局長がオンバシラ祭りの真っ最中に遊んでいる時間があるのだろうかとも思うが、長野市の本社から大勢が応援に来ているので問題ないらしい。

「お忙しいのにすみません」

「大丈夫だよ。隆波もいるし」

「隆波さんはまだ仕事なんですか?」

「アイツは撤夜かな、今夜は」

何とも無責任な支局長だが、今朝は5時過ぎからオンバシラ屋敷で仕事をしていたのだと。

「明朝も早いんですか?」

「そうだね。明日は6時までに前宮へ行くよ」

一応は仕事をしているようだ。

2人は冷酒を注文した。

「三友会はどうでしたか」

そう。健太は篠崎の親戚ということで「前二」の三友会を紹介してもらったのだ。

「ありがとうございました。メチャクチャ楽しかったですよ。みんな面白かったし」

「それはよかった」

2人はしばらく祭りを話題にしていたが、キリのいいところで例の話を健太から切り出した。ダブル・ヴィジョン現象についてはすでに話してあり、篠崎もそれを理解しているので話は早い。

「実は今日、曳行中に前宮でまた大昔の景色が現れまして、6世紀以前かなって思うんですけども、オンバシラが見えました」

「そうですか。建ってましたか」

「はい。1本だけですけど。それで、女の人がオンバシラに向かって何かを祈ってる……というか、祝ってるのかなとも感じたんですが、オンバシラを大きな白へび、大蛇というべきでしょうか、グルグルと巻きつきながら天へ昇って行くような感じだったんですが………」

「それです。まさにそれなんですよ」

篠崎は健太に握手を求めた。

「僕も何年か前に見たんですよ。というより感じたんですけど、白い大蛇が柱に巻きつきながら天へ昇っていくのを。中ッ原遺跡の柱ですけどね」

「あー、歩いて5分、走って2分の」

「そうそう、車だと25秒ぐらいの」

健太も笑ったが、店のマスターは今日もさっそく大ウケしている。

「女の人が祝ってた………って言ったよねぇ」

「ええ、はっきりは判りませんでしたが、何かお祝いを言ってるような感じでした」

「やっぱりね。大きく育った大蛇が天へ戻るので祝っていたんでしょ」

「えっ?」

「小さな白へビが地球で育ったんだよ、大きな白へビに。だから故郷へ帰ったんだよ」

「ちょっと待ってください。どういうことなんですか、天へ戻るとか故郷へ帰るって?」

「健太君が見た時代は6世紀よりもずっと昔だと思う。ひょっとしたら紀元前かも」

「縄文時代だったりして」

「有りうるね。その時代から人々は、天で生まれた白へビは地上に降りてくることを知ってた。小さく細い姿で生まれるんだよ。生まれるとすぐに空から落ちてくるんだ」

「……意味が判らないんですけど」

篠崎がチラリと健太を見た。

「流れ星だよ」

「えっ、流れ星?」

「そう。僕はね、仕事帰りに縄文のころの遺跡へ行ってボンヤリしてることがあるんだ。晴れた日で月明りもない夜にね」

「阿久(あきゅう)遺跡とかですか?」

「阿久は好きな遺跡だけど、高速道路が明るすぎるから夜は行かない。もっと静かで光害がない遺跡があるからね」

「遺跡だらけですもんね」

「そうそう。それで、車から出て星空を見上げているとね、白く光る細いヘビの赤ん坊が産声をあげるんだよ。すぐに消えちゃうけど」

「なるほど。それで地上に落ちて来たって考えたわけですね、白ヘビの赤ちゃんが」

「そうだと思う。まぁ、流れ星の色は真っ白じゃないけどね。あっ、マスター、お酒。辛口ね。辛口の美味しいやつ。美味しいけど安いやつね。あっ、けど、あんまり安すぎるのもダメだよ」

　健太とマスターは爆笑した。

「けど篠崎さん。たしかに流れ星は白ヘビの赤ちゃんが地上に落ちたように見えますけど、地上では誰がどうやって育てるんですか?」

「誰がどうやってというより、諏訪には巨大なヘビの神がいるからね」

「巨大なヘビの神様って……………?」

「冬になると姿を見せてくれるよ、諏訪湖にね」

「御神渡り(おみわた)ですか、巨大なヘビの神って」

　篠崎によれば、天で生まれた白ヘビは成長するまで諏訪湖に棲む巨大なヘビの神に託される。古代人はそう考えたのではないかという。それで巨大なヘビの神に育てられた白ヘビは、成長するとオンバシラを登って天に帰るのだと。

　毎年12月22日から始まっていた「御室神事(みむろしんじ)」は、諏訪に伝わる特殊神事のひとつで、蛇信仰としてはもっとも重要な行事だった。ちょうど御神渡りが出現し始める時期に始まるのも無関係ではない。

　現在は途絶えてしまっているため詳細は不明だが、これがなかなか壮大な行事で、前宮の十間廊の隣りに内御玉殿(うちみたまでん)がある。その裏あたりに竪穴(たてあな)を掘って大祝や神長官（守矢氏）が春まで籠(こも)るのだ。この行事に引き続きおこなわれるのが鹿の首を神前に供える御頭祭(おんとうさい)（酉(とり)の祭り）である。

　御室神事では掘られた竪穴、それを御室(みむろ)と呼ぶが、

12月23日の夜、御室に小蛇が3体入れられる。おそらくワラで作ったものであろう。この小蛇は諏訪湖から水平にやって来るソソウ神を表している。

2日後の25日、今度は大蛇3体が御室に入れられるのだが、大蛇はカヤで編まれておりトグロを巻いている。長さは5丈5尺（16・5メートル）なので諏訪大社の一之御柱と同じ長さだ。

この大蛇はソソウ神の成長した姿で、それが一之御柱と同じ長さということは、オンバシラの正体は姿を変えたソソウ神なのかもしれない。

御神渡りが現れる季節に諏訪湖から小蛇3体がやって来て、御室の中で大蛇へと成長する。

これは健太と篠原が話していた、天で生まれたヘビの赤ちゃんが諏訪湖の巨大なヘビの神に育てられ、オンバシラを登って天へ帰っていくファンタジーとほぼ重なるではないか。

ミシャグジとソソウ神こそが諏訪信仰の原点であろうから、諏訪明神やタケミナカタ、あるいはヤサカトメの名は、本来ならばミシャグジやソソウ神に冠せるべきである。

春になり、御室神事のお籠りや御頭祭などが済むと、最後に小袋石の元で祭礼をし、神を天に返して一連の神事が終了する。小袋石は健太と言納が結びの誓いを立てた所だが、このことは後になってから知った。

なお、御室神事の中で〝神使（おこう）〟と呼ばれる幼童が諏訪信仰の支配地域を巡る行事があるが、話が複雑になりすぎるため、ここでは省いた。

健太はバカでかい野菜のカキ揚げにかぶりつきながら、流れ星を生まれたてのヘビに見立てた古代人の感性について思い浮かべていて、ある疑問に行き当った。

「篠崎さん、ヘビの赤ちゃんは天のどこから生まれてくるんでしょうか。つまり親ですよね。明るい星なのか、それとも………」

「単体の星ではなく天の川ですね」

「そっかぁ」

「その天の川は地上で御神渡りとして冬だけに姿を現す。冬は天の川が一番きれいな季節だしね」

「なるほど。ということは、子ヘビの生みの親は天の川で、育ての親が御神渡りだと考えたんでしょうか、古代人は」

「おそらくそうだね」

「へー。なんだかロマンがありますね。大自然をそんなふうに見るなんて」

「縄文人の感性は現代人以上だよ、ずっと。そう思わないか？」

「ええ。ヴィジョンで見たオンバシラにも冠落(かんむりおと)しがしてあったのには驚きました」

「何だって？　冠落し？　冠落しって、白い大蛇が登ったオンバシラにってこと？」

「……えっ、ええ、そうです。たしか今のオンバシラと同じ三角錐(さんかくすい)みたいでしたよ。

「健太君、それ間違いない？　四角錐だったりはしないの？」

「絶対とは言えません。間近で見たわけじゃありませんから。けど祈る女の人の意識の中にあったんです。ほんの瞬間しか触れてませんけど」

「そうかそうか。だったら間違いないな。ありがとう、健太君。うん、よしっ……うん……」

篠崎の態度が急に変化し、何かに満足している様子だ。天を仰ぐようにして、何度かうなずいた。

冠落しとは、オンバシラを建てる直前にてっぺんの部分を三面から斜めに切り落として三角錐にすることだ。以前は諏訪大社と上諏訪町の八剣神社しか三角錐は許されておらず、他はどこも四角錐だったようだが、最近では三角錐に冠落しをする神社の方が多くなった。

「どうしちゃったんですか？」

健太は篠崎の様子が落ち着いてから、何があったのかを尋ねた。

「いやいや、まさかここでオンバシラに三光（さんこう）のエネルギーを込めていたことが明らかになるとは思ってなかったんで、ついつい興奮しちゃいましたよ。今日はいい日だ」

　篠崎によるとオンバシラの先端を三角錐に削るには大きな意味が込められており、それは三光のエネルギーを吸収するためであると。

　三光とは日・月・星のことで、諏訪には「穂屋野（ほやの）の三光」もしくは「御射山（みさやま）の三光」といって、旧暦7月26日の御射山祭で正午に日・月・星の光が八島湿原の沼に映るというものだ。夕暮れどきか朝日が昇るころになら太陽と月と金星の位置関係によってはそのような現象が見られるかもしれないが、正午のことなので天文学的には不可能だ。超新星爆発でも起こらない限りは。

　しかし篠崎は三光の解釈をまったく違ったものとして捉えており、それがオンバシラの三角錐に結びつくらしいのだ。

　オンバシラの先端、三角錐に削られた三面のうち一面は真北に向けて建てていたと考えてみる。

　するとそこには北極星の光が降りそそぐ。篠崎は日・月・星の中の星を、金星ではなく北極星に見ていた。ただし、今現在は北天の中心が北極星だが、縄文時代は他の星だったであろうし、縄文の創早期と晩期では1万年以上の差があるため、星の位置関係も変わる。今から2千年も経てば北天の中心は北極星でなくなるだろうし、北斗七星の姿も変わっているらしい。


　北極星は空を見上げた真上にあるのではない。地球は地軸の傾きが23・4度あるため、真北のわりと低い位置にいる。そして北極星は動かないため、三角錐の北面の先にはいつも北極星がいるのだ、朝でも昼でも夜中でも。

　三角錐の一面を北に向けると、他の二面が向くのは東南東と西南西である。

東南東は朝日に照らされる。季節によって太陽の昇る方角は変わるが、あれだけの明るさが保たれていれば真正面じゃなくても問題はなかろう。

これで三面のうち北面は星（北極星）の光を、東南東の面は日の光を受けることは理解できた。

と、残るは西南西の面と月である。月だって太陽と同じく東から昇って西に沈む。いや、太陽と月だけではない。シリウスもベガもベテルギウスも東から現れ西へ消える。

では、なぜ月の光は西南西の面になるのか？


「えーっ、なんでですか？　月だって東から昇りますよねぇ。なのに西南西って………」

「ヒントは〝再生〟です。縄文人の最大のテーマですよ、〝再生〟は」

「はい。ヘビやカエル、女性、月、どれも〝再生〟に結びつくものばかりですもんね。けど、なんで月と西南西が〝再生〟に………月の再生………んっ………そうか、だから西南西なのか」

「判ったようですね。健太君はもう縄文の感性を理解しているね」

と、ここでマスターが口をはさんだ。

「なんで西南西が月なんですかねぇ」

マスターは篠崎に聞くのが怖かったのか、健太に目を合わせている。

健太は健太でどうしたものかと隣りに座る篠崎に視線を移したが、どうでもよさそうだったので、健太はマスターにそれを説明した。

「新月ですよ」

「………………」

「新月は月が太陽とほぼ同じ方向にいます。翌日は太陽より少し東側にいるから、太陽が沈むと細い月が姿を見せ、その翌日の月はそれより少しだけ太くなります」

新月で一度死んだ（姿を消した）月は、西南西の空で再生する。上弦の月が日没後に現れるのは真南であり、満月は日沈と同時に東から昇る。

　つまり、三角錐の西南西の面は死んだのちに再生を果たした光を受けるためであり、それによってオンバシラは日＝毎日生まれ変わる光と、月＝再生を果たした光と、星＝北極星の不動の光を受け、それを大地に伝えていたのだ。

　新月明けの生まれたての月が発する光を、篠崎は黄泉返り(よみがえ)の光と呼んだ。神道的に表現すればツキヨミ尊の誕生ということになる。

「どお？　マスター」

　篠崎が聞いた。

「いやぁ、素晴しいですねぇ」

　そう答えたマスターを篠崎がちゃかした。

「本当にそう思ってるんですかねぇ」

「思ってますよ。それより、さっきから聞きたかったんですけどね、オンバシラを登る大蛇とか御神渡りは龍ではなくヘビなんですか？　自分は御神渡りを龍だと思っていたので」

　それはそれで間違いではないが、会話の時代背景が縄文時代なので、篠崎はちょっと意地悪な答えを返した。

「龍じゃないよ、当時は。ヘビだね」

「そうなんですか」

「仮に龍だとしても、今のようなカッコイイ姿の龍とは違うだろうし、そもそも縄文時代に今のような龍は輸入されてないでしょ。中国にだってあんな姿の龍はまだ存在してなかったと思うよ」

「なーるほどぉ。龍は輸入品だったんですね」

　真剣に受け答えするマスターに、健太は笑い死にそうになっていた。

　それにしても、縄文人の生活と比較すると、現代人は大自然との共存という意識をほとんど失ってしまったか、あるいは失っていずとも便利さを優先するあまりそれを疎(おろそ)かにしてしまっている。どこかで取り戻さずして、人類に未来はあるのか。

「篠崎さん。時間はまだ大丈夫ですか」

時計に目をやると10時半を過ぎていた。

「そうだね。けど、今日は三光問題が解決したからもう一杯飲もう」

「わかりました。ではボクも」

厨房で揚げ物をするマスターを篠崎が呼んだ。

「マスター、お酒お酒」

「あいよ。同じものでいいですか?」

「これ、ちょっと辛かった。少し甘口にして」

「かしこまりました。甘口ですね」

「うん。けど、甘口っていったって、辛口の酒にガムシロ入れたりしないでよ」

「するわけないでしょ、そんなこと」

健太は今度こそ本当に笑ったまま死にかけた。

＊

里曳き2日目。

この日はちょっと迷う。前宮では4本の建てオンバシラがおこなわれ、本宮では4本の境内曳き入れがある。それにオンバシラ街道や北門参道では御騎馬行列や長持ちなどの神賑(かみにぎ)わいも見られるため、どこへ行こうかを迷うのだ。

本宮の境内曳き入れも迫力がある。東門側二ノ鳥居をくぐるのだが、前宮と同じく鳥居よりも幅の広いメドテコを付けたまま突入して、鳥居をくぐりつつ石の階段を落とす。落ちた瞬間にオンバシラの後部が勢いよく跳ね上がるが、うらメドに乗る若い氏子たちは何食わぬ顔でオンべを振る。

そして「本三」と「本四」は階段を落とした直後、すぐさまオンバシラを左へ90度旋回させる。そこでやっとメドテコを外すと、裏山へ通ずる狭い入口へと曳き込んで、道なき斜面を曳行する。恐ろしい。鵺（ぬえ）の鳴く夜は恐ろしいが、諏訪の氏子も恐ろしい。この人たちに不可能はない。

というわけで本宮へも行きたい。しかし守屋山の麓に広がる古代の大霊場に新たなオンバシラが建つその瞬間にも立ち会いたい。なのでどちらに行くかはまだ迷っていたが、とにかく7時過ぎに健太はホテルを出た。

照りつける陽がまぶしく、この日の諏訪はまさに祭り日和りだった。そして間違いなく日焼けする。

健太はコンビニでコーヒーを買い、オンバシラ街道に繰り出した神賑わいを見物したり、木陰に腰をおろしてぼんやりと流れ星や故郷へ帰る白ヘビのことを考えているうちに、前宮で冠落しが始まる時間になった。

オンバシラ祭りではあらゆる行事で神事がおこなわれる。もちろん冠落しでも祝詞やお清めなど一連の決まり事を済ませてから斧入（よき）れをする。まずは神識による斧入れで、朱塗りの神斧をオンバシラの先端近くに軽く3回当てる。

この神斧は１６９２年（元禄5年）に大祝が茅野市の鍛冶師に命じて作らせたもので、山でオンバシラを伐採する際の神事と冠落しで使用される。

神斧神事が済むと斧は一般的なものに持ち替えられて、大総代や役員らも3回ずつオンバシラに斧を入れる。諏訪では誰もが斧をヨキと呼ぶ。

代表らの斧入れ後は本格的な削り出しが始まり、斧を使い慣れた男たちの手によってたちまち先端は三角錐に尖っていった。ある程度に三角錐が整うとあとは手斧で美しく仕上げる。

冠落しで出た木っ端は氏子に配られたり観光客に向けて撒かれる。観光客の場合は奪い合いになり、とてもじゃないけど健太はそれを手にすることができなかったが、のちのちとんでもないものを貰うことになる。

冠落しが終わるとオンバシラのまわりにハシゴの

ような足場を巻く。建てオンバシラでも大勢の氏子を乗せたまま建てるため、命綱のフックを引っ掛けるためのものだ。

近年までは〝命綱なんていらねぇぜ〟と粋がる氏子もいたが、現在は各自2箇所にフックを掛けるようにしているし、そうしないと乗せてもらえない。それに県警も厳しく監視しており、しかしそれについては大きなお世話感がある。

これはのちの話だが、笠原治郎右衛門が曳行長を務める下社の建てオンバシラで、命綱を拒否して乗ろうとしている氏子がいたが、治郎右衛門が引きずり降ろしていた。前回の祭りで命綱を装着せずに乗った氏子が落ちた。落ちながら他の氏子も巻き込んで大事故になったため、軽々しい行為は絶対に許されないのだ。

建てオンバシラで諏訪に伝わる「七五三巻き」と呼ばれるロープの巻き方があり、それを紹介する。

まず、オンバシラを人力だけで建てるため、オンバシラとやぐらに滑車を取り付けてワイヤを通す。ワイヤは「かぐらさん（またはシャチ）」と呼ばれる十文字の大きなハンドルを、4人または8人で時計回りにまわし、だいたい180回転するとオンバシラは垂直に建つ。

だがその前にいくつかの作業があり、かぐらさんを巻きつつオンバシラの先端が3メートルほど持ち上がると一旦そこで止め、オンバシラの先から3分の1あたりに「馬」と呼ばれる四脚の台を置く。

その状態でオンバシラに命綱用の足場を巻くのだが、それと並行して2本の長いロープをオンバシラに巻く。2本のロープそれぞれの中心をオンバシラに合わせると、オンバシラから4本のロープが垂れることになる。

この4本で、まずこれとあれを絡めてグルグルと7回巻き、次はこれをあっちに回してからそれと絡めて5回巻き、最後はそれとあれをこちら側に持ってきてから3回巻く、みたいなのが七五三巻きだ。さっぱり判らないだろうが、これ以上の説明ができないので仕方ない。七五三巻きが済むと4本のロープは四方へ引っ張る。

オンバシラが無事に建ち、儀式が終われば氏子は七五三巻きのロープをつたって降りる。2人か3人は残っているが、彼らも足場をすべて外すと地上へ降りる。なのでオンバシラには誰も残っていないのだが、七五三巻きしたロープだけは高いところに残っており、さてあのロープはどうするのだ。クレーンでも来るのだろうか。

と思いきや、これとそれを3回まわして………つまり七五三巻きの逆をやるのだ。最後にそれとあれを7回反対まわりにすると、あら不思議。しっかり巻きつけられていたロープがスルリとそのまま落ちてきて、オンバシラには何も残らないのだ。

この技術は見事で、長野オリンピックの開会式でも全世界に披露された。そのときのオンバシラは、今でもJR下諏訪駅前に建っている。

また、佐賀県の吉野ヶ里遺跡に建つオンバシラは諏訪の氏子が建てに行っている。それで、建ったのはいいがオンバシラに残ったロープに、現地の関係者が「おいおい、あのロープはどうするんだっ」と苦言を呈したそうだ。

しかしそこは七五三巻き。クルクルクルでスルリとロープは地に落ち、一同驚きだったんだって。

建てオンバシラまではもうしばらく準備に時間がかかりそうなので、健太は社の裏側へまわってみた。このエリアへ観光客は入れない。入れないどころか観覧席のチケットがなければ会場に近づくことさえできない。混雑すると危険なため、観光客は前宮の200メートル手前、坂の下で止められる。

健太は法被に腹掛け地下足袋姿だったので止められやしなかったが、それを知らないとせっかく諏訪まで行っても悲しい思いをするので注意が必要だ。

「前三」は氏子たちの出しもので賑わっていた。まさか建てオンバシラの準備中に組み体操が見られるとは。「前三」の担当は玉川・豊平地区で、5メートルほどの青竹を持った氏子がたくさんいた。

その青竹を立て、少し持ち上げてはストンと落とし、持ち上げては落とすをくり返す。青竹の底にはアルミの蓋がかぶせてあり、落すたびに軽い金属音が響いていた。

彼らはそれに人を登らせてストンストンしており、健太が近くを通りかかると声を掛けてきた。

「よかったら登ってみませんか」

健太は素直に氏子ではないことを打ち明けると、

「そんなことは関係ないですよ。皆さんに楽しんでいただくことが自分たちの務めですから」

とそう言い、健太を青竹に登らせた。しかも落とした衝撃で足が滑らぬようにと、別の氏子が地下足袋の下に素手を入れて支えてくれている。

さらには竹から降りた健太に、

「せっかく遠くから来ていただいたんですから、おもいっきり楽しんでいってください」

と笑顔で送ってくれた。

2月の抽せん式の帰り、駐車場で出会って少し立ち話をした2人組も、別れ際に
「今日はわざわざ名古屋から来ていただき、ありがとうございました」

と挨拶してくれた。観光客をこのエリアに入れないのは安全上の問題からであろうが、氏子たちはまったくウェルカムである。

そういえば青竹ストンの青年たちも、駐車場で出会った青年2人も玉川・豊平地区の氏子だ。諏訪の若者はみんながこれほど好青年なのか、それともこの地区が特に教育されているのか、とにかく爽やかな青年たちだった。

社のすぐ裏手は「前四」の氏子が占めていた。このエリアはちの・宮川だ。

健太はここの氏子を誰も知らないのでそのまま通り抜けようとすると、

「あっれー、健太君でしょ」

子連れの女性に呼び止められた。

「………あー、久しぶり。なに、どうしてここにいるの。あれっ、お子さん？」

高校の同級生だった。父親が諏訪の出身なので、子供を連れて伯父の家に来ているのだという。

健太が彼女の同級生だと判るとまわりの氏子たちが缶ビールは持ってくるわ紙コップに酒は注ぐわ、つまみや記念グッズまで次から次へと持ってくる。細長くて固いフーセンみたいなやつで、よくバレーボールの試合で観客がそれを両手に持って、日本チームに得点が入るとバンバンバンバンと打ち鳴らすあれは何ていうのか。ちの・宮川の名前が入ったものを2本貰った。これを鳴らして建てオンバシラを盛り上げるそうだ。

結局、氏子じゃなくても大歓迎なんじゃないか。

こんなことをくり返しているうちに、長い歴史を持つこのオンバシラ祭りは、その起源だとか込められた意味を探ることよりもずっと大切なものがあることを健太は氏子たちから教わった。

みんなに楽しんでもらう。余所者（よそもの）だろうが、そこに居れば仲間のうち。氏子や参加者の笑顔や笑い声、見知らぬ者同士の触れ合い。それが一番大切なことなのかもしれないと。

もしそうならば、先人たちにしてみても、たとえオンバシラを建てる意味合いが忘れられようともその場に氏子や参加者の楽しそうな笑い声が響いていれば、もうそれだけで充分なのかもしれない。

なので健太は難しいことを考えるのは止めにして、この場に居るうちは建てオンバシラを存分に楽しむことにした。

「前一」の富士見・金沢地区も「前二」の三友会もラッパ隊の演奏と、それに合わせる氏子の掛け声がいち段と激しくなった。ふだんは静かな前宮の境内が、この日だけは熱気につつまれる。6年にたった1日だけのことだ。

「前一」はすでに先端が持ち上がりつつあり、少しずつ、少しずつ傾きが急角度になってきた。

オンバシラの上に立つ氏子は両手にオンベを持ち、タンチョウヅルが羽根を広げるように、オンベをゆったりと上下に振る。一列に並んだ氏子が揃えてそれをするため、まるでオンバシラが飛び立とうとしているようにさえ見える。乗ってる氏子はいかついけど、全体はなんとも美しい。

しかもだ、「前一」に乗る氏子は41人とアナウンスされた。「41」は〝神〟である。

それに「御柱（ミハシラ）」は

ミ＝35　ハ＝26　シ＝15　ラ＝41　計117

「117」は〝ありがとう〟なので、数霊的にこんなめでたい話はそうそうあるもんじゃない。

だが、41人だと重量が3トンある。恐ろしい。

「前二」からは大音量でラッパ隊と太鼓が発する音が鳴り響き、その音量ときたら祭りというよりもロックコンサートだ。なにせ「前二」は三友会なので、パフォーマンスは常識をぶち破っている。

「前一」側から大きな拍手が沸き起こった。見るとかぐらさんが止まっている。垂直に建ったようで、あとは御幣だ。上社はオンバシラが建つと、先端に御幣を打ちつける。建てオンバシラで一番上に乗る男の役目だ。

一番上に乗る男を下社では〝てっぺん男〟とか〝天端乗り（てんぱのり）〟と呼ぶが、上社では乗る順番で一番手二番手と呼んでいる。

一番手は始めから御幣を持って乗るが、絶対に途中で落さないようにしなければならず、責任は重大である。と同時にとても名誉なことでもある。

一番手がてっぺんから合図した。御幣が打たれたようだ。ラッパ隊が勢いよく演奏を始め、氏子は誇らしげに開いた手のひらを天に突き上げる。

「サーッ」「サーッ」「サーッ」「サーッ」

ついに、ついにモミの大木が神になった。

「ドーーン」「ドドーーーン」

もちろん花火も上がる。

と次の瞬間、「前二」側からも大きな拍手が沸いたため、健太は少しばかりそちらへ移動を試みた。人が多すぎて思うように身動きができないが、かろうじてオンバシラを見上げることができる位置まで来ると、突然大音量のラッパが響いた。

「前二」にも御幣が打たれ、ここにも神が誕生したようだ。

「サーッ」「サーッ」「サーッ」「サーッ」

健太も氏子に混じって手のひらを天に突き上げる。最高に気持ちいい。この瞬間のためにオンバシラ祭りがあると言ってもいいいほどだ。

(あれっ、いない)

大音量でラッパは響くが、そのラッパ隊の姿がどこにもないのだ。

そんなことを思っていたら、オンバシラの後方に張られた巨大な幕が剥ぎ取られた。

すると工事現場で使われる足場が縦5段に組まれていて、1段目から5段目まですべてに桜吹雪の法被を羽織った三友会のラッパ隊、いや、カーニバル・オーケストラが並んでいるではないか。

畏(おそ)れ入りました。

これだから〝やり過ぎた〟と批難もされるだろうけども、健太は感激して涙が溢れてきた。何だろう、玉し霊(たまひ)が喜んでいる。

くす玉が割れた。

花火も上がった。

大歓声の中、ラッパと太鼓が響く。

氏子たちのボルテージは最高潮だ。

「サーッ」「サーッ」「サーッ」「サーッ」

いつまでもラッパは鳴り止まない。

氏子も天を突くことを止めない。

隣りの氏子も涙を流しつつ天を突いている。

ホントに何だろう。この感動と玉し霊の喜びは。

諏訪の氏子は6年に一度、これを体験している。

オンバシラを建てる理由はこれなのかとさえ思える。

込み上げる感涙にむせびつつ、健太は氏子と一緒に天を突き続けた。


この日、前宮に4柱の新たな神が誕生した。

氏子たちが命懸けで育てたモミの大木が、神として産声をあげたのだ。

こうして諏訪の氏子は山の神を敬い、山の神は氏子を愛し続ける。

そして健太は、オンバシラ祭りにおけるもっとも尊い瞬間を体験することができた。

三友会にも、伝統を重んじる地区にも、健太はただ感謝あるのみだった。


感動の余韻にひたりつつなるべくゆっくり歩いてホテルに戻ったが、篠崎との待ち合わせまでにはまだ3時間もある。

なので健太は戻ったまま手を付けてなかった缶ビールを飲みつつ、オンバシラ祭りの古い資料に目を通すことにした。つまみもたくさんあるし。ショルダーバッグの中は貰い物だらけだ。

考えてみれば昼ごはんはちの・宮川の同級生や氏子におにぎりや玉子焼きを分けてもらったし、飲み物もあちこちで貰ったので、今日はコンビニでコーヒーに払った100円しか使ってない。何だか申し訳ない気がしてきた。

氏子たちはオンバシラ祭りの年が近づくとオンバシラ預金を始める。何かとモノ入りが続くからだ。

また、準備にしたって上社の場合は2年前からオンバシラを選ぶ仮見立てがあり、前年の本見立て、年が明けて抽せん式、綱打ち、火入れ式、伐採、そして木づくりと続いてやっと山出しを迎える。

他にも本番に向けてラッパ隊も梃子衆も追い掛け綱衆も練習を積み重ね、メドテコを傾むけることさえ何度も予行演習をおこなう。

それを何も手伝わず、参加費を払うこともなく参加させてもらうこと自体、ムシがよすぎる話だ。

そればかりか、これまで経験したことがないほどの感動、それを健太は玉し霊が奮い立ったと表現しているが、それほどの感動まで与えてもらったことに対し、いつか諏訪に恩返しをしようと心に誓った。

2本目の缶ビールの栓を開け、神長官守矢史料館と八ヶ岳総合博物館が共同で出している「御柱祭」という冊子をパラパラ眺めていたら昔のオンバシラ祭りの様子が記されていて、これが面白いのなんのって。健太は尊敬と笑いをくり返しながら読んだ。

・1794年（寛政6年）

前宮一之御柱がなかなか建てられなかった。八ツ時（午前2時）までかかってもまだ建てられず、御柱は町の方へ倒れて中から先の方が折れてしまったが、なにぶん真夜中のことだったので、この夜はひとまず中止にした。

・1818年（文化15年）

御柱が大きく手間取っているうちに……（略）……次第に雨が強くなり、暮れ頃に高遠騎馬が乗り出した。

雨のため人足が疲れてしまい、本宮一・二之御柱が建てられずいよいよ力も尽きた……（略）……夜明けまで休むということになった。

……（略）……翌日も終日雨が降り、夜の九ツ頃（午前1時）、前宮二之御柱を安国寺河原から引き出し、前宮四之御柱は午前2時頃に引き出された。

なんという苛酷な状況下での作業なんだろう。雨が降る中で深夜1時2時なんだから。ちょっとスゴすぎる、昔の諏訪人。今もスゴいけど。安国寺河原とは、現在のオンバシラ屋敷のことと思われる。

・1836年（天保7年）

……（略）……8日は夜になって御柱が境内に引き付けられ、騎馬行列は午後10時ごろに提灯でおこなわれた。

9日は大雨が降る中、本宮2本と前宮2本が10日の朝までにようやく建てられた。

ここでは徹夜で建てている。こうなってくると、もう祭りではなく兵役だ。現代の若者にとっては強制労働になるだろう。それにしても夜の10時から騎馬行列が出なきゃいけなかったんだろうか。

・1854年（嘉永7年）

……（略）……高遠騎馬如と志野村足軽の万吉と申す者が喧嘩になり、両方がケガをした。

また、所々で喧嘩があり、騒しかったようだ。

・1860年（安政7年）

4月8日は雨のため、御柱は夕方に来て、高遠騎馬は午前4時頃来た。

ほら出ました。午前4時。雨が降っていたのでそれまで待機していたのだろうか。で、雨がやんだので朝4時に来た。夜が明けてからでは何か不都合だったんですかねぇ。

・1872年（明治5年）

この年は維新後、初めて御柱がおこなわれた年だった。……（略）……明治5年以前は高島藩から役人が来ていたようだが、明治5年は筑摩（ちくま）県から役人が来て、状況が変わりつつあることがわかる。

廃藩置県の直後、長野県になったのは現在の長野県北部と軽井沢や小諸市方面だけで、その他は岐阜県北部の飛騨地方とまとめられて筑摩県だった。

実はそれ以前にも伊那県だの中野県だのが短期間だけ存在しており、長野県が現在のエリアになったのは1876年（明治9年）のことだ。

ちなみに筑摩県が存在した当時、名古屋や犬山は名古屋県で、尾張の一部と三河地方は額田（ぬかだ）県という時代があった。

・1920年（大正9年）
御柱の曳子はそれぞれ奇抜な変装を凝らしていたようで、特に金沢・富士見・落合地区の人々の変装は驚くほど奇抜だったようである。
・1932年（昭和7年）
明治時代になって、筑摩県から喧嘩をしないようにという通達があった。

……（略）……喧嘩のときの凶器になるため、御柱で使用される梶棒（※著者注。現在の梃子棒のこと）の数が制限される……（略）……そのころからの名残りかどうかは判らないが、現在でも使用する梃子棒は地区ごとで警察に申請し、許可を得たものは焼き印が押されている。

江戸時代後期にはこんなことも。
・1788年（天明8年）
……（略）……寄付金集めと称して詐欺行為を働く者がいた……（略）……

やれやれ。いつの時代も同じということか。


待ち合わせの8時より少し前に店へ入った健太に2通のメールが届いていた。1通は言納からだ。

「ねぇねぇ、自分一人で行ってるから、悪いと思ってるんでしょう。大丈夫よ。それは健太の仕事なんだから。こっちは心配要りません。タケルも元気です。

そちらは予想以上のことになってるみたいね。ちゃんと恩返しをしなきゃね。

明日も無理して早く帰ってこなくていいから」

するどい。というか、怖い。お前はお天道様か。何でもお見通しだ。

もう1通は篠崎からで
「隆波は酔うと面白いよ」

とあっただけで、意味不明だった。このときは。

8時をわずか3分ほど過ぎに隆波が店に来た。

「あれっ、隆波君？」

「お待たせしてすみません。今日、支局長は急に仕事が入ってしまいまして、代わりにお前が行けって。本当に申し訳ないです」

だからあんなメールが来たのか。

「支局長も10時ごろには着くと思いますので、よろしくお願いします」

「いえ、こちらこそお忙しいときにごめんなさい。大丈夫なんですか、お仕事」

「まったく問題ありません」

そう言ってカウンター席に座ると、隆波は早速ビールを注文した。

「支局長、今日は気嫌よかったですよ。昨日、大きな謎が解き明かされたって」

「あぁ、冠落しのことでしょ。古代のオンバシラも先端が三角錐だったなんてボクが言うもんだから……………こちらこそ驚きでしたよ。流れ星の話は」

「ヘビの赤ちゃんですね。何度も聞かされています、その話。うちのお爺ちゃんも言ってましたし」

「えーっ、流れ星が白ヘビの赤ちゃんだっていう話をですか？」

「いえ、お爺ちゃんは流れ星をタネって呼んでいました」

「タネって、〝種〟のこと？」

「そうなんですけど、それは精子のことです」

「精子っ？」

マスターが横目でチラリと健太を見た。

「お爺ちゃんが言うにはですよ、大昔の人は流れ星を精子のタネと考えたから、男性の象徴をかたどった石棒を天に向けて祀ったんだって」

「なるほど。石棒は男根で、そこに天からの精子が入ってくれるように上を向けて祀ったんですか」

もし縄文人にそんな感性があったとすれば、幼くして死んだ子を甕（かめ）に入れて住居入口に埋め、それを何度もまたぐことでいつかまた自分のお腹に宿ってくれることを願うことと共通する。

旧石器時代・縄文時代・弥生時代。人々にとってもっとも神秘的だったであろうことが、男女の交わりによる生命の誕生だ。その生命のタネたる精子が、天から流れ星になって地に注ぎ、それを石棒の男根が受け取ることで自分にタネが宿ったと考えたのだろうか。そしてミシャグジとの関連性は？

「ですけどね、お爺ちゃんによると石棒は先端を下にして、地面に突き刺して使うもんだって言ってました。地面は母なる大地で女性ですから」

「そうか。石棒で精子を受け、受けたら大地に挿入することは、自分たちに子供ができるように願ってのことだったんですね」

「お爺ちゃんが言うにはですから、それが本当なのかどうかは………マスター、ビールください」

隆波の言うように、祖父の考えがもし正しければ、先端を下にして地面に突き刺した石棒が各地の遺跡から出土するであろうが、それが見つからないとなれば「石棒大地挿入説」は否定されるであろう。

しかし、隆波の祖父は縄文人のモノの考え方を的確に捉えているようだ。現代人は隆波の祖父のような思考ができなくなってしまった。

御室神事でミシャグジとソソウ神が交わり、小蛇から大蛇への急激な成長。

天で生まれた小ヘビが流れ星として地に降り、諏訪湖に棲む巨大なヘビの神に育てられ、オンバシラをつたって天へ帰る。

流れ星を精子として石棒で受け、大地に挿入することで我が子の誕生を望んだ。

これらの感性を理解することは縄文人と想いを共有することになる。なのでまず、それらが正しいか否かでなく、そのような感性で思考することが縄文の文化や祭祀を理解できる力になるのだと思う。

隆波が串揚げをほおばりながら健太に聞いた。

「古代のオンバシラを見たんですってね。支局長から聞きました。それは1本だけでしたか？」

聞きながら串揚げの串を、トンッとカウンターの上で立てた。

「そのようですよ。弥生時代にも柱は建ててますけど、その時代になると祖先の霊を祀った祭壇の意味合いが強かったと思いますね。個人のお墓ではなくて。勝手な推測ですけど。ひょっとしたら、柱は村の中心にあって、長老のような存在だったかもしれませんね。いろんなことを相談してたとか」

「柱にですか」

「そう」

「だったら1本で充分ですよね。古墳時代もそうだったのかなぁ。山梨の古墳にあるんですよ。オンバシラが建ててある古墳が」

隆波が言う古墳とは山梨県甲府市の甲斐銚子塚古墳のことだ。

中央道の甲府南インターを降りると、すぐ目の前に山梨県立考古博物館があり、隣接して甲斐風土記の丘が広がっている。

博物館側からだと、大きな円墳の丸山塚古墳を通り越すとその先が銚子塚古墳だ。築造は4世紀の後半（３５０～４００年）ごろで、全長が１６９メートルの大きな前方後円墳だ。

この時代の古墳としてはめずらしく木製品が何点か出土しており、後円部の一番先からは根本が埋まったままの柱が発見された。それで、埋まった部分の長さから推測して3メートルほどの柱が復元されているが、当時の用途や目的は不明だ。

柱とは関係ないが、ここの博物館に展示してある縄文土器は実に美しい。きめ細かさ、繊細さからいえば間違いなく日本のトップクラスに入る。個人的には現代アートよりもずっと現代的に思えるほどの感性があるように思え、縄文人に会いたくなる。

「いつから4本になったんでしょうねぇ、オンバシラちゃんは」

酔いが回ったのか、隆波が饒舌（じょうぜつ）になってきた。

先にも触れたが四隅突出型古墳、じゃない、墳丘墓は、面倒くさいなぁ、もう。弥生時代から4本の柱を墳丘墓上に建てていた。

しかし今のように社殿の四隅に建てるようになった起元は判ってない。室町以降だと考える研究者もいる。安土桃山の初期には前宮に4本の柱が建っていたようだが、16世紀後半のことなどで4本建ての起元を探るにはもっと古い時代の情報が欲しい。

だが、時代は特定できなくとも、4本建ての始まりは前宮だったかもしれない。


「健兄さん。あれ、どう思いますか?」

「…………」

隆波が健太を〝健兄さん〟と呼び始めた。

(こういうことだったのか)

健太は篠崎から届いたメール「隆波は酔うと面白いよ」の意味が理解できた。

「えっ、あれって?」

「ほら、4本のオンバシラの意味で、いろんな説がありますでしょ。マスター、ビールね」

そう言ってカラになったジョッキをマスターに差し出した。

「あー、あれですか。これだという決め手がないし、古代人の思想や感性が判ってないような……」

「でしょ。さすが健兄さん」

ちょっとヤバくなってきた。新橋のサラリーマンならネクタイを頭で結びそうだ。


なぜオンバシラを4本建てるのか。諸説ある。

よく聞くのが、4本の柱を四天王「持国天・増長天・広目天・多聞天」とする四王擁護説。

あるいは「弥勒・普賢・文珠・観音」の菩薩に見立てた四菩薩説。

さらには4本を「慈・悲・喜・捨」の四徳を表すとする四無量四抄説。

だがこれらはどれも仏教的な解釈になる。つまり仏教が普及した後に考え出されたものだが、諏訪はかなり長い期間、仏教流入を拒んだ地域であり、特に上社はそれが著しかったであろうから、仏教とは切り離して考えた方がいい。それに仏教的思想から4本のオンバシラを建てるようになったのであれば、奈良や京都、鎌倉などでもあちこちにオンバシラが建っていそうなものだ。

してやったり顔で語られるのが四神説である。

ご存じ「青龍・白虎・朱雀・玄武」が4本のオンバシラとして四方を守護するという説。

これは諏訪大社をはじめとしてオンバシラを建てる県内数百社で、オンバシラを東西南北に合わせて建てているのを聞いたことがないので問題外。

もし四神としてのオンバシラなら、4本の柱に何らかの方法で色を付けるはずだ。あるいは4本の柱それぞれに青・白・赤・黒の布を巻くとか。

また、仏教系にも四神にも当てはまるが、オンバシラは一之御柱から四之御柱まで徐々に短かくする。諏訪大社の場合はそれが5尺（約1・5メートル）だし、他の神社も知る限り一から四まで少しずつ短いものを建てているので、四天王にしても四菩薩にしても平等・対等でなくなってしまう。そんな差別はしないでしょう。

他の説として、4本の柱が宮殿を表す説。

山が御神体なので境界を定める定。

神をそこから出さないために4本の柱で結界を張って閉じ込めた封印説などがある。最後の封印説は古諏訪の状況から考えて、新たな支配者が古き神を封じ込めたことは充分にありうる話だ。

オンバシラ自体を諏訪明神の御神体とする説も判らないではないが、なぜ4本かを説明できない。

また、諏訪大社を南宮と称したことから、製鉄炉の神座である南側を南方（みなかた）と結び、4本の柱は製鉄炉を囲む柱であり、タケミナカタを産鉄神とする説もある。美濃国一之宮の南宮大社は製鉄が栄んだった地に建つため、御祭神が産鉄神あるいは製鉄神であるのはもっともなことだ。しかしそれを諏訪に当てはめるのは無理があるように思う。

なお、先ほどの甲斐銚子塚古墳だが、柱を1本しか建ててないのは今までの調査範囲内ではそれが1本しか見つかってないからであって、今後の調査で新たな柱が見つかるかもしれない。

「否定できない説もあるけど、何か腑に落ちないのもたしかだよね」

「そうそう。遊び心がないんですって」

「遊び心って…………」

「オンバシラって、本当は5本なんですよ」

「えっ、5本？」

隆波はただ酔ってるだけなのか、それとも本当は何か知ってるのか、健太は判断できずにいた。

「ねぇねぇ、隆波君。5本のオンバシラってどういうこと。たしか松川町（長野県南部で、飯田市と駒ヶ根市の中間あたり）に5本建てる神社があったはずだけど、それのこと？」

「あの5本目は子供用のお楽しみで建ててるので違いますよ。松川の御射山（みさやま）神社でしょ」

「よく知ってるねぇ」

「支局長に鍛えられてますから。5本というのはですねぇ、真ん中の柱も含めてです」

「真ん中……社の真ん中の柱？」

「神様ってひと柱ふた柱ってかぞえますでしょ」

「なるほど。真ん中に見えない柱が建っているということか。それに今でこそ三社祀りをするけど、本来は単独で祀るべきだから、社の真ん中にもう1本のオンバシラね。そっかぁー」

「そうなんです。だから4本の柱の中心にもう1本建って、上から見ればサイコロの〝⁙〟ですね」

「サイコ……（ゲッ、思い出した。小袋石だ）」

そうなのだ。抽せん式の朝、すでにヒントをもらっていたが、抽せん式に夢中で忘れていた。それに、胎内宇宙からのものは呼吸（ハス）が乱れるとすぐに消えてしまうのだ。

「じゃあさ、〝⁙〟って何を意味してるの？」

「〝⁙〟ですかぁ。⁙……5……大社は前宮も本宮も春宮も秋宮も一之御柱は5丈5尺でしょ」

「そうだね。成長したソソウ神もね」

「健兄もよく知ってるじゃないっすか。伊勢内宮の〝心御柱〟は5尺5寸でぴったり10分の1です。なんでしょうねぇ、この〝5〟って」

隆波はそう言い終わるとカウンターに伏せて寝てしまった。時間は9時半を過ぎているので、そろそろ篠崎が来るかもしれない。なので健太は隆波をそのまま寝せておくことにした。

「マスター、お酒ください」

「あいよ。で、ガムシロはどうしましょう。サービスしときますよ」

これで健太の気持ちがゆるんだ。あせらず冷静に考えられる。いい人だ、このマスターは。ちょっとアホだけど。


健太は抽せん式の朝の小袋石で、なぜ〝⁙〟を見せられたのかをふり返ってみた。

〝⁙〟で何を判れというのだろう。〝⁙〟と〝⁙〟では何がどう違ってくるのだろう。ゆったりとして呼吸でそんなことを思っているときだった。


『真之御柱は誰ぞ』


（うっ、そうか）

健太はそのひと言で〝⁙〟を理解した。

先ほど隆波が伊勢内宮の心御柱に触れたが、〝⁙〟の中心こそが真之御柱であり自分自身であった。

健太は4本の柱のことばかりを追い求め、その中心たるところに目を向けていなかったのだ。ただし、ここでいう中心の柱とは、社に祀られるタケミナカタとかヤサカトメのことではない。

自らの内側に御柱を打ち建てよとのことだ。

さらには、もし世の中に4本の柱を建てる本当の理由を知る人がいるとしたら、あるいはいたとしたら、その人の知る答えは大宇宙の縮小盤たる胎内宇宙にも存在しているので、そこから導び出せとのことなのだ。そのためには健太自身が〝⁙〟状態でいる必要がある。

これは外側を見るなとか、外に答えを求めるなということでもない。なぜなら、真之御柱のまわりにはちゃんと〝∷〟があるのだから。内側しか目を向けていけなければ、〝●〟になってしまう。

バンッ。

隆波が両手でカウンターを叩いて起きあがった。

「健兄、わかりましたよ」

そう言うと隆波は右手の人さし指を立て、大きくグルーッと天へ昇るスパイラルを空間に描いた。

「まずは四之御柱からだ。四から三へ、そして次は二之御柱、そこから一之御柱へ上昇すると最後は真ん中の一番高い御柱を通って天へと舞い上がって行くんだ。これが5番目の御柱だ」

隆波の様子が可笑しいもんだから、めずらしくマスターが会話に入ってきた。

「昇って行ったのは輸入物の龍ですか?」

健太は爆笑しているが、隆波は無視していた。本当に聞こえてないかもしれない。

「降臨するときは、まず中央の一番高い御柱に降り立ち、次に長い一之御柱へ。それで二、三、四へと移って地上へ降りるんだ。大きなヘビだから真下にズドーンって降りるより、スパイラルを描きながらのほうがスムーズでしょ。そう思いませんか?」

「う、うん。そうかもね。だからオンバシラの長さが徐々に短くしてあったのか」

「さーて、どうでしょう」

言ってる本人が疑問符を付けた。やっぱりただ酔っ払ってるだけなのか。

「隆波君はその話を以前から知ってたの？」

「いえ、寝ながら思いつきました」

　今度はマスターが大笑いした。

「ごめんごめん。すっかり遅くなっちゃって」

　篠崎が到着した。

「待たせて悪かったねぇ、健太君。って、こっちの健太君で、お前じゃねぇよ」

　隆波が反応したからだ。健太もマスターも腹をかかえて笑っている。

　篠原が健太に向かって
「面白かっただろ。けど、うるさいからさぁ、そろそろ寝てくれないかなぁ」

と言いつつ隆波の肩を軽く叩いた。

　それで健太が
「無理だと思いますよ。３分前に起きたばかりですから」

　またまた笑いが起った。楽しい夜だこと。


　隆波のオンバシラ5本スパイラル離発着説はともかく、〝⁙〟についての内面的な解釈については納得できる答えが見つかった。

　通称〝数霊辞典〟と呼ばれる著書があるが、それには「5」について、こんな解説がしてある。

「大自然・宇宙の意志を表す数霊で縦のハタラキを示し、変化をもたらすと同時に中心性を表す……」

　また、「5」の数霊マントラは
「熱き血潮　意(い)の血(ち)あれ
　神の映(うつ)し世　ここにあれ」

とある。なんだかオンバシラ祭りの氏子と山の神の関係性が表れているようだ。

　しかし〝⁙〟についてはさらに深い意味がある。

第6章　本宮の憂鬱(ゆううつ)

諏訪大社式年造営御柱大祭　上社「里曳き」（2）
2016年5月3～5日

最終日の今日、本宮に4本のオンバシラが建つと上社里曳きは終了する。

とはいっても御柱大祭は氏子が諏訪大社に奉仕する氏子主催の祭りなので、大社側にとっては式年造営の本番である宝殿遷座祭が上社の場合は6月15日におこなわれ、それまで大祭は終わらない。

チェックアウトを済ませた健太は法被姿で車に乗り込むと本宮方面へと向かった。ホテルから本宮までは4㎞あるため、今日は本宮近くの駐車場に停めておく。まだ7時を過ぎたばかりなので、どこでも空いているはずだ。

本宮はものものしい警備態勢が敷かれ、緊迫した空気が漂っていた。まるで天皇陛下を迎える準備のようであり、祭りの朝の空気感ではない。

健太は参道にみやげ物屋が並ぶ北門側から境内に向かったが、鳥居の手前で止められた。

「氏子さんですか？」

「……はい」

こんな朝早くから法被に腹掛け地下足袋姿で来る観光客がいるわけねぇだろう。健太はそう思いつつ返事をした。実はいるけど。

「今はまだ氏子さんも入れません」

だったら聞くなって。この時間は役員以上の関係者しか入れないそうだ。

仕方がないので参道途中の食堂へ寄って大将に挨拶していると、店の奥から声が掛かった。

「入れんかったやろ。ワシも追い返された。まぁ兄ちゃんも一杯飲めや」

健太も少々腹が立っていたので、老人にすすめられるまま素直に従った。

「ワシも歳だからよぉ、これが最後のオンバシラになるかもしれんな」

「いえいえ、あと5回はいけますよ」

お約束の会話が済むと老人は戦後のオンバシラ祭りの想い出を語り出し、これがなかなか面白かったのと突然ゆうべの隆波を思い出したら、腹を立ててる自分が滑稽に思えてきた。そもそも健太は氏子じゃないんだし。だから怒るのはやめた。

しばらく老人の相手をしていると、篠崎らマスコミ陣が通って行くのが見えた。マスコミと一緒なら入れるかもしれない。健太は老人と大将に礼を言い、急いで店を飛び出した。

境内では建てオンバシラの準備が始まっていたが人は少ない。そりゃそうだ。まだ氏子も入ることができないのだから。ということは始まるまでにまだ相当な時間がかかるであろう。なので健太は四脚門（よつあしもん・しきゃくもん）へ向かったが、規制ロープが張られていて近付けない。6年に一度の大祭とはいえ不自由極まりない。仕方ないので四脚門の手前にある階段下から門を通して守屋山へ、新しいオンバシラが建つことのお祝いを述べた。

本来はこの向きで参拝すべきなのだが、現在の本宮は守屋山とは90度ずれた東に向かって参拝するようになっている。健太は以前からそれがどうしても納得できなかった。

諏訪大社4社のうちで本宮以外は、前宮も春宮も秋宮も一之御柱と二之御柱の間から参拝するようになっている。

それは諏訪大社だけに限ったことでなく、諏訪地方はありとあらゆる神社や祠にオンバシラを建てるが、どこであっても参拝者は社に向かうと右側には一之御柱が、左側には二之御柱が建っている。

参拝者から見れば、社の右手前が一、左手前が二、左奥が三、右奥が四なので、右手前の一から時計まわりに四まで建てられている。

しかし本宮だけは現在、四之御柱と一之御柱の間から幣拝殿に向かって参拝しているのだ。

ごく一部、諏訪以外の塩尻市や飯田市、長野県北部の上田市なのでは特殊な建て方をする神社も存在するが、それでも四之御柱と一之御柱の間が社の正面になるのは聞いたことがない。

諏訪大社は4社の中で本殿があるのは前宮だけで、他は拝殿または幣拝殿を通してその先を拝んでいる。本宮の場合、幣拝殿のその先は何があるのか。

明治以前までは幣拝殿の奥に「お鉄塔」と呼ばれる仏教臭の漂う鉄塔が建っていて、それに手を合わせていたらしい。今はもう撤去されているのでもうない。

聞くところによると、「お鉄塔」を拝むために参拝方向が守屋山側から90度左に向けられ、結果として四と一の御柱の間から参拝するようになったというが、そんな話は後付けだろうから信じるわけにはいかない。

必ず他に理由があるはずで、本宮幣拝殿は前宮方面を向いているため実は諏訪信仰発祥の地の前宮を拝んでいるのだとか、いやいや幣拝殿の真東を海に出るまで進むとそこには鹿島神宮があるので、きっと藤原鎌足かその子孫（藤の枝）による策略であろうと言ってくれた方が話がはずむ。

ただし前者はあり得ない。前宮を拝むことは信仰にならないからだ。古諏訪の信仰は前宮の地から守屋山か、その手前の神奈備山（かんなびやま）に定めた地に手を合わせていたのだから、前宮の社を拝むことはまったく無意味である。

後者については納得するものがある。

鹿島神宮の御祭神はタケミカヅチだ。古事記に出てくる国奪い神話でタケミカヅチはタケミナカタを破っているので、本宮に参拝すると知らず知らずのうちに鹿島神宮のタケミカヅチに手を合わせる仕組みになっているとか。

しかし鹿島神宮だって元々は土着の神を祀っていたわけであり、ヤマト王朝や藤原鎌足らによって本来の神が消されている。そういった意味では諏訪と鹿島は共通しており、ちっとも敵対関係ではない。

諏訪大社の前宮や本宮からだと鹿島神宮や香取神宮はほぼ真東に位置することは間違いないため、前宮や本宮では春分や秋分になると鹿島神宮・香取神宮の鎮座する位置から陽が昇る。

もしこれが計算されたことだとしたら恐ろしいが、仮にそのような策略があったとしても、江戸時代の中期以降のことではなかろうか。

それ以前はおそらくだが、本宮も一之御柱と二之御柱の間から守屋山方向に参拝していたはずだ。

一と二の御柱の間には天流水社があり、そのすぐ左脇の階段から正面を見上げると四脚門だ。

この四脚門は徳川家康の寄進により、１６０８年に建てられている。すでに将軍職を第2代秀忠に譲った後だが、家康にとっても武神として知れた諏訪の神をぞんざいに扱うことはできなかったのだろう。

四脚門の左右には東宝殿と西宝殿が門を挟むようにして並び、6年毎に片方ずつが建て替えられる。

それで新しく建てられた宝殿に御神宝を移すのが式年造営で、上社は6月15日に御神宝が四脚門の前を通過して新宝殿に納められる。

四脚門の先、幣拝殿前を通り過ぎたその向こうには斜面の途中の高さ4メートルほどのところに硯石（すずりいし）が、木の冊で囲われている。

この硯石も小袋石同様で諏訪の七石に数えられ、上部は船底形にくぼんでいるため、水を湛えてあったとか、生け贄の血で満たして山の神に捧げたとか、いろんなことを言われている。そうだったかもしれないし、硯石自体が神を降ろす依り代だったかもしれない。

だが、いずれにせよ四脚門から硯石を通して守屋山か、その手前の神奈備山を拝んでいたのは間違いないであろう。

　家康が四脚門を寄進したのは、織田信長による本宮焼き打ちがあったからだ。

　一説によると、焼き打ちされた後になって初めて幣拝殿が守屋山から90度左にずれた位置に建てられたとされている。信長にとって諏訪に受け継がれている「血」が邪魔だったのであろう。

　それと、もしそれが史実なら、なぜ家康は参拝方向を元に戻さなかったのだろう。知らなかった訳ではあるまい。ならば考えられることはひとつ。

　人々に90度ずれた方向を拝ませておき、自分だけは四脚門→硯石→守屋山か神奈備山を拝み、諏訪の神の力を独占したかった。

　だが、家康よりも諏訪の神を崇拝し、神々への奉りを復活させ、そして諏訪に受け継がれる「血」を求めたのが武田信玄である。次章で触れる。


諏訪湖が今の大きさよりもずっと広かった時代。それは１５００～１１００年ほど前のことで、各地に神社が造られ始めたのも仏教伝来も、ちょうどそこに含まれる。

　現在の諏訪湖の水位は標高７５９メートルで、これを「名古屋（７５８(ナゴヤ)）＋１」と憶える。だが、大きな諏訪湖だったころはもう少し水位が高かった。広かったので当然の話だが。

　それについて興味深い研究がある。諏訪生まれの諏訪信仰研究家増澤光男氏によるものだが、諏訪湖周辺に点在する主だった神社は、標高８００メートルの等高線上にズラリと並んでいるというのだ。

　数メートルのズレは当然あるだろうが、それらの神社がほぼ８００メートルの標高に建てられている。水位としては７７０メートル程度だったようだが、岸に船を着けて少し坂を登るとそれらの神社があったのであろう。それはつまり主だった神社は諏訪湖のほとりに建てられており、生活や信仰の中心が諏訪湖であったことを物語っている。

標高800メートル付近には諏訪湖の北側に諏訪大社下社の春宮や秋宮、下諏訪町の津島神社に熊野神社。諏訪市・茅野市・岡谷市に分布する御社宮司（みしゃぐじ）社が4社と千鹿頭（ちかとう）神社。

御社宮司社と千鹿頭神社はどちらもミシャグジ信仰の神社だ。ミシャグジ神の農耕的な側面は東海地方などの平野部に広がったので、ミシャグジを祀る神社は愛知県や静岡県に多い。

一方でミシャグジ神の狩猟的な性質を祀ったのが千鹿頭神社で、関東の山間部から東北にかけての分布が目立つ。それはおそらく狩猟民族が山伝いに広めたためであろう。

標高800メートル付近には、古諏訪の歴史や信仰を知る上で特に大きな意味を持つ手長神社および足長神社もある。また、足長神社から大きかったころの諏訪湖を挟んだ真南には諏訪大社の前宮もあり、やはり標高800メートルファミリーの仲間だ。

ところがだ。名だたる神社が連なるファミリーの中に、諏訪大社の本宮だけが入ってない。現在の社務所はもちろんだが、幣拝殿や四脚門が建つ位地はファミリーたちよりも標高が低いのだ。水位によっては水の中だったかもしれない。

となると、今の硯石がある高さが、あるいはそれ以上に高い位置が本宮本来の鎮座地であって、現在の本宮は諏訪湖の水位が下がった中世以降に移されたのかもしれない。

余談になるが、現在の諏訪大社は守屋山を神体山とは認めてないようだ。少なくとも表向きには。

しかし、昭和の時代に守屋山が諏訪信仰の神体山であり神奈備だと著書に残した宮司がいた。その名を三輪宮司という。名前の三輪は、奈良県桜井市の三輪と関係あるのだろうか。あの大神（おおみわ）神社の三輪だ。

諏訪の歴史を探っていたところへどうして大和の大神神社が出てくるのか。

大和岩雄著『信濃古代史考』（大和書房）には、このような一文がある。

「………平城天皇の時代（８０６〜８０９年）に、大和の大神神社の神氏に縁のある人物を上社大祝にして、下社大祝と同じ世襲にし……」

ということは、やはり大和の大神神社と諏訪大社は無縁でなさそうだ。

しかし平城天皇の御世はすでに9世紀だ。その時代にはタケミナカタの名が創作されているであろうけど、大神神社と諏訪の関係性についてはもっと古い時代を調べる必要があると思う。

「おーい、健太君」

篠崎だった。

「僕たちさぁ、今のうちにメシを食っておこうと思うんだけど、どうする？」

健太は先ほどの食堂で酒をごちそうになりながら山菜そばを食べたので、お腹は空いてない。

それで篠崎たちと別れ、ブラブラと社務所裏の山を登っていたら、山の中腹にたたずむ大国主命社に行き当った。

ここはめずらしい。ひとつの社に8本のオンバシラが建っている。四方にそれぞれ2本ずつ、合計で8本だ。他では見たことがなく、これも8巡りか。

しかし、どうやらこれは大国主命社が建つ前にここで祀っていた古き神々にもオンバシラを建てたいと、氏子らの願いにより2社分を同時に建てているようであった。

「大国主命社ねぇ」

健太はそうつぶやきながら、社の裏へ回ると無造作に地面へ腰をおろした。そして出雲の風景を想い浮かべながら、もう何十回もくり返している疑問に今日もまた正面から取り組んでいた。

諏訪の神といえばタケミナカタだ。誰も疑うことはないであろう。しかしタケミナカタは本当に出雲からやって来たのであろうか。

もしタケミナカタが出雲の神なら、なぜ出雲にはタケミナカタを祀る神社や伝承が皆無に近いほどしか残ってないのか。

また、諏訪でもそれほど大々的に出雲の神を祀っているわけではない。ここの大国主命社のような神社もあるにはあるが、諏訪で大切にされている古き神々はほとんど土着の神々である。

諏訪大社は下社が春宮でも秋宮でもタケミナカタとヤサカトメに加え八重事代主神（ヤエコトシロヌシノカミ）を祀るが、これは古事記に後世で出雲の国譲り神話が挿入されて以降、コトシロヌシをタケミナカタの兄として祀ったか、そうでなければ出雲とは関係なく大和国の葛城の神として祀ったかであろう。理由はのちほど。

そもそもの話、タケミナカタが負け犬として描かれている古事記のあの神話だが、タケミナカタの名前は日本書紀にも出雲国風土記にも出てこない。

いつ、誰が、何の目的であの神話を古事記のみに書き加えたのであろう。

ここで改めて出雲の国譲り神話をふり返ってみようと思うが、（　）内の細字は健太や篠崎が普段から抱いている国譲り神話に対するボヤキなので、読み飛ばしていただいて結構。

地上の葦原中国（あしはらなかつくに）はオオクニヌシ神が出雲にあって治めていたが、地上の繁栄ぶりを目にして驚いた高天原のアマテラス大神は、

「おお、ここは末永く稲穂がみずみずしく実る国なので、我が子アメノオシホミミ命こそが治めるべき土地である」

と宣言した。

（あれまぁ、何て勝手な事をおっしゃる。プーチン大統領みたいだ。クリミア半島欲しさに変装した政府軍をウクライナへ送り込み、ついにはロシアの領土にしてしまった暴挙とどこが違うのだ。千年後はロシアで、プーチンがアマテラスのように祀られているかもしれない）

まず最初に地上へ遣(つか)わされたのはアメノホヒ神だったが、オオクニヌシ神に媚(こ)びへつらっていたため3年経っても帰って来なかった。

(それは九州王朝よりもオオクニヌシが治める出雲の方が楽しかったんじゃないのか)

次に地上への遣いとなったのはアメノワカヒコ神だった。彼は鹿狩りに用いるアメノマカコ弓とアメノハハ矢を授かっていた。

しかしオオクニヌシ神の娘を妻にして、8年が経っても高天原に戻らなかった。

(ほらね、やっぱり出雲の方が楽しいんだ。それにしても、高天原の命令系統って破綻してるんじゃないのか。それともアメノホヒ神もアメノワカヒコも九州王朝がイヤで逃げたんだったりして。そうでなければ高天原を追放された人だったのかもしれない)

アメノワカヒコ神の様子を見に行った雉(キジ)ノ鳴女(ナキメ)が地上に着くと、アメノワカヒコ神に矢を射られて死んでしまった。

その矢はなぜか高天原まで飛んで行き、雉ノ鳴女の死を悟ったアマテラスはいよいよタケミカヅチ神を遣わした。怪力王タケミカヅチだ。

(雉ノ鳴女の名が何を表すのかは判らないが、九州王朝が九州に上陸する以前からその地に暮らしていた先住民であろう。雉を捕まえるのが上手な人々だったのだろうか?

タケミカヅチの登場については通常の兵力が通じなかったため、特殊部隊を出動させて最前線に送り込むアメリカ軍とウリフタツだ)

タケミカヅチ神とフツヌシ神(昭和55年発刊の解説本ではアメノトリフネ神になっている)は、出雲国の稲佐の浜へ降り立ってオオクニヌシ神を呼び出すと、さっそく国の明け渡しを迫った。

（神が脅しですか、へぇー）

するとオオクニヌシ命はこう答えた。

「私の2人の息子が賛成すれば、この国の統治権をお譲りしましょう」と。

オオクニヌシ神の2人の息子は、美保の岬で高天原の特殊部隊と対峙した。

兄のコトシロヌシ神はすんなり要求に従って、国を譲ることに同意した。

（ウソだ。バカを言っちゃぁいけねえ。よそ者が侵入してきて国を明け渡せと迫られたからといって、はいわかりましたって国を譲る王様が古今東西どこにおるんだってこと。よくもまぁこんなムチャクチャな話を創作したわ）

しかし弟のタケミナカタ神だけは国の明け渡しを強硬に反対したため、怪力タケミカヅチ神と力くらべで争うことになった。

タケミナカタ神がタケミカヅチ神の腕をつかむと、その腕はたちまち剣の刃へと変じた。これでは歯が立たない。

それでタケミナカタ神は信濃国の諏訪まで逃げると、今度は絶対に諏訪から出ないことをタケミカヅチに誓い、命だけは助けてもらった。

オオクニヌシ神はそれを聞きプーチン大統領に、じゃない、アマテラス大神に国を譲った。

（譲ったんじゃない、奪われたんだ。

タケミナカタ神を敗ったタケミカヅチ神とフツヌシ神は、天理の石上（いそのかみ）神社で保管している剣を擬人化した男たちであろうから、腕が剣の刃へと変じたなどと平気で書けるのだ。古事記って大昔の「刀剣乱舞」ってことか）

以上、大まかに出雲の国奪い神話を振り返ってみたが、タケミナカタとタケミカヅチの名前。これ、わざと混乱させようとしてるんじゃないのか。

それはともかく、タケミカヅチの立場としてタケミナカタを生かしておくことは、やがて復讐されるかもしれないのでありえないはずだ。

それに、父も兄も冷たい。弟が国を護ろうとした結果、遠くまで逃げているというのに助けにさえ来やしない。けど仕方がない。なぜならオオクニヌシとコトシロヌシとタケミナカタは親子や兄弟じゃないし、会ったことさえないかもしれないからだ。それについてを述べよう。


まず、古事記に出てくるこの話はいったいいつの時代のつもりで書かれたのであろう。あっ、神代の時代ってのはナシね。

物語としては天孫降臨よりも前のこと。ニニギが降臨する前から地上には多くの人が暮らしていたことになり、しかも繁栄していた。それって許されることなのか？


アマテラス大神の孫として天下ったニニギの3代先が神武で、神武は紀元前660年に即位したことにしてあるので、天孫降臨は紀元前660年よりもずっと前であり、出雲の国奪いはもっと前じゃないといけないことになる。

しかし鹿島神宮にタケミカヅチが持ち込まれたのは中臣氏がこの地域の豪族と結び付いてからのことであろうから、少なくとも6世紀以降だ。7世紀かもしれない。

つまりこの国奪い神話は時代背景さえてんでバラバラで、今や科学がめざましく発達を遂げた時代に、しかも先進国の国民がこのような話を史実として疑わないようでは、今後もしばらく地球上から宗教戦争はなくならいであろう。日本にしてこれなんだからイスラム圏においては言わずもがな、である。

さてさて、タケミナカタの名はナゼ古事記にしか登場せず、日本書紀や出雲国風土記にはその存在さえないのだろう。

712年に成立した古事記の国奪い神話についてを、720年成立の日本書紀や733年に完成した出雲国風土記が無視をしたからか。いや違う。712年、720年、733年の日付けが実は改ざんされているのか。それはあり得る。

あるいは、もともと古事記にもタケミナカタの名は出ていなかったが、出雲国風土記が完成した733年以降に書き加えられた。超あり得る。

奈良時代から平安時代初期に、即位した大王が自分たちの血筋にとって都合のいいように削ったり書き加えたり立場を入れ替えたりしてるはずだ。


さて本題に入る。

タケミナカタはオオクニヌシの息子ということになっているが、オオクニヌシの系譜にタケミナカタの名は出てこない。そんな息子はいないのだ。

先ほども少し触れたが、出雲においてもタケミナカタの伝承を探すのに苦労する。結果として斐川町の鳥屋神社にのみタケミナカタにちなむ伝承が見つかったが、他にはない。

健太は以前、タケミナカタと美保関のミホススミを結びつけて神事や祭りをおこなってきたが、胎内シャルマの教えによればそれらは神社伝承を史実と信じてきた人々の想念が生んだ神なので、神社伝承の中の神ではあるが、考古学的な実在の神ではないということになる。まさに多次元世界だ。

神社伝承的にもタケミナカタの正体を探った研究は他にもあり、実は伊勢から来た伊勢津彦（イセツヒコ）ではなかろうかとする説。やっぱり島根県美保関のミホススミ説。いやいや出雲の出雲建子（イズモタケコ）でしょう説。実はアメノタヂカラヲ命説。ひょっとしたら兵主神（ひょうずしん）かもしれないよ説。驚きのニギハヤヒだったりして……………他にもあるけどもう飽きた。

それに、神社伝承を元にしていてはいつまで経っても明解な答えは出ない。必要なことは神話を書き残した者たちの思考パターンにアクセスすること。ありがたいことに、それらは胎内宇宙にすべて残っている。

そこへ意識を向けた結果、古代史の捉え方に大きな変化が出たことを健太は気付いていた。

タケミナカタは出雲ともオオクニヌシとも関係がないし、諏訪に逃げてもいない。

コトシロヌシについてもやはり出雲やオオクニヌシとは無関係だし、タケミナカタの兄でもない。

では出雲の国奪い神話は何を伝えたいのか。

まず登場人物、いや、登場神物の中で出雲側の神、オオクニヌシとコトシロヌシとタケミナカタ。この三柱の正体を探っているうちは答えが見えない。これらの神々が表しているのは地域だった。

オオクニヌシは出雲。

コトシロヌシは大和の葛城。

タケミナカタは諏訪。

出雲は朝鮮半島から初期出雲に渡って来た新羅からの渡来人の地であり、その地をオオクニヌシと表現しているのであろう。

葛城は蘇我氏の地としてのコトシロヌシだ。

諏訪については縄文から続くミシャグジ信仰のエミシの地と考えることもできるが、おそらくそれだけではない。もっと大きな隠された歴史がある。

出雲・葛城・諏訪はヤマト王朝が支配するのに苦労した地域で、それらをひとつにまとめてしまったのが出雲の国譲り神話である。なので実際にはオオクニヌシ＝出雲やコトシロヌシ＝葛城との戦いは別々のことであるが、国を奪ったこと、民を支配したことを正当化するためにオオクニヌシとコトシロヌシを親子にして、いっぺんに出雲と葛城を譲ってもらったことにした。

タケミナカタだけが抵抗したのは、ヤマト王朝が諏訪だけは支配しきれなかったのであろう。

そしてもうひとつ。これが重要だ。

ヤマト王朝は、他にも支配するのに苦労した地域があったはずだ。支配ができず、配下に置くだけであってもだ。

しかし国を奪ったことを正当化するために創作した神話に登場するのは出雲と葛城と諏訪である。この3地域だけに限定されている。

この3地域、ヤマト王朝がヤマトを支配して王位を手に入れる以前は、本来の王位敬承権を受け継いでいる部族が暮らす地だったのではないだろうか。

出雲はヤマト王朝が九州から畿内へと移る前から出雲で王朝を成立させていた。

おそらくそれは現在の出雲大社が鎮座する西出雲ではなく、神魂（かもす）神社や熊野大社が建つ東出雲であったはずだ。古くは熊野大社が出雲国の一之宮だったようだし、現在の出雲大社は「杵築（きつき）の大社（おおやしろ）」が本来の名前であり、少なくとも平安時代前期の859年（貞観元年）当時は熊野大社のほうが出雲大社よりも高い勲位を得ている。ということは政治的な策略が生まれる以前、出雲の中心は東出雲だったということだ。

ヤマト王朝にとって、イズモ王朝から輩出されていた大王の血脈や流れを何がなんでも潰しておく必要があったのであろう。侵略者が正当的に王位を得るためには。

ただし、出雲の地は新羅人が定着した後には扶余系や百済系も入り込んでいるため、構図としては非常に複雑である。

複雑ではあるがヤマト王朝または平安朝廷は、神話を利用して「出雲は我々に国を譲りましたよ」と天下に公示して、国奪いに終止符を打った。

そこへ急ごしらえのタケミナカタを放り込むもんだからオオクニヌシの系譜にそんな神はいないし、出雲の人々にとってタケミナカタの名前なんぞは聞いたことがなかった。だからタケミナカタを祀る神社も伝承もわずかしかないのだ。

それについては諏訪でも同じで、今でこそタケミナカタが出雲から稲作を持ち込んだと考えられているが、少なくとも7世紀までは誰も知らなかってはずだ、タケミナカタなんて。それに当時、諏訪では諏訪湖が広すぎて稲作をしていたかは疑問である。何しろ弥生文化の流入を長らく拒否していた地域なんだから、諏訪は。

実際、出雲から日本海伝(づた)いに北陸まで広がった四隅突出型墳丘墓も、そして銅鐸も諏訪では出てない。銅鐸に関して諏訪の近隣では塩尻市で柴宮銅鐸がひとつだけ見つかっているが、塩尻市は地政学上で古代から諏訪とは文化圏が異なっている。

そんなわけで、タケミナカタと出雲を結びつけるのはなかなか困難なのだ。

コトシロヌシは葛城を表していた。

奈良県中西部に位置する葛城にも大昔から土着民が暮らしており、彼らはヤマト王朝に従わなかったため、まつろわぬ者として土蜘蛛(つちぐも)と呼ばれた。国栖(くず)や手長・足長と同じ境遇だ。土地を追われた土蜘蛛たちは山へ逃げたが、その多くは殺された。

その後、葛城に国を造ったのは謎の古代豪族葛城氏だった。葛城氏は大王家に一族の娘を次々と入内(じゅだい)させ、5世紀末まではヤマト王朝の最高執政官である大臣(おおおみ)を務めて権勢を誇った。

大王家との関係は第15代応神大王から第24代仁賢(にんけん)大王までの10代で、第20代安康(あんこう)大王以外のすべてが葛城氏の娘を母に持つか后としている。尾張氏を思い出す。どちらも第26代継体大王即位を境に衰退しているし。

葛城氏が衰退すると頭角を表したのが蘇我氏なのだが、今では蘇我氏の系図の始祖が武内宿禰(たけのうちのすくね)にされている。それは葛城氏も同じで、本来は葛城ソツヒコであるところが、武内宿禰に書き換えられてしまっている。言語道断、コンゴ横断、看護相談だ。

武内宿禰は第12代景行大王から第16代仁徳大王ま

での5代大王に仕えたことになっていて、その寿命は300歳を超していて、誰が信じるもんか、そんな話を。八百比丘尼か。

　強大な力を誇っていた豪族の始祖をヤマト王朝と深く関わる人物に置き換え、葛城氏も蘇我氏もヤマト王朝の一員とすることでついには蘇我家の持つ大王の地位さえも奪うことに成功したのだ。

　蘇我氏は歴史上で完全に悪物扱いされてしまっているが、実は大王として即位していたはずだ。


　歴史上で、蘇我氏は改革を妨害したり傍若無人に振る舞い、反社会的な存在として描かれている。馬子に至っては天皇殺し（第32代崇峻大王）までやらかしたことにされた。

　そこで悪党蘇我氏を征伐するために立ち上がった正義の味方が中大兄（のちの第38代天智大王）と中臣（のちの藤原）鎌足である。2人は結託して蘇我氏を地の底まで引きずり下ろしたのだ。

　中大兄と鎌足が大王の座を得るには蘇我氏が邪魔で邪魔で仕方がなかった。しかし相手は大王か、またはそれに準ずる地位にいる。

　稲目――馬子――蝦夷――入鹿
と続く蘇我氏の血筋で、大王に即位していたのが誰であるかは意見が分かれるところで、馬子だったかもしれないし入鹿だったかもしれない。あるいは馬子から3代続いて即位していたかもしれないので、ここでは限定しない。


　蘇我大王は国家発展のために数々の功績を残したことであろう。なので中大兄と鎌足にしてみれば蘇我氏を政界から排除するのはそう簡単でないし、たとえクーデターが成功してもそれをどう正当化するかが大問題だ。

　そこで考え出されたのが聖徳太子である。

　蘇我大王の功績はすべて架空（誰かモデルになる人物がいたとしても）の聖徳太子がおこなったことにした。立派なことはすべて聖徳太子の功績なので蘇我大王は何もしてないことにできるし、悪者に仕立てることも可能だ。実際にそうしたし。

　しかし問題は他にもあった。聖徳太子の家族をどうするかだ。徳高き聖者たる聖徳太子を生涯独身にしておくわけにはいかないし、太子に子がいることになればこれまた中大兄の王位が遠のく。

　だったら、どうせ聖徳太子の家族だって架空なんだから、太子の血を引く一族郎党をまとめて蘇我氏が殺したことにしちゃえ、ってことで創作されたのが634年（皇極2年）11月の入鹿による「山背大兄王襲撃事件」である。

　この事件で聖徳太子が残した一族25人は、1人も残らず全員死んだ。嫁に行ったであろう娘たちまでなぜか集結していた。年老いたお婆ちゃんの誕生日パーティーでもしてたのか。

　しかもこの一族、生駒山中に逃げたら入鹿が派遣した兵は引き揚げているのに、わざわざ山を下りてから斑鳩寺に籠って全員が自害している。

　山背大兄王といえば聖徳太子の長男だ。その長男一家が殺されかけて山に逃げたり寺に籠っているんだから、誰かが助けに来るはずだが、それもまったくない。ナゼだ。助かってもらっては困るからだ。

　どのような一族いん滅の戦いであっても、必ず何人かはどこかで生き残る。誰か1人2人は隠れ通したり逃げ延びたりで、静かに血は受け継がれてゆくものだが、山背大兄王一族はだーれも残ってない。そりゃそうであろう。なぜなら、始めっからそんな人たちはいなかったのだから。

　けどいかにも一族がいたことにして、ワシらが成敗してくれようぞと犯人の入鹿を中大兄と鎌足とで惨殺したのが、645年（皇極4年）6月12日に起きた「乙巳の変」だ。

　そして入鹿が殺された翌日、父の蝦夷も自宅に火を放って自害したことにされている。こうして蘇我氏の本宗家は滅亡させられた。

乙巳の変が起きた場面も日本書紀の記述は信じるわけにはいかない。なぜ飛鳥板蓋宮で、なぜ朝鮮半島からの使者が貢納品を献上する儀式で、なぜ皇極大王の見ている前で入鹿は殺されたのか。実際は他で殺されたのであろうが、そのシチュエーションで惨殺があったことにしたのは何か意図がある。

それに、入鹿殺しの実行犯が中大兄で、鎌足は背後から様子を見ている。中大兄はいわば皇太子だ。その皇太子に手を汚させた鎌足とは、いったい何者なんだということにもなっている。

こういった疑問や矛盾を残すことで、日本書紀の編者は後世にヒントを与えてくれたのかもしれない。彼らは立場上、本当のことが書けなかったであろうから、その思いを汲むことが後世の研究者の務めだ。

そんなわけで葛城出身の蘇我氏本宗家を滅ぼした史実を正当化し、王位は譲り受けたんですよとアピールしたのが神話の中でのコトシロヌシ降伏だ。

神話では葛城氏や蘇我氏の名前を出すことなく葛城征服を成功させた。神の名を利用して。

コトシロヌシの本拠地は葛城の下鴨神社だ。またの名を鴨都味波八重事代主命神社ともいう。

葛城の地だが、古くは葛木と書いて〝カヅラキ〟と訓(よ)んだ。今は〝カツラギ〟で問題ない。

コトシロヌシは葛城川の岸辺に祀られた田の神が始まりで、やがては同じ葛城の神である一言主神(ひとことぬしのかみ)と性質が重なってきたようだが、葛城王朝においてコトシロヌシはもっとも重要な神であった。現在でも宮中の御巫八神に含まれている。

出雲地方でも美保関の美保神社でコトシロヌシは祀られており、毎年12月3日におこなわれる諸手船(もろたぶね)神事は豊穣感謝の祭りでもあるように、その性質としては田の神である。面白いことにコトシロヌシはエビスさんと結び付くことで海の神に変身する。

諏訪はどうであろう。出雲や葛城のように王位を継承する正当な血筋があったのだろうか。

　諏訪のみが特殊だ。なぜならば、タケミナカタは国を譲ってない。神話ではカケミカヅチに恐れをなして諏訪まで逃げたことになっているが、それは諏訪を支配できなかった王朝側の腹いせであろう。

　当時、諏訪はエミシたちの暮らす東国の最西端であり、ヤマト王朝の力がおよぶのは諏訪の手前までだったのだ。

　したがって大ざっぱにはヤマト王朝や九州王朝の西日本、エミシたちの東日本といった構図だ。

　ただし、関東には古墳時代から王朝と通じるエリアが広がっていたし、東北のエミシの一部にも王朝側に立つ者たちはいた。

　それでもやはり東国を支配することは難しく、なのでエミシたちの暮らす最西端の諏訪を押さえることは、東国支配をもくろむヤマト王朝にとって最優先課題のひとつだったはずだ。

　しかし諏訪は落ちなかった。

　ここで王位継承の血筋についてふたつ考えられることがある。ひとつは出雲や葛城のように大王家が諏訪にもいたということ。

　もうひとつが、出雲や葛城の大王家が諏訪へ移り住んだということ。例えば本宗家を滅ぼされた蘇我氏が下社の地域に隠れたとか。すると下社は春宮も秋宮も御祭神にタケミナカタとヤサカトメに加えて八重事代主神が祀られているのも納得できる。

　それに蘇我氏にとって幸いだったのは下社大祝（おおほうり）の金刺氏が親蘇我氏派だったということ。金刺氏については下社里曳きで述べる。

　上社においても神長（じんちょう）守矢氏の系図には物部が入り込んでいて、守矢家第27代の武麿は物部守屋の次男ということになっている。ただしこれは怪しい。

　また、平安時代になってからなので蘇我・天武・物部守屋の時代よりも下るが、上社大祝に大神（おおみわ）神社の神（みわ）氏に近い人物が入り込んでいる。

大和の大神神社といえば出雲そのものだし、古事記の国奪い神話でオオクニヌシは出雲を表しているとしたが、ひょっとしたら出雲だけでなく大神神社の所在地である桜井市の三輪を含んでいるのかもしれない。地図を広げればすぐに判るが、大神神社から三輪山の反対側に「出雲」の地名がある。そしてその先が宇陀だ。

　ここで宇陀を持ち出すとややこしくなるので止めておくが、諏訪には出雲や葛城の〝王家の血〟が隠れているとすれば、タケミナカタが諏訪へ逃げたことになっているストーリーの設定も納得できる。

　それに諏訪は大和から一番近くにある、ヤマト王朝の力がおよばない地だったのだから。

　ひょっとしたらその時代、ヤマト王朝の流入を防ぐためにオンバシラを建ててたりして。んー、それはないか。けどそうだとしたら、オンバシラこそがタケミナカタだ。国を奪われないために建てられているのだから。

（そういえば……）

　健太は大国主命社のさらに奥へと続く坂道をのんびり登っていると、吉野の教授の話を思い出した。

　昨年の夏、天武天皇についてを調べるため久しぶりに吉野へ寄った。橿原（かしはら）へ仕事に行ったついでに吉野まで足を伸ばしたのだ。

　着いたのは4時近かった。どこへ行くにしてもあまり時間がない。こんなときは役場だ。市役所や村役場の文化財保存課を訪ねれば、必ずといっていいほど地元の歴史に精通した人を紹介してくれる。

　池内教授は役場の隣りの建物にいた。

　聞きたかったことはこれだ。

　天武天皇は即位する前の大海人時代、病床の天智大王に呼びつけられ、次の大王になるつもりはあるかと尋ねられた。（おそらく天智は殺されたか都から追い出されているので、この話は創作だ）

大海人は側近からあらかじめ忠告を受けていたので即位を辞退した。そして天智の后ヤマトヒメに王位を譲るように提言すると、自身は剃髪して出家した（ことになっている）。その出家先が吉野だ。

日本書紀のこの話、ハナからデタラメなので吉野への出家も疑わしいが、天智大王から逃れるために出家して吉野へ隠棲した人物がいる。天智と腹違いの従兄弟にあたる古人大兄（ふるひとおおえ）だ。

しかもこの古人大兄と大海人（天武天皇）を同一人物と見る旨もある。2人ともが天智の策略から逃れるため、出家して吉野へ向かった。

どちらも信濃に縁がある。

そして日本書紀には大海人の前半生がまったく出てこない。なので前半生は古人大兄として描かれているのではないかと考えられているのだ。

天智は百済の王子で天武は新羅または高句麗の高官であろうから兄弟であろうはずがないが、日本書紀では天智が4歳上の兄、天武は弟として出てくる。

もしそうならば天智大王の弟の前半生がまったく描かれてないこと自体が大問題だ。

そこで天武の正体は古人大兄説や渡来人説がいくつか浮上している。

真相はまだ謎だ。しかし大海人にしろ古人大兄にしろ、もし実際に吉野へ来ているのなら、何か痕跡が残されてないか、それを調べたかったのだ。

健太が次々と質問をぶつけていると、池内教授が興味深い話をしてくれた。

「古代はですね、王位継承権を持つ者同士が争った場合、もし敗れた者が都からどこかへ逃げたとしても、それが畿内の〝ウチ（内）〟エリアだった場合は王位継承権を放棄したことにならないんです。なので好機を狙っていつかは都へ攻め入るつもりなのでしょう。

一方で都に残った側にしても、逃げた相手が畿内の〝ウチ〟に居れば気を抜くことなく監視を続け、相手が反撃に転ずる前に刺客を送り込んだでしょうね。

ですが、もし都から逃げた者が畿内であることを示す境界線から〝ソト（外）〟へ出て行ったのであれば、それは王位継承権を放棄したことになるので、都側の者も追手や刺客を差し向けたりはしなかったようです。

また、一度畿内の〝ウチ〟から出た者が、継承権を放棄したフリをしてこっそり反撃に転ずるというようなこともなかったみたいですね。

なかなか潔い時代でしょ」


なるほど。それは面白い。

それで畿内の〝ウチ〟と〝ソト〟の境界線だが、都の南においては吉野川だったそうだ。

なのでもし、王位継承権を持つ者が都から逃げて吉野川を渡れば、王位を継ぐ権利は失うが、命を狙われることもないということになる。


蘇我入鹿が殺された乙巳の変の後、中大兄（天智）の凶暴さに恐れをなして吉野へ逃げた古人大兄は、結果として中大兄の差し向けた軍勢に討たれて死亡した（ことになっている）。

もしそれが事実ならば、古人大兄が逃げたのは川を渡った吉野山方面ではなく、吉野川の手前、つまり〝ウチ〟だったということになる。

大海人（天武）の場合、隠れた先は吉野宮滝の吉野離宮だったらしい。

当時、吉野と呼ばれる地域はこの宮滝あたりのことで、桜が有名な現在の吉野山界隈ではない。

上千本・中千本・下千本の桜で賑わう吉野山は、平安時代になるまではほとんど人が足を踏み入れた痕跡が残ってないので、役行者ら修験の行者ぐらいだったのかもしれない。吉野の山を駆けていたのは。

それで吉野離宮だが、吉野川の手前にある。

ということは、もし本当に大海人が吉野へ来ていたとしたら、それが出家を装ってか壬申の乱の準備のためかは判らぬが、王位を放棄するつもりなどサラサラなかったというわけだ。

今現在も吉野離宮跡では発掘調査が続けられているので、近い将来に何か新しい発見があることを期待したい。

畿内の〝ウチ〟について、その範囲とされるエリアが興味深い。

天智大王は663年、百済救済のために送った大軍が唐・新羅の連合軍に大敗を喫した白村江（はくすきのえ・はくそんこう）の戦いの後、誰も相手をしてくれなくなってしまったのか大和へ帰ることができなかった。

それで自分と同じ百済人が多く暮らす近江へ向かうのだが、遷都先に選んだのは大津だった。

大津はギリギリ畿内の〝ウチ〟だそうだ。畿内の〝ウチ〟で東北の境界が大津なので、大津よりさらに百済人が多い現在の東近江市あたりまでは行くことができなかったのであろう。

この〝ウチ〟制度、平安以降のどこかで廃れてしまったのだろうが、古事記の国奪い神話に登場する立役者たちの時代は有効だったと考えてもいい。となると、神話ってまったく神代の時代のなんかじゃないってことだ。

（そうかそうか。だとすると、諏訪へ来たということは蘇我氏系も出雲族系も、大和に戻って大王になるつもりなんてありませんよと宣言したのと同じことになり、だからタケミカヅチは畿内の〝ソト〟に出たタケミナカタを殺さなかったのか。諏訪から畿内に戻らないであろうと判断して）

健太は自分の妄想に妙な納得をしていた。

と同時にこんな疑問も浮かんできた。

（タケミナカタが出雲と関係ないってのは判ったけど、ひょっとしたら大和から諏訪へ隠れた人たちのことを表しているのかもしれないな）と。

池内教授はこんなことも話してくれた。

「吉野という地は実に多くの謎に満ちているんですよ。古人や天武天皇だけでなく、持統天皇も即位してから31回も訪れてますし、後醍醐天皇は吉野で南朝を樹立しましたでしょ。豊臣秀吉や幕末の天誅組(てんちゅうぐみ)もそうなんですがね、歴史が大きく動いたときにはナゼか吉野が出てくるんですよ。これほど謎に満ちた地は他にあまりありませんよ。あまりないというよりも、諏訪しかないと言うべきですかね。私の知る限りで吉野よりも謎が多いのは。あなた、諏訪へ行かれたことはありますか?」

最後の質問には戸惑ったが、専門家にしてこれなんだから、健太の手に負えないのも無理はないってことだ、諏訪は。

そして謎だらけの諏訪を調べるにあたり、絶対に外すことができない人物がいる。天武天皇だ。しかしその天武は…………天武についてはのちほど。

上社の里曳き中に下諏訪町（下社エリア）の資料を引き合いに出して申し訳ないが『下諏訪の歴史』（下諏訪町立博物館発行）に、このような興味深い記述があった。要約すると次のようになるが、諏訪明神の名前は無視してほしい。

「諏訪は諏訪明神の国である。諏訪明神がこの地の開拓を始めた地区から考えると、二つの系統があったように思われる。

一つは日本海側から来た人々で、糸魚川(いといがわ)から姫川に沿って大町へ、そこから犀川(さいかわ)沿いに長野へ出た。次に千曲川をさかのぼって小県へ。そのまま大門峠を越えて諏訪へ入り、湖南の守屋山麓に根をすえた文化だ。

もう一つは太平洋から天竜川をさかのぼって諏訪に入り、横河川・砥川・承知川などが造った三角洲の上に根をおろした文化である。

前者を南社、後者を北社と呼ぶことにしよう」

この資料によれば、日本海ルートの南社側が各地に伝説を残し、ルート上には諏訪神社の数が多いということだ。

それと、諏訪明神の名前についてだが、明神名は仏教伝来以降に入諏した者たちが持ち込んだものであって、この時代の諏訪に諏訪明神はいない。

資料に書かれてる内容からすると時代は4~5世紀ごろ、いや、もっと古く弥生時代後期あたりまでさかのぼるかもしれず、なので日本全国どこにも明神の名はないのだ。


さて、諏訪湖を挟んで存在したふたつの勢力のルートをそれぞれたどってみると、日本海組は新潟県の西の果て、糸魚川から姫川をさかのぼっている。糸魚川は国内で唯一の美しいヒスイの産地であり、タケミナカタの母神ヌナカワ姫の里だ。

糸魚川から姫川に沿い、右手に北アルプスを眺めつつ白馬を通過して大町へ出た。のちの〝塩の道〟であるが、ここでまた疑問である。

大町まで来ればそのまま安曇野を南下すれば、松本を抜けて塩尻までは平坦な道が続く。最後に塩尻峠を越えれば諏訪だ。なのにわざわざ険しい山道を大きく迂回している。距離にして2倍以上、苦労は5倍か10倍か。なんで安曇野を進まなかったのか。

山手線で例えると、新宿や渋谷あたりから品川へ行くのにわざわざ外回りの池袋や上野を回るようなものだ。距離的には。

そのころから安曇野には日本海組にとっての敵対勢力がいたのだろうか。安曇族とか。

たしかに今でも糸魚川~白馬~大町にかけては諏訪神社が多いが、大町からは急にそれが目立たなくなる。安曇野の中心にあるのは信濃国三之宮のひとつ穂高神社だ。信濃にはもう一社、松本市内の沙田(いさごだ)神社も三之宮とされており立派なオンバシラを建てるが、安曇野の穂高神社は建てない。

穂高神社にはこんな伝承がある。

古代の安曇野は大きな湖だった。
そこには犀龍という龍神が棲んでいた。
ある日、東高梨の池にいた白龍王と出逢い、やがて男の子を産んだ。その子は日光泉小太郎と名付けられた。
しかし犀龍は我が身が龍であることを恥じて、湖の底深くに身を隠してしまった。
小太郎は成長すると母を探し求め、とうとう再会を果たすことができた。
そこで母は自分がタケミナカタの化身であることを打ち明けた。
そして自らが棲む湖の水を流して肥沃な土地に変えるよう小太郎に告げた…………。

といったもので、父の白龍王は綿津見命（ワタツミノミコト）。小太郎は穂高見命（ホタカミノミコト）とされている。

穂高神社の御祭神は本殿に穂高見命、右殿に綿津見命、右殿はニニギ命で完全に九州天津神系だ。

もし日本海組が出雲から渡って来た人々だとすれば安曇族は敵も敵、その地を避けて大きく迂回したのも納得できる。

穂高神社に残る伝承はおそらく中世以降にできたもので、敵対する諏訪のタケミナカタと安曇族を和合させるためのものか。ただし、父親を綿津見命としてタケミナカタが母親になっているあたりは、自分たちに優位性を置こうとしている意図が見える。

日本海組が安曇野を避けて向かった先は現存の長野市から千曲市にかけてで、その後はほぼ間違いなく上田市を通過しているはずだ。そうでないと大門峠を越えて諏訪に行き着けない。

上田は初期信濃国において国府が置かれた地で、上田市下之郷には生島足島（いくしまたるしま）神社が鎮座する。この生島足島神社も赤松の立派なオンバシラを建てる。

諏訪とは縁が深い神社で、伝承によるとタケミナカタが諏訪入りする前にこの地で半年ほど滞在し、生島足島の神に仕えたとされている。

おそらく日本海組がこの土地の人々に世話になったのであろう。それで土地の人々が大切にしている神を日本海組も同じように崇拝したことが、このような伝承になったのでは。

タケミナカタの名前は後付けだ。下社の大祝を務めた金刺氏がこの地の出身であると考えられているので、のちのち生島足島神社にタケミナカタの名を持ち込んだのは金刺氏と見て間違いなさそうだ。

現在もオンバシラ祭りでは、諏訪からタケミナカタが6年毎に御旅所へ戻り、足島足島の神に奉仕すると伝えられている。

まずは神幸（しんこう）行列といって諏訪の神が社へと向かい、その後に続いて氏子たちがオンバシラを曳く。

上田市小県（ちいさがた）地域では他でもオンバシラ祭りがおこなわれ、その数は11社におよぶ。

日本海組は諏訪入りを果たすと、当時はずっと大きかった諏訪湖を北から南へ舟で渡ったか、茅野市側をまわりこんで守屋山麓に定住した。ということは上社エリアだ。

それ以前から前宮周辺に暮らしていたエミシたちは日本海組をすんなりと受け入れたのであろうか。あるいは彼らが持ち込んだ技術力の高さに驚いて共存を望んだか。そのあたりは想像がふくらむ。

一方の太平洋組は天竜川をさかのぼって諏訪入りしたことになっているが、これは天竜川の河口付近に暮らしていた人たちが諏訪へ来たのか、遠くから太平洋を渡って天竜川の河口へ着いた人たちなのかが判らない。

サナギの池との伝承から考えて遠江に暮らす人々でもありそうだが、伊勢から太平洋を渡って天竜川河口まで来た勢力もある。その伊勢組のイセツヒコがタケミナカタに比定されたり、伊勢の八坂彦の娘がヤサカトメ説を生んだ。
実はこのルートも不可解なことがある。天竜川沿いをさかのぼって諏訪入りする場合、恐しく険しい山間部が飯田あたりまで続き、その後は川の流れが穏やかになって両岸には平地も現れる。そうなると諏訪は近い。

仏教伝来後、諏訪へ明神の名を持ち込んだ勢力も、最後は天竜川から諏訪入りをしている。諏訪入り直前の伝承が岡谷市川岸に残る諏訪明神と洩矢神の戦いである。古代は南から諏訪を目ざす場合、天竜川ルートが唯一だったのだろうか。

それがそうでもないのだ。もっともポピュラーなこのルート以外からも諏訪を目ざした勢力があり、その伝承が信濃国二之宮の小野神社に残る。もちろんのこと小野神社でも諏訪大社と同じ長さのオンバシラを建てる。ただし、大社ほど太くないことと、なぜか生島足島神社と同じで赤松だ。

小野神社の鎮座する地を現在は〝憑(たのめ)の里〟と呼ぶが、この小野神社にも諏訪入り前のタケミナカタが滞在しているのだ。

諏訪入り前のタケミナカタ滞在伝承が、どうして諏訪湖の北（生島足島神社）と西（小野神社）の別ルートに残っているのだろう。

そしてこの小野神社。天竜川をさかのぼって辰野(たつの)まで来ればあとは10㎞、それほど大きく蛇行せず天竜川が流れ出す諏訪湖へ行き着くが、その辰野から西に逸れて10㎞進んだ先にあり、諏訪湖との間には標高千メートルを超える小野峠や勝弦(かつつる)峠が隔たる。そんな地の小野神社にタケミナカタが滞在した伝承が残るとなると、考えらえることはふたつ。

ひとつは天竜川沿いをさかのぼって来た人々の諏訪入りを阻む勢力がその先に大勢暮らしており、なので小野神社方面へ迂回せざるを得なかった。

そして憑の里で体勢を整えてから小野峠か勝弦峠を越えて諏訪入りを果たした。

もしその人たちこそが諏訪明神の名を諏訪に持ち込んだ連中だとすると、彼らは岡谷市川岸を通らずに裏から諏訪入りしたことになり、諏訪明神と洩矢神は伝承通り天竜川をはさんで戦ったことになる。

　下諏訪町に出てくる諏訪入りした太平洋組の話は弥生時代のことであってもおかしくないが、小野神社のタケミナカタ滞存伝承と、諏訪明神VS洩矢神の話はどちらも7世紀の話と考えられるので時代としては重なる。

　そしてもうひとつ。小野神社に足跡を残した人たちは、天竜川沿いではなく内陸部からやって来た。尾張・美濃から木曽を抜けて信濃中央（塩尻・松本・諏訪など）へ至る街道が整備されたのは8世紀以降のことのようだが、だからといって移動ルートがいっさい無かったわけではない。

　岐阜県中津川市から信濃中央へ延びる旧中山道（なかせんどう）の中間あたり、上松町内の遺跡で発見されたクリの実は約1万3千年前のものとの調査報告が出た。1万3千年といえば縄文草創期だ。

　そのころからすでに人は山奥で暮らし、黒耀石の行商ルートや縄文ネットワークと呼ばれる往来ルートを確立させていたのだから、1300年前に尾張・美濃から諏訪へ至るルートが無い訳がない。実際に健太の実家から遠くない遺跡から、諏訪の和田峠産の黒耀石が出土している。

　では、尾張・美濃から小野神社経由で諏訪に至ったのは誰なのか？

　おそらく尾張・美濃の人たちではなく、伊賀や鈴鹿を抜けて尾張・美濃へ向かった大和の権力者であろう。尾張・美濃に暮らす農民や木端（こっぱ）役人ならタケミナカタ伝承になるはずがない。

　大和の権力者とは本宗家を滅ぼされた蘇我氏だったかもしれない。

　あるいは大神（おおみわ）神社の神（みわ）氏か、ズバリ物部（もののべ）氏だったかもしれない。もしそうだとしたら、タケミナカタはニギハヤヒということになってしまいそうだ。

だが古事記の国奪い神話の性質から考えて、大和の権力者が諏訪へ隠れた可能性は充分にある。

そしてその権力者たちは正当な王位継承権を持つ者であっても畿内の〝ウチ〟から出て継承権を放棄したため、追手に殺されることもなく諏訪で生き延びた。なのでタケミカヅチは、諏訪から出ないことを条件にタケミナカタの命を奪わなかったことにしてあるのだ。

諏訪はエミシの暮らす最西端の地だ。したがって諏訪から出ないということは、ヤマト王朝の権力がおよぶ西日本へは入らないということ。ヤマト王朝にとっては〝居てもらっては困る〟血筋が畿内の〝ソト〟へ出たのでそれ以上は追わなかったのだ。

そろそろ冠落しも終わり、建てオンバシラが開始される時間になった。本宮周辺は観光客でごった返しているだろうから健太は裏道を抜けて本宮北門へ向かった。そこからは「ホンイチ」の建てオンバシラを真正面に見ることができるからだ。

しかしそれは甘かった。近付けたもんじゃない。

観光客もそのあたりはよく知っているようで、北門へ続く参道は朴槿恵(パククネ)大統領の弾劾を求める韓国のデモみたいになっていた。

仕方がないので健太は「本二」側へ回った。東門もどうせ近付けやしないだろうが、神楽殿の裏に小さな出入り口がある。案の定、その出入り口周辺に観光客はおらず、2人の警備系がニコニコしながら立っているだけだった。

「お疲れさまでーす」

そう言いつつ入口の階段を登る健太に彼らは
「はいはい、ご苦労さん」

と声を掛け、すんなり通してくれた。

境内も氏子だらけだった。なので横たわるオンバシラがどこにあるのかさえ見えない。けど、それでも充分だった。柱が建ち始めればここからでも見られるであろう。何しろ「本二」だって15メートルもあるのだから。
「本二」を建てる位置にはまわりに木や建造物があるため、狙い通りの方向にきっちり建てなければならない。それでも全長70メートルある布橋の突き出た屋根には確実に引っ掛りそうで、さーてどうなることやら。ここは建て方衆の腕に懸かっている。

子どもの木遣りに合わせてかぐらさんが回され、オンバシラの先端が氏子の壁の向こうに姿を現した。てっぺん男は誇らしげに御幣を天に掲げ、そのうしろにはズラリと山吹色軍団が並ぶ。ここも30人はいそうだ。真ん中あたりに向日葵の同級生藤森修平の姿も見えた。勇ましい男たちだ。

思い返せば4月の山出し初日、健太が初めて曳いたオンバシラが「本二」だった。

何も判らず誰も知らず、紹介された藤森とも会えない状況だったが、中洲・湖南地区の氏子に受け入れてもらい、心おどらせオンバシラを曳いた。

八ケ岳の麓から曳き出され、オンバシラ街道をお披露目行列したオンバシラの晴れの日晴れ舞台。坂を落され川を渡り氏子に育てられた「本二」もこれでいよいよ神になる。

大勢の氏子と縁になり、数えきれないほどたくさんの親切を受けた。篠崎との出会いも「本二」の曳行中だった。山盛りの巻き寿司といなり寿司を分けてくれた女性はここに来ているだろうか。

できれば世話になったすべての氏子に礼が言いたい。少しずつ建っていくオンバシラを見ながら、健太の意識はすべてが感謝で満ちていた。感謝の他には何もなくなってしまっている。

「そうですか。これがオンバシラってことなんですか。なるほどね」

自分の気持に気付いた健太は、小さな声でそうつぶやいた。ラッパ隊の演奏と氏子の掛け声に掻き消され、誰にも聞こえやしなかったが。

そうなのかもしれない。

大切なことは、山の神と氏子とオンバシラが互いに尊び合うこと。その尊び合った想いで自分自身の心と諏訪の地を満たす。それがオンバシラ祭りの大切な一面なんだろう。


「本二」が垂直に建った。

布橋の突き出た屋根もうまく避けつつ、真っすぐ天に向かって建った。

そして先端に御幣が打ちつけられるとラッパ隊はファンファーレだ。すべての氏子がてっぺんの御幣を見上げている。ここにまた、立派な姿ではあるがどこか初々しいモミの大木が神になった。

ファンファーレが鳴り止んだ瞬間、オンバシラのてっぺんから垂れ幕が垂らされた。中洲・湖南地区は垂れ幕まで山吹色だった。

『山吹きの絆、御柱祭(オンバシラまつり)と共に永遠に』

いっせいに拍手と歓声が境内に響き、花火も五月晴れの青空に爆音を響かせた。

あとはラッパ隊に合わせて氏子全員で開いた手のひらを天に突き上げる。

「サーッ」「サーッ」「サーッ」「サーッ」

神になったばかりのオンバシラを見上げ、健太も「サーッ」をくり返した。

すぐには気付かなかったが、健太の立っている位置の左側にも立て看板のような大きい幕が張られていた。垂れ幕と同時に張られたようで、そこには巨大な文字でたった2文字、

『感謝』

と書かれていた。ほら、やっぱりね。


本宮の裏山も「本三」「本四」の氏子で斜面は埋め尽くされ、ほどなくして本宮の四隅にオンバシラが建った。これで上社の里曳きは終了だ。

新緑の境内にオンバシラがまっすぐそそり立ち、新たな神は今から6年間、その役割を果たす。

建てオンバシラは思っていたよりも早く終了したため、篠原に電話を入れてみようと取り出した健太のケータイに言納からメールが入っていた。

「中田たけ美さんは英語で自己紹介した？」

（ん……誰、それ？）

何のことかさっぱり判らない。なのでメールで問い返したが、返事はなかった。店が忙しいのか。

篠崎にも電話をしてみたがまだ取材があるようなので、杖突峠を通ってのんびり帰ることにした。なにしろ今はゴールデンウィークの真っ只中。夕方の高速道路が渋滞してないわけがない。

健太は何度も何度も諏訪を訪れているうちに、ある確信のようなものが芽生え始めていた。それは、タケミナカタの名は誰か特定の人物を指すのでなければ、外部の者が持ち込んだものでもなく、諏訪の地で生まれた名であろうということ。

たとえ名付けたのが下社大祝の金刺氏であり、神の名を創作した目的が前宮を中心としたミシャグジ信仰よりも優位に立つ神が必要だからであったとしても、タケミナカタの名は諏訪だからこそ生まれた名であるのだと。

諏訪大社が現在のような4社まとめて諏訪大社になったのは明治4年のことで、それまで上社と下社は別々の諏訪神社だった。

上社は反ヤマト王朝として独自の文化や信仰を貫いていたため、上社を監視してさらには王朝に従わせるよう創られたのが下社といってもいい。

やがて上社エリアにも王朝の勢力がおよぶようになると、上社の中でも前宮を従わせるために本宮が乗っ取られた。言い方が乱暴だが、そういった性質があることは否めない。

それで、下社は諏訪湖の北に位置するため北社と呼ばれた。上社は南社になり、諏訪湖が今よりも広かった時代なので、実際に湖の南方にあたる。

冬になると湖に出現する御神渡（おみわた）りは、南社方向から北へ、あるいは北西へと蛇行しながら走る。

南社から北へ向かうと手長・足長神社に行き着く。本宮の真北には手長神社が、前宮の真北には足長神社があり、手長・足長はどちらも土着の神が祀られており、その正体は先住民だ。

手長・足長方面から南を見ると、上社の向こうに守屋山が見え、かつてはひとつの文化圏だったであろうし、信仰的にもひとつで、ミシャグジを崇めていたと考えられる。

前宮の真北、足長神社の近くには御頭御社宮司社（おんとうみしゃぐじしゃ）もあり、標高800メートル仲間だ。しかもミシャグジ平と呼ばれる場所もある。

本宮の真北、手長神社が鎮座する界隈は2万年以上も前に造られた石器時代の遺跡の上だという。先住民たちは2万年以上も前からそこに暮らしていたのだから、まさに土着の神と呼ぶのに相応しい。


手長神社から北へ1㎞にも標高800メートル同好会のメンバー先宮神社がある。

先宮神社は境内に入る手前に小さな川というか溝があるが、そこに架かる橋はない。いや、橋などという大袈裟なものは必要ないが、道路の側溝にはめるような蓋もない。

先宮神社の神も手長・足長と同じく諏訪明神やタケミナカタよりも古くから祀られていて、旧大和村の産土神になる。

橋がない理由は、タケミナカタの諏訪入りに反対して戦ったが敗れてしまい、それでここから出るなということになったらしい。真相はヤマト王朝側に封じられたというか潰されたのであろう。

古事記ではタケミナカタが敗れているが、諏訪ではタケミナカタが侵略者になっている。そして敗者はどちらもそこから出るなと封じ込まれていることからして、社の四隅に立てられるオンバシラは、敵対者を封じ込めるためのものだったのか？

　それはともかく、新興勢力によって新たな神が持ち込まれる遥か昔からこの地には石器人が、縄文人が、エミシたちが暮らしており、諏訪明神やタケミナカタを祀った者たちは、手長・足長・先宮などの神々よりも優位に立つ神を創りたかったのだ。

　そしてまず湖の南側に位置する前宮方面よりも先に、手長・足長・先宮側から王朝の配下へと取り込んでいった。その範囲は八ケ岳の麓にまでおよび、田留姫神社を氏神とする茅野市中沢（なかっさわ）地区も含まれる。

　このとき王朝側に立つ北社（下社）が力による強制的な支配を求めたのか、あるいは同盟のようなものを結んだのかは判らないが、配下に収まった村はその地で祀られる氏神がタケミナカタの子として神系譜に登場する。

　多留姫神もタケミナカタの子13神に数えられているため、茅野市中沢地区は王朝側から優遇されていたのであろう。

　一方で手長・足長・先宮などは含まれないため、最初のうちは抵抗していたのであろう。最終的には従わざるを得なかったようだが、先宮神社の伝承から考えるに、最後まで従わずに抵抗していたため、とうとう強制的に氏神が封じられたのでは。

　それではタケミナカタの名はどのように創造されたのであろう。

　王朝側は前宮封じのため、本宮に大祝職を設け、湖の南方に陣取る勇ましい男神を創りあげた。前宮周辺はそれまで女神信仰があったからだ。

　タケミナカタの〝タケ〟は勇ましい男＝建（タケ）であり、ヤマトタケルノミコト（倭建命）や建速スサノヲ尊と同じである。

　では〝ミナカタ〟だが、ミナカタは御名方と書かれることが多いため、御は接頭語とされる。

　名方はナゼか地名と考えられており、全国に名方は23箇所あるそうだが、阿波の名方郡が比定されているため、タケミナカタは阿波から諏訪へ来たことになっている。根拠としても納得できるものがあり、説としては面白い。

　しかし健太はミナカタを南方と考えるようになってきており、南方は地名の名方と関係ない。

　あくまで湖の南方に陣取る本宮の勇ましい男神がその名の由来であるのだと。

　鹿児島県には諏訪社が130社近くある。その代表格が鹿児島市清水町の南方神社だ。ミナンカタと発音する。

　もしミナカタが御名方だったらミナンカタとは発音しないのではないか。やはり南方がいい。

　新大阪から地下鉄御堂筋線でなんば方面へ向かうと次の駅が「西中島南方（にしなかじまみなみがた）」だ。この南方（みなみがた）もどこかの南方（なんぽう）に位置しているから付けられた地名なのか。初めてその駅名を耳にしたときは、西なのか真ん中なのか南なのか、どっちやねんと思った。

　話を鹿児島へ戻す。

　島津藩の初代忠久は、源頼朝から飛地として信濃の上田市を与えられている。

　また忠久は諏訪の御射山祭（みさやまさい）でおこなわれる狩りに夢中だったらしく、薩摩へ帰る際には諏訪神を勧請しており、もちろんそれはタケミナカタだ。

　今まで他でも書いているが、もし古事記の国奪い神話の通りにタケミナカタは力比べで敗れ、負け犬のように逃げてきた神ならば、なぜ島津藩や武田信玄は守護神としてタケミナカタを選んだのか。あり得ない。今から戦いに挑む武将が守護神に弱々しい負け犬を選ぶわけないではないか。

　したがってタケミナカタはものすごく強くてパワフルな神のはずだ。

　だったら島津藩や武田信玄は古事記のあの話をどのように捉えていたのかが気になる。考えられることはふたつ。………みっつか。

　まずひとつは、江戸時代中期に国学者の本居宣長（もとおりのりなが）が『古事記伝』を発表するまで、古事記は忘れられており、その存在を知る者はほとんどいなかった。なので島津忠久も武田信玄もタケミナカタがタケミカヅチに敗れた話など知らなかった。知っていたら守護神にタケミカヅチを選んだであろう。

もうひとつは国奪い神話のことは知っていたが、その内容はデタラメだと知っていた。だからこそタケミナカタを祀る諏訪神社は小さなものまで含めると1万社にもなるが、タケミカヅチを祀る鹿島社は全国に750社しかない。

みっつめは、古事記の国奪い神話は最終的に明治以降にも手を加えられたかもしれないということ。

なので今の内容にしたのは明治政府かもしれず、島津忠久や武田信玄のころは内容が違っていて、実はタケミナカタに敗れたタケミカヅチが東の果てまで逃げたとかだったりして。だから守護神にタケミナカタが選ばれて、タケミカヅチを祀る神社が少ないのはその理由からなのかもしれない。

タケミナカタはどのように強かったのだろう。

健太がその答えを出すヒントになったのは、隆波憲太から聞いた話だった。

隆波の祖父はタケミナカタの名は〝水潟(みなかた)〟に由来すると言っていた。諏訪湖がもっと大きかった時代には、水深の浅い地域は沼地や湿原が広がっていたであろうし、周辺における諏訪湖の存在は今よりも絶対的であったはずだ。

真冬になり湖が全面凍結すると南方から北や北西に向かって隆起した波が出現する。不気味な音とともに出現する御神渡りの姿こそが、南方の勇しい男＝タケミナカタと表現され、本宮の神として世の中に認識されたのではないだろうか。

隆起した波、それがタケミナカタ誕生の元にあり、南方から発生したタケミナカタが北へと向かえば手長・足長神社があり、北西に進めば北社（下社）の春宮や秋宮方面だ。北社側から見れば、タケミナカタがこちらへ向かって現れることになる。

当時の人々にとって御神渡りは誰しもが逆らうことのできない絶対的かつ圧倒的な存在だったであろう。だから島津忠久や武田信玄はタケミナカタを味方に付けたかったに違いない。

北海道では屈斜路湖に長さが20kmにもおよぶ巨大な御神渡りが出現するが、本州では諏訪湖だけのはずである。ヘビの化身タケミナカタが姿を人々に見せてくれるのは。

湖が小さくなり湖岸がコンクリートで固められてしまった現代でも一之御渡りと二之御渡と呼ばれる隆起は南北に走り、佐久之御渡りの隆起は東西へと走って、本来は3本揃って御神渡り（または御渡り）と認定される。タケミナカタが3神いるのでなく、すべての隆起はオンリータケミナカタである。

しかし近年は湖が全面凍結しなかったり、凍結しても氷に厚みがなく薄っぺらなため、かつてのような迫力あるタケミナカタの姿が見られなくなりつつあるのは残念だ。

杖突峠まで登って来た。時間はまだ4時半前なので展望台の喫茶店も開いている。この店のテラスからの眺めは素晴しい。

右前方を眺めれば、傾きかけた陽の光に赤々と照らされ、その全容を五月晴れの空の下に輝かす八ケ岳がまばゆい。深田久弥は『日本百名山』で八ケ岳をこう言い表している。

「最高峰は赤岳、盟主にふさわしい毅然とした見事な円錐峰である。ある年の11月初めの夕方、私は赤岩の上から針葉樹に埋れた柳川の谷を隔ててこの主峰を眺めたことがあるが、降ったばかりの新雪が斜陽に赤く、まるで燃えているように染まって、そのおごそかな美しさといったらなかった」

今はちょうど残雪が燃えているようだ。

そして左側を覗き込めば、旧石器時代から人々の生活の中心で清らかな水を湛えてきた日本のヘソ、諏訪湖が陽の光を反射している。健太が諏訪湖に視線を移してほんの数秒後だった。

『天つ国の隔たり超えて
天つ神の呪縛が解けて
タケミナカタとは
我れのひとつの見ようなり
世の者が
どちらの我れを見ようとも
我れは我れなり

名の持つ役割り違えども
ようよう目指すは同じなり
主義や主張で分かたれず
ようよう和するは一義なり
ソソウ・ミサクジ
それこそ我れらの祖神なり』

胎内宇宙からか外部からかも判断がつかぬままに終わってしまったが、『天つ神の呪縛が解けて』とあることから、古諏訪の神々にとって古事記の国奪い神話がいかに害になっているかが判る。

というか、それを史実と信じる人々の想念が古き神々を苦しめているのだ。

そしてタケミナカタの名に何を（誰を）見るかは祀る人々によって異るということ。なので物部や大神神社の神氏にとって、タケミナカタはニギハヤヒであってもいいのだ。

ただし、ソソウ神とミサクジ（ミシャグジ）神こそが古諏訪における祖神であるのだと。祖神を祀る信仰が残るのは前宮と神長守矢氏の信仰の中だ。

ミシャグジの発音は、ミサクジに近かったのでそのまま表記した。

ソソウ神やミシャグジ神が諏訪で祀られるようになったのもそのベースには蛇神、ヘビ信仰がある。流れ星をヘビの赤ん坊に見立てたのもそのひとつではあるが、それさえも諏訪湖に御神渡りが出現するからこそ生まれた信仰である。

つまり古代の人々にとって御神渡り現象ほど強裂なインパクトを与える神の姿は他になかったため、それに対する畏怖の念たるや相当なものだったに違いない。

そこから生活の中でソソウ・ミサクジの神が生まれ、古諏訪での信仰の中心になった。

しかしヤマト王朝はその神に新たな名前を冠せて勇ましい男神にすることで、自分たちの神にしてしまおうとしたし、実際それに成功した。デタラメ神話を史実と信ずる人々の想念が手助けしたのだ。

しかし健太は『タケミナカタとは　我れのひとつの見ようなり』の部分にずいぶんと救われた。どのように見ようが、その本質には……。

（あれっ、なんでだ?）

縄を曳いているわけでもないのにダブル・ヴィジョンが視界に映った。八ケ岳の麓近くまで湖が広がっている。ということは1500年ほど前の、諏訪湖が一番広かった時代だ。

あたりは雪景色。冬である。

テラスから見ると正面真下には前宮があり、それはほぼ真北の方角になる。

そのあたりからグオオオッと氷が盛り上がり始め、不気味な音を伴って北西へと延びて行った。そちらの方向には下社がある。

上社のタケミナカタが下社のヤサカトメを迎えに行くときにできた道すじが御神渡りであるとの伝承は、健太が見せられたその姿かたちから生まれたのであろう。それにはそれでロマンがある。

ちょうど御神渡りが延びている最中に、健太はナゼか言納からのメールを思い出したが、その直後にダブル・ヴィジョンは消えてしまった。

タケミナカタは隆起した波、まさに隆波だ。それに気付けたのは彼との出会いがあったからこそで、隆波憲太⟷タ（ン）ケミナカタの名前も伊達じゃないってことだ。彼の祖父は彼に何を見ていたのだろうか。子供にではなく孫というところが面白い。

　健太は八ケ岳の麓に再び目をやった。あそこからモミの大木を曳いてきたのだ。そして8本の大木はすべて神になった。充実した日々であった。

「さーてと、そろそろ帰るとするか」

　建てオンバシラの余韻にひたりつつ、自分に言い聞かせるようにそうつぶやくと、軽い足取りで車に戻った。そして出発しようとしたその瞬間、健太は一人で腹をかかえて笑い出した。言納からのメールの意味が解けたのだ。

「中田たけ美さんは英語で自己紹介した？」

　Ｍｙ　ｎａｍｅ　ｉｓ　たけ美中田
　ワタシノナマエワたけ美中田デス
　私の名前はタケミナカタです

だからダブル・ヴィジョンで御神渡りが南方から下社方向へと成長している最中に、健太はこのメールを思い出したのか。思い出させたのは胎内宇宙の意思なのかもしれないが、タケミナカタが御神渡りの姿として現れ自己紹介したということだ。

　それにしても言納は母になってからますます鋭くなりつつある。そして大らかさについても余裕が出てきたようだ。母は強し。

第7章　天武天皇の信濃陪都計画

諏訪大社式年造営御柱大祭　下社「里曳き」
２０１６年5月14〜16日

上社の里曳きから帰ると、健太は宇陀についてを調べ直す日々が続いた。仕事から帰ってタケルをあやしているときでさえも、つい宇陀のことを考えてしまっていた。

タケミナカタの名の由来については、上社の里曳きで一応の答えを出せた。とはいっても古代史の解明で出した答えは今日の答えであって、明日には変わってるかもしれないが、それでも今の答えにある程度は納得しているため、気に掛かるのは宇陀だ。

『宇陀の歴史は逆さ吊り』

いったい何がどう逆さ吊りなのだろうか。健太は毎晩遅くまで調べた結果、少しだけ見えてきた。

もし宇陀の歴史が逆さ吊りにされたのであれば、それは第10代崇神大王の時代ではなかろうか。

歴史上では初代神武として描かれているが、それはヤマト王朝の始まりを古く見せるための工作なので史実とは異なる。したがって神武を崇神に置き換えて考えてみるとしよう。

まず解せないのが、崇神一行は大阪湾沿岸の白肩津から上陸して生駒山越えで大和入りを試みたが、ナガスネヒコに阻止され撤退を余儀なくされた。

ナガスネヒコとの戦いに敗れた理由が、朝日に向かって戦ったからだという。たしかに崇神一行は東へ向かっていることにはなるが、朝しか戦わなかったのか。昼まで待てや。

この言い訳は何が言いたいのだろう。太陽を背にして戦うことで天の守護を得られるのなら、夕方になってから戦えばいいではないか。

その後、紀伊半島を迂回して熊野から再上陸した崇神は、疲労で倒れたりタケミカヅチから神剣を得て元気を回復したりしつつ、またナガスネヒコと戦っている。どうしてナガスネヒコはまったく別の離れた場所で崇神一行を待ち伏せできたのだろうか。GPSで追跡してたのか。

2人のナガスネヒコは別々の土着民族たちなのかもよく判らないが、ここでニギハヤヒが登場してナガスネヒコを殺してしまう話は真面目に考えるのはバカバカしい。この時点でニギハヤヒが崇神に従ったことにしておきたかったのであろう。自分たちが大和の支配者となったことを正当化するには、ニギハヤヒが味方してくれないと都合が悪いのだ。

さて、熊野から上陸したことになっている崇神御一行様は吉野を通過し宇陀に至ると、ここでも大きな戦いをしている。

この戦いでは相当な数の土着民が殺されたと予想されるが、現場は例の血原橋である。健太と言納が血原橋に導かれたのも、この戦いと無関係ではない。

他にも宇陀の地では榛原（はいばら）でも戦闘があり、健太が予想するにはこのとき宇陀の王は崇神たちに殺されたのではないかということ。

本来宇陀の地は宇陀の王が治める宇陀の民のクニであったが、ヤマト王朝と呼ばれている侵略者たちがすべてを破壊していった。ここから宇陀の歴史の逆さ吊りが始まったのであろう。

やがて崇神大王が平定する大和に疱瘡（とうそう）（天然痘）の感染が爆発的に広がり、民の過半数が死亡したと日本書紀には記されている。パンデミックだ。

そこで崇神大王は、祟り（たた）であろう疫病を鎮めるために、大王自身の大殿がある神奈備山に、天照大神（アマテラスオオミカミ）と大国魂（オオクニタマ）を祀ったのだと。

ここでの天照大神とは、九州は宇佐の神と予想される。大国魂は出雲のオオクニヌシであろう。

どちらも強奪された土地（クニ）で祀られていた

神のことであり、崇神は疫病がこの2柱の神の祟りと考えたのだ。あるいはその神を祀っていたが侵略によって殺された人々の祟りであると。

そんな訳で天照大神をトヨスキイリ姫に、大国魂はヌナキイリ姫にそれぞれ祀らせた。

祟りを鎮めるために急きょ祀られる神というのは、祀る側にやましい気持ちや後ろめたさがあるからであって、もしそれらの気持ちがまったく無ければ祟られると考えることはない。

ということはだ、ヤマト王朝は宇佐から祟られるほどのことをやらかし、出雲にも恨まれて当然のことをしでかしたということなのだ。

だがしかし、疱瘡の猛威が収まることはなかった。

途方に暮れる崇神大王だったが、ここで朗報が舞い込んできた。崇神の大叔母にあたる?・?・?ヤマトトヒモモソ姫に三輪山の神から御神託があった。

『大物主（オオモノヌシ）を祀れ』と。

それで大物主を祀ることになるのだが、ここではっきりさせておきたいことがある。

一般的に大神神社の主祭神である大物主大神が、出雲のオオクニヌシと同一視されている。

だがしかし、今の祟り話からも判るように、崇神大王が祀った大国魂＝オオクニヌシでは祟りを鎮めることができなかったので、新たに大物主を祀ることになった。

そんな理由から大神神社の大物主大神はオオクニヌシではないし、出雲国風土記にもそのような名前は出てこない。

話を戻し、崇神大王はやっと探し出した大直禰子（オオタタネコ）に大物主を祀らせた。オオタタネコは三輪氏の祖ということになっているが、その実態は判ってない。

現在は大神神社の摂社若宮社に祀られている。大神神社二の鳥居の手前を左に折れ、真っすぐ200メートルで若宮社だ。

健太は以前、この若宮社で

『真なる歴史をひもといて
　真古事記を世に現せ』

と受け取っている。

もしオオタタネコが実在の人物ならば、古事記・日本書紀には徒ならぬご不満とお怒りをお持ちのことであろう。心中お察しいたします。

大物主を祀ることで疱瘡は収束したが、それでは大物主ってのはいったい誰だろう。日本書紀の第21代雄略大王7年に気になる記述がある。

「私は三諸岳（三輪山）の神の姿を見たい。ある伝えでは三輪山の神は大物主神であり、またある伝えでは菟田の墨坂神であるという」

これは捉え方にもよるが、場合によっては名前が違うだけで大物主神と墨坂神は同一神かもしれない。

墨坂神社は宇陀市榛原の宇陀川沿いにあるが、現在の位置に移ったのは1449年（宇徳元年）のことで、それ以前は北へ約1㎞にある〝天の森〟と呼ばれるところが所在地だった。

御祭神は墨坂大神。

しかし墨坂大神とは6柱の神の総称で、これがそうそうたるメンバーだが創建当初の神とは関係ない名前ばかりだ。

・アメノミナカヌシ神
・タカミムスビ神・カミムスビ神
・イザナギ神・イザナミ神
・大物主神

はっきり言うと前の5柱は後付けだ。結局、最後の大物主神が墨坂大神ということになるため、雄略大王期の記述に結び付く。

大物主を祀る大神神社には神殿がない。あるのは拝殿であり、拝殿奥の三ツ鳥居を通して御神体の三輪山を拝む仕組みだ。

ところがこの三ツ鳥居、三輪山の山頂に向いてないのだ。山頂よりも右にずれている。方角では真東により近い向きだ。

その方向にずーっと進んで行くと海に出る手前に伊勢神宮があるため、大神神社の三ツ鳥居は伊勢神宮を拝むためのものだとする研究もある。

しかしその方向にはもっとずーっと手前に墨坂神社がある。移築前の墨坂神社だ。なので三ツ鳥居は墨坂神社の墨坂大神に参拝するためのものだと考えることもできる。

しかもだ、大物主神＝墨坂大神なので…………。

健太は下社里曳きのため中央道を諏訪に向かいいつつも、頭の中は宇陀だった。

（大神神社の大物主大神はニギハヤヒ………墨坂大神は大物主なんだから、ニギハヤヒが墨坂大神って…………どう解釈すればいいんだ？………）

いくら宇陀の歴史が逆さ吊りでも、宇陀の墨坂大神がニギハヤヒだとは考えたこともなかった。

しかし三輪山と墨坂神社の中間には出雲という地名も存在するため、これは大変だ。

三輪山周辺に暮らしていた人々はヤマト王朝に追い出されて三輪山の東側に移ったとしよう。出雲の地名もそのため三輪山の裏に存在するのか。

そして一番の問題は、三輪山でニギハヤヒを祀っていた人々が宇陀へ追い出され、三輪山を乗っ取られていたとしたら。

乗っ取ったのはもちろんヤマト王朝だ。

宇陀へ逃げた人々は、墨坂神あるいは墨坂大神の名でニギハヤヒを祀ったのかもしれない。

（いや、けど待てよ。崇神大王に殺された宇陀の王こそが大物主だとしたら、ニギハヤヒは宇陀の王であって、あとから三輪山に祀られた？……）

三輪山を追い出されて宇陀へ逃げたのではなく、宇陀が先だったのか。それで宇陀の歴史は逆さ吊りなんだろうか。

そしてそして、もしその一族の何人かが王位継承権を持つ王子を連れ出して諏訪で生き延びていたとしたら、諏訪にはニギハヤヒを始祖とする血筋が隠れているかもしれない。今でも諏訪から出ることなくひっそりと。

（ひょっとしてひょっとしたら大物主の名に隠されているのがナガスネヒコとかだったら、もう永遠に本当のことなんて解明できないんだろうなぁ……

……武器を携えた侵略軍は、そこに祀られてる土着の神を隅に追いやり自分たちの神を祀った…………それを知らない後世の人は侵略軍の神に手を合わせるようになり、都合よく創作された伝承を鵜呑みにするもんだから、侵略者に潰された土着の神はその出生地や名前まで判らなくなってしまうってことなんだよなぁ…………）

「あっ、しまった。間違えたっ」

今日は下社へ向かうので岡谷ジャンクションから長野道へ入らなければいけないのだが、宇陀に集中しすぎて中央道をそのまま進んでしまった。仕方ないので諏訪インターで降り、諏訪湖沿いを走って下社に向かうことにする。

「あーあ、やれやれ。20分のロスだ」

下社の里曳きは注連掛(しめか)けから始まる。

4月の山出しでここまで曳きつけられ、今日まで8本並べて安置されていたがいよいよ動き出す。

注連掛けはまわりより少し高台になっているため曳行開始にいきなり15メートルの木落しがある。

しかしこの日、スタート前にちょっとした問題が発生していた。というのも注連掛けは小さな広場なので、8本のオンバシラが並ぶと余分なスペースはほとんどない状況になる。

スタートはまず「春一」からで、春宮の4本が出てから秋宮の4本へと続く。ところが「秋一」が大きすぎて邪魔になり、春宮のオンバシラが木落し坂までたどり着けないのだ。かといって「秋一」をバックさせることもできない。さぁ、どうする。

各オンバシラを担当する地区の大総代や曳行長が集まって打開策を練っていると、そこへ笠原治郎右衛門もやって来た。

治郎右衛門が大総代を務める岡谷市の川岸地区はこの日の担当が「秋一」で、しかも治郎右衛門は曳行長でもある。

なので春宮のオンバシラを担当する地区は治郎右衛門に「何とかしろ」と言いたいところだが、山出しで注連掛けまで曳き着けたのは他の地区なので、治郎右衛門が悪いわけではない。

坂の上から見て、通常は左端の傾斜がゆるやかな部分をななめに落とし、そうすることで道路へも曳き出しやすい。だが「秋一」がその通路を塞いでいるのでどうしようもない。

すると治郎右衛門が右側の急斜面を指し
「こっちから落とせばいいじゃないか」

と無謀なことを無責任に言い放ったら、結局それが鶴のひと声になった。

急斜面側はななめに落とせない。真っすぐ落とすしかないのだ。するとオンバシラの先端はアスファルトの道路につかえてしまい、スムーズに曳き出すことができないのだ。

それで春宮4本の曳行開始に手間取り、他にも細かな問題が起きたため、初日の目的地である春宮境内へ最後の「秋四」が到着するのが予定より5時間も遅れることになる。誰がいけないのだろう。

注連掛けの木落しで右側の急斜面を落したのは、長老たちの記憶においても初めてのことらしい。

春宮境内の曳き入れも20メートルの坂を落して社務所の前を通過するため、この日は2回も木落しがあった。そして「春一」だけはそのまま建てオンバシラをしてしまうため、初日から早くも奥山の大木が里に下りて神になる。

上社はクジ引きで担当するオンバシラを決めるが、下社では毎回同じ柱に決められていて、しかも里曳きでは日によって曳くオンバシラが違う。

治郎右衛門の岡谷市川岸地区は山出しで「春三」を曳いたが、里曳きでは初日が「秋一」で、2日目は「秋二」を曳いてそのまま最終日の建てオンバシラまで「秋二」を受け請け負う。

川岸地区は綱打ちで「秋一」の綱を縒(よ)った。

元綱と呼ばれる一番太い綱は、雄綱・雌綱ともに60メートルの縄をそれぞれ２１６本ずつ用意する。3回の工程を経て縒られた綱は38メートルになり、重いのなんのって。２１６本の縄が1本の綱になっていること自体が感動ものだ。

治郎右衛門によると、〝綱渡りの木遣り唄〟が曳行を開始する直前に鳴かれるのは、綱もオンバシラのうち、オンバシラの一部と考えるからだそうだ。

誰が綱渡りをするのかと思っていたが、神を渡すことだった。綱で曳いたオンバシラに乗せた神を、山から里へ渡すのだと。さすがは大総代兼曳行長だが、5時間遅れの原因をつくったりもする。

下社も里曳きは上社と同じで曳行距離は短く、注連掛けからわずかに１・２㎞で春宮へ着いてしまう。なのでオンバシラは止まっている時間のほうが長い。

木遣りが鳴けば少し進む。しかし速度が乗ってきたころには前を行く「春四」に追いついてしまい、また止まる。止まると動くまで長い。

木遣りは上社と下社、基本的には同じだが、上社は木遣り後すぐに「ヨイサッ」を3回くり返して綱を曳くが、下社では木遣り後「これは山王(さんのう)へ」と同員で声を合わせてから「ヨイサッ」を3回でやっと曳き始める。

「これは山王へ」の山王だが、端的に言えば秋宮のこと（のよう）だ。なぜか春宮のオンバシラも秋宮へは行かないのにそれをやる。息を合わせるためのリズムになっているのかもしれない。

秋宮のすぐ南側に山王閣というホテルがあるが、昭和30年代ごろまでは何もない広場だったらしい。年配の氏子たちは、子供のころその広場で野球をして遊んだそうだ。

その広場を山王と呼ぶのだが、なぜ山王なのかは誰に聞いても知らず、山王閣の支配人にも尋ねたが判らず仕舞であった。
※秋宮境内に建つ「ホテル山王閣」は、今回のオンバシラ祭り翌年の２０１７年3月31日の宿泊を最後に営業を終え、１９６５年（昭和40年）から52年間続いた歴史の幕を閉じた。
健太が考えるに、平安以降のどこかで下社に山王権現が持ち込まれたのだろうが、最澄が祀った天台宗の守護神山王権現は、その元をたどると大神神社の大物主に行き着く。なので下社の山王はそのどちらかではなかろうかと。


休憩が長すぎて退屈しているところへ治郎右衛門がやって来た。大総代も退屈なようだ。

「おっ、今日も来とるね。あんたは熱心だなぁ」

「おはようございます。里曳きもフル参加しますので、よろしくお願いします」

「嬉しいねぇ。けど、前が詰まっとるでまだしばらく動かんよ。まぁこれでも食べて待っとって」

そう言い、治郎右衛門は腹掛けのポケットから袋を取り出すと、そのまま健太に手渡した。

「えっ、何ですか、これ？」

「鹿」

「………………」

「鹿肉ジャーキー。諏訪の神さんはねぇ、鹿を食べてもええよって昔から許しが出とるで、それ全部食べちゃって」

「ありがとうございます」

そうなのだ。諏訪大社には、いや諏訪の神には不思議な特権が与えられていて、それが「鹿食免（かじきめん）」だ。

「鹿食免」とは読んで字のごとく
〝鹿の肉を食べることが許される免罪符〟

のことである。

鎌倉時代、仏教の普及に伴い幕府からの御達しで、獣の肉を食してはいけないことになっていた。

しかし狩猟を生活の糧とする人にとって、そんなこと急に言われたところで明日から突然ベジタリアンになれるわけではない。

そんな彼らにとって、諏訪大社の鹿食免はどれほどありがたかったことか。なにしろ鹿食免を持っていれば猟にも出られるし、肉を食べても罰せられない。もちろん鹿以外の肉でも問題ない。

当時、鹿食免を手にした人はこう考えたのでは。

仏教の仏さんや幕府がダメだと言っても、諏訪の神さんがエエって言えば許してもらえるんだから、諏訪の神さんは仏さんや幕府より偉いんだなぁと。

それで人々は各自の村に諏訪社を祀った。

また、御射山祭は平安時代から続く狩猟神事で、それに参加していた鎌倉時代の武士も、自身の領地に諏訪社を勧請している。なので決して鹿食免欲しさで諏訪社が全国に広まったわけではない。

それよりも、ナゼ幕府は諏訪大社にだけ鹿食免の発行を許したのだろう。仏教流入を拒否していた諏訪に。いや、拒否していたからこそ鹿食免が必要なのだが、仏教の教えも諏訪ではこうなる。

業尽有情（ごうじんのうじょう）
雖放不生（はなつといえどもいきず）
放宿人身（ゆえにじんしんにやどりて）
同証仏果（おなじくぶつかをしょうせよ）

前生の因縁で宿業の尽きた生き物は放しても長くは生きられない定めにあるしたがって人間の身に入って死んでこそ人と同化して成仏することができる

うん、誰が考えたのか、実に都合のいい解釈だ。

この解釈が許されて「日本一社、鹿食免」という諏訪大社の護符が全国各地へ出まわったことから、幕府にも手が出せない何かがあったのか。

鎌倉幕府も諏訪の神を信仰していたことも理由のひとつであろうが、それにしてもこの特別扱いは解せない。手出しができない理由って何だ。


鹿食免は諏訪大社の社務所で鹿食免・鹿食箸セットが今でも販売されている。

また諏訪には鹿食免振興会なるものもある。諏訪大社が頒布(はんぷ)する鹿食免を授かって鹿料理の許可を得た40数店舗が加盟して、諏訪地方で営業している。鹿の肉は鉄分を多く含んでいるため、血が足りない人は助けてもらえるかもしれない。

近年は鹿の数が増えすぎて、各地で鹿による被害が増大している。駆除と称して命を奪うなら、美味しくいただいたほうがいいのではないか。


春宮境内へオンバシラを曳き入れるための木落しが始まった。最初にやって来たのは「春一」だ。「春一」だけはこの日に建てオンバシラをおこなってしまう。30メートルの木落しを無事に終え、すぐに所定の位置へと曳きつけられた。

次にやって来た「春二」は急坂を10人の氏子が乗っての木落しだったが、途中で誰も落ちることなく全員が乗りきった。次は「秋一」の番だ。

「春三」と「春四」は社殿の裏に建てるため、別の坂を落す。坂ではなく山の斜面だが。途中にはあちこちに木が生えているため、斜面の上から方向を定め、木と木のわずかな隙間を狙って落とすためにかなり危険だが、それでも何人かの氏子が乗る。この人たち、ホントどうかしちゃってる。

ちょうどそのころ、秋宮を出発したオンパシラ迎えの行列が春宮へ到着した。四角い箱型の赤い舟の上にはこれまた赤い鳥居が立っており、白装束の神職8人が担ぎ、そのうしろを赤い衣装の神職と法被姿の大総代たちが続く。

　諏訪大社の神事ではとにかくよく舟が出る。海洋民族の文化がこうして残っているとも考えられるが、天磐船（アメノイワフネ）が元になっているのではなかろうか。

「秋一」も無事に木落しを終えた。残念ながら役持ちの氏子たちだけでそれをおこない、一般氏子は近づくことができなかったため、健太も遠くから眺めているだけだったが。

「春一」が建つころはすでに日が暮れていた。

　下社の賑やかな木遣りが暗くなった境内に響き、氏子たちは6年ぶりに新しく建てられたオンバシラを祝っている。てっぺん男が振る金色のオンべが闇に浮かんで美しかった。

　オンバシラの先端に勇ましく乗る氏子のことを通称〝てっぺん男〟と呼んでいるが、これにも正式な名前があり〝天端乗り（てんぱの）〟がそれだ。

　山出し最大の見せ場である木落しも、先頭に乗る氏子の〝華乗り（はなの）〟は〝端乗り（はなの）〟だった。

〝天端乗り〟も〝端乗り〟も、建築用語で柱の先を〝端（はな）〟と呼ぶところからきている。

「春一」の建てオンバシラを治郎右衛門と一緒に見ていた健太は、このとき諏訪ならではの貴重な話を聞くことができた。

「前回の事故のとき、オレは春宮の坂の上におったんだけど、〝ブチン〟とワイヤーが切れる音がしてなぁ、嫌ぁな音だったなぁ、あれは」

　前回のオンバシラ祭りでは「春一」の建てオンバシラで事故があり、乗っていた氏子3人が落ちた。オンバシラを建てるためのワイヤーが1本切れたために、その衝撃でオンバシラが揺れた。そのはずみで落ちてしまったのだ。命綱も付けていなかった。治郎右衛門はそのときのことを話してくれた。

「えーっ、近くにいたんですか？」

「あぁ、おった。…………けどな、オンバシラゆうのは、山の大木をいっぺん殺すんや。それまで生きとった木を殺してから里まで曳きずりおろして、それでまた蘇らせるんだから、危険なことなんだ、本当はね」

「ヨミガエらせる………」

「森で生きとる木の命を奪い、それを神にしてしまうんだぞ。人の命が奪われることもある」

「…………」

健太は黙って聞くしかなかった。

「みんな知っとるんだよ、その怖さを。だから、木落しや建てオンバシラで柱に乗る連中は、それぐらいの覚悟をしとるし、昔の人は〝人柱になった〟と言っとったなぁ」

祭りの華やかさに隠れた厳しい現実だ。

そう、これは神事の一環であり、氏子による諏訪の神への奉仕なのだ。

そして今宵も里に下った奥山の大木が、新たな神となった。

神になったばかりの「春一」を見上げると、てっぺんから吊るされた垂れ幕が夜風になびいていた。

『我(われ)ら諏訪明神の氏子』

*

下社里曳き2日目。

この日は街中が祭りの華やかさに包まれていた。

特に秋宮へと続くオンバシラ街道はあちらこちらで神賑(かみにぎ)わいが繰りひろげられており、オンバシラ祭りの中で一番の盛り上がりだ。

神輿を担ぐ若者たちや、女性ばかりの長持ち行列もいる。彼女たちは長持ちを3台連ねた大所帯だ。

第5章の上社里曳きで長持ちを嫁入り道具入れと紹介したが、実はいくつも種類があり、神社の上棟式などで餅や供物諸々を入れた「神事長持ち」や、大名が参勤交代で使用した「道中長持ち」、それに嫁入り道具を入れた「婚礼長持ち」などである。

子供たちも花笠を持って踊り、秋宮境内では赤い龍と緑の龍が激しく舞って見物客を沸かせていた。伝統ある騎馬行列は下諏訪町の1区と3区が伝統を受け継いで奉納している。

下社の場合、遷座祭を里曳きが始まる前夜に済ませているため、あとは楽しむばかりだ。


遷座祭。諏訪大社側にとってはもっとも重要な行事がこの遷座祭である。式年造営御柱大祭の前半部分、式年造営のことだ。後半の御柱大祭は氏子の祭りなのだから。

現在は伊勢神宮のような社殿を建て替える遷宮はおこなわれていないが、春宮・秋宮どちらも拝殿奥に東宝殿と西宝殿が並んで建っており、6年ごとに一方を建て替える。

上社の遷座祭はオンバシラ祭りの終了後6月15日におこなわれるが、下社は里曳き前夜に宝殿を移している。

今の季節は神々が春宮に遷されているので、遷座祭も春宮の宝殿でおこなうが、参加した各地区の大総代らの話によれば、すべての照明を消して真っ暗闇の中で御霊代（みたましろ）（御神体のこと）を遷座するので、いっさい何も見えなかったそうだ。上社は日中におこなうため、健太はそちらに参加する予定だ。


春宮境内で「春二」と「春四」の建てオンバシラが始まったころ、健太が子綱を曳く「秋二」もやっとのことで曳行を開始した。下馬橋を出発するも、秋宮はわずか1・5㎞先にある。

途中、魁（さきがけ）町の狭い路地を直角に曲がる。新しく整備された国道20号を曲がれば交差点も広く苦労も少なかろうに、そこを通り過ぎて昔ながらのオンバシラ街道を曳行する。

上社であっても下社であっても諏訪の氏子たちは〝合理的〟とか〝効率よく〟事を運ばせる考えはな

いようだ。あるのは伝統と心意気のみ。

先頭を行く「秋一」は、狭い魁町の交差点を一度も止まることなく一気に曳き込み通過して行った。追い掛け綱衆は見事な綱さばきだったが、それにしても全長18メートルの巨木がどうしてすんなりと狭いこの交差点を曲がってしまうのだろう。

この美技には交差点に陣取った大勢の観光客も、大きな拍手を送っていた。曳いていたのは上諏訪町の氏子たちだ。この地区は他と比べても一段と威勢がいい男が揃っている。いや、女もか。


健太の曳く「秋二」はなかなか進まなかった。前を行く「秋一」との距離がすぐに詰まってしまうため、5分曳いては10分休み、10分曳いては20分休むといった状態で、しかも炎天下なので暑い。

やがて無線で、「秋一」が魁町の交差点を曲がったとの連絡が入ると、やっと本格的に動き出した。


「アラヨイテーコショ」

「ヨイサッ」

「アラヨイテーコショ」

「ヨイサッ」

2千人を超える氏子が息を合わせると、大きな大きなモミの巨漢がグッグッグッと音を立てて、アスファルトで我が身を磨り減らしながら進む。

やっとのことで動き出したオンバシラに、この瞬間を待ちわびていた氏子たちの顔には笑みがあふれていた。

そして健太も、動き出したオンバシラが止まってしまわぬよう力を込めて子綱を曳いていた……ら、また始まった、ダブル・ヴィジョンが。しかも今日のそれは、いつもとかなり様相が異っている。

(えっ…………)

何だか恐ろしい。というのも、大勢の人々が武器を手にして争っている。その武器は刀であったり農器であったり。これは喧嘩などではなさそうだ。

（うわっ）

たった今、子供を抱えた女性が逃げるように健太の目の前を通り過ぎていった。女性が走ってきた方を見ると、血を流した人が何人か倒れている。

まわりを見ても騒然としており、遠くでは火の手があがってるではないか。何かが激しく燃えている。

（もしかしてあれって……まさか）

方角と距離感からして、燃えているのが秋宮であることが健太には判った。

（どうしてっ…………）

健太はその映像を見続けることが耐えられなくなり、とうとう子綱から手を離してしまった。するとダブル・ヴィジョンは消えたがまともに立っていられず、ふらつきながら歩道の脇に座りこんだ。

とてもじゃないけど曳いていられない。健太が見たものはいったい何だったのであろう。何があって人々は殺し合っていたのか？


しばらく休んでいると「秋三」が近づいて来た。

健太はまだ気分がすぐれなかったが、再び混雑するであろうこの場から離れるため、秋宮へ向かって歩き始めた。「秋二」もそちらへ向かっているし。

歩きつつ、秋宮が燃えてないかを何度も確認している自分が可笑（おか）しかった。

「秋二」に追いついたがしばらくそこで休憩のようなので、オンバシラを追い越してそのまま秋宮へと向かう。

大社通りの交差点を過ぎると秋宮へ続くゆるやかな上り坂が始まり、ぼんやりそこを登っていると上から声が掛かった。

「おーい、健太君。こっちこっち」

健太がキョロキョロしていると、

「上だよ、上。そうそう、こっち」

見上げると、お宿で休む篠崎が健太の姿を見つけたのだった。

「上がっておいでよ。酒もあるよ」

お宿とは地元企業などが設けた見物席だ。建築用の足場を組んで、床は人の背丈より高い位置に敷かれているので、高みの見物をするには特等席だ。本来は取り引き先の接待用だが、知り合いがいれば招いてもらえることもある。

健太は篠崎のお蔭でお宿へ上がることができ、地下足袋を脱いで床に腰をおろすと早速始まった、接待攻撃が。ビール、日本酒、お刺身、天ぷら、焼きそば、うどん………。

だが、あまり晴れ晴れとした気分になれない健太は、ダブル・ヴィジョンで見た衝撃的なシーンについて篠崎に打ち明けた。

すると篠崎は、お宿の一番奥で煙草を吹かしている老人に健太を紹介した。この老人、以前は下諏訪町の大総代を務めたこともある生粋の諏訪人で、諏訪の歴史にも精通しているそうだ。

御歳93の大御所は、3歳で初めてオンバシラ祭りに参加して以来、今回が16回目だという。まさに生き字引きである。

健太はそれとなく争いのことや秋宮の火事についてを大御所に尋ねてみた。すると反応は早かった。

「燃えたさや。春宮も秋宮もみんな燃えたわい。上社のしょう（衆のこと）が火ぃつけてな。えれえことやったもんさ。昔はしょっちゅう喧嘩してたな、まず。どうしようもねぇもんだ」

大御所はさも見てきたかのように話し始めたが、そのまま鵜呑みにすると上社側が一方的な悪者になってしまうため、そこは差し引いて聞かないといけない。大御所の話を客観的に解説するとこうなる。

室町時代になると、上社の大祝（おおほうり）である諏訪家と下社の大祝金刺家は頻繁に争いを起こしていた。

大祝という立場は諏訪における生き神様なので、神様同士の争いというのは困ったもんだ。

それに大祝職は政治的な権力を持つべきでないの

だが、各地の寺に武装した寺侍が出現したように、諏訪でも大祝が戦いを指揮するようになった。

やがて上社の大祝である諏訪家が分裂する。神事に専念して政治的には関わらない大祝家と、政治や軍事部門を司る惣領家とに。

このとき両家は宮川を境に、領地まであっち側とこっち側に分割している。宮川は上社の山出しでオンバシラが越えるあの川だ。

分裂しても大祝家と惣領家がそれぞれの立場をわきまえているうちはよかった。

しかし15世紀になると両家は反目するようになり、上社内部でもいろいろと揉め事が起こり始めるのだが、双方がそれぞれ上社を独占したいと考えるようになったことが原因だ。

そして1483年（文明15年）、歴史に汚点を残す決定的な争いが大祝家と惣領家の間で発生して、それが下社にも飛び火することになったのだ。上社では横溝正史の「八つ墓村」のようなことが起きた。

諏訪版八つ墓村の内容は『諏訪大社と武田信玄』（武光誠著　青春出版社）をほぼそのまま引用させていただくことにする。

「1月8日の祭事のときのことである。大祝家の諏訪継満は、惣領家の当主である諏訪政満と彼の嫡子の宮若丸、政満の弟の埴原田小太郎らを前宮の居館に招いた。そして酒食を勧めて酔いつぶし、夜ふけに兵を館に入れて惣領家の人びとを暗殺した。

前宮の居館は生き神である大祝の神殿とされる清浄な建物であった。そこを血で穢す前代未聞の不祥事が起きたのである。

（事件の首謀者である大祝家の）諏訪継満は、1月15日に手兵を率いて干沢城に入り、諏訪の統一をもくろみた。しかし継満の呼びかけに応じる武士はほとんどいなかった。

2月19日に惣領家の親族が攻めてくると、干沢城はあっけなく落ちた。

（※干沢城は前宮の東に位置する山城）

その後、首謀者継満は身内を頼って高遠へ逃げているが、事はそれだけで終わらなかった。

この事件で上社大祝家の呼びかけに応じた下社大祝の金刺興春（かねさしおきはる）が上社に侵入してきた。つまり、上社の内輪揉めを利用して、下社の金刺家も諏訪統一をもくろんでいたのだ。

結局、下社大祝の金刺興春は戦死した。

さらに上社勢は下社に攻め込んで春宮も秋宮も容赦なく焼き払ってしまった。健太が見た映像はおそらくこのときのものであろう。

こうして金刺家は没落し、その後に下社大祝の職を得たのは、金刺家の配下にいた武居家である。

他にもまだ争いは続くがもう止める。

それにしてもおぞましい事件だ。神に仕える者が、というより諏訪の大祝は生き神様なんだから、聖域で身内を斬殺するとは何事であろうか。

また、上社の混乱に乗じてここぞとばかりに乱入した下社の大祝にしてもそうで、この時代は戦いに明け暮れていた。

結局は滅んでしまった金刺家は長く下社の大祝を担ってきたが、今ひとつ出所がはっきりしない。

一説には熊本の阿蘇氏と金刺氏が始祖を同じにしており、阿蘇神社の御祭神タケイワタツノ命の長男が阿蘇氏を継ぎ、父を祀ったのが阿蘇神社であり、次男は科野（信濃）国造として諏訪大社下社の大祝職に就いた金刺氏の初代ということになっている。

神社伝承としては興味ある話だが、考古学者の多くは否定しているため、阿蘇氏系図のこの部分については血縁系図ではなく組織図的なものである可能性が高い。

金刺氏についてもう一説。

第29代欽明大王の御世のこと、金刺氏は金刺宮に仕えたことで金刺姓を得たというもの。

金刺宮は欽明大王の都だ。所在地としては奈良県桜井市金屋にあり、「磯城島金刺宮（しきしまかなさしのみや）」という。

奈良県立橿原考古学研究所の発表によれば、出土した大型建造物跡は6世紀後半から7世紀にかけてのものであるため、欽明大王の宮殿ではなかろうかと推測されている。

また、金刺氏の初代は欽明大王の子金刺王裔との異説もあるにはある。

初代金刺氏が欽明大王の子か否かはともかく、もし欽明朝の金刺宮に仕えていたことで金刺姓を得ていたとすると、諏訪の謎のひとつを解く鍵になって非常に面白い。

672年の壬申の乱で、蘇我氏は大海人（のちの天武天皇）側に付いている。蘇我氏としては蘇我の本宗家を滅した天智大王の子である大友側は、できれば潰してしまいたい敵なので大海人側に付くのは当然だ。

すると欽明朝に仕えた金刺氏も、欽明大王と蘇我氏の間柄から考えて大海人側にいたであろう。


実際、壬申の乱で信濃国から大海人を助太刀に来た騎馬兵は、金刺氏とされている。ということは、下社は大海人にとって身内の土地である。

ならばナゼ、天武天皇は信濃に第2の都を造る計画を立てておきながら、行宮（あんぐう）を下諏訪に造らなかったのか。行宮が造営された地と考えられているのは現在2箇所あり、どちらも松本市内にある浅間（あさま）温泉と美ケ原温泉だ。

なぜ温泉なのかは後に述べるが、どちらも行宮を造るには絶対に納得いかない。この謎を解くことができれば、諏訪が大きく開く。果たしてできるか。
※行宮とは天皇が行幸するときの仮宮。あんぐうの〝あん〟は唐音。
お宿の前を「秋一」が通過して行くのを横目で見ながら健太は大御所の話に聞き入っていたが、大御所は酔ったのか話し疲れたのか、コックリコックリ居眠りを始めた。

篠崎は取材に行ってしまっているし、健太はそろそろ「秋二」に戻ることにした。

ちょうどお宿の前を旗持ちたちが通っているので、その数メートルうしろには長い綱の先頭も来ているはずだ。といってもオンバシラはさらに200メートル後方にいるため、ほとんど見えないが。

「秋二」には法被姿でない服装の人たち30人ぐらいが乗せられていた。氏子の親類縁者か観光客かは判らなかったが、里曳きは開放的なのがまたいい。登り坂でもかまわずそこにいる人を乗せて楽しませてしまうのが諏訪人の心意気だ。

健太も「秋二」の綱に子綱を結んだ。心配していたダブル・ヴィジョンは現れることなく、心の底から曳行を楽しめた。

秋宮境内の参道は立木を避けつつの曳行だったので少々危険な箇所もあったが、氏子たちの見事な綱さばきで午後5時過ぎ、ほぼ時間通り「秋二」は所定の位置へと曳きつけられた。

まだ明るかったため、健太は秋宮の境内を出て、徒歩3分の青塚古墳へ向かった。

全長59メートルの青塚古墳は諏訪地域においては唯一の前方後円墳だ。ということは、ここがヤマト王朝にとって有益な部族がいた証拠でもある。それが金刺氏だったのであろう。

したがって、青塚古墳の被葬者は金刺氏のうちの有力な誰かのはずである。

古墳の形にはいろいろな種類があるが、部族の長といえども自由に形を選んだ訳ではない。

特に前方後円墳についてはヤマト王朝の許可が必要だったようで、通販カタログを見ながら
「やっぱり古墳は前方後円墳がいいよな」
「俺は双方中円墳にしようかな」
「古墳といえば方墳だぜ。しかも上円下方墳なんて最高だ。決めた、上円下方墳にしよ」
みたいにはいかないのだ。

なのでヤマト王朝と対立していた上社エリアに、前方後円墳はひとつもない。そのことからも、上社が反ヤマト王朝だったことがよく判る。

青塚古墳の造営は6世紀後半と推定されている。出土した埴輪の種類や横穴式石室であることから考えても、ほぼ間違いない。

被葬者であろう金刺氏の出身は上田と考えるのが有力で、そうすると上田から山を越えて諏訪に入ればそこが下諏訪なので、青塚古墳がその位置に造られたことも関連性があるのかもしれない。

(いよいよ明日で終わりか)

車を停めてある諏訪南小学校へ向かって歩き出した健太の心臓が何かを予知したのか、わずかに高鳴り始めた。ついに謎解きの核心に触れるのか?

＊

下社里曳き最終日。

今日で諏訪大社の御柱大祭はすべて終了する。

いつものように諏訪南小学校の特設駐車場に車を停めた健太は、激しく打つ鼓動に不安を感じつつ秋宮へ向かった。

春宮では残った「春三」だけが最終日の午前中に建つが、健太はどうしても秋宮で答えを出さなければいけない問題を抱えており、なので秋宮のすぐ北側にある下諏訪温泉から始める。

下諏訪温泉の歴史は古い。

中山道(なかせんどう)は江戸と京都を結ぶ東海道の裏街道であり、この下諏訪宿を通っている。地形上、中山道は下諏訪を通るとやや回り道になるが、下諏訪が温泉場なのでわざわざここを通したようである。中山道では唯一の温泉場だ。

また甲州街道もここ下諏訪宿を終点としている。

当初は江戸から甲府までが甲州街道であったが、甲府から下諏訪までが遅れてつくられており、下諏訪宿は中山道と甲州街道の交差点でもある。

健太は何度もここを訪れているため、今日は今まで通ったことがない細い路地を選んで通り抜けていたが、どこにもニオイは残っていなかった。

（ここもダメかぁ。やっぱり来てないのかなぁ）

健太が探していたのは天武天皇が残したニオイである。もし天武天皇が下諏訪へ来てたなら、のちにその事実が消されようが、必ずどこかに何かが残っているだろうからだ。

（ナゼだ。ナゼ下諏訪に来なかったんだ）

天武天皇は唐に倣（なら）って首都の他に副都を建設し、複都制を計画していた。副都のことを陪都（ばいと）という。

陪都先としては…………バイト先ではない。陪都の候補地は大阪の難波京が決定していたようだが、さらに信濃にも陪都建設計画があった。

そして685年（天武14年）に行宮を造営しているのだが、その所在地が先にも触れたが松本市内の浅間温泉か美ケ原温泉とされている。

日本書紀では

「蓋（けだ）し束間（つかま）温湯に幸さむとおもほすか」

とだけ記されており、編さん者は興味がないのか本当に詳しく判らないのか、テキトーな書き方をたった一行残しているだけだ。現代文にすると、

「思うに、束間の湯に行幸なさろうとされたのであろうか」

なので、ホントどうでもよさそうである。それともこの部分はのちの時代に書き換えられたのか。

日本書紀は鎌倉時代までに12回の改ざんがあったようだが、今となってはどこの部分をどのように改ざんしたのか知る術（すべ）がない。

したがって「束間温湯」さえ原文のままなのか、手を加えられてのことかも判りゃしないのだ。

天武天皇が陪都の建設先に信濃を選んだ主な理由はふたつある。馬の確保と東国の支配だ。

信濃国は天武が即位する以前から優れた馬の産地として知られており、それは馬を飼育するだけでなく、馬具の製造する技術を持った馬飼集団が多く移り住んでいたことも示している。資料によれば、全国で出土している馬具の２割以上が信濃国内で見つかったものだ。馬の飼育に必要な塩については第３章で述べたので省く。

東国の支配については、エミシの支配域の最西端が諏訪だったため、諏訪を押えることで東国進出の突破口を開こうとしたのであろう。当時の東北地方は盛んに馬が飼育されており、財政的にも豊かだったようだ。

信濃陪都計画についての理由を、年老いた天武天皇が湯治のために温泉の出る信濃を選んだとしている解説もあるが１００％絶対に違う。温泉場なら大和にもっと近い地を選んだろうし、天武天皇は美濃にものすごく深い縁を持つので、信濃よりもずっと手前の下呂温泉に行けばいいではないか。少なくとも５万４千年前から木曽御嶽山は激しい火山活動を続けているため、温泉はいくらでも出る。

それに、もし信濃の温泉を選ぶとしたら迷うことなく下諏訪だ。しかしそこには天武天皇のニオイは見つからなかった。

そこで健太は「束間の湯（束間温湯）」の湯に注目してみた。温泉ではなく直轄地として。

天武天皇は美濃と深い縁があることは述べたが、安八磨（あはちま）郡（岐阜県安八（あんぱち）郡）で湯汁令（ゆのうのながし）という最高位職に多品治（おおのほむち）が就いて、壬申の乱では安八磨郡の湯汁邑（ゆのむら・とうもくゆう）が真っ先に軍事行動を起こした。天武の直轄地だ。

なので「束間の湯」の湯を、湯汁令や湯汁邑の湯と考えて諏訪界隈で探してみたら、塚間という地名が岡谷市内で見つかった。小さいが塚間川もある。

しかも塚間町から数百メートル西の山手側にはお

あつらえ向きに国営の岡屋牧(おかのやのまき)がある。国営に指定されたのは天武の時代よりもあとだが、当時から牧として運営されていたであろう。

　すると「束間の湯」とは「塚間の湯（汁邑）」だったのかもしれないと期待はふくらんだ。

　しかしである。天武朝のころといえば諏訪湖の水位がもっとも高く湖が広かった時代なので、塚間町はギリギリ水に浸かっていた可能性があるし、浸かっていなかったとしてもすぐ水際に天皇の行宮を建てたりしないであろう。

　こうして行宮造営下諏訪説も塚間町説もはかなく消えてしまった。

（やっぱり束間の湯は浅間温泉か美ケ原温泉なのだろうか…………。唐は長安が首都で洛陽を陪都にしていた。天武天皇は飛鳥を首都に、難波と諏訪を陪都にしようとしていたが、下諏訪には来てない。…………んっ、ひょっとして、来てないのではなく、入れなかったのか。天武本人がというよりも、行宮造営のために訪れた配下の者たちが）

　しかしそれは考えられない。下諏訪の金刺氏は、壬申の乱で天武側に付いた蘇我氏の息がかかっているので、天武もその配下もこころよく迎え入れるはずだ。なのにその下諏訪には入れなかった。

　天武天皇が軽部朝臣足潮(かるべのあそんたるせ)らに行宮造営を命じたのは６８５年（天武14年）の10月である。

　このとき、即位していたのは本当に天武天皇なのだろうか。

　天武天皇は６８６年の9月9日に崩御したことになっているが、この年の元号は朱鳥(あけみどり)元年だ。そして翌年は持続元年になるため、朱鳥の元号は６８６年しか使われていない。

　そこで、これでは判りにくいので敢(あ)えて６８６年を天武15年と表記することにしよう。そうしたところで話を戻し、信濃への陪都計画を実行に移したのは本当に天武天皇だったのかということ。

これをご覧いただきたい。

「……この複都制による宮都建設のプランニングは、天武天皇が政権を掌握した当初からのものではなかったであろう。

天武天皇の施政および天皇としての統治観が、天武12年（683年）を境として変容していると考えられるからである。

したがって天武5年（676年）に発せられた新都造営の詔と、天武12年（683年）の詔を同一視することはできない。

二つの詔には造営の目的において大きく異なるプランニングの差異が認められると思われる」

『天武・持統天皇と信濃の古代史』

（宮沢和穂著　国書刊行会）より
内容からして天武12年にはそれまでと天皇の性格が変わってしまったか、実際に天皇の入れ替えでもあったのかとさえ思う。


「唐国は東アジアにおける天武天皇・文武天皇父子の専断を許さなかった。唐国は新羅に圧力をかけ、681年、文武王は自ら死んだことにして倭国へ亡命せざるを得なくなった。

翌682年（天武11年）8月、唐国勢力を主体にした軍勢に大和を追われた天武天皇は、日本海から中国東北部に逃亡途上、殺された。

本来なら天武天皇没後、皇位継承第一位の草壁皇子が即位してしかるべきだが、母親が天智天皇の娘である大津皇子が翌683年(天武12年)の1月に即位したらしい。

大津皇子即位には唐国の意向と、国内では文武王・鸕野皇女・草壁皇子連合と対立する高市皇子の支持があったと思われる」

『万葉集で解く古代史の真相』

（小林惠子著　祥伝社新書）より
やはり天武天皇は天武11年に少なくとも失脚しているようで、次に即位したのは大津皇子ということになっている。

また、万葉集の歌を古代韓国語で読み解いている『天武と持統　歌が明かす壬申の乱』（李寧熙著　文藝春秋）にも、

「天武天皇は、天武11年にはすでに亡くなっているると思われるので………」

やはり天武天皇は682年（天武11年）には死亡しており、683年（天武12年）から天武天皇が亡くなったとされる686年（天武15年）までの約4年間は大津皇子が即位していたと見てよい。

しかしここで疑問が浮かぶ。

もし大津皇子が即位していたのなら、天武13年に科野（信濃）へ下見に行った三野王や、翌天武14年に行宮造営のため科野入りした軽部朝臣足瀬らは、下諏訪に入ることが可能だったはずだ。なぜならば大津皇子は天武天皇の子だからである。

しかし、大津天皇も下諏訪へ入れなかったのか。

先ほどの『万葉集で解く古代史の真相』からの抜粋に気になる箇所があった。

それは大津皇子が即位するにあたり、文武王・鸕野皇女・草壁皇子連合は反対し、高市は賛成したように受け取れるが、一般的に天武の子と考えられてきた高市は、おそらく天智の子である。

そして、高市に推された大津皇子もまた天智の子なのかもしれない。だから天武ならば入ることのできる下諏訪だが、天智の子大津はそれが許されなかったということか。

そりゃそうであろう。金刺氏は蘇我氏に仕えているが、蘇我氏は本宗家を天智大王（当時は中大兄）に滅ぼされているのだから。

ということで、これまでは天武天皇による信濃陪都計画だと信じて疑わなかったが、実はそれが天智系の大津天皇によるものだったのだ。そして彼は下諏訪から拒絶された。

とはいえ、本当に大津皇子も高市皇子も天武の子

ではなく、天智の子なのか。

ここで天武天皇（当時は大海人）のクーデター、672年の壬申の乱を振り返ってみる。古事記の国奪い神話と同様に（　）内の細字は健太のボヤキなので、読み飛ばしていただいて結構。

672年5月、吉野に潜んでいた大海人に、舎人（とねり）の朴井連雄君（えのいのむらじおきみ）から報告があった。

「私は処用があって美濃まで行ったところ、天智天皇の山稜を造るために集められた人夫が、それぞれに武器を持っておりました。このままでは必ず事件が起きます。早急に避難なさらないと危険です」と。

また他からも

「近江大津宮の連中がこちらを監視しており、さらには舎人たちが運び入れる食料が、奴らの妨害によって届きません」と。

（美濃での挙兵はウソだ。せいぜい30〜40人で吉野に隠れた大海人を討つのに、なんで数千数万の兵が必要なんだってこと。もし近江大津宮の大友が大海人を本気で討つつもりなら、近江大津宮にいる精鋭部隊を２００人も吉野へ送り込めば事足りるはずだ）

※大海人に美濃の様子を報告した朴井連雄君という男だが、おそらく物部だ。蘇我氏と同じく物部氏も本宗家が滅びているため、名を変えてこんなところで生き延びていた。なお、彼はひょっとしたら物部氏本宗家の生き残りかもしれないとの指摘もある。

6月22日、大海人は地方豪族出身の舎人たちに兵を集めるように命じた。

6月24日、鸕野皇女らとわずかな供を連れて吉野を出発した大海人だが、急いでいたため徒歩で東国へ向かった。しかしその日のうちに馬を連れた知り合いに出会い、皇后は輿に乗って大海人に従った。

途中の名張で兵を募ってはみたものの参加する者はおらず、翌日には雨が激しくなり寒さに耐えきれなくなったため、四日市に着くと家屋を焼いて暖を取った。

（ウソだウソだ。いくら急いでいようが大海人まで徒歩で旅立ったりはしないだろう。馬を連れた知り合いに会ったなんてウソをつかなくてもいいのに。それにウノノ皇女が輿に乗って大海人に従ったというのも怪しい。そもそも彼女は大阪の宇野郡讃良村の娘で、だから名前はそのままウノノサララなんだけど、馬の生産地であったために彼女も颯爽と馬を乗りこなすことができるオテンバ娘だったはずだ。その娘がおとなしく輿に乗ってる場合じゃなかろうに。

あと、家を焼かないと暖を取れなかったのか。そのあたりはよく判らん）

家屋を焼いて暖を取った日の早朝には高市皇子が甲賀を越えて、父の大海人らと合流した。翌日には大津皇子も父に追いついている。

そして村国連男依から「美濃の軍勢3千人を起こして、不破道（岐阜県不破郡関ケ原）を塞ぐことができました」との報告があり、大海人は高市皇子を不破に遣わせて軍事を統監させた。

（高市も大津も難なく大海人に追いついているが、彼らはGPS機能が付いたスマホでも持っていたのだろうか。美濃の軍勢にしても、わずか4日間で3千人を集めて関ケ原まで移動できるのか。あらかじめ用意していたのであろう）

近江朝も各地に使者を派遣して兵の動員をはかったが体制に問題があり、近江大津宮でも大海人を支持する者も現れた。

一方で大海人のもとには東海・東山の軍勢が続

続と詰めかけ、尾張からも2万の兵が大海人に合流した。

大海人は兵の統帥権（とうすいけん）を高市皇子に譲ると、自身は野上行宮（のがみのかりみや）に入って戦況を見守った。


とここまで書いて、だんだんとバカらしくなってきたのでもう止めることにする。その後はご存じの通り大友皇子（大王？）は逃げた先で自害したことになっており、これで近江朝は完全に崩壊した。


さて、ここに大海人の子として登場する大津皇子と高市皇子だが、まず大津皇子は大海人の子ながら大津宮で育てられている。だから大津皇子と呼ばれているのだが、大津皇子は天智大王から溺愛されていたようだ。

当時の制度としては通い婚だったので、大津皇子の母親が天智大王の娘大田皇女となれば大津皇子が大津宮で育つのは不思議ではない。しかし、天智が大海人の子を溺愛するほど可愛いがるだろうか。

また、仮にそうだとしたら、それほど簡単に大津宮を捨て、ほとんど一緒に暮らしたことがないような父とともに大津宮を攻めることができるのか。

しかし彼はそれをした……ことになっている。

その理由は大津皇子や高市皇子が大海人の子であり、やはり親子の絆はしっかりと結ばれていた……のではなく、大津皇子や高市皇子にとって、異母兄弟の大友皇子が天智を継いで即位していることが許せなかった。

そこで大友大王の敵である大海人とは「敵の敵は味方」として手を組み、打倒大友に加わったのだ。大海人からも彼らに打診があったはずだ。大友を倒したら大津皇子か高市皇子を即位させてやると。

特に高市皇子は天智大王の長男であろうから、大海人の誘いに喜んで乗ったはずだ。母の身分が低くなければ、まずは彼が即位していたと思われる。

前出『万葉集で解く古代史の真相』にはこのような内容が記されている。

「百済王子の中大兄皇子は６４１年の11月に、済州島へ母親らとともに流された。

このとき土着の高氏との間に子をなしたとしたなら、その子は６４２年か3年に生まれた」

のだと。それが高市皇子で、大友皇子や大津皇子の母と比べれば身分が低い。

また、万葉集の歌を古代韓国語で解釈して本来の意味をひもといている李寧熙氏は、高市皇子の歌は済州島の方言で読まれていると著書に記している。

日本書紀でも高市皇子の年齢があいまいであることからしてみても、これまでは天武天皇の子と信じてきた大津と高市を、実は天智の子であったと考えると読めてくるものがたくさんあって、

まずは壬申の乱の構図だが、

（天智の子）大友VS（天智のライバル）大海人としてだけでなく、

（天智の子）大友VS（天智の子）大津・高市の要素を多分に含んでいたのだ。

それで大海人と大津・高市は打倒大友という共通の目的のため、にわか仕立ての「敵の敵は味方」同盟を結んだのだ。

ただし壬申の乱での大津・高市の行動については、彼らを大海人の子にしてしまおうとする意図があるため、日本書紀はあてにならない。

こうして同盟軍は大友を倒して近江朝も滅びたが、同盟軍にはすぐにほころびが見え始めた。というのも、飛鳥に戻った彼らだが、大海人が大津・高市を裏切って自らが即位してしまったからだ。ここに第40代天武天皇が誕生した。

天武は即位すると大津・高市らにうしろめたさがあったのであろう、いつまで経っても皇位を譲ろうとしない天武にいらだつ大津・高市らを吉野に集結させて誓いを立てさせた。

天武8年5月のこと、天武天皇は草壁をはじめとして大津・高市・河島・忍壁・施基ら皇子たちに、

「私は今日、お前たちと共にこの宮廷の庭で盟約を結び、千年先まで変事が起こらぬようにしたいと思うがどうであろう」

と問いかけている。

すると草壁皇子が進み出て

「天神地祇および天皇陛下、どうかお聞きください。私たち兄弟、長幼合わせて10人余りの王はそれぞれ母を異にしています。

しかし同母異母にかかわらず、共に天皇の勅に従って助け合い、逆うことはいたしません。

もし今後、この盟約を破るようなことがあれば命を失い、子孫は絶えてしまうことでしょう。

決して忘れません。決して過ちは犯しません」

と答えている。

感動的だ。親子愛、兄弟愛の美しさにウルウルしてしまったわ、と感じている人は素直で純粋なのはいいが、人に騙されるので注意が必要だ。

よくもまぁこんな茶番を日本書紀に書いたもんだと思うのだが、このはずかしい学芸会の一場面が挿入された目的はふたつ。

ひとつは天智の子らも天武の皇子と思わせることを再認識させるため。

もうひとつは大津・高市らの不満が溜りに溜ってあちこちに不穏な空気が漂い始めていることを隠し、いかにも平和ですよ仲良しですよと思わせるため。

真面目に論ずるのもアホらしいが、こんな話を挿入するぐらいなので、天武天皇への不満は相当なものだったのではなかろうか。

天智大王の娘大田皇女を母に持つことになっている大津皇子は、686年9月9日に天武天皇が崩御した翌月の10月2日に謀反が発覚して逮捕された。そして翌3日には処刑されている。そのことについて日本書紀は次のように記す。

「3日に大津皇子は訳語田（おさた）の家で死を賜った。ときに24歳であった。
妃の山辺皇女（やまのべのひめみこ）（天智大王の皇女）は髪を振り乱して素足のまま駆けつけ殉死した。見る者は耐えきれず、皆がすすり泣いた。
大津皇子は天武天皇の第3子である。立ち居振る舞いは高く際立ち言語は優れて明朗であり、天智大王に愛された………」

結局は謀反が間違いだったことが判明し、処刑を命じた持統天皇は自責の念に駆られることになる。

この事件、一般的には持統女帝が我が子草壁皇子を即位させたいがため、姉の子で草壁よりも優秀な大津皇子を、謀反の疑いを意図的に持たせて処刑してしまったと考えられる。

たしかに死亡した時期はそのころかもしれない。

ただし決定的に違っていることは、大津皇子が天武12年～15年まで大津天皇として即位してたこと。なので信濃に陪都建設を計画したのは天武天皇ではなく、大津天皇であった。

そして大津天皇は天智天皇の子ゆえに、反天智の下諏訪へは入ることができず、それで松本市の浅間温泉か美ケ原温泉に行宮を造営したのだ。

松本から少し先に行けば穂高神社がある。穂高神社の御船祭りについては先に紹介したが、祭り最大のハイライトである激しい船のぶつかり合いの光景は、663年の「白村江の戦い」を表現しており、その理由は白村江で大将軍の安曇比羅夫（あづみのひらふ）が戦死しているからだ。どうやら御船祭の9月27日は安曇比羅夫の命日と考えられているようだ。

白村江の戦いに大将軍を送り出した部族なら、白村江の戦いそのものを指揮した天智大王の皇子を受け入れないはずはなかろう。それで大津天皇の行宮は諏訪よりも穂高寄りになったのであろう。

大津天皇は、父天智が大津宮に遷都したように、信濃国内に飛鳥とは決別した都が造りたかったのかもしれない。のちの南北朝のように。それほどに畿内は欲望渦巻く地と化していたのだ。

大津天皇は686年（天武15年？ 大津4年？）に持統天皇の命で処刑されたが、その持統とは天武天皇の后（きさき）であり天智大王の娘とされる鸕野讃良だと世間一般では考えられている。そう、第41代の持統天皇とはウノノサララであると。

しかしだ、これも違うのだ。

持統天皇は高市皇子である。したがって、大津天皇を殺害したのも高市皇子であって、壬申の乱から続く天智大王の皇子同士の争いはまだ終わっておらず、さらに先まで続く。不比等の台頭まで。

持統の正体に戻るが、実際に即位したのは高市皇子であるが、日本書紀に出てくる持統天皇については高市の部分とウノノサララの部分がごちゃ混ぜになっており、持統天皇は2人存在してしまう。なので今後は混乱を避けるため、持統の名前が出るたびに〝高市持統〟か〝サララ持統〟かを明記することになる。高市持統を女帝のサララ持統に変えてしまったのは、天智の隠された皇子の不比等なのだが、その訳はあとにする。

結局、壬申の乱での約束を破っていつまでも天皇の座を譲らなかった天武天皇を失脚または暗殺したのは大津・高市組で、母親の身分が高い大津が天武12年に即位した。高市はこのままだと母親の身分のせいでいつまでも即位できないため、天武15年（大津4年）に大津皇子を陥れ、とうとう自身が即位したのだ。

しかし高市持統の時代は情勢が不安定だったため、意識が諏訪に向くことはなかったようだ。というよりも、高市持統を潰しにかかる敵の動きが激しすぎて諏訪どころではなかったのであろう、持統5年までは。

敵というのは天武の后ウノノサララと皇子草壁、

そして藤原不比等らによる連合軍である。

不比等は、天智大王が中臣鎌足に下賜した下級の女官安見児の子であろうと考えられる。安見児が鎌足に下賜されたときにはすでに妊娠しており、したがって鎌足の子と考えられてきた不比等だが、実は天智の子である。

ならばナゼ、天武側のウノノサララや草壁と連合を組んだのかという疑問だが、不比等は異母兄の高市が邪魔で邪魔で仕方がなかった。なので天智の子であることの否定にはならない。

また鎌足にしても天智（当時は中大兄）と共に蘇我の本宗家を消滅させてはいるが、どうやら天智7年ごろから天智に見切りをつけ、天武に鞍替えしようとしていたフシがある。

天智7年9月に新羅の使者が来日した際、鎌足は金庾信に船を贈っているのだが、その船は大海人が挙兵したときに新羅軍が救援に来るためのものだ。

天智はそれを許せず鎌足を殺した。669年（天智9年）10月のことである。

このような事実から考え、不比等は父である天智大王を慕うことはなかったであろう。

なので日本書紀を編さんする際に、歴史から天智系の大津天皇と高市天皇の存在を消したのは不比等で間違いなかろう。

なおかつ不比等は神話にとびっきりの細工をしたのはあっぱれである。

それは、女神アマテラスの創作であり、アマテラスの子ではなく孫のニニギを降臨させた。それが世に言う天孫降臨である。天子降臨ではなく。

ナゼ、子ではなく孫なのか。

高市持統を女帝サララにして歴史を改ざんしたのはいいが、サララが即位させたかった天武との間に生まれた草壁皇子が若くして死んでしまったため、孫を即位させざるを得なかった。

サララ持統が孫に皇位を継がせたのだから、アマテラスにもそうしてもらわなければ、サララ持統をアマテラスにできない。つまり、神話はサララ持統に合わせたカタチで創られたのだ。

不比等、恐るべし。

サララ持統に高天原廣野姫天皇（タカマノハラヒロノヒメノスメラミコト）の名を冠せたのも不比等であろう。


日本書紀では持統天皇が短期間に31回も吉野通いをくり返しているが、その持統はサララ持統だと推測される。高市持統打倒のための作戦を不比等らと練っていたのであろう。それに、サララ持統と不比等はもっと深い仲だったのかもしれない。

また、持統は晩年に三河行幸に出ている。三河、尾張、美濃などへ1ケ月を超える行幸に。この持統もサララ持統だ。このころ高市持統はもうこの世にはいない。

日本書紀、持統5年8月23日
「使者を遣わして竜田風神（たつたのかざかみ）、信濃の須波、水内（みぬち）等の神々を祀らせた」

竜田風神は斑鳩町の龍田神社か三郷町の竜田神社で、どちらも奈良県生駒郡だ。

信濃の須波はもちろん諏訪であり、このときが日本書紀における諏訪の初見である。

水内というのは一説に戸隠神社。また一説に現在は善光寺の建つその場にあったとされる建御名方富命彦神別神社（タケミナカタトミノミコトヒコガミワケ）（現在は信濃美術館東隣りに移築）とされているが、何ひとつ具体的な記述がない。

なぜそれらを祀ったのか、どのように祀ったのかも判らず、日本書紀の編さん者である舎人（とねり）親王が内容を意図的にぼかしたのか、不比等の指示でそうしたのかも判らない。

もし事実であったとしても、それをさせた持統が高市持統なのかサララ持統なのかも判らないため、このことについて考えるのは止める。

実のところ、高市皇子はやっとのことで即位したのだが、どこを拠点にしていたのかも判らなくなっており、不比等は高市潰しを見事にやり遂げた。

720年5月、日本書紀が完成した（らしい）。

720年8月、天智の子、藤原不比等死去。

不比等が死んだことで頭角を現してきたのが長屋親王である。親王というからには天皇の子でなければならず、そこからも高市が即位していたことがうかがい知れる。が、面倒なので長屋王でいく。

不比等が死んだことで長屋王が実権を握ったのは721年1月のことだった。世は女帝元正の時代だが、おそらくそれはお飾りであって、長屋王こそが政治的な決定権を持つ支配者だったのだ。

なにしろ長屋王は平城京の超一等地に約1万8千坪の土地を所有して、邸宅や事務所、使用人居住区を構えており、収入は現代の金額に換算すると年収で約4億円になるそうだ。

その長屋王は権力の座を手に入れて半年も経たぬ6月26日、諏訪地域を信濃国から分離して諏訪国を独立させた。なんでなん。ただしこの諏訪国の範囲がどこまでだったのかは判っておらず、議論が分かれるばかりだ。

それに、長屋王の父高市は一般的に天武の子とされているため、長屋王は天武の孫であった。

しかし高市が天智の子となると長屋王は天智の孫ということで、彼も下諏訪には入れなかったであろうから、中央に従わぬ諏訪に業を煮やしてとうとう信濃国から諏訪地方を隔離してしまった。

しかもそれだけでは飽き足らず、長屋王は724年の3月1日に、諏訪国を流刑の地に指定した。

「……諏訪国が分離されたため、政府はこの監察制度の改革をすすめ、養老5年8月に諏訪国を飛騨とともに美濃国の按察使（あぜち）の管轄下においた。このため諏訪国内で国司の不正や百姓の生活を犯すことがあれば、按察使が自ら諏訪国内を巡回して調査し、裁判では徒罪をおこなって流罪以上の犯罪については政府に報告して処置することになった。

さらに神亀元年には、中央の裁判で流罪となった場合の処置が決められ、諏訪国は伊予と同様に中流の国とされた」

（諏訪市史　上巻）より

※中流とは、流刑地の中で遠流よりは近いが近流より遠方に設けられた流刑の地。

長屋王は、大津天皇から続く天智系排除を貫く諏訪に我慢ならず、とうとう実力行使に出たのだ。

この政策が功を奏すれば、諏訪を拠点にして東国の支配も実現できるかもしれない。なので長屋王は諏訪国を強行的に監視下に置いた。

そしてこの724年（神亀元年）、元正天皇から聖武天皇への譲位がなされ、長屋王も右大臣からついに左大臣へと昇進している。しかし聖武天皇の母は藤原宮子なので、天皇が藤原氏寄りの立場をとることは充分に予想されていた。

第45代聖武天皇は仏教に深く帰依し、のちに東大寺を創建している。

さて、いよいよその日がやってきた。不比等の子らが待ちに待った日が。

「長屋王が天皇の命を縮めようと呪っています」

2人の下級官人が訴え出たため聖武天皇はそれを信じ、不比等の子藤原宇合が率いる兵に長屋王の邸宅を包囲させた。

朝廷の軍制が整ったこの時代は武力によるクーデターは困難なので、長屋王は謀反の罪ではなく呪詛が理由で捕えられた。もちろんでっち上げだが。

して729年2月12日、長屋王は自害し、吉備内親王ら妻子4人もあとを追って自ら命を断った。これが世にいう「長屋王の変」である。

長屋王がこの世を去って約2年が過ぎた731年3月7日、諏訪国は廃止されて信濃国に編入した。

研究者も諏訪国が何の理由で10年間だけ独立していたのか、どこまでの範囲が諏訪国に含まれたのかなど、ほとんど何も判っていない。

ということは独立から10年後に突然廃止された理由も判ってないのだが、健太は不比等の4人の息子たち「藤四子（武智麻呂・房前・宇合・麻呂）」によるはたらき掛けがあったと読んでいる。

ときは仏教に帰依する聖武天皇の御世。

岡谷市の川岸で諏訪明神と洩矢神が戦ったとされる伝承はこの時代のことではなかろうか。

諏訪明神が手にしていたのは藤の枝。それは不比等から枝分れした息子たちであろう。つまり藤四子たちは長屋王をざん言によって陥れたのち、諏訪国を開放すると同時に諏訪への侵入をもくろんだのであろう。諏訪に藤森姓が多いのはそのためか？

諏訪国廃止から6年後の737年、藤四子たちが相次ぎ天然痘によって命を落とした。4人すべてが次々にだ。この話にも何か裏がありそうだが、4人の死は今でも長屋王の祟りと語られている。

因果はめぐるのだ、悪しきことも善きことも。

……とまぁ、このようなことを考えながら、健太は下諏訪温泉周辺を歩きまわっていた。

とはいっても健太は自分の推測が絶対に正しいなどとは思ってない。だが、そのようなことがあったことは間違いなかろう。

そしておそらく信濃の陪都計画が天武天皇によるものでなかったことも。

真なる歴史をひもとくって大変だ。

秋宮に向かった健太だが、境内は大変なことになっていた。氏子と観光客で埋め尽くされていたのだ。これでは冠落しが済んだかどうかさえ判らない。

うしろの方に立つ小柄な男性が叫んだ。

「すみませーん、前の方の人ぉー。うしろの人が見えないので、しゃがんでくださーい」

気持ちは判る。しかしそれは無理だ。先端の人たちもほとんど何も見えない。なぜなら最前列のその向こうには揃い衣装の役持ち氏子が何百人もおり、その彼らでさえオンバシラは見えないのだから。

健太は里曳き初日に「秋一」を、2日目には「秋二」の曳行に参加しているので建てオンバシラもそのどちらかを間近で見たかったが諦めた。

だが秘策はある。こんなこともあろうかと思い、治郎右衛門から穴場を聞いていたのだ。境内から出て宝物館の裏をまわり、細い坂道を登ると「秋三」の建てオンバシラがよく見え、しかも観光客は誰もいない。

「大総代を探してなぁ、オレから聞いたって言えば中へ入らせてくれると思うよ」

さすが治郎右衛門、頼りになる。

結局、健太が声を掛けたそれらしき人は、岡谷市上浜区の区長を務める氏子で、事情を説明するところよく受け入れてもらえた。ありがたい。

しかもここは「秋二」の真うしろに位置しているため、右手に「秋二」、正面に「秋三」が同時に見えてしまう超お得な特等席だった。


「秋三」は秋宮裏の森の中に建てるため、炎天下の「秋一」や「秋二」よりも清々しい環境であり、木遣り唄もよく響く。

徐々に建ち上がっていくオンバシラは三之御柱といえども間近で見ると迫力があり、それに乗る氏子が振る黄色いオンベが森に映える。

下社はオンバシラのてっぺんに御幣を打たないため、垂直に建った瞬間に神となる。

この地区は木遣り隊と消防団のラッパ隊が見事に息を合わせ、抜群のコンビネーションで氏子を盛り上げていた。健太も天に突き上げる手に力が入る。

「サーッ」「サーッ」「サーッ」「サーッ」

その場にいる全員が気持ちをひとつにして見守るオンバシラが垂直に建ち、その瞬間大きな拍手と歓声が沸き上がった。

奥山の大木が、里に下りて神となったのだ。

何度経験しても感動は薄れず、健太は心の中でオンバシラと氏子たちに手を合わせていた。

これで諏訪大社のオンバシラ祭りは終わった。次は6年後まで待たなければならない。

諏訪ではこの祭りを「人生節目のオンバシラ」と言うが、健太にとっても大きな節目のオンバシラになった。神々に対する接し方が外から内へと変化し、古代史の究明も神社伝承から考古学へと移行した。

そして何より、上社抽せん式の翌日にタケルが生まれ、父親になることができた。

しかもタケルの場合は2月生まれのため前の年に生まれた子と同じ学年になり、次のオンバシラ祭りでは小学校の入学と山出しがほとんど重なる。

その次のオンバシラでは中学生になっており、さらにその次は大学生か社会人であり、まさに節目節目のオンバシラである。

6年後にはタケルと一緒に子綱を曳きたい。

健太はそんなことを思いつつ神となった「秋三」を見上げていた。

※最近の研究では、壬申の乱における兵の用意が実際に大友の命によるものと考えられている。それは吉野の大海人に向けたものではなく、唐からの要望により、新羅を攻めるための兵であると。
大友にとっては父天智が白村江の戦いで唐・新羅軍に敗れた雪辱を果たすチャンスだ。唐の意向とはいえ、にっくき新羅を滅ぼすことができるのだから。

一方、新羅出身の可能性が高い大海人は、何がなんでもそれを阻止する必要があり、それが壬申の乱の真相なのだと。

第8章　小宮オンバシラ祭り

諏訪地方では大社の御柱大祭が終わると次は各神社のオンバシラ祭りが始まり、それを〝小宮（こみや）オンバシラ祭り〟と呼ぶ。

小宮オンバシラ祭りは各地区を代表する大きな神社から、山の斜面に祀られる小さな祠までのほとんどすべてでおこなわれるため、総数は1000社に達するとも言われている。

また、オンバシラを建てるのは諏訪地方に限ったことでなく、飯田・伊那方面や長野・上田方面、それに塩尻や辰野、松本でも建てるため、その数を聞かれると「たくさん」としか答えようがない。あちこちでおこなわれるのだ。

健太が最初に参加した小宮オンバシラは、茅野市玉川山田地区の壺井八幡神社だった。

山田地区は八ケ岳の裾野の小さな村落なので曳き子も少なく、二から四までの御柱は里曳き前日までに建てられているため、今日は一之御柱のみを境内まで曳く。

とはいえ一之御柱がこれまた立派で、短いとはいえメドテコも付けられており、曳き子全員が息を合わせないと動かない。

小宮オンバシラは大社の御柱大祭と違ってのどかな雰囲気の中でおこなわれるため、氏子たちも和気あいあいとしていて微笑ましい。

この山田地区は大社の御柱大祭で玉川・豊平地区に含まれ、今回は「前三」を曳き建てている。健太はどうもこの地区に縁があるようだ。注せん式で出会った青年や里曳きで青竹ストンストンの彼らも玉川・豊平地区の氏子だったたし、健太は昨年もこの山田地区を訪れていたのだった。

というのも、この山田地区は江戸時代から信州ノコギリの製作が盛んで、かつては周辺地域も含めると70軒ほどの工房が軒を連ねていたそうだ。

そのため信州ノコギリは諏訪ノコギリとまで呼ばれるようになったが、昭和55年ごろから衰退し始めて現在は2軒が残るばかりだ。

しかし上社では御柱大祭の前年、オンバシラにする木が決まると薙鎌（なぎかま）を打ち込む神事がおこなわれ、その薙鎌を制作しているのが山田地区である。近年では山田地区の若者たちが伝統の技を継承するため「薙鎌の会」を立ち上げ、熟練の職人から指導を受けている。

健太は「薙鎌の会」で若者に技術指導をする会長宅を訪ねたことがあった。薙鎌についても謎が多く、それについてを調べるために。

薙鎌のカタチは古くから少しずつ変化してきたが、現在はくちばしが尖った鳥のような姿をしている。ウルトラセブンに登場したトゲトゲ怪獣のダンカンにも似ている。

このカタチは平成になってから諏訪大社で発見された、明治17年の原寸図を忠実に再現している。

鳥の背中側に刻まれたギザギザは13で、ここでも「13」が出てくるが、このカタチは諏訪大社が商標として登録しているため勝手に作ることはできず、唯一許されているのが薙鎌の会なのだ。とはいっても、大社から２０１６年の御柱大祭用に受けた39枚の注文以外は製作しないが。今度は「39」だ。いちいち十三所の社の数と同じになるのが気になる。

薙鎌の用途としては一般的に風鎮めである。

諏訪地方では古くから大風が吹くと竿（さお）の先に鎌を結び付けて軒先に立てた。そうして大風を鎮めてきたのだが、そのような風習は諏訪以外の地域でも見ることができ、法隆寺の五重塔もてっぺんの九輪には鎌が4本打ち込んである。この鎌も諏訪の薙鎌と同じく風鎮めのためのようだ。

また、海沿いの地域が薙鎌で風鎮めをおこなう場合には、カタチが魚になることもあるらしい。

だが諏訪においての薙鎌は、用途が風鎮めに限ったことではない。というのも御柱大祭の前の年の夏には、北安曇郡小谷村で「式年薙鎌打ち神事」がおこなわれ、新潟県との県境に建つ神社の御神木に諏訪大社の宮司が薙鎌を打ち込む。

その神社は２社あり、小谷村戸土の境の宮諏訪神社と小谷村中股の小倉明神社である。どちらも県境にあり、長野県内からは唯一日本海が見られる場所らしい。小倉明神社も御祭神はタケミナカタで、同時にヌナカワ姫を祀る。

式年薙鎌打ち神事も御柱大祭と同じく６年毎におこなわれるが、境の宮諏訪神社と小倉明神社で交互にするため、それぞれ12年ごとの行事になる。

ところで、どうして諏訪から直線でも１００㎞離れたこんな山奥までわざわざ出掛けて行き、そのつど御神木に薙鎌を打ち込むのか。

その理由として国境（県境）をはっきりさせるためとも聞くが、信濃国は周囲を９国（現在は８県）と接しており、もし国境に薙鎌を打ち込むのなら、そこらじゅうでやらなければならない。

今から３００年以上昔の元禄13年（１７００年）、小谷村は信濃と越後の百姓が互いに耕作をする土地だったため、とうとう越後山口村の百姓が信州小谷村の百姓を相手取り、幕府に訴状を提出した。これを「信越国境争論」という。

幕府評定所扱いとなったこの事件、幕府は２人の検使ら総勢50人の役人を現地へ派遣させ、20日余りも滞在して検分にあたったと記録されている。

結果としては信州側の勝ち、小谷村は信濃国に属しているということになった。

どうやら決め手が、現在も薙鎌打ち神事をおこなう県境近くの白池に、古くから薙鎌が打ち込まれていたため諏訪の領地であると判断されたようだ。

国境争論以前の薙鎌打ちが、国境を明確にするためだけのものとは考えられない。それが知りたくて健太は言納と小谷村を訪れていたのだ。

泊まった小谷温泉の山田旅館は、諏訪大社の宮司らも薙鎌神事の前日に泊まる。それで健太たちも同じ宿を選んだわけだが、小谷村から県境の神社へ直接行くことはできなかった。あまりにも険しい道のりだからだ。

なので小谷村から国道148号を北上していったん新潟県へ入り、JR根知駅から南へ戻るように山道を登る。それでもなかなか厳しかった。

境の宮諏訪神社への道も細く険しいが、小倉明神社へは行くことができない。通常は一般車輌の通行は禁じられているからだ。

健太は、たまたまそこを通る工事車輌のために鎖が外された瞬間を狙い、いかにも関係者のフリをして通過したのでたどり着くことができたのだが、実際にかなりの危険地帯だった。

小谷村の役場では、立ち入りができないことを前提にして、グーグルマップで詳しい地形や車を停める場所、神社へ登る細い獣道などを説明してくれた。もしそれを聞いてなければ引き返していただろう。

決して登山道とは呼ぶことのできない草の隙間を通り抜け、先の見えない狭いカーブをいくつか曲がると、登り坂の上に社らしき小さな建造物があった。それが小倉神明社で、すぐ脇の御神木には薙鎌が打ち込まれている。

数えると6本が確認できた。逆算すると、一番古いものは昭和24年のものだ。

先に寄った境の宮諏訪神社でも7本が確認でき、明治には政府によって禁止されていたこの神事が昭和18年から復活し、その最初のものから平成27年までの12年おきに7本が打ち込まれていた。

明治になって途絶えていた薙鎌打ち神事だが、昭和14年に小倉明神社へ県宝の杉を調査に来た作業員が幹からわずかに顔を出した薙鎌を発見し、それで昭和18年に再開されたのだ。

しかし残念なことに2014年11月22日に発生した白馬大地震で境の宮諏訪神社の御神木は日本海側

に向かって傾いてしまったため、近い将来に他の木を御神木とすることになるかもしれない。

　御神木に打ち込まれる薙鎌はタケミナカタだ。

　諏訪大社でも薙鎌をタケミナカタの御神体としており、分社をおこなう際に御霊代（みたましろ）として薙鎌を新しい諏訪神社に分与する。

　健太は両の社の境内から遠くに日本海を眺めているうち、あることに気付いた。

　それは、境の宮諏訪神社にしろ小倉神明社にしろ日本海を望むこの場所で御神木に薙鎌を打ち込んだのは、日本海から吹く風を鎮めるためでもなければ越後との国境を示すものでもなく、日本海側から姫川を遡って信濃国へ侵入する者を防ぐため、タケミナカタにここを護らせていたのだと。

　今でこそ薙鎌は鳥のような姿をしているが、古い資料には細長くヘビのようなカタチのものが紹介されている。それは御神渡りをタケミナカタの本体として、姿を似せたのがヘビのような薙鎌なのだ。

　薙鎌打ち神事の起源が不明なので、侵入者が何者なのかも判らない。しかし諏訪の領地であった小谷村の高台にタケミナカタの分けミタマたる薙鎌を御神木に打ち込み、信濃国を守護させていたのではなかろうかと。言納もその考えに納得していた。

　その理由のひとつとして、諏訪神社の数は長野県よりも新潟県の方が多く、数においては新潟県が日本一なのだ。そのことからも、越後を警戒していたのではなく、船で糸魚川へたどり着く者たちに対する策と考えられる。


　山を下り、根知へ向かう途中に「塩の道資料館」の案内が目についたので寄ってみた。

　他に客がいなかったため館長が付きっきりで説明してくれ、お蔭で塩の道について当時の様子がよく判って楽しかったが、最後の部屋で思わぬ掛け軸を発見した。その掛け軸は魚拓ならぬ薙鎌拓だったのである。

拓には刻印もはっきり写ってあり、
・寛政11年（1799年）
・天保12年（1841年）
・嘉永6年（1853年）
と読み取れ、そのころから薙鎌打ち神事がおこなわれていたのだろうけど、元禄の信越国境争論以前のものはすべて行方不明になったそうだ。


ピピ――――ッ。

「はい、ここでしばらく休憩しまーす」

曳行長がオンバシラを止めた。まだ300メートルも曳いてない。だが、これが小宮オンバシラだ。

小さな集落なのでみんなが顔見知りで、休憩では日本酒・ビール・ジュースからお菓子や自家製のつけものなどがふるまわれ、氏子たちは心底楽しんでいる様子だ。

休憩が終わっても次の休憩所がその先に見えているため、真面目に曳いていいのかさえ迷う。


するとここで総代が健太を手招きした。

そして何と、メドテコに乗れと言う。

健太は信じられなかった。諏訪大社のオンバシラ祭りでは長いメドテコに乗る若い氏子が羨ましかったが、それは仕方がないこと。氏子ではない健太には生涯無理と思っていた。

ところが総代は健太をメドに乗せると曳行を開始した。健太も渡されたオンべを掛け声に合わせて大きく振ってはいたが、実はメドから落ちないように必死だった。バランスを取るのが案外むつかしい。

メドに乗っての曳行はほんの50メートルほどだったが、それでも健太は大満足だった。

それにこの山田地区はアタマのゆるんだオジサンが多く…………じゃない、失礼。とても愉快なオジサンたちが面白いのなんのって。ビール片手に下ネタまでからめてオンバシラを曳くなんて、大社の祭りではあり得ない。しかし楽しい。

そして10分後には次の休憩所に到着した。

（なるほどね、こういうことですか）

健太は篠崎の言葉を思い出していた。

「オンバシラの真髄は小宮（オンバシラ祭り）にあるんですね」


曳行を再開するとすぐに直角カーブがあり、それを曲がるとゆるい登り坂が神社まで続く。オジサンたちは相変わらずビール片手に子綱を曳いているもんだからオンバシラが進まず、道路に水が撒かれた。路面が濡れることでオンバシラが滑りやすくなるのだが、その水を氏子に掛けて喜ぶオジサンが長老から叱られていた。

そんなことをしているうちにあと200メートルほどでゴールだ。鳥居横にも休憩所が設けられているため、またあそこでオジサンたちは飲むのだろう。

すると、若い曳行長がこんことを言った。

「皆さん、もう少しで終わりです。せっかくですから最後は走りましょう」

健太は意味が判らなかったが、木遣りが鳴かれて掛け声を合わせると、曳き子全員が子綱を曳きつつ鳥居に向かって走り出した。

（えっ、走るって、こういうこと？）

健太もそれを見て走り出した。

するとそれまでは重かったオンバシラがスルスルとアスファルトの路面を滑り、グングンと加速するではないか。これには老若男女の氏子たちも大喜びで、こんな楽しみ方があることを初めて知った。

とにかく楽しむこと。

オンバシラの真髄は小宮にあるというのは、氏子たちがオンバシラで楽しむことなのだろうか？

この日の山田地区は、神々や山の精霊たちも嬉しくなるであろう氏子の笑い声に溢れていた。

そしてここでもメドテコよりも幅が狭い鳥居を、メドテコを付けたまま通り抜けさせていた。上社の氏子はそれをやらないと気が済まないようだ。そして苦労して鳥居を通過させるとそれで満足し、鳥居の先でメドを外す。それが諏訪人なのだ。

建てオンバシラが終わると公民館で親睦会の用意がしてあり、健太はそこへも誘われた。これがまた楽しかったのはいいのだが、ビールを飲め飲め攻撃はシリアのIS拠点を空爆するアメリカ軍のようであり、最後は氏子全員の前で木遣りまで鳴かされたのには閉口した。

山田地区のすぐ隣りに中沢（なかっさわ）という地区があり、ここは多留姫（たるひめ）神社の氏子になる。葛井池と通じていることはすでに紹介した。

秋に多留姫神社の里曳きがおこなわれることを知った健太は、中沢地区の曳行長を薙鎌の会の会長から紹介してもらっていた。

中沢地区が一之御柱を、田道地区が二之御柱を担当するため健太は一之御柱を曳いたが、ここがまたオンバシラを楽しむことには長けており、元綱衆や梃子衆が太く長いオンバシラを自在に操るのは実に見事だった。そして楽しむことについても。

多留姫神社一之御柱は、メドテコの幅より狭い路地が曳行コースに入っていた。この地区の氏子もだいぶイカれてる。

路地がメドテコより狭いんだから通れるはずがないのだが、やはり諏訪の氏子に不可能はなかった。

広い通りに出ると曳行長が健太を呼び、オンバシラの先頭に乗れという。驚きだった。諏訪大社のオンバシラでは御幣持ちが乗る位置だ。よそ者がそんなことしていいものかと躊躇したが、もう二度とこんなチャンスはないかもしれず、お蔭でオンバシラの先頭に立っての曳行も経験することができた。

壺井八幡神社でのメドテコといい多留姫神社での先頭乗りといい、健太は確実にひとつひとつの夢が叶っていた。

夢を叶えるにはまず行動すること。動かないことには何も始まらない。動いてこそさまざまなチャンスが生まれるのだ。

そして健太が経験上で身につけた夢を叶えるための3条件がこれだ。

・明るい執着
・爽やかな執念
・謙虚な図々しさ

これを持って行動すれば何かと上手くいく。執着や執念を全否定しているうちは夢を叶えられないし、感動も生まれてこないだろう。

多留姫神社一之御柱はその後も日光いろは坂のようなl80度ターンをくり返したり、急に降り出した大雨が小降りになるまで木陰に避難したりしつつ曳行を続けていると、とうとう境内入口の鳥居が見えてきた。鳥居のその先には八ケ岳の姿があり、まるで八ケ岳へ曳き上げるように見える。

そして御多分に洩れず鳥居よりも幅の広いメドテコを刺したまま、オンバシラは鳥居をくぐった。しかもそれを何の苦労もなくやり遂げてしまったのだ。

あとはゆるい下り坂の参道を進めば社の正面に曳きつけられる。これで楽しかった曳行も終了する……と思いきや、一之御柱は参道の右に広がる空き地へと逸れてしまった。後続の二之御柱は参道を真っすぐ進んで行ったのに。

何をするのかと思いきや、この空き地から参道へ降りるのには5メートルほどの土手があり、そこで木落しをするのだという。それでわざわざ右手の空き地へ回りこんだのだ。

土手落しの準備が整うと、オンバシラの先端が土手からせり出され、メドテコに乗る氏子は宙に浮いた状況でピンク色のオンべを振っている。

そしていよいよ落とすという段階になり、オンバシラは3分の1ほどが土手から曳き出され、後端とうらメドは高い位地に浮いた。

木遣りが鳴かれると掛け声を合わせた元綱衆が綱を引く。オンバシラが土手を滑り始めた瞬間、うらメドに取り付けた綱を最後尾にいる氏子たちが引き戻すもんだから、今にも土手を落ちそうだったオンバシラが止まってしまった。

すると元綱衆がおもいきって綱を引っぱり、オンバシラは先端が下がり後端が浮く。やっと落すか。後端が浮いた瞬間、うしろの連中がまたもや引き戻すもんだから、オンバシラがまるでシーソーのようにギッタンバッコンと上がったり下がったりしている。それを何度も何度もくり返すのだ。まわりの氏子たちもゲラゲラ笑っていた。


(遊んでる…………)

健太はシーソーごっこを見てそう思った。

(…………そうか。遊んでるんだ。山の神はオンバシラで氏子たちと遊んでいるんだ)

それに気が付いた健太は、オンバシラの真髄が小宮にあるという意味がやっと理解できた。山の神はオンバシラを通して氏子たちと遊ぶ。それが小宮オンバシラ祭りだったのだ。


これで健太はオンバシラに対する捉え方がさらに深まった。

上社山出しでは、オンバシラを曳き回すことが御披露目行列であることを知った。里に下れば神になる柱ですよと。

そして下社の山出しではその奥にある、氏子が命懸けでオンバシラを育てていることに気が付いた。一人前の立派な神になるようにと。

小宮オンバシラ祭りでさらにその奥、神は氏子と遊んでいることに思い至り、同時に自分の思慮に欠ける浅はかさが恥ずかしくなった。

というのも、オンバシラをシーソーにして遊ぶ氏子たちを、健太は少々冷やかな目で見ていたからだ。

こんな話がある。

昔むかし、旅の僧が小さな村を通りがかったときのこと。村の入口でお地蔵さんを転がして遊んでいる子供たちがいた。

それを見た旅の僧は子供たちを叱った。

「こらっ、お前たち。そんなことをするとバチが当たるぞ、このタワケ者が」と。

ところが旅の僧はその夜から急に目が見えなくなってしまい、翌日になっても視力は戻らない。その翌日も、そのまた翌日も目は見えないままで、結局のところ2年の歳月が過ぎ去った。

その間、旅の僧は悩み考え続けていた。なぜ自分は何も悪いことをしてないのに目が見えなくなったのか。あの日だってお地蔵さんを転がして遊ぶバチ当たりな子供たちを叱ってやり、徳も積んだというのに……んっ、もしや………。

そうなのだ。お地蔵さんは子供たちと遊んでいたのだ。そう思い至った瞬間、

『ようやく気付いたか』

と、天の声が聞こえたらしい。おそらくは胎内宇宙からの声であろう。

それを旅の僧は傲慢にも子供を叱り、神仏からは誉められることをしたと錯覚していた。なので、お前の目はいったい何を見とるんだということで視力を奪われた。

もしそれが村のお婆さんだったら、絶対に僧のようなことにならない。

「これこれ、お前たち。お地蔵さんにそんなイタズラしちゃいかんいかん。お地蔵さん、すまんことしたなぁ。子供たちのことなんで、どうか許してやってください。申し訳ないことしましたなぁ」

と、お地蔵さんに詫びるお婆さんに傲慢さなど微塵もない。あるのはお地蔵さんや子供たちに対してのまごころや思いやりだけだ。

ところが僧は子供たちを叱ることで得意になっていたのでお婆さんとは大違いだ。健太も危うく旅の僧と同じ側に立つところだった。

案外、神仏に仕えていると自負する者ほど、神仏から疎ましがられている者は多い。たいていそんな奴はつまらない。一緒にいると退屈する。神仏もきっと同じであろう。つまんねぇよ、お前は、って。

遊ぶといえば、健太が参加した小宮オンバシラの中では岡谷市長地の横川地区が一番だった。

横川地区は周辺の地区とともに出早雄小萩神社に巨大なオンバシラを曳き建てる。それがあまりにも大きかったため、一之御柱はちっとも動かず苦労したらしい。そのような小宮は間違いなく楽しい。

しかしその日は岡谷市川岸の熊野神社と日程が重なったため、健太はそちらに参加していた。何といってもその熊野神社は治郎右衛門の氏神（鎮守の森）なので優先しないわけにいかない。

11月に入ると主だった神社の小宮オンバシラ祭りはすべて終わっており、残すは小さな社や祠のミニ小宮のみとなる。健太にとっても諏訪地方では最後になったのが、長地の横川地区でおこなう大山祇神社と金山彦神社の小宮オンバシラだった。

神社といっても実際は小さな祠で、地元の氏子は〝山の神〟と呼ぶ。2社は並んで祀られているため、オンバシラは両社共通で4本を建てる。

次郎右衛門から長地の大総代を紹介してもらえたので参加が許されたが、横川地区の氏子以外は健太しかいない。なので受け入れてもらえるかが不安だったが、いざ曳行が開始されるやこれが楽しいのなんのって、笑いっぱなしだった。

諏訪大社の氏子エリア6市町村の中で、岡谷市の長地地区のみは山出しでも里曳きでもラッパ隊を入れない。木遣りだけで曳行している。

オンバシラの曳行でラッパが用いられるようになったのは終戦後のことらしい。

先の大戦では多くの若者たちが徴兵され、戦地で死んでいった。それで戦後のオンバシラ祭りでは曳き子が足りず、子どもたちも一人前に曳いたそうだ。

敗戦直後であっても、千年を超える伝統と神への奉仕を絶やさぬよう、氏子の士気を上げるためにラッパを吹いたのだと。なので今でも突撃ラッパが激しく吹かれるのだ。

しかし、横川地区の長老によれば、突撃ラッパは敵地へ戦いに行くときのものであって、山の神への奉仕や氏子のめでたい祭りには不向きなので、自分たちの地区にはラッパ隊を入れないのだと話す。

なるほど。よーく判りました。

中学校の駐車場に車を停め、山道をオンバシラ置き場まで登って行く。11月に入ると信濃の山中は冷え込み、法被の下に長袖のシャツが必要だ。

木々の隙間から差し込む陽射しは弱々しく、これが最後のオンバシラ祭りかと思うと急に寂しくなってきた。

とそのとき、山の中腹から木遣り唄が聞こえてきた。オンバシラ置き場で誰かが鳴いているのだ。

その木遣りが冷たい空気を伝わって遠くまで響き、山に棲む動物や斜面に生える植物たちにも届いているだろう。なんとも心地好い。健太は木遣りがこれほど素晴しいと感じたことは今まで一度もなかった。

長地の氏子がかたくなにラッパ隊を入れないのは、この心地好い古き佳き伝統と昔ながらの曳行を継承するためだったのだ。健太はそんな長地の氏子の心意気が嬉しくて、山道を登りながらこの地の平穏を祈らずにはいられなかった。

小宮オンバシラ祭りでは、どの地区も曳行前の神事が終わると参加者全員に御神酒（おみき）が配られる。

ここ横川地区でも同じで、大総代の音頭で乾杯をしてから曳行が開始されるのだが、神事を待つ間があまりに寒かったため、配られた御神酒に

「熱燗はないのかっ」

のヤジが飛び、それをきっかけにこの地区の氏子が壊れ始めた。そしてこれほどオンバシラを楽しみオンバシラで遊ぶ地区は見たことがなかった。

曳行開始直後に健太は一之御柱の先頭に乗せてもらい、それは嬉しかったが荒れた路面の振動が尻にガンガン伝わって痛かった。それでも健太が降りた

後は一部の氏子が奪い合うようにしてオンバシラにまたがっていた。

一之御柱は30人ほどで曳いており、常時2人か3人がオンバシラに乗っている。その程度なら何とか動かすことができるが、急に重くなることがある。

振り返るとオンバシラに乗っている人数が増えており、ニヤニヤ笑ってこちらを見ている。

「お前ら、重いから2、3人降りろ」

「だって俺、今まで曳いとったもん」

「ウソつけ。お前、ずーっと乗っとるだろう」

とこんな調子で、健太は楽しくて仕方がなかった。きっと山の神も楽しいだろう。

ところが、彼らの楽しみ方は常人の考える域を遙かに超えていた。曳行途中、崖があれば迷わずそこを落し、斜面を見つければまた落す。

しかも大きな一之御柱だけでなく、細く短い三之御柱や四之御柱まで氏子を乗せて落す。けっこう危ないと思うのだが、イタズラ中年集団と化した氏子たちは目を輝せて落ちていた。

圧巻だったのは2回目の休憩中に計画された土手落しだ。

山から抜け出て民家が並ぶ麓まで降りて来たところにも休憩所が用意してあった。問題は、休憩所の正面に青々と草が生い茂った土手があったことで、イタズラ中年集団がそれを見逃すはずがない。

さっそく一人が縄を綯って切断用追い掛け綱の準備を始めた。それがあればオンバシラを土手から半分せり出して止めることができる。

しかしその綱をどうやって切るのだろう。

(なんでやねん)

氏子の一人が新品の斧(よき)を持参していた。何でも、斧が欲しくて買ったのはいいが、これまで使う機会がなく、今日は万が一のことがあるかもしれないとのことで持ってきたのだそうだ。うん、万が一のことがあった。

用意が整うと、追い掛け綱でうしろから引っ張られた一之御柱の前半分が土手から身を浮かせ、上に乗る氏子にも気合いが入る。

子供木遣り隊が鳴くと掛け声に合わせて斧が振りおろされて綱が切れた。

ドドドドド、ズドーン。

ほんの瞬間でオンバシラは土手を滑り落ち、そのまま大地に突き刺さった。乗ってた氏子は全員が前方にふっ飛んだ。大爆笑である。

それで終わるかと思いきや、懲りずに二之御柱も落すという。

追い掛け綱を結んだ二之御柱にも幾人かの氏子が乗ると、土手の下に陣取る元綱衆が元綱を曳きつつオンバシラを半分だけ土手から曳き出した。

ところが追い掛け綱が長すぎたためオンバシラはそこで止まらず、そのままズルズルと土手から落ちてしまうではないか。

大失敗。残念だがこれで終わりだ。

というのも、オンバシラはバックできない。いかなることがあっても後戻りさせてはいけないのだ。

しかしである。彼らは
「はい、やり直し」

と叫び、土手の上から長すぎた追い掛け綱を引っ張ってオンバシラを引きずり上げてしまったのだ。

これにはその場にいた全員が腹をかかえて笑った。山の神も笑っていることだろう。

健太もこのときはすでに神がオンバシラで遊ぶことに気付いていたため、まわりの氏子と一緒に大笑いしていた。

諏訪地方では最後になる小宮オンバシラ祭りで、神が喜ぶであろう人の姿を横川地区の氏子から教わることができた。

山の神々は6年ごとのオンバシラ祭りで、最後はこの地区に集結してその年の祭りを終えるのではなかろうか。

親睦会にまで参加した健太は、そこでとんでもない贈り物を授かった。

長地の氏子が諏訪大社のオンバシラ祭りで曳き建てた「春二」の先端部分だ。それを厚さ10センチほどで輪切りにして、宮司の直筆による
「奥山の大木　里に下りて神となる」

と書かれて諏訪大社の印まで押してあるお宝を。

大総代によると、わざわざ名古屋から御神酒を持って参加してくれたので、そのお礼とのことだった。

通いつめた諏訪で、最後の最後に山の神から大きなご褒美がいただけた。健太にはそのように思えてならなかった。


小宮オンバシラ祭りには規模が大きく盛大におこなわれるものもある。

あれはまだギラギラと暑い陽射しが照りつける9月下旬、上諏訪町の高台に鎮座する手長神社の小宮オンバシラはとにかく凄まじかった。

上諏訪町といえば諏訪大社の氏子全域の中でもっとも粋な連中が多い地区で、そんな氏子たちが大きなオンバシラを曳きつつ国道を通行止めにするわ、踏切りを横断するわ、２００段近くの石段を曳き上げるわでホントにホントにどうかしちゃってるし、それに協力する警察や消防やＪＲも凄い。

だが手長神社については小宮オンバシラ祭りを迎える前に述べておくべきことがある。


諏訪大社の御柱大祭が終わって各地区で小宮オンバシラ祭りが開催され始めたころの6月15日。諏訪大社の式年造営御柱大祭で最後の行事となる上社の遷座祭がおこなわれた。これにて２０１６年の式年造営御柱大祭は終了する。

山出し前夜におこなわれた下社の遷座祭も、諏訪大社の翌年におこなわれる信濃国二之宮小野神社の遷座祭も、夜間にすべての照明を消した中で神事が始まるので何も見えない。見てはいけないのだろう。

治郎右衛門は下社の遷座祭後、

「あれは見せたくねぇんだろうな」

とボヤいていたほどだ。

しかし上社の遷座祭は昼間におこなわれ、しかも閉鎖された空間ではないため誰でも見学が可能だ。

正式には宝殿遷座祭と呼ばれ、その名の通り宝殿に奉斎された御神宝を移動させる。今回は東宝殿が新しく建て替えられているので、西宝殿から東宝殿へ移すことになる。

両宝殿前の布橋は関係者以外立ち入り禁止で、神職以下各地区の大総代も礼服姿で参列している。彼らのみ布橋への立ち入りが許されているため、治郎右衛門は大いに喜んでいた。やっと目の前で遷座が見られると。

厳かな雰囲気の中で始まった遷座祭で、まず最初に移されたのは鏡だった。おそらく銅鏡であろうが、この鏡は「真澄の鏡」ではない。諏訪大社の御神宝でもっとも名の知られているであろうそれは他で保管されている。

健太が諏訪での神事や祭りで御神酒の銘柄に真澄が指定されるのは、「真澄の鏡」こそが神宝中の神宝、キング・オブ・御神宝なのであろう。

鏡に続いて移されたのは薙鎌だった。やはり薙鎌も含まれているのだ。そして鉾。最後には朱赤色の大きな布が掛けられた御輿が移された。

御神宝の移動中、大総代らは深く頭を下げたままなので治郎右衛門はどうしているのだろう。

健太も最初は彼らに倣って頭を下げたままでいたのだが、どんな様子か気になるもんだからそーっと頭を上げてチラ見したところ、まわりの見物客は何食わぬ顔してバチバチと写真を撮っていた。何だ、そんなことになっていたのか。

遷座祭は1時間ほどで終わったため、健太は守矢史料館へ向かった。今日は物部（モノノベ）について調べたいことがあった。

先にも述べたが守矢氏系譜にはモノノベが入り込んでおり、第27代当主の武麿が物部守屋の次男ということになっている。

もし守矢家にモノノベが入り込んでいたとしても、物部守屋の次男が守矢家の当主になったかどうかは疑わしい。しかし、物部守屋ら本宗家が滅びた後に傍流が諏訪へ来たことは考えられるし、その傍流の誰かが本宗家を名乗ったのかもしれない。

というのも、モノノベの系譜で始祖になっている天火明（アメノホアカリ）だが、考古学的な研究によるとモノノベと天火明は関係なかった。

物部守屋らモノノベの本宗家が滅びてからというもの、モノノベ傍流たちにとっていかにモノノベの地位を復活させるかが大きな課題であった。

そこで目をつけたのが尾張氏の系譜である。

6世紀前半までは大和の葛城氏とともに有力な地方豪族として権威を誇っていた尾張氏だが、欽明大王の時代になると徐々にその力は衰えていき、葛城氏と同じく歴史の表舞台から消えた。

一方で自分たちの祖が神につながる系譜を持たないモノノベにとって、衰退した尾張氏の系譜は魅力的だった。

天火明を始祖とし、アマノカゴヤマから続く尾張氏の系譜に、モノノベの傍流かあるいは生き残った本流が、アマノカゴヤマの兄弟にウマシマチを書き加えた。それをしたころはすでに末子相続よりも長男の地位が高くなっていた時代であったのだろう。ウマシマチをアマノカゴヤマの兄にしている。

そんなことをするもんだから現代に至っても多くの歴史研究家や古代史ファンは、尾張氏をモノノベの片割れ、あるいは兄弟のように考える。

名古屋市博物館に尾張氏の研究については第一人者というべき学芸員氏がいて、彼によればそれはかなりはっきりした史実らしい。

したがって、モノノベはニギハヤヒを祀ってはいただろうが、天火明は何の関係もなかった。それに尾張氏とも血縁はない。ウマシマチとアマノカゴヤマは兄弟でもなんでもないのだから。

するとここで大きな問題が発生してしまう。
それは天火明とニギハヤヒ、元は別々の存在であったのが、どこかで習合させられたということだ。
それをしたのはモノノベに間違いなかろう。
モノノベがニギハヤヒの名を天火明と習合させたので、尾張氏は天火明の名をモノノベに奪われてしまったことになる。

天照国照彦天火明櫛甕玉饒速日尊（アマテルクニテルヒコアメノホアカリクシミカタマニギハヤヒノミコト）

この名前はニュートリノのような素粒子の名前ではなく、陽子や中性子のような複合粒子と同じ性質の名前だったのだ。

そんなわけで健太は守矢史料館に残る資料の中に関連するものが残ってないかを期待していたのだが、やはり無理だった。

帰る前に敷地内の御左口（ミシャグジ）社に寄ってみた。小さな社だが健太は何度も世話になっているので、まずは深々と礼をする。

『頭を上げて参られよ
日月年月（ひつきとしつき）　積み重ね
ようようきざはし登りて来しか
言うに言われぬ切なさや
悔し涙のその日々も
積んで重ねて八重九十重（やえことえ）

人の世を
歩むその日々きざはしの
一歩一歩になぞらえて
長き道程　登りて来しは
下界見おろしナニ思ふ
辿（たど）りし道の険しさか
辿りし道の喜びか
今ようようの見渡し（神渡し）は
眼下に広がる遥けき景色

奥宮は
己れの内に奥深く
鎮座まします慎（神）之御柱
〝⁙〟のカタの真中に建つぞ
果てなき旅と思ほえど
己れの内に向かふ旅
己れの真中に向かふ旅
内〝⁙〟の真中と外〝⁙〟の真中
一致させるは8の字巡り

ゆく道に
花咲き鳥鳴き山笑ふ
そよと風吹きお陽は射し
旅路の果てにナニ思ふ
喜び満ちて奥宮に
御柱建てよや凛として』

※きざはし＝階。階段のこと。古代、諏訪湖が今よりも広がっていたころは、湖から御左口社界隈まで階段が続いていたのであろう。ミシャグジが祀られていたのが高台だからこそ眼下に広がる景色が見渡せたことも判る。しかも〝見渡す〟ことと〝御神渡り〟が掛けてるあたりは上手い。

さて、なぜ4本の御柱を建てるのかの疑問から、社の中心にも一柱の神が宿って御柱は5本〝⁙〟であることは以前に答えが出ていた。

しかしここでは〝⁙〟の中心の御柱は自分自身であることを教わった。どうして諏訪ではオンバシラを建てるのかを追求する前に、自らの内側の中心にしっかりとした御柱を建てよと。

同時に外〝⁙〟の真中と一致させよとのことだが、このサイコロの目は大きく歪んでいた。長方形にしてさらに斜をかけたような歪みだ。

これについて健太はすぐに理解できた。

歪んだ4本の柱は諏訪大社4社の位置関係を表しているのだ。上の2本は春宮と秋宮を。下の2本は前宮と本宮を。

したがって中心の柱は諏訪湖の神であり、これはもう御神渡り以外他にない。

この御神渡りの姿に付けられた名前がタケミナカタなので、内の真中と外の真中の一致とは、自分自身がタケミナカタであり、胎内宇宙のタケミナカタと意識を合わせることが8の字巡りであるのだと。やっぱりメビウスの輪的な解釈だ。

健太は8の字巡りについて天武天皇と結びつけて考えていた。天武は若かりし大海人時代は美濃西部の安八磨郡（あはちまぐん。現在の岐阜県安八郡）と深い縁があったり、天武の墓とされている明日香の檜隈（ひのくま）大内陵が八角形だからだ。

しかし信濃に陪都を計画していたのは天武ではなく天智の皇子大津だったであろうから、8の字巡りの解釈を見失っていたところだった。

奥宮は己れの内にあり、その奥宮には巨大なエネルギーを誇る御神渡りタケミナカタが存在しているのだから、自分自身もタケミナカタである。胎内宇宙の存在は自分そのものなのだ。

健太は外側の究明にばかり気を取られていたため、内側の探求が疎かになっていた。

それに気付かされたので、再び社に向かって礼を述べているときのこと。

『御室（みむろ）の穴のその奥で
ミサクジ・ソソウ　ひとつなり
この度ようよう合体なりた
紅白の
タマゴを祀りて祝うなり』

またミシャグジがミサクジと発音されていたように感じたが、ミサクジとソソウがひとつなりとは、外宇宙と胎内宇宙のことを表現しているのか。

それが実は一致する世界であることを健太が気付いたからお祝いなのか、このたびの御柱大祭でミサクジとソソウが合体できたのか、これだけでは判断しかねる。

そしてさらに新たな問題が発生した。『紅白のタマゴで祝え』とな。それってキリスト教の復活祭じゃねえのか?

簡単に説明すると、イエスが復活したことを伝えるため、マグダラのマリアはローマ皇帝のもとを訪れているが、そのとき生命誕生・復活のシンボルとしてタマゴを持参した。

しかしイエス復活の報告を受けた皇帝はその話を信じようとはせず、マリアにこう告げた。

「お前の持っている白いタマゴが赤く変わることなどないように、死んだ者が生き返ることなんぞはありえない」と。

しかしそのとき、マリアの手にあった白いタマゴがイエスの血で赤く染まった。

以来、赤いタマゴはイースター(復活祭)エッグとして復活のシンボルになっているのだが、これは神話と同じなので史実と考えないほうがいい。

けどそれはいいとして、なぜミサクジとソソウがひとつに合体したことを紅白のタマゴで祝うのか。やはり諏訪にはユダヤ教や原始キリスト教などが持ち込まれていたのだろうか。

たしかにキリストが布教活動をしたのはガラリヤ湖周辺であり、景色は諏訪湖に似ている。

また、ガラリヤ湖畔にマグダナという村があり、マグダナのマリアの出身地だ。

聖書には「ガラリヤ湖を船で渡る弟子たちの前までキリストは水面を歩いて来た」とあり、冬の凍結した諏訪湖を思わせる。

現地の研究者によると、当時のガラリヤ湖は凍ることがあったらしく、それでキリストは氷の上を歩いたのだと。

だったら弟子たちは凍った湖をどうやって船で進んだんだとツッコミたくなるが、まぁいいや。

まぁいいやついでにもうひとつはっきりさせておくが、キリストはユダヤ教徒だ。とてつもなく多くの人がキリスト教徒と思っているが、キリスト教はキリストの死後に発生しているのでキリストはキリスト教徒にはなりえない。


話を戻して、赤いタマゴについては安易にキリストと結びつけることをせず、かといってそれを全面否定もせず、胎内宇宙での答えが見つかるまではそのままにしておくことにした。『御室の穴のその奥で』の御室とは、自身の胎内宇宙のことでもあると考えられるからだ。外ではなく。

それに答えを外の神に求めてまたやっかいなことを言い出されても困るし。中南米の神だとかアフリカのサバンナに棲む精霊とかに出てこられても、それらを満足させる自信は健太にはない。


（そろそろ帰ろうかな）

健太が御左口社前から去ろうとしたときだった。

『ケンケン、おめでとう。ギュー&チュッ』

（うわっ、何だ）

見えないなにかが健太に抱きついた。

（えっ、ギュー&チュッって、もしかして桜子ちゃんだったりして）

そうだ。桜子がやって来た。豆彦もいるという。手長・足長神社の地中深く、根の国で育った豆彦は今や国底立大神（クニソコタチオオカミ）だ。

今日は残念ながら星太郎やメラクにミルクは来てないが、小袋石での〝結びの誓い〟には勢揃いしていたことを健太は初めて聞かされた。もちろん言納も気付いてないはずだ。

彼らが健太への接触を禁じられていた理由は、外部の神や意識体と触れ合うことで健太の意識がそちらばかりを向いてしまい、胎内宇宙が閉じたままになってしまうからだ。〝結びの誓い〟のころの健太は微妙な状況だったのであろう。

それが今では胎内宇宙を開くことができたので、接触が解禁になった。北極星のシャルマがそうしたのであろう。見えない世界にもいろいろとルールがあるようだ。

豆彦と桜子は口々にお祝いの言葉を伝えてきた。それは言納との結魂(けっこん)であったりタケルの誕生であったり、そして胎内宇宙の開放についてのだ。

小袋石での〝結びの誓い〟ではメラクやミルクが大はしゃぎで祝福してくれていたことや、星太郎は嬉しくて泣いていたらしい。

それを聞いた健太もまた込みあげてくる涙を迎えられなかった。

豆彦が妙なことを伝えてきた。手長・足長神社からチ助やミ吉が来ているので、社に戻れと。チ助やミ吉といえば豆彦の育ての親だ。

どうやら手長・足長神社と御左口社は地中で自由に往き来できるらしい。潰された神々による根の国連合のようなものがあるのだろう。

豆彦によるとチ助やミ吉も健太のことを気にかけていたそうだ。そして接触が解禁されることも。

『ぬしの持ちたるその鏡
綺麗に磨いておるかいの
雑念・疑念で鏡面を
雲らせてはおらんかいのお
あれやこれ
心配なさるは不要じゃの
赤いタマゴは祝いのしるしじゃ
大いなる
環の世となりぬ　根の国に
光　射し込むとき来たり

やぁ嬉しやのぉ
さぁ共に生き返らん
わっはわっは　わっはっはぁ
笑いたまえ転がりたまえ
笑うスハには福来たる
福を呼びたるその心
鏡に映してくだされよ』

健太はチ助やミ吉までもが自分のことを気にしてくれていたと知り、素直に詫びた。

（ご心配をおかけして申し訳ありませんでした）

『心配などしておらんわい』

『慈しんでおるだけじゃわい』

チ助やミ吉が口々に返した。言葉は雑だが、その奥にある思いやりが伝わってくる。


チ助たちによれば赤いタマゴは祝いのしるしとのことなので、キリスト教と結び付けなくてもいいようだ。タマゴである理由はミシャグジとソソウの合体により何かの誕生または復活を象徴しているのであろう。

また、チ助やミ吉たちの暮らす根の国にも光が射し込むようなので、ますますめでたい。それで紅白揃えてのお祝いだったのだ。

『笑うスハには福来たる』のスハはもちろん諏訪でもあるが、同時に〝スー〟〝ハー〟の呼吸を示してもいるので、「笑って生きろ」とのことだ。

したがって「笑って生きれば福来たる」である。

傑作だったのが『笑いたまえ転がりたまえ』というところ。

神社での参拝で宮司が「祓いたまえ清めたまえ」とやるが、今後は「笑いたまえ転がりたまえ」とやるのはどうだろう。

それで参拝客が笑い転げていれば七福神が寄って

来そうだし、神も楽しいだろう。神妙な顔して参拝されるよりも。宮司になる資格も、面白みのない者には免許が下りないことにするとか。

そんなことがあったので健太は特別な思いで手長神社の小宮オンバシラ祭りに参加していた。

日程の関係で足長神社のオンバシラには参加できなかったが、手長神社に新しいオンバシラが建つことで、チ助やミ吉たちも喜ぶことだろう。健太はその瞬間に立ち合うことを楽しみにしていた。

そしてもうひとつ。言納とタケルが来るのだ。

健太があまりにも各神社の小宮オンバシラ祭りを楽しそうに語るので、言納は思いきって店を休みにしてスタッフ一同で参加することにした。昼前には着くとのメールが入っていたので、どこか曳行中に合流できるであろう。タケルにとっては生まれて初めての遠出であり、母親に抱かれたままオンバシラの曳行に参加してしまうとはなかなかのものだ。

曳行はいきなり国道20号を片側通交止めにして開始されたので気分がいい。渋滞に巻き込まれた車にしても、すぐ脇を巨大なオンバシラが通過して行くのだからむしろ幸運だろう。すべての乗用車の窓からケータイのカメラが向けられている。

国道20号は歴史ある甲州街道で、ＪＲ上諏訪駅の手前には酒蔵が5軒も並んでいる。ということは、休憩所では各酒蔵が御神酒をふるまってくれるのではと期待は膨らむ。

しかしその目論見は完全に外れた。休憩がないのだ。というのも、国道を片側通交止めにする時間は限られていて、警察からは絶対に時間通り曳行しろとキツく命じられているため遅れは許されないのだ。

山間部の小さな集落の場合、10分曳いて20分休み、また10分曳いて30分休んだりするが、時間に追われたここでは30分曳いて3分だけ休むのくり返しだったので御神酒どころじゃなかった。

清酒「真澄」を製造する宮坂醸造前の交差点を通過すると、オンバシラ街道は国道から逸れる。しかしうしろに続く他のオンバシラがまだ国道を曳行しているために先を急がなければならず、やはり休憩は3分だった。もちろん御神酒もない。

わずかな休憩の間に、健太のすぐ前で子綱を曳く女性がこの先のコースを説明してくれ、それで初めて踏切りの横断があることを知った。

「あーっ、健太さん。ここにいたんですか」

取材中の隆波が健太を見つけた。すると近寄って来た隆波に、オンバシラが進むコースを説明してくれた女性が大きな声で

「憲太ぁ――っ、こっちこっち」

と手招した。

「おーっ、なんだ、姉ちゃんもいたのか」

隆波はその女性を姉ちゃんと呼んだ。健太のすぐ前で子綱を曳いていた女性は隆波の実の姉だった。

隆波が姉の美佳を健太に紹介した。美佳は結婚して上諏訪町に移ったので現在は手長神社の氏子で、住まいのある双葉ヶ丘地区は毎回一之御柱を担当しているそうだ。

「そうそう、健太さん。100メートルぐらい先にそれと同じ法被の人が何人かいましたよ。背中にデカデカと〝光の御柱　ここに建つ〟ってあったのですぐに判りましたけど、健太さんの姿がなかったので探してたところだったんです」

それは間違いなく言納たちだ。やっと合流できる。

美佳が言納たちの子綱をどこかから調達してきてくれた。ちゃんと人数分ある。それで今度は健太が美佳を言納たちに紹介した。

「はじめまして。隆波憲太の姉の笠谷(かさや)美佳と申します。姉ですけど弟より若いことになってます」

これには皆が笑ったが、言納はこっそり健太の法被の袖を引っ張った。

「ねぇねぇ、隆波君ってタ（ン）ケミナカタの隆波君でしょ」

「そうだよ。さっきまで一緒だったけど、取材で他のオンバシラに……」

「そんなことじゃなくて、お姉さんって結婚して笠谷姓になったってことでしょ」

「そりゃそうでしょ。どうして?」

「すごすぎ」

さすが言納。いきなり見抜いた。

隆波は逆さに読むと〝ミナカタ〟だった。

美佳は結婚して隆波姓から笠谷姓に変わったわけだが、笠谷を逆から読むと〝ヤサカ〟だ。つまり、隆波の裏にはタケミナカタが隠れていて、笠谷の裏にはヤサカトメがいるのだ。

しかも名前が美佳なので、フルネームで考えるとカミヤサカになる。〝神・八坂〟だ。

「生まれがミナカタで、嫁ぎ先がヤサカトメってすごいと思わない?」

「お、お、思う。す、すごいと思う」

たしかにそうだが言納の鋭さもすごい。

タケルは言納に抱かれたまま、小さな手で子綱を握っていた。そして一丁前に握った子綱を引っ張っている。

その様子を見た美佳は、突然思い立ったように自分の首に掛けていた薄紫色の勾玉をはずし、タケルの首に掛けた。

「おいタケルくん。これは君が持ってなさい。君は〝諏訪タケル〟だよ」

美佳がタケルの首に掛けた薄紫色の勾玉は糸魚川産のヒスイだった。糸魚川のヒスイはヌナカワ姫のことだ。いや、逆か。ヌナカワ姫とはヒスイのことである。

そして美佳はタケルを〝諏訪タケル〟と呼んだ。

タケルの名は本人が希望したのでその名が付けられたのだが、このことだったのか。

オンバシラは手長神社へ登って行く長い石段の前を通過した。まだまだ境内へは向かわず、上諏訪の町内を曳き回して御披露目をするのだ。そのためにはこの先の踏切りを渡る。

　踏切り横断の準備中に雨が降り出した。しかし氏子たちは雨宿りをしている余裕などない。あと2本の列車が通過すると30分ほど遮断機が下りないので、その間を利用してまず一之御柱と二之御柱が続けて踏切りを渡る。国道も完全に通行止めになるため、氏子以外にも警察、消防、ＪＲの職員らが待機していた。

　上りの普通列車が通過して遮断機が上がった。すでに国道は封鎖されている。

　元綱衆が綱の先端を持って走り、踏切りの遥か先まで伸ばすと、一般氏子がそれに子綱を結んだ。

　さぁ、準備は整った。舵取(かじと)り棒に乗る若い氏子もさすがに緊張しているようだ。

　手長神社が鎮座する上諏訪町は、諏訪大社の下社エリアに含まれる。なので基本的にはオンバシラにメドテコは付けない。

　しかし手長神社のオンバシラには短いメドテコが取り付けてあり、この地区ではそれを〝舵取り棒〟と呼んでいた。

　曳行長が叫んだ。

「よーし、行くぞ。木遣りを鳴いてくれ」

　ヤァ――――

　チカラをォ――――合わせてェ――――

　お願ァ――――いだァ――――

「ヨイサッ、ヨイサッ、ヨイサッ」

　ラッパ隊も氏子の掛け声に合わせて突撃ラッパを吹き鳴らし、ボルテージは最高潮に達した。

「そーれ、曳けーっ」

「止まるなよー。一気に曳けっ」

このときだけは本当に突撃隊のようであった。氏子たちの叫び声と見物客の歓声、そしてオンバシラが地を這う音がひとつの塊になって踏切りを通過し、そのまま左へとカーブしつつ突き進む。

誰もが必死だった。そして誰もが〝今〟という瞬間を楽しんでいた。

雨が降ったお蔭で路面が濡れてオンバシラがよく走る。よく走るのはいいが、踏切りを渡り終えると雨が激しくなり、一般氏子はほとんどがどこかへ行ってしまった。

それでも残った者たちだけで曳き続けなければならない。初日のゴールはすぐそこだ。

「おーい、残った者だけで曳くぞ」

「動くのか、これだけの人数で」

「曳くしかねぇだろう。よーし、曳けーっ」

木遣りが鳴かれると綱を曳きつつ皆が一斉に走り出した。するとオンバシラも見る見る加速し始め、速度が落ちることなくアッという間にホテル浜の湯に到着してしまった。そのスピードの速さに、浜の湯の入り口で雨宿りしていた氏子たちから大きな拍手が沸き起こった。っていうか、皆さんも曳かないといけないでしょ。

こうして手長神社の里曳き初日は終わった。明日はどうやら晴れそうだ。


翌朝7時過ぎ、言納たちをホテルに残し、健太は雄大を連れて曳行開始の浜の湯前へ向かった。雄大は秋田県出身で、旅の途中に立ち寄った言納の店が気に入ってそのまま居着いてしまった男だ。言納たちはどこか途中から参加する予定だ。

曳行は8時に始まり、この日は町内のあちこちを曳き回すのだが、ここの氏子たちがこれまた麗しきオンバシラバカで、健太は嬉しくて仕方がなかった。

この人たち、速度を落とさず交差点を直角に曲がることなど当り前で、車同士が擦れ違えないような細い路地はスイッチバックで通り抜けてしまった。

つまり、まず路地の入り口を通り過ぎ、オンバシラをバックさせつつ路地に侵入する。次の四つ角では左折しなければいけないのだが、狭すぎて不可能なのだ。それでまたバックのまま右折する。それでもギリギリで、何度か切り返しをした。

右折に成功すれば左折側にはオンバシラの頭が向くので、再び頭を前にした曳行に戻ることができるというわけだ。

諏訪大社のオンバシラほど太くはないといえ長さは同じで、一之御柱は曳行時だと18メートル近くもある。よくもまあトレーラーのような長さの巨木がこんな狭い路地を曲がったものだ。

お昼休みが終わると午後は踏切りの横断からだが、今日の踏切りは狭く、しかも斜めに渡らなければいけない。

列車の通過待ちの時間は子供木遣り隊が可愛い木遣りで楽しませてくれた。

13時29分。上りのスーパーあずさ18号が通過して遮断機が上がると、木遣りで呼吸を合わせて一気に曳いた。線路上で舵取り棒が左側に倒れてしまったために一度は曳行が止まったが、すぐに立て直して何とか渡り切った。

踏切りを渡ると繁華街を抜け、次は国道を横切るのだが、これまた直進ではなくクランクになっているため綱さばきが難しかった。

あとは80メートル先のT字路を左に曲がれば手長神社へ続く階段下に出る。ここで一旦は解散だ。そして夕方、薄暗くなりかけたころに再び集結する。なぜなら、長く急な石段の曳き上げと境内への曳き入れは夜間曳行でおこなうのだ。

空き時間を利用し、健太は言納とタケルを連れて手長神社へ挨拶に行った。宮司にタケルを見せると、榖の葉紋の小さな土鈴(どれい)を握らせてくれた。4本足でも5本足でもない。一枚榖だ。数々の榖（梶）紋を見てきたが、この一枚穀がもっとも美しい。
本殿ではチ助やミ吉が迎え入れてくれた。

『好いのう好いのう
嬉しやのう
人びと集いて楽しやのう
弥栄を
体現されし人々の
息吹や清しさ美しき
めでたいのう
嬉しやのう
祭りぞ祭りぞ祝いなり
神人たちの祝いなり』

潰された神々でも今日は怨み節などはいっさいなしで楽しんでいるようだ。

さて、ここから健太と言納は別行動になる。健太は石段の曳き上げに参加するが、タケルを抱く言納には危険すぎるため階段横の高台から見物する。

集合時間前から続々と氏子が集まり始め、解散前よりも人数が増えた。石段の曳き上げのみに参加する氏子がいるのだろう。

通称〝階段登り〟と呼ばれる石段の曳き上げは、ところどころ石段を破壊しつつ２００段近くもの階段を曳き上げる。この階段がなかなか急な斜度で、ここを人力だけで曳き上げようと考えること自体、やっぱり諏訪の氏子はイカレてるが、健太も氏子から同じことを言われた。お前、イカレてるなぁ、って。

あたりが薄暗くなると階段に沿ってズラリと取り付けられた提灯にあかりが点され、階段下のオンバシラ周辺から木遣りが聞こえてきた。

舵取り棒やオンバシラ先端に乗る氏子たちは、各々の町内の名前が入った提灯を持って気勢をあげている。15人以上いそうだ。彼らだけでも1トンは超えるが、氏子たちはお構いなしである。

健太は子綱を握りしめたまま、あたりを見渡してみた。夕闇に提灯が浮かびあがって幻想的だ。手長神社の氏子はこれがやりたかったのか。それでわざわざ陽が暮れるのを待っていたのだ。

手長神社以外にも下諏訪町東高木の津島神社などで夜間曳行はおこなわれ、麗しきオンバシラバカたちが6年一度の晴れ舞台を存分に楽しんでいることであろう。


「アラヨイテーコショ」

「ヨイサッ」

「アラヨイテーコショ」

「ヨイサッ」

18メートルもある大蛇のようなオンバシラが大勢の氏子を乗せたまま、這(は)うようにして石段を登り始めた。曳き子たちも真剣だ。でないと動かない。

掛け声とともに一段ずつ、確実にオンバシラは曳き上げられ、氏子とオンバシラと山の神がひとつの生命体としてここに存在しているようだ。

諏訪では町内で揉め事が起きても6年以上は続かないという。というのもオンバシラ祭りの準備が忙しすぎて揉めてる当事者同士も一緒に作業せざるを得ず、自然に打ち解けていくそうだ。そして共に息を合わせてオンバシラを曳く。オンバシラ祭りには人間臭さと美しさが同居している。


「あー、もうダメ。手が痛すぎ」

「曳いても動かねえぞ。止まったかぁ?」

なにしろ階段を曳き上げているのだから、いくら曳き子たちが真剣に曳いても途中で止まる。そんなときは木遣りを鳴くことで再び息を合わせるのだが、問題は止まってから動き出すまでの間である。

通常の曳行は、オンバシラが止まると曳き子たちも子綱から手を離して休む。

しかしここではオンバシラが止まっても子綱から手を離すことができない。そればかりか、握った子綱をおもいっきり引っ張り続けなければならない。

もしそれをやめてしまうと階段登りが階段落しになってしまう。だが、下からは二之御柱が登ってきているし三之御柱もスタンバイしているので、絶対に階段落しなどするわけにはいかないのだ。

「指がちぎれるーっ」

「早く動かせー。ト、トイレに行きたい」

曳き子たちは必死だった。

そんなことを何度かくり返し、160段あたりにある第2鳥居をくぐると残り30段は緩やかになり、ここまで登れば境内までもう少しだ。手を振る言納たちの姿も見えた。

そして格闘すること1時間と30分。ついに一之御柱は境内に曳きつけられ、明日の建てオンバシラを残すのみとなった。

三之御柱と四之御柱はここからさらに急坂と階段を曳き上げて神殿の裏まで行くため、終わったのは12時を過ぎていた。


こうして手長神社のオンバシラ里曳きは終了したが、他の小宮オンバシラ祭りでもそれぞれ難所が待ち受けており、どれも必死だった。

下諏訪町東山田地区の熊野神社では生えてる木々を避けつつ山の急斜面を登った。

熊野神社へ向かう里曳きコースはほとんどすべてが登り坂で、福沢川に沿った細いアスファルトの道をひたすら登って行く。

やっと神社前までたどり着くとその先はさらに急斜になり、階段が狭すぎて危険なためにその脇の斜面をそのまま真っ直ぐに登ったのだ。山登りだ。

東山田地区は老若男女すべての氏子が親切で、その歓迎ぶりから健太は大切なものを学んだ。

茅野市玉川の小泉諏訪神社でも約束通りメドテコを付けたまま鳥居をくぐらせると、急な階段を一気に小山のてっぺんまで曳き上げた。

メドテコでまわりの木々を傷付けぬよう、元綱衆は苦労しつつ見事にやってのけた。

富士見町落合の上蔦木（かみつたき）地区は小さな集落で、東へあと1・5㎞で山梨県である。

この地区の十五社大明神では広く整備された山道が曳行コースだったので、連続する180度カーブも優雅に曳けた。

それでも最後は階段登りがあり、わずか20段ほどなので距離は短いが、階段を登った3メートル先には拝殿がある。

どうやって10メートルのオンバシラを拝殿にぶつけずして右へ曲げるのかと思いきや、階段途中からターンを始め、元綱と追い掛け綱を上手いことコントロールして建てオンバシラの位置まで曳き上げてしまった。

上蔦木地区は若者よりも年配の氏子が全員面白く、つまんない人がいなかった。

またこの地区は何かにつけて一般氏子ファーストで、とにかく女性と子供を優先していた。普段の感謝をここで返しているのであろう。女性や子供たちのために働く年配の面白い氏子たちからも、健太は思いやりや優しさの表し方を学んだ。

手長神社では一之御柱の曳行長を務める男が謙虚でありつつ頼り甲斐があり、大勢の氏子を引っ張る実力を兼ね備えていた。健太はその男から自分に足りないものを多く学び、どこの小宮オンバシラ祭りに参加しても学ぶことだらけである。

治郎右衛門の地区、岡谷市川岸の熊野神社では山出しでオンバシラの崖落しをするらしいが、日程が合わず参加できなかった。

里曳きは生憎の雨で一般氏子がほとんどいなかったため、健太まで木遣りを鳴かされたが、木遣りを鳴くということは山の神の代役として氏子たちをまとめていることに気付いた。なるほど。だから動き出す前には必ず木遣りを鳴くのか。このようなことは資料を読んでるだけでは絶対に気付けない。氏子からオンバシラバカと呼ばれるほどに参加した価値はあった。

手長神社の里曳き最終日は建てオンバシラだけなので、言納たちは健太を残して市内観光に出かけた。諏訪湖の湖岸でのんびりしたり諏訪大社の前宮と本宮に寄り、最後はスタッフも付き合わせて小袋石へも寄った。言納は〝結びの誓い〟を立てたそこへタケルを連れて行き、お礼を言いたかったのだ。
小袋石の前に立ち、言納はタケルを抱いたまま、深々と頭を下げた。

『よくぞ参られましたこと
その姿
子を抱く姿をお胸に刻み
己れの姿と為すように
お一人ひとりが観音なりと
感得さるるが我が望み
観音の
輝く姿ぞ　母なる姿

ましてや御子は我が鏡
真澄の鏡と知るがよし
忘れぬように過ごされよ

かけがえのなき己れの日々を
生きとし生ける万物に
お心添わせて感謝しつ
御子と共に過ごされよ
己れの前に現れし
万象万物すべてのすべて
観音の
変化（へんげ）なりしと気付いて欲しや

己れの眼（まなこ）に映りしすべて
映し鏡ぞ　すべては観音
ましてや御子は我が鏡
真澄の鏡を曇らせぬよう
観音愛で包まれよ』

なんだか厳しい中に愛がある教えだ。小袋石はやはり母なるオフクロ石だ。言納は諏訪で過ごした日々に大満足して帰路についた。そして同時に健太が羨ましくもあった。いくら玉し霊の課題のためとはいえ、毎週のようにこんな楽しいことをしているのかと。

　もしタケルがいなければ間違いなく嫉妬していただろうけど、タケルがいなければ言納も諏訪通いをしているであろうから、いずれにせよ健太は玉し霊の課題に取り組むことができるわけで、それは実にありがたいことだ。

　その健太は手長神社へ建てオンバシラを見に来ていた。二之御柱はすぐに建ったが、健太が曳行に参加した一之御柱は七五三巻きをして建てるため、準備に手間取っていた。

　なのでその間に本殿前へ行き、新しいオンバシラが建つことのお祝いを述べた。

　このときチ助やミ吉は姿を現さなかったが、妙なことを伝えられた。

『赤いお土は魔を除(よ)ける
身体に塗れば魔は寄らず
神に捧げる器になれば
聖別さるる土器となる

遠き昔のことなるが
赤いお土に塩と酒
混(ま)ぜ混ぜ捏(こ)ねて御団子(おんだんご)
作りて積んで捧げたものよ

宇陀かぎろひの
赤いお土は良き土じゃのう』

　赤土を捏ねて団子を作れというのか。これこそが原始の供物なのであろう。

『宇陀かぎろひ』が判らなかったので帰ってから調べてみたところ、大宇陀に〝かぎろいの丘〟と呼ばれる小さな山があった。おそらく赤土が採れるのであろう。

しかし健太がそこへ赤土を採りに行ったのは、諏訪地方の小宮オンバシラ祭りがすべて終わってからであった。また、紅白のタマゴもしばらくはお預け状態が続いていた。

手長神社の建てオンバシラではバランスが崩れて危険な場面もあったが、1時間ほどかけて立て直し、奥山の大木が神となった。

ここでも気付きや学びがたくさんあり、健太はまた少しだけ成長することができた。そして父親としても責任感が強くなった。

その責任感というのは父親としてしっかりするということよりも、6年後も自分は生きてないといけないという責任感だった。生きていることで、次のオンバシラ祭りではタケルと一緒に子綱が曳ける。曳きたい。そのために、生きていなければ、と。

健太は数多くの小宮オンバシラ祭りに参加したことで、はっきりと判ったことがあった。

それは、諏訪の氏子にとって、

諏訪の神様＝タケミナカタ＝諏訪明神

であるということ。

本来は

諏訪の神様＝ミシャグジ＋ソソウ神

であり、同時に

諏訪の神様＝御神渡り

である。

タケミナカタの名は御神渡りに冠せられた名であって後付けなことと、諏訪明神は仏教を信仰する者たちが諏訪を支配するために持ち込んだ名であるが、氏子にとっては大切な諏訪の山神であった。

それを今さらいちいち糺（ただ）す必要などないのかもし

れないため、健太は物語として残すことにした。

それは健太自身の内宇宙に潜む胎内シャルマから気付かされたことで、神事や祭りなどで神々に与えるやすらぎは束の間の夢、浅き夢。

歴史を糺すことで過去を変え、人々の認識が変わることこそが古き神々の復活につながるのだから。

そして、過去の歪みが糺された分だけ、今後進む未来の方向性も糺される。

あらゆる事象に当てはまるが、過去を歪めたままでそれに蓋をして知らん顔をしたところで、その歪みは未来への方向性に反映される。

したがって歪んだ過去を糺した分だけ、未来は本来進むべき方向へと糺されるのだ。

宇陀についてはどうなるか判らない。しかし、諏訪に関してはお世話になった大勢の氏子への恩返しとして、歴史を物語にして残そう。そう決意したのであった。

第9章　憑(たのめ)の里のオンバシラ

「ヨイテーコショ」
「ヨイショッ」
「ヨイテーコショ」
「ヨイショッ」

雪が降りしきる中、信濃国二之宮小野神社でオンバシラ祭りの山出しがおこなわれていた。諏訪地方が諏訪大社や各小宮のオンバシラ祭りで盛り上がった翌年、２０１７年3月26日のことである。

山出し初日の前日は快晴で、健太も上田地区が担当する一之御柱を曳いた。ポカポカ陽気に包まれ、久しぶりにオンバシラを曳く喜びに浸っていたが、2日目の今日は打って変わって朝から雪だ。

しかし健太は古町(ふるまち)地区が受け持つ二之御柱を特別な想いで曳いていた。というのも……。

２０１７年の年が明けて迎えた1月15日。健太は綱縒(つなよ)り祭に参加するため、早朝から小野神社に来ていた。諏訪地方ではオンバシラを曳くための綱作りを〝綱打ち〟と言うが、小野神社ではそれを〝綱縒り〟と呼ぶ。

社務所前で待ち合わせをしていたオンバシラ祭りの実行委員長は、健太を軽トラに乗せると古町の公民館に向かった。

小野神社の氏子エリアは4地区に別れており、それぞれが綱縒りをおこない、古町地区は二之御柱用の綱を作る。健太は小野神社の氏子を誰一人として知らないため、すべて実行委員長にお任せだ。

すでに大勢の氏子が集まっており、あちこちで火が焚かれていた。それもそのはず。小雪が舞うこの日の外気温は氷点下10度。道路も雪で真っ白。綱縒りはそんな寒空の下でおこなわれるのだ。

綱縒りのために用意されていた縄は１３２本で、

長さは80メートルもある。

それを男綱用と女綱用の66本ずつに分け、さらに均等に3分割する。22本の縄を人の手で縒り縒りねじって太い1本の綱にするのだ。

3本の綱の先は大八車に使われていた車輪に結びつけられ、三叉(みつまた)と呼ばれる器具で縒り具合を調整しながら仕上げていく。このとき三叉を支える力が不安定だったり角度が歪むとデコボコした綱になってしまうため、三叉係の責任は重大だ。

信州二之宮小野大社
七年一度の御柱で
今日は日出度く綱縒りだ
ヨイショヨイショの掛け声に
併せて廻す大八で
氏子一同打ち上げた
女綱男綱をお宮へと
無事に目出度く納めます
エーェエィエ――
守り神様　頼みますぞ
エンヤーノセ――

綱縒り祭用の木遣り唄が山里に響いた。

諏訪のオンバシラ祭りと一番の違いは木遣りだ。リズムも違うが、小野神社ではそれぞれの行事用にストーリーのある木遣り唄が残されており、今のは〝綱縒り祭　御神徳由緒〟と呼ばれるものだ。

そして7時間の作業の末、50数メートルの男綱と女綱が完成した。

綱はトグロを巻いた蛇のようにまとめあげ、その日のうちに小野神社の神楽殿に納められた。各町内それぞれ2本ずつを持ち寄るため、計8本の大綱は3月末の山出しをここで待つ。

最高気温でさえ氷点下の中での作業は体力も気力もすべて奪われる。靴の底に敷いた足先用の使い捨てカイロは寒すぎて何の効果もなく、凍て付く寒さはやがて痛さに変わった。

健太は昨年、諏訪大社や多くの小宮オンバシラ祭りで小綱を曳いたが、元綱がこれほど苦労して作られたことを知り、調子に乗っていた自分が恥ずかしくなってしまった。

だが作業はそれだけでない。綱綯り祭の前には山の中での見立てや注連掛祭（しめかけさい）、元伐り祭（もとぎりさい）、それらに向けての細々とした準備、警察や消防との打ち合わせなど、やるべきことを挙げたらキリがない。なのでオンバシラ祭りは6年に一度しかできないのだ。

これを毎年やると財政は破綻し、氏子の何割かは過労死する。サラリーマンは会社をクビになるし、妻帯者は女房子供に逃げられるであろう。オンバシラを建てるというのは、それほど大がかりな行事なのである。

そんな訳で、健太は古町の氏子と一緒に自分も参加して綯り上げた綱が、今まさにオンバシラを曳いていることに大きな喜びを感じていたのだ。

「おい、追い掛け（綱衆）はもっと抑えろ」

急勾配の細い山道を下るには、柱の最後尾に結ばれた追い掛け綱で速度や方向をコントロールしないとオンバシラが暴れる。

二之御柱の曳行路は国道に出るまでが難所だ。

軽トラさえ通れない道幅の下り坂が400メートルほど続き、しかも途中に急カーブが2箇所ある。凍った大地には雪が降り積もり、曳き子の足元もおぼつかない。

「氏子の皆さんも谷側へは落ちないように気を付けて曳いてください。ヨイテーコショ」

「ヨイショッ」

「ヨイテーコショ」

「ヨイショッ」

諏訪では「ヨイサッ」と返す掛け声も、ここでは「ヨイショッ」だ。

「名古屋から来たんじゃあ寒いでしょ」

氏子が健太を案じてくれたが、綱諚り祭の寒さに比べたら大したことない。それに雪の中の曳行も経験してみたかったので実は喜んでいた。

諏訪では上諏訪町の手長神社、茅野市の多留姫神社、治郎右衛門の熊野神社でドシャ降りを経験しており、これで晴れ・曇り・雨・雪のグランドスラム達成だ。

山出し用の木遣り唄が始まった。

さて皆様よ　どなたにも
不調法(ぶちょうほう)には候(そう)らえど
私がひとつ申します
信州二之宮小野大社
七年一度の御柱で
今日は日も良し　天気良し

「天気悪いぞ。雪だ、雪」

木遣りの途中で飛んだヤジにあちこちで笑いが起こり、鳴いている当人も苦笑していた。続きがある。

相吉山(あいよし)より御山出し
青年衆の舵取りで
数多(あまた)の氏子が奉仕して
途中難なく置き場へと
エーェエィエ——
お着きするよう頼みますぞ
エンヤーノセ——

しかし残念ながらオンバシラは谷側へ落ちた。幸いなことに落ちたところに太い杉が生えていたのですぐに止まった。危ういところだった。

だが人力だけではどうにもならず重機を持ち込むことになった。作業完了まで一般氏子は雪に降られながらのお昼休みになり、このとき配られた豚汁は泣けてくるほど美味しかった。

この小野神社には第6章でも触れたがタケミナカタ滞在伝承が残る。今となっては初めからタケミナカタだったのか、実は諏訪明神がいつの間にやらタケミナカタになったのか、どうにも判りゃしない。

だが、小野神社に隣接する弥彦神社にも興味深い伝承が残る。内容については古事記を元にした創り話っぽいが、神社の創建が672年との資料もある。

672年といえば壬申の乱の年であり、残された資料にも天武天皇の名があった。

これと同じものを健太は岐阜県七宗町の神淵神社でも見ており、創建は672年6月で天武天皇によりスサノヲ尊が祀られたことになっている。

（『遷都高天原』325ページ）

これらの話を真に受けるわけにはいかないが、天武天皇は美濃から信濃に入るルートを開拓していたのかもしれない。あるいは天智大王の時代かそれ以前から確立されていたルートを天武側が横取りし、伝承を天武の名に変えたとか。

平安時代になると桓武天皇がそれをやらかし、あらゆることを自身の功績として歴史を書き換えてしまったため、古代史は瀕死の状態に陥った。

それでもまだ中世は古事記など誰も信じてなかったので史実が伝わっていたようだが、明治政府によって日本の古代史は完全に息の根を止められた。

諏訪明神が持っていた藤の枝が藤原不比等の子である藤四子だとすれば、彼らが諏訪入りしたのは政敵長屋王が死んでからのことであろう。その時期は諏訪国が廃止され、諏訪地方が再び信濃国へと戻された頃と考えれば731年以降なので、672年は無理がある。

それではこの時代、何があったのか。

おそらくそれは消された美濃の歴史を解明しなければ迷に包まれたままであろう。美濃の中でも特に西濃地方が鍵になる。西濃地方とは滋賀県に隣接する地域で、ご存じ「天下分け目の関ケ原」は西濃地方の最西端に当たる。関ケ原は壬申の乱においても天武（大海人皇子）側の重要な拠点（ということ）になっている。

また、天武天皇とヤマトタケルを比較してみると、美濃と尾張における故事が重なる。美濃では伊吹山が、尾張は熱田神宮や草薙剣が特にそうだ。ヤマトタケルの物語は古事記の編さん者が、一部分は天武天皇をモデルにして創作したのかもしれない。それも消された美濃の歴史の中に真実がありそうだ。

さて、曳行が再開される。

どうやら警察はオカンムリのようだった。オンバシラを通すため国道を通行止めにするのだが、その時間が大幅に狂ってしまったからだ。仕方ないではないか。オンバシラが谷へ落ちかけたんだから。

それでも雪が降りしきる中、二之御柱は奉置所まで曳きつけられた。ここから小野神社の境内へ向かうのは5月初旬。それまでしばしのお別れだ。

曳行終了後、健太は親睦会に誘われたので参加すると、古町の氏子の中に木遣り保存会の会長が居るではないか。そこで健太は小野神社に伝わる木遣り唄のCDが欲しいと望い出た。

後日、自宅に届いたCDには小野神社に伝わる木遣り唄のほとんどすべてが収められており、それからというもの健太は車の中で何度も何度も里曳き用のものを練習し続けた。

木遣り唄の中にはこんなものもあった。

明神様のニワトリが
親コッコー（孝行）と鳴きまする
エーェエィエ――
親は大事だ
エンヤーノセ――

木遣り唄で子供に説法をしているようだ。

古町地区から塩尻市内へ向かうとすぐに善知鳥峠(うとう)にさしかかる。この峠は分水嶺になっているので、こんな木遣り唄もある。

信州信濃のうとう山
日本海と太平洋
エーェエィエ——
水の別れだ
エンヤーノセ——

江戸時代は松本藩主が小野神社に赤松のオンバシラを寄進していた。曳き出したのは松本市波田の山からだそうで、曳行距離はおよそ30㎞。最後に分水嶺の善知鳥峠を越えて憑の里へと曳きつけた。

事の起こりは松本藩主小笠原秀政が1615年、大阪夏の陣への出陣に際して戦勝祈願をしたことによる。なにしろタケミナカタは日本一の武神になってしまっていたのだから。

小野神社の場合、タケミナカタは諏訪へ入る以前にここに滞在していたため、タケミナカタとの縁は諏訪よりも長いということになり、それで木遣り唄では「信州二之宮小野大社」と鳴く。そのあたりのライバル意識はなかなか面白い。

実際に神社正面の参道を真っ直ぐに踏切りまで進むと、大きく「小野大社」と石柱に彫られている。

小野神社のオンバシラ祭りは諏訪大社の翌年おこなわれるのではなく、小野神社の祭りの5年後に諏訪大社がおこなうことに同意すれば、憑の里ではいろいろと親切にしてもらえるであろう。

ライバルについてはもうひとつ触れておかなければならないことがある。隣接する矢彦神社との関係についてだ。

一見すると同じ敷地内に建つ両神社。自由に往き来することもでき、山あいにたたずむ平穏な鎮守の森のようであるが、実は複雑な歴史を持つ。

現在の小野地区は塩尻市と上伊那郡辰野町の境界にあるが、かつては伊那郡と筑摩郡と諏訪郡の諍いがこの地区まで及び、争いが絶えなかったようだ。

それで豊臣秀吉が小野地区を中央で北と南に分割してしまったため、北小野は筑摩郡に、南小野は伊那郡に属することになり、それでますます北と南の溝は深まってしまった。現在でもそのまま塩尻市と辰野町の管轄になっている。

そして矢彦神社の敷地だけが辰野町の飛び地になっており、したがってまわりは東西南北全方位が塩尻市なのだ。

公立の学校にもその影響はある。一般的な公立の小中学校の場合、例えば塩尻市立何々小学校とか、辰野町立何々中学校であろう。

しかし小野地区の場合、辰野町側に小学校があり「辰野町塩尻市小学校組合立両小野小学校」なのだ。小学校組合立、ですぞ。なので塩尻市側の中学校は「塩尻市辰野町中学校組合立両小野中学校」になる。

そんな訳であれこれと対立してきた小野神社と矢彦神社だが、今回のオンバシラ祭りでは初めて共同で案内ポスターを制作した。

昔からこんなことが伝わっている。

「人を見たけりゃ諏訪オンバシラ
綺羅を見たけりゃ小野オンバシラ」

きらびやかな里曳きは、小野神社・矢彦神社共に5月の3日から3日間の日程で始まる。諏訪大社の上社里曳きからちょうど丸1年だ。いや、そうじゃなかった。上社里曳きまであと5年だ。

*

4月22日の遷座祭も終わり、いよいよ里曳きが近づいてきたある日、健太は言納とタケルを連れて宇陀へ行った。赤土を採りに。家族で奈良へ出掛けるというのに、大仏や鹿のいる奈良公園ではなく、赤土を採りに宇陀だ。不思議な一家である。

タケルがぐずるといけないので宇陀に着くとまずは道の駅で食事を済ませ、かぎろひの丘万葉公園でしばらく遊ばせてから阿紀神社へ向かった。

万葉公園ではどうしてだかタケルが、馬にまたがる柿本人麻呂像に何かわめいていた。言いたいことでもあるのか、ただ馬に乗った人の姿に興味を持っただけか。おそらく後者であろうから深く考えないことにした。

境内は春の陽射しが心地好く、ここで弁当を食べるのも悪くない。昔は事あるごとに人は神社に集まった。それが今では元旦しか賑わうこともなく、妙ちくりんな聖地感が蔓延しているため、神社の存在が日常生活の外に置かれるようになってしまった。

本殿前はともかく、ゴミさえ持ち帰れば境内をもっとカフェのように利用していいと思う。いや、利用すべきでしょ。いやいや、利用してください。かつて奈良県葛城の一言主神社で番人がそれを訴えていた。

(『臨界点』50ページ)


境内を出てのんびり散歩をしていると、タケルがヨタヨタと走り出した。自分の足で移動することが面白いらしく、特に階段や坂や土手を登りたがる。

ここでも階段を見つけると、さっそく登り始めた。この階段は〝高天原〟と呼ばれる丘の入口で、健太は以前に登ったことがある。

壬申の乱では吉野を出発したサララ持統がここで休んだとかの伝承が残るが、さてどうでしょう。サララ持統は〝高天原廣野姫天皇(たかまのはらひろのひめのすめらのみこと)〟の名もあるため、丘の名はそこから取ったと思われる。

それよりも問題なのは「宇陀の歴史は逆さ吊り」であり、この地に必ずヒントがあるはずだ。

ただしそれは、天智・天武・サララ持統や高市持統よりもずっと古い4世紀のことであろうからまた別の機会にする。

高天原の丘は登り始めから赤土だった。タケルが導いてくれたのか、これで探さなくていい。それにこの季節はヤブ蚊がいないから助かる。
丘の頂には小さな社があり、赤土をいただくことを伝えた。

『今を生きる者たちが
宇陀と諏訪を結びたように
宇陀と白山つなぐれば
裏の回廊　開かれる
我れら根の国　はやすでに
つなぎておるが歴史とやらは
いまだ分断されしまま

根よ葉よ茎よと分けたとて
根のない草木は弱きもの
逆さに返して眺（なが）むれば
根と枝　姿は同じなりて
過去と未来もつじつま合わせよ
上には上の　下には下の役割が
ありておるが根を切れば
葉や茎・花は枯れるぞよ
都合の悪き過去を閉じれば
明るき未来も枯れるぞよ
根は水を
葉は火（日・陽）を受ける容れ物よ
二つ揃うて〃一（いち）〃となり
どちらが欠けても育たぬぞ

今を生きる者たちは
歪めた過去に終わり告げ
歴史を糺（ただ）す勇気持つ
いやめでたきかな
赤く塗り替え　生き直し』

驚いたことにいきなり白山が出てきたが、これは〃ハクサン〃ではなく〃シラヤマ〃である。そこを

間違えてはいけない
シラヤマ、おシラさん。それが本来は祀られるべき神であるが、ある時代から差別用語になってしまい、宇陀でもそのように使われた過去がある。

そもそも白山が〝ハクサン〟と音読みされるようになったのは江戸中期以降のことらしく、それまでは〝シラヤマ〟が当り前だった。

2017年は泰澄による白山開山1300年に当たるため、これを期にシラヤマ信仰が復活するといいのだが。ハクサンではなくシラヤマの。

それにここでも過去を糺さねば明るい未来が訪れないと忠告された。過去を歪めたままでいることが未来にどれだけ損失や弊害をもたらすか、人類はしっかりと認識せねばならない。

最後の『赤く塗り替え』というのも潰された過去に目を向けて歴史を糺せとのことだろうが、最近はなぜだか〝赤〟に縁がある。赤いタマゴもそうだし小野神社のオンバシラは赤松だ。

また、天武天皇（当時は大海人）は壬申の乱で敵と味方がすぐに区別できるよう、自軍の兵には赤い布を身に付けさせている。大量の布を急きょ染めたであろうから、それには赤土が使われたと聞いたことがある。

ローリング・ストーンズに「黒く塗れ」という曲があるが、宇陀では「赤く塗れ」だ。それで健太はビニール袋いっぱいに赤土を持って帰った。

やがてその赤土で御団子を作り、諏訪や白山へと持って行くことになる。

倭(やまと)の　宇陀(うだ)の真赤土(まはに)の　さ丹着(につ)かば
そこもか人の　吾(わ)を言(こと)なさむ
（万葉集　巻7の1376）

（有名な宇陀の朱が衣に付けば、
いろんな人が自分のことを噂するだろうか）

万葉集にも宇陀の朱（辰砂）を詠んだ歌があった。朱（辰砂）と健太が採った赤土は別物だが、宇陀は良質な朱の産地として知られている。

赤土を採った高天原の丘で、サララ持統について少し触れたが、どうもウノノサララが天智大王の娘というのも怪しい。ひょっとしたら鎌足の娘かもしれないのだ。

難波の宮に孝徳大王（第36代）を残し、天智大王（当時は中大兄）は一族郎党を引き連れて倭に帰ってしまった。

まったくおかしな話だ。この話では難波の宮に残ったのは孝徳大王ただ一人ということになっているのだが、どうやらそうでないらしい。孝徳と一緒に鎌足とサララも残った可能性があるのだ。

ついでに言うと、神話にアマテラスとスサノヲが誓約（うけい）をするシーンがある。

以前から疑問だったのは、何で生まれた子の性別でスサノヲの潔白が証明されるのだろうかと。

ここに出てくるアマテラスとスサノヲって、ひょっとしたら天智と天武の間に起きたことを元にして神話化してやしないか。そうなると当然のこと鎌足の存在もそこに含まれているであろう。

なので鎌足の、というよりも中臣の祖としてアメノコヤネを創作し、アマテラスが隠れた岩戸を開くために活躍させてある。うっ、神話を完全に私物化しちゃってるぞ、この人たち。

それに奈良県桜井市多武峰の談山神社も本当に鎌足のために建てられたものかも疑わしい。

というのも、鎌足の墓は大阪の高槻市奈佐原にある阿武山古墳であることは今や多くの研究者が認めており、そこから南へ下って淀川を挟んだ向い側の寝屋川市・四條畷市・大東市あたりにサララ郡ウノ村があり、サララ持統の生まれ故郷である。

当時はこの地域も馬の生産が盛んで、古代北河内で営まれた馬飼いの中核であったと推定される。

おそらくサララも乗馬はお手の物だったはずだ。

なので一部の研究者たちはサララをジャジャ馬娘と呼んでいる。

もし、日本書紀に記された31回も吉野通いをくり返した持統天皇は高市(たけち)持統ではなくサララ持統であるならば、飛鳥の都から馬を疾走させつつ吉野までひとっ飛びだったのであろう。

結局、諏訪や宇陀だけでなく、美濃も摂津もその他も互いが影響し合っている。

(そうかそうか、そういうことか)

健太は宇陀からの帰り道、名阪国道を運転中に納得することがあった。

『8の字巡り』とは特定の箇所だけを巡るのではなく、あらゆるつながりに思いを馳せること。それはつまり想い巡りということだった。

実際、つながりがある土地すべてを巡って調査などできやしない。そもそもこの2年で諏訪およびその近辺を訪れること40回。健太は遣うことができるお金はすべて遣い果たしてしまった。なので子供が生まれたというのに貯金はない。もうこれ以上は各地を頻繁に訪れることは不可能だ。

したがって可能な範囲で巡り、その他は文献を調べるなどして想い巡りで『8の字巡り』をし、過去を糺すこと。高天原の丘の小さな社で教えられたことこそ、健太が自らの使命と成すことなのだから。

*

里曳きは青天に恵まれた。それに小野神社は観光客も子綱を曳くことができるため、このときばかりは静かな山あいの村が人で溢れていた。

初日は上田地区が担当する一之御柱を境内まで曳き入れ、そのまま建てオンバシラまでおこなう。

曳行開始時にはそれほどでもなかった曳き子の数が次第に増え、やがては子綱を結ぶ隙間がなくなってしまったため、30メートルほどの2番綱を急きょ元綱の先端に結んだほどだ。こうなるともう子綱を引っ張らなくても勝手にオンバシラは進む。

踏切り手前で列車の通過を待ち、遮断機が上がるとそのまま国道も横断して境内に突入した。境内では追い掛け綱と挺子棒とでオンバシラの向きを反転させると、あとは建てオンバシラを待つばかりだ。

小野神社の資料館には「鐸鉾（さなぎのほこ）」と呼ばれる鉄鐸が展示されている。この鉄鐸が残されているのは諏訪の守矢史料館とここ小野神社だけのようで、その理由は博学の館長でもはっきりとは判らなかった。

また同資料館には武田信玄の跡取り勝頼が寄進した梵鐘（ぼんしょう）も残っており、室町時代の鐘としては出来映えに定評があるが、なにせこの鐘、ボロボロである。というのも、村の西側にある霧訪山の山頂で雨乞いのために打ち鳴らし、その後は斜面を転げ落としたらしい。

なぜそのようなことを？

どうやら明治政府による神仏分離・廃仏毀釈（はいぶつきしゃく）政策に従ってのことらしい。

しかし諏訪でも守屋山の山頂で雨乞いをおこない、叶わなければ山頂に祀られる物部守屋神社奥宮の社をそれごと谷底に放り投げた。なので今でも社が鉄柵によって保護されている。これは廃仏毀釈とは関係ない。それにしても祟りを恐れたりはしなかったのだろうか。

オンバシラが建つと、空中に張られたワイヤーにニワトリ姿の若い氏子が吊り下げられて登場した。酉歳にちなんでのことであろうが、突然のことなので境内は拍手喝采に包まれ、その瞬間に一之御柱は神となった。

観光客でも建てオンバシラを間近で見られるということにおいては、諏訪大社の比でない。

2日目は古町地区の二之御柱と大出地区の三之御柱が動く。それに今日は言納とタケルもやって来ることになっている。健太は里曳きに仕事仲間を誘ってあり、彼らが言納たちを連れてきてくれる手筈になっているのだ。

この日も曳き子の数は山出しの2倍ぐらいはいそうだ。観光客よりも帰省者が多く、資料館の館長も孫と一緒に子綱を曳いてご満悦だった。

とそこへ言納とタケルも到着した。健太は古町の綱縒り祭から参加しているため、タケルが健太の息子だと判ると誰もが可愛がってくれた。

手長神社の祭りでは言納に抱かれたまま子綱を曳いたタケルだが、1歳と2ケ月になり今回は自らの足で歩きつつ握った子綱を曳き、よっぽど楽しかったのか境内まで曳ききってしまった。

するとその姿を見ていた大総代らが、タケルに思わぬプレゼントをしてくれた。オンバシラである。

前回のオンバシラを切ったものだが、45センチの幅で輪切りにしたものが真ん中で縦に割られているので、上から見ると半円だが正面は正方形になるよう計算しての形だ。

そこには宮司の直筆で

「信濃国二之宮

小野神社

平成二十九年酉歳式年御柱大祭」

と書かれ、朱印も押されていた。

大きすぎて健太が持っても重い。それもそのはずで、量ってみたら11kgもあった。

岡谷市長地の横川地区で健太が貰った「春二」の輪切りも貴重だが、これもまたそうそう手に入るものではない。

「さっすが、諏訪タケルね。スケールが大きいんだから、この子は」

上諏訪町の笠谷美佳だ、隆波憲太の姉の。この日は言納も来るということで朝から参加していた。

タケルのスケール云々については何とも言えない

のだが、お布施や御神酒を持って参加している健太に対して、大総代たちからの心遣いであろう。

　そして健太の〝明るい執着〟と〝爽やかな執念〟そして〝謙虚な図々しさ〟による疑問への追究が、こうした幸運へと導いてくれるのではなかろうか。


　言納は店が忙しいため祭りの参加は古町地区がメインになるこの日だけで、帰りは美佳が送ってくれることになっている。

　美佳はそのまま言納屋敷に何日間か滞在し、店を手伝ったり犬山を散策して過ごすらしい。健太はまだ帰らないのでちょうどいい。

「あれっ、あっちからもオンバシラが来たわよ。行ってみましょうよ」

　美佳が指さしたのは隣接する弥彦神社の境内で、ちょうど一之御柱が到着したようだ。

　弥彦神社も里曳きの日程は小野神社と同じだが、あちらは４本が各町内から同時に出発し、２日目の昼ごろには続々と境内へ曳き入れられる。建てオンバシラはすべて３日目におこなう。

　美佳がタケルの手を引き、言納や健太もそれに続いて弥彦神社へ行ってみると、到着した一之御柱バカデカかった。諏訪大社並みだ。

「あ――っ、あの人たちだ」

　健太は氏子の中に何人か知ってる顔を見つけた。派手な衣装に赤いねじりハチマキ姿の彼らは昨年の９月、茅野市湖東(こひがし)にある大星神社のオンバシラ祭りで建て方(かた)衆をやっており、健太はすぐ横で彼らの作業を見学しつつ、いくつか質問していた。

　また、彼らは諏訪大社の御柱大祭でも「前二」を建てており、要するに建てオンバシラの請負人たちである。そんな彼らはこの弥彦神社の氏子だった。

　健太が話しかけると
「おぉ、法被で思い出した」

「見たことあるぞ、この法被。大星神社だ」

と、何人かが健太を覚えていた。

そしてその中の一人が、

「小野に来てたのか。明日はこっちの建てオンバシラも見に来てよ。オレさ、一之御柱と四之御柱の責任者やってるから」

建てオンバシラの責任者とは。ますますオンバシラの縁が広まる。

話によると今回の一之御柱は歴代で最高に太いらしく、重量は7トンあるそうだ。大社の「前二」が6トンなので、こちらの方が重い。

よくそんな巨木をわずか300人で曳けたと思いきや、さすがにそれは無理らしく、柱の下にコロと呼ばれる鉄製の台車をかましての曳行だったそうだ。


小野神社に戻ると二之御柱と三之御柱の建てオンバシラが始まろうとしていた。

「あ――っ、こっちにはあの人たちだ」

こちらの建て方衆の中には茅野市長地の氏子の姿があった。小宮オンバシラ祭りで思いっ切り遊んでいた大山祇神社・金山彦神社の氏子たちだ。健太に「春二」の輪切りをプレゼントしてくれたのはこの人たちである。彼らも建てオンバシラ請負人だったのだ。

次のオンバシラ祭りでは建て方衆をやってみたい。健太にそんな想いが芽生え始めていた。

さて皆様よ　どなたにも
信州信濃の小野大社
七年一度の御柱で
樹齢百と幾十年
松の大木　神となり
今日はめでたく里曳き祭
数多(あまた)の氏子が奉仕して
氏神様へと曳きつける
建て御柱のその時は
憑(たのめ)の里の平穏と
未来に続く御柱を

祈る氏子の清らかさ
エーェエィエ――
祭り神様　頼みますぞ
エンヤーノセ――

二之御柱の建てオンバシラで、てっぺん男を務めたのは還暦を過ぎた白髪の氏子だった。あの歳でのてっぺん男は味があってカッコいい。

　オンバシラ前に陣取った木遣り隊の若い氏子も、里曳き用に新調した衣装を身に纏ってどの顔も晴れ晴れしい。

　そしてゆっくりと垂直に建っていくオンバシラは青空に映えてその美しさを増し、とうとう憑の宮で赤松の大木が神となった。

　恐ろしく寒かった1月の綱縒り祭、雪が降りしきる3月の山出し、まぶしい五月晴れの里曳きと建てオンバシラ。山の神に思いを馳せた数ケ月間を振り返ると、胸の奥が熱くなってくる。


言納とタケルは美佳が送ってくれたので、健太はこの夜、仕事仲間に付き合わせて遅くまで塩尻の繁華街で飲んだくれていた。


　里曳き最終日、今日は忙しくなりそうだ。小野神社と弥彦神社を掛け持ちで往き来するからだ。

　まずはいつものようにホテルから塩尻駅へ徒歩で向かう。小野神社周辺には宿泊施設がないため、山出しのときから毎朝そうしてる。こうなってくるともう出勤だ。そしていつものように列車を待ちつつコーヒーを飲んでいるとメールが届いた。

「もうすぐ小野駅に着きます。今はどこにいらっしゃいますか？」

　送信元は岡谷市湊（みなと）にある龍光山観音院の住職だ。どうやらオンバシラ祭りに参加するようだ。

　龍光山観音院（小坂観音院）には諏訪御寮人の供養塔がある。諏訪御料人とは、武田信玄の跡取りである勝頼の母だ。井上靖著『風林火山』で御寮人は由布姫の名で登場する。また、湖衣姫と呼ばれることもある。

健太は以前、なぜ信玄は諏訪氏の血を欲しがったのかを調べていたところ、そこへ行き着いた。

御本尊の十一面観世音は、かつて諏訪湖で漁夫の網に掛かって引き上げられた。それで諏訪湖に向けた観音堂に祀られている。

しかし、それにしても観音堂が建つ位置が不自然であり、長年その理由が判らなかった。

そしてもうひとつの謎。

観音院にはこんな歌が残されている。

月も日も　湖水の波に　写ろうて
龍光山に　光り輝やく

今はもうなくなってしまったが、観音院にはその昔「観月堂」なるものがあった。おそらくそこから湖に写る月を眺めて楽しんだのだろう。なので月については判るのだが、日とはどこからどう見たのかが文献も言い伝えも残されておらず、これも長年の謎だったのだ。

あれは2007年のある晴れた朝のことだった。現住職がいつものように観音堂を掃除していると、背後の諏訪湖方向から光の矢が観音堂の真正面を照らしていることに気付いた。

そのとき住職は不思議に思った。

というのも、観音堂の真正面に当たる光の矢は上空からでなく、むしろ下から上に向かって伸びていたのだ。

(おやっ………)

住職が振り返ると、そこにはまばゆいふたつの太陽が輝いているではないか。ひとつは上空に浮かぶ太陽で、もうひとつは諏訪湖に写った太陽だ。

しかも湖面に輝く太陽は、観音堂の15メートルほど先にある狭い東門を通って射し込んでいる。門の幅はわずか2メートルしかない。

　東門の先は急な階段になっており、諏訪湖が今のように埋め立てられるまでは船で訪れる参詣客もいたようだ。実はこの東門こそが正門なのだ。

　その正門の先に輝く太陽こそが〝月も日も……〟の日であり、春分の朝のことであった。

　このことを発見したのは現住職なので、先代住職も先々代住職も知らない。何百年ぶりかの大発見なのかもしれない。

　今では春分と秋分の朝、2つの太陽を目当てに多くの人が訪れている。

　ふたつの太陽が発見される前の年の２００６年7月、岡谷市は豪雨により大きな被害があり8名が亡くなった。諏訪湖の水も溢れ出た。犠牲者の中には観音院の檀家も含まれており、その翌年のことなので観世音様のお導ですと住職が話してくれた。

　観音院では信玄や諏訪御料人について、まだまだ調べるべきことがある。特に気になるのが、信玄はナゼ上社大祝（おおほうり）の諏訪氏の血が欲しかったのかということ。下社大祝の金刺氏の血ではなく。

　古代の諏訪には正統な王位継承権を持つ血筋の者がいたかもしれないことは先に述べたが、まっとうな研究者によれば当時の諏訪地方を支配していたのは上社大祝の諏訪氏であって、下社大祝の金刺氏はそれほど力があったわけではないという。

　なので信玄が諏訪氏の血を求めたのは政治的な理由として当然のことらしい。そうかもしれない。

　しかし、正妻の子らがありながら諏訪御料人に生ませた子を跡取りにした信玄の胸中は、決してそれだけではなかろう。

　話が逸れるが、信玄の遺体を入れた石棺は諏訪湖に沈まっているという都市伝説的な噂がある。

　そこで日本テレビと信州大学がソナー（水中音響機器）を用いて湖底を調査したところ、巨大な菱形の何かが発見された。サイズ的に石棺ではないが、菱形は武田家の家紋だ。何か出るか？

「おーい、ここでーす」

小野駅の改札口を出た健太に、道路の向こう側から住職が手を振っていた。岡谷市の木遣り保存会の法被姿に諏訪大社の名が入った大きなオンべまで持っている。住職は木遣り隊だったのか。

まず向かったのは四之御柱が安置してある宮前地区だ。今日は最終日なので、昨日までは接待や食事の準備に忙しかった他の地区のお母さんたちも集結して子綱を曳く。

エ――エエ――
山のォ――神ィ――さ――まァ――
お願ァ――――いだァ――

諏訪とはリズムが違う木遣りが鳴かれ、最後のオンバシラがゆっくりと曳行を開始した。他の地区の大総代たちもビール片手に参加しており、健太たちにも飲め飲め攻撃をしてくる。今日も憑の里は平穏で何よりである。

資料によれば………といってもどれほど信憑性があるかは意見が分れるところだが、小野神社のオンバシラ祭りは諏訪大社のそれよりも始まりが古いことになっている。諏訪大社に勝っていることなら氏子にとって信憑性なんぞはどうでもよい。健太は何人からその話を聞いたことか。

そして例の
「ワシは今回のオンバシラが最後じゃ」

というやつ、

「いえ、あと5回は大丈夫ですよ」

境内への曳き入れはまた国道を封鎖した。いったんオンバシラを国道に出し、道路幅いっぱいを使って向きを変える。そうしてやっと小さな鳥居をくぐらすことができるのだ。

しかし本当に大変だったのは、すでに建てられている一之御柱の前を通って境内の奥までの50メートルだった。幅がほんの1メートルの通路。右側には池があり、池の前の石段を登りつつオンバシラの向きを変え、木々の間をすり抜けるようにしながらジグザグに進む。

危険が伴うため一般氏子はほとんどがどこかへ消えてしまい、健太は汗だくになって必死で曳いた。危ない箇所はいくつもあったが楽しかった。やはりオンバシラの曳行中はダブル・ヴィジョンなど現れない方がいい。それと、古代史の謎を解きながらの曳行は精神衛生上よくない。

弥彦神社の様子を覗きに行くと、ちょうど一之御柱が建ち始めたところで、境内は氏子と観光客で身動きが取れないほどだった。

混雑を避けてオンバシラの裏側へまわるとそこは建て方衆とわずかな関係者だけで、間近から見上げた柱は巨大な塔のようだった。

神殿前には誰もいなかったため、健太は弥彦の神に挨拶とお祝いを述べに行った。

『大切なのは5番目の柱じゃ
真中(まなか)に柱が建っておらにゃ
まわりの4本(しほん)は用を成せぬ
しかりと柱を真中に建てて
4本を活かしてくだされよ
4本は真中のためのものぞ』

いくら4本の柱が立派でも、「⁙」の中心の柱が抜けておってはまわりの4本が活かされない。己れの中心に〝意識の御柱〟〝光の御柱〟を建てよということのようだ。出し抜けだったので驚いた。

健太たちはここで建て方衆の人たちから、一之御柱を曳いてきた太い綱を分けてもらった。チェーンソーで1メートルほどにカットした太い綱を。

帰ったら綱をほどいて元の細い縄に戻し、その縄を赤土団子に巻いて諏訪や白山へ持って行こう。ついでに紅白のタマゴもそうしようか。

　再び小野神社側に戻ると四之御柱も建てオンバシラの準備が整っていた。間もなく始まる。

　まわりの氏子たちも気付いていたが、急にラッパ隊のレベルが上がった。他の地区からの応援かと思いきや、塩尻市の消防署から来た本格的なラッパ隊だった。どうりで。

　建てオンバシラは若い氏子たちが盛り上げてくれたので楽しかった。これが終われば9月の沙田神社しか残ってない。

　松本市島立（しまだち）の沙田（いさごだ）神社は信濃国の三之宮だ。てっきり三之宮は安曇野（あづみの）の穂高神社だけかと思っていたのだが、どうやら沙田神社もそうらしい。

　たまたま古町地区には島立出身の氏子がいたため、健太はさっそく沙田神社の役員を紹介してもらい、すでに参加の許可を得た。なのであとひとつだけは残っているが、綱縒り祭から続いた小野神社のオンバシラ祭りはこれで終わる。寂しい想いを脳の片隅に追いやり、神になった赤松を、健太はしばらく見上げていた。

　社務所前に戻ると、境内は閑散としていた。もうほとんど誰も残っちゃいない。

　住職とはここで別れ、健太は世話になった宮司や大総代、役員らに挨拶を済ませると、最後の最後に本殿へ行き深々と頭をさげた。そして、またこの地を訪れることを伝えると、

『日本書紀を糺せ』

たったひと言、そう返ってきた。

　何をおっしゃってるんでしょうかねぇ、憑の宮の神様は。そんなことはこの地の氏子に言ってよね、って感じだ。

けれどもそれは無理かもしれない。この地に暮らす者であれば歴史の解釈が我田引水になる。なるに決まってる。邪馬台国論争のように。

だからか、健太は尾張の歴史にあまり深く入り込ませてもらえない。何かの力がハタラく。我田引水になるからであろう。

諏訪の歴史についてもそうなのか。余所者(よそもの)だからこそ導かれているのかもしれない。

それに声の出所が胎内宇宙ならば、命じてきたのは自分だ。やれやれ。

信濃国三之宮沙田神社のオンバシラ祭りまではまだ4ケ月以上あるため、健太は諏訪の歴史を原稿にまとめあげた。篠原がそれを書籍にしてくれる。

タイトルは『諏訪古事記』。

■参考文献

『信濃古代史考』大和岩雄　大和書房
『諏訪信仰史』金井美典　名著出版
『諏訪市史』上巻　諏訪市発行
『下諏訪の歴史』今井広亀　下諏訪町立博物館
『まぼろしの諏訪王朝』増澤光男　あーる企画
『諏訪風土記』増澤光男　あーる企画
『諏訪大社の御柱と年中行事』宮坂光昭　郷土出版社
『諏訪神社　七つの謎』皆神山すさ　彩流社
『諏訪の御柱』田中清文　ほおずき書籍
『諏訪の神　封印された縄文の血祭り』戸谷学　河出書房出版
『御柱祭　火と鉄と神と』百瀬高子　彩流社
『諏訪神社　謎の古代史』清川理一郎　彩流社
『龍蛇神　諏訪大明神の中世的展開』原直正　人間社
『諏訪大社と武田信玄』武光誠　青春出版社

『カラーグラフ　おんばしら』信州・市民新聞グループ
『縄文のメドゥーサ』田中基　現代書刊
『諏訪市博物館研究紀要２』諏訪市博物館
『穂高神社と安曇族』穂高神社監修　龍鳳書房
『天武・持統天皇と信濃の古代史』宮沢和穂　国書刊行会
『御柱祭』茅野市神長官守矢史料館　茅野市八ケ岳総合博物館
「ｓｕｗａｚｉｎｅ」２０１６年ｗｉｎｔｅｒ号
『数霊力で望む未来を選びとる』はせくらみゆき　深田剛史　共著　ヒカルランド
『古代大和は宇陀から始まった』松尾文隆　奈良新聞社
『「日本＝百済」説』金容雲　三五社
『万葉集で解く古代史の真相』小林恵子　祥伝社
『アイヌ神謡集』知里幸惠編訳　岩波文庫
『天武と持統　歌が明かす壬申の乱』李寧熙（イヨンヒ）　文藝春秋
『天武の夢はるか』野原敏雄　風媒社
『日本とユダヤ　運命の遺伝子』久保有政　Ｇａｋｋｅｎ
『謎の古代豪族　葛城氏』平林章仁　祥伝社新書
『日本百名山』深田久弥　新潮文庫

■あとがき

このたび『諏訪古事記』を執筆するにあたり、諏訪地方をはじめとして長野県の皆様には言葉で言い表せないほどお世話になりました。

諏訪大社の氏子の皆様、本当にありがとうございました。今でも当時のことを思い出すと感謝と懐かしさが入り交じって涙が込み上げてきます。

小宮オンバシラ祭りでも多くの神社で氏子様にお世話になりました。

・茅野市玉川の山田地区　壺井八幡神社の氏子の皆様
・茅野市玉川の小泉地区　小泉諏訪神社の氏子の皆様
・茅野市湖東の中村地区　大星神社の氏子の皆様
・諏訪市上諏訪町茶臼山　手長神社の氏子の皆様
・茅野市玉川の中沢（なかっさわ）地区　田留姫神社の氏子の皆様
・岡谷市川岸の川岸上地区　三沢熊野神社の氏子の皆様
・富士見町落合の上蔦木（かみたつき）地区　十五社大明神の氏子の皆様
・諏訪郡下諏訪町の東山田地区　熊野神社の氏子の皆様

・岡谷市長地の横川地区　大山祇神社・金山彦神社の氏子の皆様
・塩尻市北小野　小野神社の氏子の皆様
・松本市島立三之宮　島立沙田（しまだちいさごだ）神社の氏子の皆様

中でも特に茅野市玉川の山田地区、下諏訪町の東山田地区、岡谷市長地の横川地区、塩尻市北小野の古町区と上田区、松本市島立の町区・永田区におきましては、氏子の皆様に多大なるご協力をいただきまして、心より御礼申し上げます。


博物館・資料館でも館長や学芸員の皆様から多くを学ばせていただきました。

長時間の質問攻撃にも親切丁寧にお答えいただきまして、ありがとうございました。

また、各神社の宮司様や個々でお世話になった皆様は挙げればキリがないため、ここでは割愛させていただきますが、深く深く感謝しております。

ありがとうございました。

■著者紹介

深田剛史（ふかだたけし）
1963年生まれの名古屋人。
B型、一白水星、卯年。
名古屋人だが小倉トーストが食べられない。
食べると舌の奥がモゲモゲしてきて、気が狂いそうになるそうだ。

本人曰く、以前から重度の信濃シンドロームを患っているとのことなのだが、どうやらそれは長野県中毒を意味するらしい。

聞くところによると、3ヶ月間ほど長野県に行かないと身体がだるくなり、6ヶ月を越えると禁断症状で手や首が震えるそうだ。

以前に1年近く長野県に行けなかったときは呼吸困難で死にそうになり、諏訪や白馬や戸隠の幻覚まで現れたらしい。

この2年間は『諏訪古事記』の取材を理由に40回以上も長野県を訪れることができたため、これまでになく体調が良く、精神的にも落ち着いていると笑顔で語っていた。

だったら長野県に住めばいいのにと思うのだが、住みたい地域が複数あるため、今の一番の悩みが移住先を長野県のどこにするかということで、実におめでたい男だ。

尚、本人のペンネームは信濃晩秋といい、いずれは信濃の旅日記を出版するのが夢らしいのだが、うーん、どこまでもおめでたい。


また、次のオンバシラ祭りがおこなわれる2022年は春から秋まで諏訪に滞在する予定らしく、諏訪大社および各地区の小宮オンバシラに参加するため一切の仕事を断るそうだが、こうなるとオンバシラバカというよりも、難病あるいは奇病として扱ったほうがいいのではないかと思う。

本人には内緒で厚生労働省か日本医師会に問い合わせてみる。


というわけで、原稿と一緒に著者紹介を書いてほしいと依頼したが、本人がそれを拒否したため、出版社側で書いてはみたものの、取り立てて紹介するほどのことはなかった。

まぁひとことで言えばふざけた男である。

※注　文中はいかにも出版社側が勝手に書いたような内容になってますが、すべて著者本人から送られてきたものですので、その点については誤解のないようお願いいたします。

数霊（かずたま） 諏訪古事記（すわこじき）

二〇一七年十一月二十二日　初版発行

著　者　深田剛史　ふかだ　たけし
装　幀
発行者　高橋秀和
発行所　今日の話題社　こんにちのわだいしゃ
東京都品川区平塚二・一・一六　KKビル5F
電　話　〇三・三七八二・五二三一
FAX　〇三・三七八五・〇八八二
印　刷　平文社
製　本　難波製本

ISBN978-4-87565-638-8 C0093

深田剛史の『数霊』シリーズ

① 数霊　日之本開闢（ひのもとかいびゃく）

祝　天照国照彦天火明櫛玉饒速日尊（アマテルクニテルヒコアメノホアカリクシタマニギハヤヒノミコト）

すべてはここからはじまった――。
「52」の数字に導かれて次々とわかり
はじめた人類の進むべき方向とは!?

四六判・ハードカバー
定価◉本体 1,600 円＋税

『神遊び
神の味覚は感性ぞ
神の宴が芸術ぞ
神の喜ぶ技と芸
身につけてみるが神遊び』
　京都鞍馬山にて　本文52ページより

『神が支え　神を支えの　神と人
支えに気付いて下されよ
支えになっても下されよ
火足り（ひだり）と水極り（みぎ）で神と人
交互に支えておるのだぞ

思いがひとつに合わさりて
天地で祝うぞ　日之本開闢
銀河の弥栄（いやさか）　日之本開闢』
　木曽御嶽にて　本文２７３ページより

深田剛史の『数霊』シリーズ

③ 数霊 天地大神祭（あめつちだいしんさい）

祝 ツタンカーメン王 再立（サイリュウ）

数霊 深田剛史
天地大神祭
あめつちだいしんさい
祝
歴史の真実に光が当たり、
人々の記憶がよみがえる!!

四六判・ハードカバー
定価◉本体 1,600 円＋税

謎のメッセージで授かった大役を果たすため、舞台はエジプトへ。数千年の時を超えよみがえる想い!!

『依（よ）りしろを
携（たずさ）え参れよ　我が元へ
金銀の鈴　和合して
鳴り鳴り響く　天に地に
日の民集えや　１３８ここ
お日の祭りのはじまりぞ
獅子のおたけび聞こえぬか
１３８１３８と待ちわびて
よろこび迎えんこの時を

19・19、19』

北海道神宮にて。そしてエジプトへ
本文85～86ページより

深田剛史の『数霊』シリーズ

④ 数霊 弥栄三次元（いやさかさんじげん）

祝 諏訪大神建御名方刀美恵美須尊（スワオオカミタケミナカタトミエビスノミコト）

四六判・ハードカバー
定価◉本体 1,600 円＋税

エジプトでの大役を果たし、それぞれの道を歩みだした二人。まもなく新時代への大転換が始まる……。

『ひととき己（おの）が　目を閉じよ
食物なりたる　そのものの
元なる姿に　思い至れよ

鶏卵（けいらん）は
母なる羽毛の下（もと）にあり
命のぬくもり　暖かき
…………
日之本の
真の人民なりたるは
天然自然の霊々（れいれい）と
共に手を取り　生くること

感謝の厚き人々よ
日々正食　心がけ
神人（かみびと）たるを　忘るるな』

食について学ぶ言納へ
本文93～94ページより

深田剛史の『数霊』シリーズ

⑤

数霊　エビス開国

祝　白山菊理媛　八次元開放

調和の光に照らされて、
真なる歴史が立ち上がる!!

四六判・ハードカバー
定価◉本体 1,600 円＋税

埋れた神々、舞い降りる宝船……。
そしていよいよ「彼の地」へ飛んだ
二人がなすべきこととは!?

『己れの中に宝船
降臨せしか　いよいよに
恐れ手ばなし平安の
心　選びし人々よ
空は青空　日は満ちて
お日の国中　それぞれに
日の民立ちて迎えしは
八福神の宝船
弥栄八坂　八福の
「八」は己れぞ　この度（旅）は
七つの海を航海し終え
新生地球に入港す
宝の入船　八福の
亀甲となり　めでたなや』

名古屋オアシス21にて

本文216ページより

深田剛史の『数霊』シリーズ

⑥
数霊　時空間日和（じくうかんびより）

祝　国常立大神（クニトコタチオオカミ）始動（シドウ）　次元反転（ジゲンハンテン）

新しい「時間と空間」の概念とは?
各地での祭りと「脱神社宣言」!?
ついに新たな世への扉が開く……。

四六判・ハードカバー
定価◉本体 1,600 円＋税

『八の日ひらく　八の月
八重（やえ）に九十重（ことえ）に開きゆく
八重の垣根のその中で
永き時空の歳月（としつき）を
忍びて耐えし人々よ
囚われ囲われ闇の中
いまこそ出（い）でよ　八重の外
気高き富士の霊峰を
お胸に抱きし人々よ
富士は晴れたり日本晴れ
仰ぎて見よや　善き日の富士を
お胸の富士も清（すが）しく晴れて
いよよ門出のこの善き日
いよややー　いや八八八（ややや）ー
　富士山にて
本文113ページより